• 本书系教育部人文社会科学研究一般项目“从欲望叙事到伦理救赎——菲利普 · 罗斯小说的文学伦理学批评”（项目编号：20YJC752012）研究成果
• 本书由湖北汽车工业学院学术专著出版专项资金资助出版

从欲望叙事到伦理救赎

——菲利普 · 罗斯小说中的伦理思想研究

乔传代　著

WUHAN UNIVERSITY PRESS
武汉大学出版社

图书在版编目(CIP)数据

从欲望叙事到伦理救赎 : 菲利普 · 罗斯小说中的伦理思想研究 / 乔传代著 . -- 武汉 : 武汉大学出版社,2025.6. -- ISBN 978-7-307-24972-1

Ⅰ. I712.074

中国国家版本馆 CIP 数据核字第 2025CA3885 号

责任编辑:李晶晶　　　责任校对:杨　欢　　　版式设计:马　佳

出版发行: **武汉大学出版社**　(430072　武昌　珞珈山)

(电子邮箱: cbs22@ whu.edu.cn　网址: www.wdp. com.cn)

印刷:湖北云景数字印刷有限公司

开本:720×1000　1/16　印张:19　字数:308 千字　插页:1

版次:2025 年 6 月第 1 版　2025 年 6 月第 1 次印刷

ISBN 978-7-307-24972-1　定价:99. 00 元

前　言

菲利普·罗斯(Philip Roth)是美国犹太文学代表人物。在长达40多年的创作生涯里，他笔耕不辍，创作了30多部优秀作品，先后获得美国国家图书奖、普利策奖、布克国际文学奖、纳博科夫终身成就奖等多项奖励和殊荣。罗斯的作品以深刻探讨道德问题和犀利的社会批判著称。正如罗斯所言，"讽刺是转化为喜剧艺术的道德愤怒——正如挽歌是转化为诗歌艺术的悲伤"①。从1959年的成名作《再见，哥伦布》(*Goodbye*，*Columbus*)到2010年的封笔之作《复仇女神》(*Nemesis*)，欧美学术界对罗斯及其作品中表现的道德问题进行了广泛而持久的关注。西奥多·索洛塔罗夫(Theodore Solotaroff)认为，索尔·贝娄、伯纳德·马拉默德和菲利普·罗斯在审美风格上与俄罗斯作家果戈理和陀思妥耶夫斯基相似，后者都是坚定的道德家和杰出的故事讲述者。② 尽管如此，一些学者和犹太拉比对罗斯作品中的性爱描写和对犹太人负面形象的揭露进行了猛烈的批判。西奥多·路易斯(Theodore Lewis)对罗斯的批评尤为尖锐，他指责罗斯将犹太角色描绘成堕落和好色的生物。他认为"任何理智的读者从罗斯的作品中得出的唯一结论是：没有'犹太人'的国家或世界将会是一个更美好、更幸福的地方"③。尽管评论界对罗斯及其作品的道德评价褒贬不一，但这丝毫未影响罗斯在国际文坛的地位。然而，由于缺乏系统的批评理论和规范的批评话语，国外学者对罗斯作

---

① Roth, "On Our Gang," in RMY 46. The essay-interview originally appeared in the *Atlantic Monthly*, December 1971 and was reprinted as an afterword to the "Watergate Edition" of *Our Gang* (New York：Bantam, 1973).

② 西奥多·索洛塔罗夫(Theodore Solotaroff)是最早关注菲利普·罗斯作品中道德问题的评论家之一。早在《再见，哥伦布》发表当年，他就在《芝加哥评论》上发表了文章《菲利普·罗斯和他的犹太道德家》。

③ Isaac Dan. In Defense of Philip Roth[M]// Critical Essays on Philip Roth. Sanford Pinsker, Boston：G. K. Hall & Co. , 1982：182. 乔传代. 菲利普·罗斯小说欲望主体从自然属性到社会属性的嬗变[J]. 重庆交通大学学报(社会科学版)，2014(5)：71.

品伦理(道德)相关的研究只是零散地出现在罗斯研究者的专著的部分章节中，尚未形成一个完整的批评体系。令人振奋的是，由聂珍钊教授等中国学者建立的文学伦理学批评理论在伦理(道德)批评方面表现出独特的优势。2008年袁雪生发表了《论菲利普·罗斯小说的伦理道德指向》，该文揭开了国内罗斯伦理批评研究的序幕。然而在后续的10多年时间里，国内从文学伦理学批评视角研究菲利普·罗斯作品的文章仅数十篇。研究范围集中在菲利普·罗斯的美国三部曲和单部作品的单向度研究中，缺乏对其生平、思想、创作相结合的系统研究，尚未形成全方位的令人信服的完整阐释。2015年，国内罗斯研究学者苏鑫发表了《菲利普·罗斯自传性书写的伦理困境》，从自传文体视角探讨多元化中自我身份建构的伦理困境，拓展了罗斯伦理研究的范围，该文具有里程碑意义。苏鑫认为伦理困境产生的最直接原因是“作家需要在自我创造的自由与书写他人的责任之间作出伦理选择”①。2018年，徐世博在博士论文《菲利普·罗斯小说的伦理维度及其内涵研究》中，通过对家庭创伤叙事、大屠杀创伤叙事以及国家创伤叙事的伦理维度进行深入分析，对罗斯九部作品中的伦理问题进行了全面梳理。他认为，“罗斯从质疑传统、兼顾双重身份到‘他者’伦理思考的演变，清晰地表明了伦理思考在其创作中的重要性”②。上述学者的研究对笔者有诸多启发和借鉴。甚至可以说，笔者是站在这些国内外文学研究者的肩上，才能够对罗斯的伦理思想有更深刻的洞察。

本书以欲望叙事为切入点，运用文学伦理学批评方法，分别选取了罗斯不同时期的代表作品，通过几条主要的伦理主线将其不同时期的作品连接起来进行纵向的比较，从伦理身份和伦理意识等方面对罗斯作品中展现出的家庭伦理、政治伦理、人际伦理和性爱伦理现象进行了深入分析，解构少数族裔在美国伦理环境中遭遇的困境与选择，从而揭示美国社会在不同历史时期的伦理观念变化。具体内容如下：

第一章梳理了西方伦理批评的兴起与衰落的主要历程及原因。笔者认为只有全面理解西方伦理批评及其衰落的过程和原因，才能不断完善这一批评方法，并

① 苏鑫．菲利普·罗斯自传性书写的伦理困境[J]．外国文学研究，2015(6)：116.

② 徐世博．菲利普·罗斯小说的伦理维度及其内涵研究[D]．南京：南京大学，2018.

重新赋予其生命力。文学伦理学批评理论是在借鉴西方理论的基础上，结合中国传统文化和社会背景，进行深度的本土化创新。通过融入儒家、道家等中国传统伦理思想，构建了具有中国特色的新的伦理批评框架。本章从辩证的视角对文学伦理学批评的优势和尚待完善之处进行了剖析，旨在为文本分析与文学理论之间的良性互动提供一些方法论支撑。

第二章对国内外罗斯研究谱系中的伦理维度进行了系统的梳理，既囊括了国外著名罗斯研究者的见解，如韦德、肖斯塔克、罗亚尔、萨弗、波斯诺克、帕里什、布劳纳等西方学者的理论建构，也涵盖了乔国强、苏鑫、朴玉、黄铁迟、罗小云、袁雪生等国内学者的观点。笔者始终坚信，文学阐释无国界，跨文化视域下的理论交融往往能催生更具突破性的阐释路径。

第三章以欲望叙事为研究框架，探析罗斯不同时期欲望书写的转向和动因。欲望是贯穿罗斯小说始终的一个主题，也是罗斯作品中伦理思想的一条主线。罗斯对欲望的探索与揭示建立在美国现代社会的伦理道德体系之上，但传统犹太文化依然在他的作品中留下深刻的烙印。主人公们在欲望驱使下，呈现出一个困惑、冲突和回归的动态变化过程。

第四章建构了多维伦理阐释框架，通过性爱伦理、家庭伦理、社会公共伦理、政治伦理以及生态伦理五个辩证维度，系统解构罗斯文学世界中的伦理表征。本章运用文学伦理学批评的理论范式，通过回归伦理现场，从社会历史和文化语境的视角解读罗斯不同时期作品中主人公的伦理困境和冲突，探究罗斯对犹太伦理禁忌挑战的真实意图。如罗斯作品中大量的性爱描写常被误解为低俗，然而这种评判却忽略了20世纪五六十年代美国性解放运动的历史背景——罗斯的“性”书写本质上探讨的是人性、家庭、婚姻、种族、信仰等深层伦理问题。

第五章聚焦于身份与伦理之间的关系，探究美国犹太人的文化创伤、身份焦虑、伦理拷问与伦理抉择。罗斯在作品中有意模糊了真实与虚构的界限。在《鬼作家》与《解剖课》中，作家祖克曼与罗斯一样面临书写的痛苦。正如祖克曼所言：“如果不是他父亲古板易怒、思想狭隘，也许他根本不会成为一名作家。父亲是一个敬畏犹太教鬼神的第一代美国移民，而儿子则是一心想要赶走这些鬼神的第二代美国移民：这就是一切的真相。”①本章分析了罗斯作品中的主人公如何

① Roth P. The Anatomy Lesson [M]. Toronto: Collins Publisher, 1983: 33.

在理性意志和自由意志之间做出伦理抉择，为我们诠释了一个现代的斯芬克斯之谜。

第六章以《诺沃特尼的疼痛》和《解剖课》两部作品为例，探究罗斯如何通过“无法命名、难以预测和诊断”的疼痛概念再现医学凝视下身体疼痛的“认同悖论”。罗斯采用“回忆录”与“宣言”的叙事策略，将真实与想象巧妙融合，不仅让读者沉浸于故事情节本身，更引发了读者对自由选择和伦理责任的深刻思考。

本书系教育部人文社会科学研究一般项目“从欲望叙事到伦理救赎——菲利普·罗斯小说的文学伦理学批评”(项目编号：20YJC752012)结项成果，并得到湖北汽车工业学院学术专著出版专项资金的资助，在此表示衷心的感谢!

乔传代

2024年10月于湖北汽车工业学院

目　录

第一章

西方伦理批评的衰落与中国文学伦理学批评的兴起

从古希腊时期一直到19世纪，文艺作品常常承载着道德规训的功能，这是欧洲文艺思想中的一个主要潮流。在这段漫长的历史时期内，文学和艺术不仅被视为娱乐和美学享受的载体，更被认为是传递道德价值观和伦理规范的重要工具。古希腊的戏剧和诗歌经常蕴含深刻的伦理思考和社会教诲，例如《伊利亚特》和《奥德赛》探讨了荣誉、勇气和家庭责任等主题。柏拉图在其著作《理想国》中提到文学对社会和个人道德的影响，他认为文学作品能够对社会和个人行为产生直接影响，应发挥其伦理和政治教化作用，为伦理学的研究服务。亚里士多德在其著作《诗学》中讨论了文学的道德价值，其方法较柏拉图更为具体和系统。亚里士多德强调悲剧和喜剧的净化作用（即卡塔西斯），认为悲剧和喜剧可以引发观众的情感共鸣，进而实现道德教化的目的。他认为，悲剧通过引发观众的恐惧和怜悯，最终实现情感的净化和释放，使观众在心理和道德上获得升华。① 这种情感的释放有助于观众更好地理解和处理现实生活中的情感和道德困境，从而提升道德素养。在中世纪，宗教文学充满了道德教训，通过故事和寓言传递宗教信仰和道德律条。例如，乔叟的《坎特伯雷故事集》（*The Canterbury Tales*）不仅描绘了社会各阶层的生活，还包含了许多道德和宗教教训。但丁在他的《神曲》

---

① Aristotle. Poetics [M]// Jonathan Barne. The Complete Works of Aristotle. Princeton: Princeton University Press, 1984.

(*The Divine Comedy*)中通过对地狱、炼狱和天堂的描述，传达了基督教的伦理和救赎观念。此外，圣奥古斯丁的《忏悔录》(*Confessions*)通过自传的形式探讨了罪恶、悔改和神圣的救赎，成为中世纪宗教文学的重要典范。①

第一节　西方伦理批评的兴起与衰落

从18世纪到19世纪中叶，西方文学评论领域出现了几位重要的推动者：塞缪尔·约翰逊(Samuel Johnson，1709—1784)、塞缪尔·泰勒·柯勒律治(Samuel Taylor Coleridge，1772—1834)和马修·阿诺德(Matthew Arnold，1822—1888)。他们通过各自的批评理论和实践，进一步探讨了文学的道德和审美价值，推动了文学伦理价值研究的发展。约翰逊坚信，优秀的文学作品应在道德和审美上达到和谐统一。在其代表作《英国诗人传》(*Lives of the English Poets*)中，他通过细致分析各位诗人及其作品，揭示了其中蕴含的道德和审美价值。约翰逊认为，文学不仅是娱乐工具，文学还应对读者的道德感知和审美体验产生深远的影响。与约翰逊的观点类似，柯勒律治提出文学作品不仅是娱乐工具，更应具有启迪人心和提升道德水平的作用。他在《文学传记》(*Biographia Literaria*)中提出了一套系统的批评理论，深入探讨了文学作品的哲学和伦理价值。通过文学，读者能够更好地理解复杂的道德问题和人类情感，从而在精神上获得成长。阿诺德进一步发展了文学的道德教化理念。他在《文化与无政府状态》(*Culture and Anarchy*)和《文学与道德批评》(*Literature and Dogma*)中强调文学和文化对社会道德和精神发展的重要性。他提出，文学不仅是审美的享受，更是道德教育的重要手段，能够引导社会朝向更高的文明和道德标准发展。约翰逊、柯勒律治和阿诺德在不同的历史时期，通过其理论和实践，共同推动了文学伦理价值研究的发展。他们的思想和批评方法在文学批评史上占据重要地位，为后来的文学研究提供了宝贵的理论资源和方法论基础。

然而，自19世纪末以来，文学伦理研究呈现出明显的衰退之势。作家和文

① Lewis C S. The Allegory of Love：A Study in Medieval Tradition[M]. Oxford：Oxford University Press，1936.

学评论家逐渐倾向于关注作品的内部结构和形式特征，而对其道德、社会和政治层面的探讨则逐渐淡化。其中一个重要的转折点是奥斯卡·王尔德(Oscar Wilde, 1854—1900)及其所代表的美学运动(Aesthetic Movement)。王尔德倡导“为艺术而艺术”的理念，他认为艺术应当是纯粹的、独立于道德和社会功用的。他在《道林·格雷的画像》(*The Picture of Dorian Gray*)的序言中写道：“书要么写得好，要么写得坏。没有不道德的书，仅此而已。”①以王尔德为代表的唯美主义思潮无疑是伦理价值研究衰落的一个重要因素。然而，对于一个有着深厚基础的叙事伦理批评的衰落，其固有的局限性也是一个关键原因。唯有全面理解其衰落的过程和原因，才能不断完善这一批评方法，并重新赋予其生命力。

韦恩·布斯(Wayne C. Booth)是西方伦理批评复兴的代表人物。他将伦理批评的衰落归因于“四个削弱伦理批评的文化教条”和“五个难以实践的固有困难”。② 首先，布斯认为，削弱伦理批评的首要问题是一些哲学和文化理论“拒绝对文学价值观的探究”③。在现代哲学和文化理论的发展过程中，相对主义和主观主义的兴起导致了对道德和伦理判断的重新审视。相对主义坚持伦理判断是相对于具体文化和情境的，缺乏普遍适用的标准；而主观主义则认为，伦理判断是个人的主观感受和观点，无法进行客观评估。这两种观点共同挑战了传统的普遍伦理标准，动摇了依赖这些标准进行叙事伦理批评的理论基础。作为结果，文学作品的伦理评价变得更加复杂和多样，传统的伦理批评方法在这种背景下显得力不从心，难以有效应用。其次，布斯认为伦理批评的衰落是“作为抽象形式的艺术理论的胜利”④的结果。形式主义批评家如克莱门特·格林伯格(Clement Greenberg)和罗曼·雅各布森(Roman Jakobson)强调，文学作品的核心在于其形式和结构，而不是其内容。正如格林伯格在《前卫与媚俗》(*Avant-Garde and Kitsch*)一文中所指出的，“艺术的价值在于其纯粹性和形式的创新，而不在于其内容的社会或道德意图”⑤。雅各布森也在其语言学理论中强调，“文学语言的功

---

① Wilde Oscar. The Picture of Dorian Gray[M]. London: Penguin Classics, 2003: 1.

② Booth Wayne C. Why Ethical Criticism Fell on Hard Times[J]. Ethics, 1988, 98(2): 278-293.

③ Booth Wayne C. Why Ethical Criticism Fell on Hard Times[J]. Ethics, 1988, 98(2): 281.

④ Booth Wayne C. Why Ethical Criticism Fell on Hard Times[J]. Ethics, 1988, 98(2): 287.

⑤ Greenberg C. Avant-Garde and Kitsch [M]//Charles Harrison, Paul Wood. Art in Theory, 1900—1990. Oxford: Blackwell Publishers, 1992: 535-546.

能在于其审美效果”①，这与王尔德的文学审美价值观产生共鸣。此外，现代主义对叙事的怀疑，使得伦理批评被认为是过时的。这种对叙事的怀疑态度使得伦理批评的作用被削弱。伦理批评主要关注叙事内容的道德价值和社会意义，而现代主义的文学理论和实践却更倾向于探讨作品的形式创新和技巧运用。现代主义作家如詹姆斯·乔伊斯(James Joyce)和弗吉尼亚·伍尔夫(Virginia Woolf)通过意识流、内心独白和碎片化的叙事手法，打破了传统叙事的连续性和因果关系，强调个人意识和主观体验的多样性和复杂性。由于现代主义者认为传统叙事方式无法充分表达现代生活的复杂性和多样性，伦理批评因其依赖于传统叙事结构，被视为过时且不再适用。在这种观念的影响下，文学批评的重点逐渐转向了对艺术手法和风格的分析。伦理批评因为侧重于作品的内容及其道德和社会影响，被形式主义视为不重要或次要的研究方向。最后，布斯论述了挫败伦理价值坚守者信心的最核心观点，即“我们在不同的时期对同一文学作品价值判断经常发生变化，读者在十年之后往往不会再同意自己曾经的观点”②。在对文学伦理价值的众多攻击中，可变性这一事实常被作为他们重要的论据。凯里(John Carey)指出，“即使当今我们能够就莎士比亚的卓越性达成普遍一致，这种一致的意见仍无法确立其作品的任何绝对真实内容，在过去曾被视为不容置疑的观点，现在往往会被完全否定”③。这种可变性对伦理价值的客观性和可靠性提出了质疑。

在深入分析了伦理批评问题后，韦恩·布斯陆续出版了《小说修辞学》(*The Rhetoric of Fiction*, 1961)、《文学与修辞的道德意义》(*The Moral Sense of Fiction*, 1972)以及《我们的朋友：小说伦理学》(*The Company We Keep: An Ethics of Fiction*, 2000)等专著，并发表了一系列论文，为伦理批评提供了系统的理论框架。玛莎·努斯鲍姆(Martha Nussbaum)是布斯阵营中重要的一员。作为一名亚里士多德主义者，她主张伦理理论化过程应通过一种反思性的对话进行。这种对话在对话者或读者的直觉和信念与一系列复杂的伦理概念之间展开，从而达到深入探讨和理解的目的。在《爱的知识》(*Love's Knowledge*, 1990)中，她写道，“道德关注

① Jakobson Roman. Linguistics and Poetics [M]// Thomas A. Sebeok. Style in Language Cambridge, MA: MIT Press, 1960: 350-377.

② Booth Wayne C. Why Ethical Criticism Fell on Hard Times[J]. Ethics, 1988, 98(2): 286.

③ Booth Wayne C. Why Ethical Criticism Fell on Hard Times[J]. Ethics, 1988, 98(2): 287.

和道德愿景在小说中找到了最恰当的表达……小说本身就是一种道德成就，美好的生活是一件文学艺术作品”①。努斯鲍姆认为，通过文学中的实际启发性情境来解决伦理困境，最能体现亚里士多德的伦理观。她认为，文学通过生动的故事和复杂的人物关系，将伦理问题置于具体的情境中，使读者能够在情感和智识上进行深度参与和反思。这样一来，读者不仅仅是被动地接受伦理教条，而且是在阅读过程中主动地审视和重构自己的道德框架。文学可以通过具体的情境和细腻的描写，使读者更好地理解和感受伦理困境，从而提升其伦理判断力和道德敏感性。努斯鲍姆特别强调了“感知能力”的重要性。她认为，“如果没有对具体情境的敏感感知，伦理责任就会变得无能为力”②，无法有效指导实际的道德行为。这个观点表明伦理理论必须与实际经验和具体情境相结合，以形成真正有效的道德指导。根据她自己的论点标准，她提供了《金碗》(*The Golden Bowl*)的两种解读③。努斯鲍姆对《金碗》中的戏剧化道德困境的讨论，与戏剧化本身的呈现不同，这种讨论可以通过提升我们的道德分析能力，帮助我们在道德上变得更加成熟。努斯鲍姆另外一个重要贡献是对哲学和文学之间的界限提出了质疑，揭示了两者“伦理理论化”的互补品质。④ 该论点在她的著作《善良的脆弱性》(*The Fragility of Goodness*, 1986)中得到了明确的阐述。她的研究被视为继承并发展了韦恩·布斯和芝加哥评论家的学术传统，推动了伦理批评在文学研究中的应用和发展。然而，波斯纳(Richard Allen Posner)对努斯鲍姆的观点提出了直接反驳。他认为，努斯鲍姆所倡导的方法实际上反映了一种对诡辩的复兴，这种方法“将道德教化的责任从文学作品本身转移到了文学批评和指导的领域，赋予文学评论

① Nussbaum Martha. Love's Knowledge: Essays on Philosophy and Literature[M]. Oxford: Oxford University Press, 1990: 148.

② Nussbaum Martha. Love's Knowledge: Essays on Philosophy and Literature[M]. Oxford: Oxford University Press, 1990: 156.

③ 其中一种解读是将《金碗》视为展示伦理困境和道德选择的具体例子。在这一解读中，努斯鲍姆强调了人物在特定情境中的道德抉择和内心冲突。在另一种解读中，努斯鲍姆利用《金碗》来反思和检验伦理法则的普遍性。她认为，文学作品提供了一种检验伦理理论的方式，通过具体的情境和人物故事，理论可以被实际的道德问题所挑战和修正。

④ Eaglestone R. Ethical Criticism: Reading After Levinas[M]. Edinburgh: Edinburgh University Press, 2019.

家一种难以承担的重担"①。最重要的是，他认为目前没有足够的证据表明，单纯讨论伦理问题能够实际提高个人的道德表现②。布斯和努斯鲍姆代表"文学伦理批评支持者"同以波斯纳为代表的"反对伦理批评者"进行了持续两年的辩论。这场辩论尽管并未解决伦理批评中悬而未决的一些问题(如"文学究竟有没有伦理维度?"③)，但从正反两个向度审视伦理批评所面临的主要争议。双方针锋相对的辩论，不仅丰富了文学批评的理论基础，也推动两者之间的融合。

以诺埃尔·卡罗尔(Noël Carroll)和贝里斯·高特(Berys Gaut)为代表的适度道德主义(Moderate Moralism)与詹姆斯·安德森(James Anderson)和杰弗瑞·迪恩(Jeffrey Dean)为代表的适度自律主义(Moderate Autonomism)可以被视为对道德主义(Moralism)和自律主义(Autonomism)之间的理论协商与平衡的产物。在这一领域，卡罗尔和高特推动了适度道德主义理论，主张艺术的伦理性评价应被视为对艺术作品审美价值评价的合法维度。卡罗尔认为"一些艺术品，尤其是叙事性艺术品传达道德理解的方式确能提升它们的审美价值。由于提供了丰富的道德经验而被我们称赞的那些艺术品，有时出于同样的理由会得到审美方面的赞誉"④。高特认为艺术品的审美评价不应完全与伦理评价分开。相反，"艺术作品中的伦理态度、价值观和道德观念都可能影响其审美评价"⑤。因此，艺术的审美评价应当综合考虑作品所表达的伦理态度，这种综合考量可以更全面地理解和评价艺术品的意义和价值。适度自律主义与适度道德主义均源自卡罗尔的理论，并在安德森和迪恩的《适度自律主义》一文中得到了进一步的阐发和推广⑥。他们的核心

---

① Posner R A. Against Ethical Criticism[J]. Philosophy and Literature, 1997, 21(1): 12.

② Posner R A. Against Ethical Criticism[J]. Philosophy and Literature, 1997, 21(1): 13.

③ 韩存远认为围绕"伦理批评之合法性"所展开的论争中忽视了一个支撑伦理批评合法性的元命题——文学有无伦理维度?韩提出，布斯和努斯鲍姆所试图澄清的是"文学的伦理维度究竟值不值得关注"这个次级命题，并非元命题。见韩存远．当代英美文学伦理批评的合法性论争——以布斯、努斯鲍姆、波斯纳为中心[J]．西南民族大学学报（人文社会科学版），2020(10): 171.

④ Carroll N. Moderate Moralism[J]. The British Journal of Aesthetics, 1996, 36(3): 236.

⑤ Berys Gaut, The Ethical Criticism of Art[M]//Jerrold Levinson. Aesthetics and Ethics at the Intersection. Cambridge: Cambridge University Press, 1998: 182.

⑥ 韩存远．当代英美文艺伦理研究的价值论转向——审美价值与伦理价值关系之辨[J]．哲学动态，2019(7): 126.

观点是，“艺术的伦理道德批评与审美批评具有相同的合法性”①。安德森和迪恩认为，尽管道德批评和审美批评在概念上存在区分，但在实际应用中，这两种批评范式都是适当的。换言之，虽然道德批评与审美批评关注的侧重点不同，它们各自发挥的作用在艺术评价中是互补的。批评者应同时运用这两种方法，但在应用过程中需要清晰地认识到它们各自的功能和标准。尽管适度道德主义和适度自律主义坚持的侧重点不同，但西方伦理批评的“适度”转向是道德和审美辩论从激进的对立走向协商共存的结果。

西方伦理批评的兴起、衰落与转向不仅是文化变迁的结果，也是实践中固有挑战的体现。文化相对主义、美学自主性、科学主导和文化批判的兴起，使得伦理判断在文学批评中变得日益复杂且受到质疑。相对主义强调价值观的多样性和主观性，使得统一的伦理标准难以确立；美学自主性则主张文学应独立于道德评判，强调艺术的自律性和纯粹性；科学主导的兴起引导文学批评更多地依赖于客观和实证的研究方法，淡化了道德评判的地位；而文化批判的兴起则进一步促使批评者关注权力关系、意识形态和社会结构，超越了单纯的伦理评判。然而，尽管面临这些挑战，伦理批评在文学分析中仍然占据重要地位，特别是在探讨叙事的道德和人文维度时具有独特的价值。伦理批评通过揭示作品中的伦理冲突和道德困境，为读者提供深刻的洞见，促进其对人性和社会的反思。

第二节　文学伦理学批评在中国的兴起与发展②

文学伦理学批评在中国的兴起可以追溯到 2004 年。其重要里程碑之一是 2004 年 4 月在江西南昌举办的“中国的英美文学研究：回顾与展望”全国学术研讨会。聂珍钊教授在会上作了“文学批评方法新探索：文学伦理学批评”的主题

① Anderson J C，Dean J. Moderate Autonomism[J]. The British Journal of Aesthetics，1998，38(2)：152.

② 聂珍钊教授对文学伦理学与文学伦理学批评进行了明确的界定。文学伦理学是一门新的学科，主要从伦理道德的角度研究文学作品以及文学与作家、文学与读者、文学与社会关系等诸多方面的问题。文学伦理学批评是研究这些问题的方法。参见聂珍钊《文学伦理学批评导论》第 100 页。

发言。他反思引发中国文学界无法与西方学术界进行平等对话的原因，强调“要注重我们自己的理论思考、探索与建树，并对文学伦理学批评的原理和应用进行阐释，试图以此来解决我国文学批评理论与实际相脱离的倾向”①。迄今为止，文学伦理学批评经过二十年的发展，基本完成理论框架和学术体系的建构，并在文本实践中得到广泛的应用，在国内和国际上都产生了深远影响。该理论的创始人和奠基人聂珍钊教授被美国艺术与科学院院士、《剑桥文学批评史》总编 Claude Rawson 誉为“文学伦理学批评之父”，国内也涌现一批文学伦理学专家和学者，推动了该研究理论的发展与完善。

虽然西方伦理批评有着悠久的历史传统，但其学术影响力相对有限，未能与形式主义、新批评、历史主义、马克思主义、女权主义、后结构主义、后殖民主义、心理分析、结构主义等主要文学批评理论平等竞争。造成这种局限性的原因与伦理批评自身的不足有关，布斯对此进行了详细评述(见上一节)。聂珍钊将其根本原因归咎于“伦理批评在西方作为方法论的理论建构并没有完成，正是这一点，它才给自己留下了让人攻击的把柄”②。在我国文学伦理学批评的发展过程中，学者们在借鉴西方伦理批评的理论和观点时，充分考虑了这些理论中存在的不足和潜在风险。通过对西方伦理批评的局限性进行深入审视，我国研究者在构建本土化的伦理批评理论时，致力于规避其可能存在的不足，特别是理论建构不完善和方法论不健全等方面的问题。这种批判性吸收和改进，不仅丰富了我国的文学伦理学批评的理论体系，还显著提升了其学术实用性和创新性，从而促进了本土文学批评方法的成熟与发展。与西方伦理批评相比，我国文学伦理学批评的建立与发展具有以下几个鲜明的特色和优势。

首先，文学伦理学批评在借鉴西方理论的基础上，结合中国传统文化和社会背景，进行了深度的本土化创新。通过融入儒家、道家等中国传统伦理思想，构建了具有中国特色的新的伦理批评框架。在西方伦理批评还在桎梏于文学的审美价值和道德价值孰优孰劣之时，中国文学伦理学批评就已经找到了解决审美与伦理二元对立的方案。聂珍钊认为“我们没有理由从对立的立场讨论文学审美与教

① 聂珍钊．文学伦理学批评导论[M]．北京：北京大学出版社，2014：292.
② 聂珍钊．文学伦理学批评导论[M]．北京：北京大学出版社，2014：155.

诲，不能因为片面的理由否定审美或教诲的价值，更无必要为了相互否定而把审美与教诲割裂开来”①。在应对审美与伦理之间的关系时，中国的文学伦理学批评也不同于卡罗尔等西方伦理学者那样，试图通过适度论，如适度自律主义与适度道德主义，在文学审美和伦理之间建立平衡。卡罗尔等西方学者的适度论更多的是一种调和策略。这种策略虽能在短时间内平息道德主义与自律主义之间的激进对立，但其“适度”的天平总是难以兼顾各方利益，常常顾此失彼，无法真正做到两全。相比之下，中国文学伦理学批评并不单纯依赖于在审美与伦理之间找到一个折中点，而是通过“阶段论”形成了一种更为稳固和全面的批评体系。聂珍钊认为，文学作品伦理价值的实现分为审美和批评两个阶段。“文学审美是初级阶段，主要通过阅读理解文学作品，目的在于欣赏。而文学批评是高级阶段，是人作为审美主体对文学作品的理性认知，是通过批评对文学作品作出好坏的价值判断，目的在于获取道德教诲”②。这种阶段性区分反映的是文学认知方式的差异，而非价值等级的划分——审美体验的直观性与批评活动的反思性，共同构成了完整的文学谱系。这种理论创新的意义在于，它打破了传统上将审美价值和伦理价值割裂开来的观点，提出了一种综合的、动态的文学认知模式，不仅关注作品的艺术美感，还重视其道德教化作用，促使读者在审美愉悦中思考更深层次的伦理问题。

其次，文学伦理学批评重视文本细读和文本分析的作用。一些批评方法在解释文学作品时过于依赖外部理论框架，而忽视了作品自身的特点和价值。脱离文本实际的过度解读会扭曲原作的本意和艺术表现。中国文学伦理批评倡导一种更加务实和严谨的批评态度，力求在尊重文本原貌的基础上，深入挖掘其伦理价值和社会意义。聂珍钊认为，国内外的“文本理论深受索绪尔和巴特的影响，大多数关于文本的研究往往被束缚在他们的文本理论框架中，缺少创新”③。研究者在既定的理论框架内进行文本分析，忽视了对文本多样性和复杂性的充分探索，难以应对日益多样化的文学现象和不断变化的社会文化环境。聂珍钊等人按照载

① 聂珍钊．文学伦理学批评的价值选择与理论建构[J]．中国社会科学，2020(10)：71-92.

② 聂珍钊．文学伦理学批评的价值选择与理论建构[J]．中国社会科学，2020(10)：89.

③ 聂珍钊．文学伦理学批评的价值选择与理论建构[J]．中国社会科学，2020(10)：79.

体分类，与时俱进地将文本细分为三种基本形态：“以大脑为载体的脑文本、以书写材料为载体的书写文本和以电子介质为载体的电子文本(又称数字文本)。基于这三种文本类型，文学伦理学批评以脑文本为基础构建了自己的文本理论。”①聂珍钊的文本理论概念界定清晰、逻辑严谨、内容涉及多个方面。他不仅对脑文本研究对象、脑文本在大脑中的存在方式、脑文本与文学文本的区分等基础理论和概念进行了界定与厘定，还深入探讨了脑文本向文学文本的转换机制及其在文学伦理学批评中的应用②。聂的文本理论全面覆盖了从基础理论到实际应用的多个层面，推动了文本研究的深入发展。

最后，文学伦理学批评的发展与壮大离不开中华民族凝聚力量办大事的传统。这种传统强调集体智慧和协作精神，为文学伦理学批评的形成和发展提供了重要的文化和社会基础。中华民族的凝聚力和集体意识为学术研究提供了强大的支持和动力。从文学伦理学批评学术团队的组建到各类研究资源的整合，都体现了这一传统的优势。如依托国家社会科学基金重大项目“文学伦理学批评：理论建构与批评实践研究”，以聂珍钊为首的文学伦理学团队汇聚了各个领域(主要包括比较文学、国别文学研究及伦理学等领域)的专家和学者，在短短几年时间就完成了《文学伦理学批评理论研究》《中国文学的伦理学批评》《英国文学的伦理学批评》《美国文学的伦理学批评》《日本文学的伦理学批评》5部文学伦理学批评专著，在理论体系上建立了一个融伦理学、美学、心理学、语言学、历史学、文化学、人类学、生态学、政治学和叙事学为一体的研究范式，保证了文学伦理学批评学术视野的开放性和学术品质的包容性③。文学伦理学批评广泛应用于中国、英国、美国和日本等多个国家的文学作品，系统、深入地阐释了文学针对特定文化审美现象或社会政治经济事件进行伦理道德批判的功能与策略。这种传统也体现在学术交流和传播方面。从2004年到2024年，全球共举办了12届文学伦理学批评国际学术研讨会，吸引了来自世界各国的学者和专家共同探讨伦理议题，积极探索以文学伦理学批评为基础的跨学科研究范式，推动了科学理论与人

① 聂珍钊．文学伦理学批评的价值选择与理论建构[J]．中国社会科学，2020(10)：79.

② 聂珍钊，王永．文学伦理学批评与脑文本：聂珍钊与王永的学术对话[J]．外国文学，2019(4)：166.

③ 聂珍钊．文学伦理学批评理论研究[M]．北京：北京大学出版社，2020：1.

文学科的融合。在学术成果传播与国际对话平台建设方面，我国已形成以文学伦理学批评为核心的专业期刊矩阵：《外国文学研究》、《文学跨学科研究》和《世界文学研究论坛》。此外，英国的 *Times Literary Supplement*（TLS）、德国的 *Arcadia: International Journal of Literary Culture*、美国的 *Style* 和 *CLCWeb: Comparative Literature and Culture* 等国际权威学术期刊纷纷推出专刊或发表相关研究文章，深入探讨文学伦理学批评。这些期刊的关注不仅反映了该理论在国际学术界的广泛影响力，也凸显了其在全球文学研究中的重要地位。第 24 届世界哲学大会的哲学与文学分会特设了“聂珍钊的道德哲学”专题①，这进一步展示了文学伦理学批评的学术价值，并推动了国际范围内的深入讨论和研究。这一系列活动表明，文学伦理学批评已成为一个重要的学术领域，受到全球学术界的高度重视。通过 20 余年的不断发展和国际传播，文学伦理学批评不仅成为中国对外展示文化软实力的重要载体，也为全球文学研究和伦理学研究提供了宝贵的理论资源和实践经验。

第三节　文学伦理学批评的未来之路

文学伦理学批评的理论构想从一开始就高屋建瓴，明确将方法论的视角作为研究的出发点，而非仅仅停留在理论思潮的层面。聂珍钊认为，“作为批评文学的方法，文学伦理学批评不仅以伦理选择为基础建构了理论体系，而且还以伦理选择、伦理身份等术语为核心建构了话语体系，从而为这一批评方法的广泛运用奠定了理论基础”②。术语在文学伦理学批评的话语体系建构中起着关键作用。然而，在有关伦理学批评的众多著作中，只有 2014 年出版的《文学伦理学批评导论》以附录形式列出了 53 个与伦理批评相关的术语。在之后的十年，尽管有新的术语不断涌现，但这些术语并未得到增补和更新。此外，这 53 个术语的阐释详简不一，缺乏统一标准。对于一些存在于多学科领域的术语，未能从多学科视角进行辩证解释和说明，甚至出现前后不一致的问题。比如，“本能”（instinct）在

① 张连桥．文学伦理学批评：脑文本的定义、形态与价值——聂珍钊访谈录[J]．河南大学学报》(社会科学版)，2019(5)：85.

② 聂珍钊．文学伦理学批评的价值选择与理论建构[J]．中国社会科学，2020(10)：92.

书中被解释为“从猿进化为人之后人身上的动物性残留，是对生存或欲望的不自觉满足，其本身不具有道德性。但是，当无意识的本能转变为人的有意识的活动时，以理性意志或非理性意志的形式表现出来，则进入伦理的范畴”①。这一解释模糊了本能的生物学概念和伦理学解释的界限。随后，书中对“本性”的解释是“本性即本能，指人的自然属性”②。这些前后不一致和概念模糊的问题，不仅削弱了术语解释的科学性和严谨性，也影响了文学伦理学批评作为一种研究方法的规范性和有效性。此外，《文学伦理学批评导论》中术语繁多，虽然一些术语如理性意志与自由意志、伦理环境与伦理选择之间存在一定联系，但总体上缺乏合理的分类，也未澄清它们之间的关系。这种问题不仅增加了理解和应用的难度，还影响了学术讨论的连贯性和系统性。一些有着文艺学背景的学者，如韩存远等，也撰文揭示了这一问题。他们认为，“由于文学伦理学批评预设的术语和评价尺度过于繁多，且未曾澄清它们之间的关系，批评家们在具体操作过程中，发生了评价尺度不一的状况”③。针对术语问题，我们可以借鉴西方理论中的一些有益做法。例如，迪伦·埃文斯(Dylan Evans)编撰的《拉康精神分析介绍性辞典》采用了目录词典索引的方式，对拉康的批评术语进行了详细解读，并通过图表解释了一些复杂术语的关系。这种方法对于理解和应用拉康的理论非常有用，特别是在澄清和区分一些容易混淆的术语，如欲望(desire)、要求(demand)和需要(need)方面，通过详细的文字和图表解释，极大地提高了术语的清晰度和可操作性。

文学伦理学批评是一种跨学科的理论和研究方法。它不仅与文学理论和批评密切相关，还与语言学、伦理学、美学、心理学、神经认知科学等多种学科相互交融，并展现出明显的跨学科转向④。例如，它借鉴语言学的分析方法来理解文学文本的结构和表达，运用伦理学的理论来探讨文学作品中的道德和价值观念，利用美学的观点来审视文学的审美价值和形式美，结合心理学的研究来分析文学

① 聂珍钊．文学伦理学批评导论[M]．北京：北京大学出版社，2014：247.

② 聂珍钊．文学伦理学批评导论[M]．北京：北京大学出版社，2014：247.

③ 韩存远．英美文学伦理批评的当代新变及其镜鉴[J]．社会科学文摘，2021(10)：105.

④ 聂珍钊．文学伦理学批评的价值选择与理论建构[J]．中国社会科学，2020(10)：92.

人物的心理动机和行为逻辑，甚至借助神经认知科学来探索读者在阅读过程中大脑的反应和情感体验。在国内外学者的共同推动下，这种跨学科研究必然会借鉴和吸收其他学科的理论和方法，完善文学伦理学批评的理论建构，推动文学伦理学批评的深入发展。然而，目前文学伦理学领域的研究专家和学者大多出身于外国文学专业①，他们精通外国文学史，擅长各种类型的文本细读，但术业有专攻，他们并不擅长美学和伦理学方面的学术理论研究。因此，跨学科对话和协作成为文学伦理学未来的发展方向。文学伦理学批评理论不仅可以与哲学、伦理学、美学等学科相结合，还可以与心理学、社会学、历史学等领域互动，共同探讨人类行为、社会规范和文化价值的复杂性。

最后，尽管文学伦理学在中国取得了显著的发展并在国际学术界产生了一定的影响，但在西方文学批评领域，该理论仍有相当大的拓展空间。虽然一些英美主流文学期刊陆续发表了一些关于文学伦理学批评的论文，但其总体规模和影响力依旧无法与西方传统文学理论相抗衡。此外，针对中西方文学经典进行伦理解读的英文专著依然匮乏，这限制了该理论在国际学术界的全面推广。令人鼓舞的是，在国家社科基金中华学术外译项目的资助下，聂珍钊的《文学伦理学批评导论》的英文译本(*Introduction to Ethical Literary Criticism*)于2024年由国际知名出版集团泰勒·弗朗西斯(Taylor & Francis)出版发行。该书的出版不仅为中国学术理论走向国际开辟了新途径，还标志着中国文学伦理学批评在国际学术界得到认可和推广，这有助于推动该理论在全球范围内的应用和发展。然而，作为一个新的理论体系，文学伦理学批评的发展仍然任重而道远。首先，国内学术界需要进一步深化跨学科的合作与研究。文学伦理学批评本身就涉及文学、伦理学、心理学、神经科学等多个学科，只有通过不同学科的相互融通和交叉研究，才能更全面地阐释和应用这一理论。同时，国内的研究者应积极与国际同行交流合作，分享研究成果，吸收国际前沿的学术思想和研究方法。其次，国外就读的博士生和访问学者的参与对推动文学伦理学批评的发展至关重要。一方面，通过在国外知名大学进行深造和交流，学者们可以将中国的文学伦理学批评理论带到国际学术

① 韩存远．英美文学伦理批评的当代新变及其镜鉴[J]．社会科学文摘，2021(10)：105.

界，增加其国际影响力。另一方面，国外学者也可以通过访学和合作研究，深入了解并应用这一理论，从而促进中西方学术的相互借鉴和融合。最后，高质量的学术论文和学术专著的发表是推动文学伦理学批评发展的重要手段。在国际知名学术期刊上发表论文，以及出版中英文对照的学术专著，可以让更多的国际学者了解和认可这一理论，最大程度地发挥其价值。

第二章

“文坛神话”还是“犹太逆子”：菲利普·罗斯及其作品

菲利普·罗斯(Philip Roth)于1933年出生于美国新泽西州纽瓦克市，成长在一个主要为犹太人居住的社区。他的早期生活和文化背景对其文学创作产生了深远的影响。罗斯在高中完成学业后，进入巴克内尔大学(Bucknell University)，1954年获得文学学士学位。就读于巴克内尔大学期间，他通过大学报纸发表了一篇讽刺文章，显露出其早期的写作才华和对讽刺与模仿的独特兴趣。毕业后，罗斯继续深造，前往芝加哥大学(University of Chicago)攻读文学硕士学位，并在那里教授英语。在此期间，罗斯开始进行文学创作并逐步获得认可。1954年，他在《芝加哥评论》(*The Chicago Review*)上发表了自己的第一篇小说，展现了其卓越的叙事能力和独特的文学视角。次年，他在《纪元》(*Epoch*)杂志上发表了另一篇重要作品《亚伦·戈尔德的竞赛》(*The Contest for Aaron Gold*)。这篇小说因其深刻的主题和精湛的写作技巧，被选入玛莎·弗利(Martha Foley)编辑的《1956年美国最佳短篇小说集》(*Best American Short Stories of* 1956)，这进一步巩固了罗斯在文学界的新锐地位①。1959年，26岁的他出版了小说集《再见，哥伦布》(*Goodbye*, *Columbus*)，获得了广泛的关注和赞誉。索尔·贝洛(Saul Bellow)在《评论》(*Commentary*)中说道：“26岁的他技艺娴熟、机智、充满活力，表现得像个技艺高超的演奏家。”②欧文·豪(Irving Howe)也给予这部作品高度评价：“许

① Royal Derek Parker. Philip Roth: New Perspectives on an American Author[M]. Westport: Conn Praeger Publishers, 2005: 189.

② Harold Bloom. Philip Roth Bloom's Modern Critical Views[M]. Philadelphia: Chelsea House Publishers, 2003: 7.

多作家一生都在寻找独特的声音、稳固的节奏和独特的主题，而这些似乎都立刻完全地出现在了菲利普·罗斯身上。”①尽管罗斯的这部作品受到了很多褒扬，但同时也引发了许多犹太读者的不满。批评者指责他背叛犹太文化来获取作为“美国”作家的认可。罗斯所写的内容触及了敏感的犹太宗教文化和一些传统禁忌，如禁止诽谤(loshon hora②)的规定，因而遭到犹太读者和拉比的强烈谴责。曾有一位拉比向反诽谤联盟(Anti-Defamation League)抗议他的作品，并问道：“他们打算对这个人做些什么？中世纪的犹太人会知道该怎么对付他。”③拉比西奥多·路易斯(Theodore Lewis)对罗斯的批评尤为尖锐，他指责罗斯对美国犹太人的描绘是负面的，将犹太角色描绘成堕落和好色的生物。路易斯认为，“任何理智的读者从罗斯的作品中得出的唯一结论是：没有‘犹太人’的国家或世界将会是一个更美好、更幸福的地方”④。在不断的争议之中，罗斯笔耕不辍，自 1959 年小说集《再见，哥伦布》开始到 2010 年的封笔之作《复仇女神》结束，罗斯平均 23 个月出版一本新书，共创作了 29 部小说、无数故事、2 本回忆录和 2 本文学批评著作。他被蒂莫西·帕里什(Timothy Parrish)称为“过去五十年来最具批判性和持续争议性的美国作家”⑤。

罗斯一生获得的奖项无数。他曾两次荣获国家图书奖(1960 年、1995 年)、国家书评人协会奖(1987 年、1991 年)和国际笔会/福克纳奖(1993 年、2000 年)。他还曾获得国家艺术奖章(1970 年)、普利策奖(1997 年)和法国美第奇外国图书奖(2000 年)等荣誉。2001 年，《时代》杂志将罗斯评为“美国最佳小说

① Howe Irving. Philip Roth Reconsidered [M]//Sanford Pinsker. Critical Essays on Philip Roth. Boston: G. K. Hall & Co., 1982: 229.

② “loshon hora”是防止外部群体对犹太人的迫害而制定的一项法律，旨在促进社区内部的团结，避免可能导致内部和外部问题的纷争。随着时间的推移，这一规定被严格解释为禁止所有对犹太人行为的批评。“犹太人不得诽谤或贬低自己的族人”(Roth, 1993: 338)成为犹太人内部的言谈框架。

③ Roth Philip. Writing About Jews[M]//Reading Myself and Others. New York: Farrar, Straus and Giroux, 1975: 160.

④ Isaac Dan. In Defense of Philip Roth [M]//Sanford Pinsker. Critical Essays on Philip Roth. Boston: G. K. Hall & Co., 1982: 182.

⑤ Parrish Timothy. The Cambridge Companion to Philip Roth [M]. Cambridge: Cambridge University Press, 2007: 1.

家”。文学评论家哈罗德·布鲁姆(Harold Bloom)对罗斯给予高度评价：“如果你想到主要的美国作家，你可能会记得梅尔维尔、霍桑、吐温、詹姆斯、凯瑟、德莱塞、福克纳、海明威和菲茨杰拉德等小说家。我还要加上纳撒尼尔·韦斯特、拉尔夫·埃里森、托马斯·品钦、弗兰纳里·奥康纳和菲利普·罗斯。”①布鲁姆的《西方经典》(*Western Canon*)中收录了6部罗斯小说，这比任何其他在世的美国作家都多。2006年，《纽约时报书评》(*The New York Times Book Review*，简称NYTBR)邀请大约200名作家、评论家、编辑和其他文学贤达，评选出“过去25年出版的美国小说中的最佳作品”。在最终入选的22部作品中，有6部是菲利普·罗斯的作品，即《反生活》《夏洛克在行动》《萨巴斯剧院》《美国牧歌》《人性的污秽》和《反美阴谋》。

罗斯的写作风格和叙事手法对后来的作家产生了深远的影响，尤其是在族裔文学领域。他通过对复杂人物的塑造和对社会现象的批判，拓展了文学表达的边界，激发了更多作家去探索和记录各自族群的独特经历和文化特质②。他总是“尽可能地去把握和刻画影响每个人的复杂的道德和社会因素”③。他的小说不仅展现了犹太几代移民间的家庭伦理冲突、道德观和价值观的变迁，还通过尖锐的笔触探讨了犹太移民的同化、异化、身份背叛和回归等深层次问题。罗斯不仅是美国文学巨匠，也是世界文学中的重要一员。他的作品不仅丰富了美国文学的内涵，也推动了全球族裔文学的发展，成为激励无数后继者的典范。近年来，国内外学者对于罗斯的研究已经开始从最初的族裔身份、意识形态批评方面发展到从伦理书写、文化批评等多方面、多角度赋予罗斯作品以丰富的内涵。

第一节 罗斯的成长经历对其伦理观念的影响

文学伦理学批评旨在将虚构的艺术世界与现实世界紧密结合，深入探讨文学作品中的道德现象，并分析这些现象如何反映“作者与创作、文学与社会”④等

---

① Bloom Harold. The Western Canon: The Books and School of the Ages[M]. Boston: Houghton Mifflin Harcourt, 2014: 288.

② Bailey Blake. Philip Roth: The Biography[M]. New York: Simon and Schuster, 2021: 11.

③ Baumgarten Murray. Philip Roth and the Jewish Self[J]. Jewish Social Studies, 2000, 44(1): 31-54.

④ 聂珍钊. 文学伦理学批评导论[M]. 北京：北京大学出版社，2014：99.

多个层面的道德关系。这一批评方法不仅关注文学作品的道德内容，还涉及作家个人的伦理观念及其对创作的影响。在这一领域中，作家的伦理观念与其作品中展现的道德倾向之间的关系是一个核心问题。作家的道德观不仅塑造了其创作的主题和人物，还在其作品中体现了特定的伦理评价和道德冲突。以聂珍钊教授的研究为例，他曾对作家托马斯·哈代(Thomas Hardy)的道德倾向及其与作品之间的关系进行过深入探讨。聂教授认为，"哈代塑造的正面道德形象，既表现了时代的道德精神和道德理想，也表现了作者自己的道德倾向"①。具体而言，哈代作品中的道德人物和情节设置，展示了他对道德问题的独特见解以及对社会伦理的深刻关注。作为当代美国犹太作家的杰出代表，菲利普·罗斯的作品与哈代类似，深入探讨了现代人类生活及其道德困境。罗斯不仅在创作中展示了高超的文学技艺，还融入了自传性的书写方式，揭示了他对个人经历、犹太文化及美国社会的复杂思考。这种自传性书写不仅反映了个人的伦理困境，也对更广泛的社会和文化问题进行了深入探讨，对人性和道德进行了深刻的洞察。本节将结合时代背景，重点探讨菲利普·罗斯伦理观念产生的原因及其形成过程。首先，分析罗斯所处的社会与文化背景，包括他作为美国犹太作家的身份如何影响其道德观念的形成。其次，探讨罗斯个人经历和自传性书写如何与他的伦理观念相互作用，并塑造了其作品中的道德主题。最后，将研究罗斯的伦理观念在其创作中的具体体现，尤其是如何反映出对现代社会和文化的批判性思考。

罗斯的祖父母是在1881年至1882年波兰移民潮中抵达美国的。他的家人和这座城市的大多数犹太移民一样，居住在纽瓦克西南边缘的威卡希克区(Weequahic)。这一社区大约在二十年前建成，曾是哈肯萨克和拉里坦印第安人领地的旧边界。1948年，纽瓦克的犹太人口达到了顶峰，达到56800人，约占该市居民的12%②，是美国第七大犹太人口聚居区。尽管罗斯成长于美国历史上反犹太主义最严重的十年，但他指出，他所在的纽瓦克地区"是一个安全、和平的避风港……就像印第安纳州农场男孩的农村社区一样"③。一些学者认为罗斯具

① 聂珍钊．文学伦理学批评导论[M]．北京：北京大学出版社，2014：190.

② Nadel. Philip Roth：A Counterlife[M]. Oxford：Oxford University Press，2021：42.

③ Bailey B. Philip Roth：The Biography[M]. New York：Simon and Schuster，2021：28.

有“恋地情结”，这种情结表现为他笔下的主人公既渴望逃离家园又无法割舍的复杂情感。以《再见，哥伦布》中的尼尔为例，“纽瓦克对他意味着限制而非自由”①。他厌烦专制的父亲和令他压抑的犹太传统，渴望融入肖特山富裕的被同化了的犹太群体②。然而，当他的美国梦遭到挫败后，尼尔和罗斯笔下大多数人物一样，开始怀念纽瓦克以及故乡的家人。

父母的伦理观念通过言传身教对一个人的成长和写作有着深远的影响。这些观念不仅塑造了个人的道德框架和价值观，还在其思维方式、行为习惯和情感体验中留下了深刻的印记。罗斯的父亲赫尔曼·罗斯（Herman Roth）于1901年出生在美国纽瓦克，是波兰加利西亚移民森德·罗斯（Sender Roth）和伯莎·罗斯（Bertha Roth）的七个孩子中的老二。他只受过八年级的教育，很早就开始工作，通过辛勤工作养家糊口。他在大都会人寿保险公司（Metropolitan Life Insurance Company）度过了漫长的职业生涯，并晋升为南泽西州一家拥有52名员工的地区办事处经理。赫尔曼·罗斯在保险公司工作起薪约为每周82美元，足以支撑他们家庭过上体面的中下层生活。他工作认真、勤奋，几乎从不抱怨。他对政治、道德和家庭有着强烈的见解。在罗斯眼中，“父亲是一位自由主义者和严格的道德家，坚定地相信人权和政治权利。任何对这些权利的侵犯都会引起他的强烈愤慨”③。罗斯也多次目睹了父亲在听到考夫林神父侮辱犹太人时的愤怒。赫尔曼信念坚定，并主导着家庭生活，他的妻子贝丝尽量避免与他产生任何争议。在人际关系上，他是一位实用主义者，依靠事实而不是感觉进行推理。这一点在妻子葬礼后他表现得尤为明显。回到公寓后，他没有在客厅迎接哀悼者，而是走进卧室，迅速开始处理贝丝的衣物和纪念品。他将这视为另一项必须完成的“艰巨任务”，并且他从未逃避过这样的挑战。情感在此无关紧要，这是一项工作，他相信自己在做一些“慷慨、乐于助人且道德的事情”④。

罗斯的母亲贝丝·芬克尔（Bess Finkel）于1904年出生在新泽西州的伊丽莎

① Bailey B. Philip Roth：The Biography[M]. New York：Simon and Schuster, 2021：67.

② 姚石．菲利普·罗斯的“恋地情结”：《再见，哥伦布》的空间叙事[J]．安徽师范大学学报（人文社会科学版），2020（6）：143.

③ Nadel. Philip Roth：A Counterlife[M]. Oxford：Oxford University Press, 2021：19-20.

④ Roth P. Patrimony [M]. New York：Simon and Schuster, 1991：30-31.

白市。她是来自基辅附近的移民菲利普·芬克尔(Philip Finkel)和多拉·芬克尔(Dora Finkel)所生的五个孩子中的第二个。贝丝是一位尽职的家庭主妇，主要负责照顾她的孩子们，她与罗斯所有的导师都很熟悉。她在厨房严格遵循犹太教规，会在安息日点燃蜡烛，并履行逾越节的相关仪式，尽管这些宗教实践更多地源于她童年经历的情感联系，而非深厚的宗教信仰。贝丝主要阅读《女性家庭杂志》、《红皮书》和《女性家庭伴侣》等，这些读物为她提供了关于穿着、家居布置、有效食谱和抚养孩子的实用建议。她最喜欢的作家是赛珍珠，而埃莉诺·罗斯福则是她心目中的女英雄。贝丝对儿子的写作成就感到非常自豪，但她无法理解为什么有时会有人认为他的作品带有反犹太主义倾向。

父母的言传身教不仅影响了罗斯的道德观念，还塑造了他对人际关系、社会结构和文化背景的理解。这些因素综合起来，为他的创作提供了丰富的素材和灵感。作为第二代美国犹太移民，罗斯的父母在美国出生并成长，其生活经验与东欧犹太人的意第绪语环境及宗教传统存在显著代际断裂。虽然他们保持了一些犹太传统和习俗，但这种文化传承并不涉及对意第绪语的广泛使用或对欧洲犹太人生活方式的深入接触。罗斯在成长过程中几乎没有在家庭中接触到意第绪语，除了偶尔拜访居住在纽约的祖母时听到一些。这使得他对欧洲犹太文化的直接体验显得相对有限。这一点与索尔·贝娄的情况形成了鲜明的对比。贝娄的家庭在日常生活中更频繁地使用意第绪语，这种语言不仅是贝娄家庭文化的一部分，也是他创作的根基之一。贝娄的作品中，意第绪语的运用和对犹太文化的深刻探讨，反映了他对犹太传统的亲身体验和直接感知。例如，贝娄的《赫尔佐格》(*Herzog*)和《奥吉·马奇历险记》(*The Adventures of Augie March*)等作品，展示了他对犹太文化的深刻理解和对意第绪语的艺术运用。罗斯的小说通常以美国社会中的犹太身份为中心，探讨了在这一背景下形成的独特身份和经验。这种背景差异不仅塑造了罗斯的文学风格，也使他的作品在处理与犹太身份相关的主题时，与辛格和贝娄等作家的作品形成了鲜明的对比。索洛塔罗夫(Solotaroff)在《芝加哥评论》上发表了《菲利普·罗斯和犹太道德主义者》的长篇评论。在这篇评论中，索洛塔罗夫借鉴了欧文·豪和埃利泽·格林伯格所概述的意第绪语写作传统，将早期的罗斯与贝娄和马拉默德相提并论，将文学和犹太经验结合起来，提出美学和道德是相互统一的论述。这篇评论引起了《泰晤士报文学副刊》(*Times Literary Supplement*，简称

TLS)编辑的注意，并邀请他撰写一篇关于当代美国写作中犹太人声音的文章。

除了父母的影响外，菲利普·罗斯的叔叔欧文·科恩(Irv Cohen)在他的成长过程中也扮演了至关重要的角色。欧文叔叔曾参加过战争，他的经历和见解对年轻的罗斯产生了深远的影响。欧文叔叔经常与罗斯谈论战争、飞机和战略，这些话题深深吸引了罗斯，使他对这些事物充满了浓厚的兴趣。欧文叔叔开着卡车给亲戚送货，有时会邀请罗斯一同前往。对于罗斯来说，这些旅行不仅充满了冒险的乐趣，还提供了与叔叔讨论和观察生活的机会。在这些旅途中，欧文叔叔分享了许多关于战争英雄和左翼人民阵线的故事，这些故事在罗斯的脑海中留下了深刻的印象。“这些关于战争英雄的言论和左翼人民阵线的英雄主义，与托马斯·沃尔夫的《天使望故乡》(*Look Homeward*, *Angel*)中的隐含英雄主义相匹配，罗斯甚至将这个标题用于他的小说《被束缚的祖克曼》的一个章节部分。”①

欧文叔叔对其的影响不仅体现在罗斯对某些主题的兴趣上，还体现在他的文学创作风格和主题选择上。欧文叔叔的叙述方式和对生活的观察，使罗斯在描写人物和事件时更加注重细节和现实。这种细腻的描写方式在罗斯的小说中得到了充分的体现，尤其是在他探讨战争、政治和社会问题时。罗斯在后来的小说《我嫁给了共产党人》中描绘的艾拉·林戈尔德，与他的欧文叔叔有着明显的相似之处。虽然欧文叔叔不像艾拉那样杀过人，但他脾气暴躁且坚强，反对美国的一切，尤其是当时的社会状况和资本主义制度。这种态度吸引了年轻的、左倾的罗斯，让他接触到了不同于他父母所传递的文化视角。欧文叔叔的经历和观点，扩展了罗斯对世界的理解，使他能够在作品中融入更丰富的历史和社会背景。

此外，罗斯的作品具有明显的反叛意识，集中体现了“犹太社会中个人与家庭、自我与社会、传统与现代、父辈与晚辈之间复杂的伦理关系和道德冲突”②。这种反叛意识与罗斯的成长经历密切相关，他在不同人生阶段屡次遭遇家人、爱人和朋友的背叛。纳德尔(Nadel)梳理了罗斯不同时期遭遇背叛的历史，发现“几乎每十年罗斯就会遭受一次或多次严重的背叛”。在他二十多岁时，女友玛吉(Maggie)通过假怀孕的诡计欺骗了他，并以此作为结婚的筹码；在他四十岁时，

① Nadel. Philip Roth：A Counterlife[M]. Oxford：Oxford University Press，2021：67-68.

② 袁雪生. 论菲利普·罗斯小说的伦理道德指向[J]. 外国语文，2009，25(2)：43.

由于出版了《波特诺伊的怨诉》，一向支持他的文学导师欧文·豪(Irving Howe)指责他的创造性视野被粗俗所玷污，称其为“1969年动荡的美国堕落文化的典型代表”①。四十多岁时，他深陷婚姻的泥潭，妻子克莱尔·布鲁姆(Claire Bloom)害怕被抛弃，而罗斯则感到自己被禁锢，两人在敌意中分开，他再次被婚姻背叛。五十多岁时，罗斯的身体开始背叛他，背部和心脏问题日益严重；六十多岁时，朋友和敌人的去世加剧了他对衰老的恐惧和抑郁，尤其是维罗妮卡·耿(Veronica Geng)、C. H. 胡维尔(C. H. Huvelle)及欧文·豪的去世，让他再次经历了对生活有所感悟后的背叛。罗斯的一生经历了许多个人和职业上的背叛，这些经历深刻影响了他的文学创作，并在作品中得到了反映。这种背叛感可能促使他在《我嫁给了共产党人》中，通过角色林戈尔德(Ringold)表达了这样的反思：“背叛是生活中不可避免的一部分——谁不背叛呢?”②罗斯在作品中展现的反叛意识，正是其个人经历的深刻反映。他在文学创作中，剖析了个人与外界的冲突与矛盾，将犹太文化背景下的伦理关系和道德冲突描绘得淋漓尽致。罗斯的反叛不仅仅针对家庭和社会，更是对生命本身的质疑和挑战。他通过文学，表达了对背叛和失落的深刻感悟，并在这一过程中重新定义了犹太身份与美国社会中的个人位置。

最后，罗斯早期阅读的作品中蕴含的道德力量，对他的创作和人生观产生了深远的影响。尤其是托马斯·沃尔夫(Thomas Wolfe，1900—1938)的作品，对罗斯的文学道路有着重要的推动作用。罗斯通读了沃尔夫的四部自传体小说，被沃尔夫对美国普通生活的抒情描写深深打动。这种抒情描写，不仅让罗斯感受到生活的丰富多彩，还让他看到文学对人类情感的深刻反映。此外，爱国作家霍华德·法斯特(Howard Fast，1914—2003)的道德激情，也在罗斯的成长过程中扮演了重要角色③。法斯特的作品帮助罗斯理解并探索了个人与社会、伦理与道德之间的复杂关系，激励他在文学创作中寻找自己的道路。法斯特通过对社会正义和人类尊严的坚持，让罗斯看到文学不仅是艺术表达的工具，更是社会和道德思考的重要载体。后来，卡夫卡(Kafka，1883—1924)对罗斯的影响愈发显著。卡夫

① Howe Irving. Philip Roth Reconsidered [M]//Sanford Pinsker. Critical Essays on Philip Roth. Boston: G. K. Hall & Co, 1982: 243.

② Roth P. I Married a Communist[M]. Boston: Houghton Mifflin Harcourt, 1998: 265.

③ Nadel. Philip Roth: A Counterlife[M]. Oxford: Oxford University Press, 2021: 87.

卡的作品以其独特的荒诞和存在主义色彩，为罗斯提供了新的视角和创作灵感。卡夫卡通过对人类存在的困境和内心的迷惘的描绘，帮助罗斯在自己的作品中更深入地探讨人性、身份和社会等主题。由此可见，文学作品中的道德观念及作品的道德倾向会对读者的道德观产生深远的影响①。罗斯在早期阅读中接触到的这些作家，通过他们独特的道德视角和文学表达，不仅塑造了他的创作风格，也引导他在文学中不断探寻和反思复杂的人性和社会关系。这种影响贯穿于罗斯的整个创作生涯，使他的作品在探讨人性复杂性和社会道德问题上具有独特的深度和广度。

罗斯的创作最显著的特征在于自我经验的深度介入，以及作品主题内容与其所处的犹太传统文化和美国政治文化之间的密切关联。具体而言，罗斯的创作具有显著的自传性书写特征。他的虚构作品与其真实生活之间形成了紧密的对照关系。“波特诺伊、塔诺波尔、祖克曼、凯普什以及菲利普·罗斯等角色都体现了典型的罗斯风格”②，并且他们的生活轨迹、家庭和婚姻状况、社会经历等都在很大程度上移植了罗斯本人的真实经历。这种创作手法，使得罗斯的作品在探讨个人与文化背景之间的关系时，兼具了真实性和文学性的双重维度。罗斯热衷于在创作中“自我指涉和自我想象，运用各种手段营造‘自传性阅读’的氛围，混淆真实与虚构的界限”③。因此，对罗斯作品的解读，无论是从写作技巧还是从主题思想的角度，都离不开对其个人生活轨迹的把握和对美国与犹太文化的深入了解。罗斯的小说蕴含深刻的伦理道德指向，既继承又背离了传统犹太文化。他的作品通过对“性爱主题的伦理拷问、反叛意识中的道德冲突以及生存处境下的命运反思”④，展现了复杂的伦理层面。这些作品不仅描绘了犹太社会中家庭伦理、宗教伦理乃至公共伦理的嬗变，还体现了深刻的伦理道德思考。

第二节 菲利普·罗斯国外研究综述(基于伦理视角)

菲利普·罗斯(Philip Roth)是20世纪后半叶至21世纪初的美国重要作家，

① 聂珍钊. 文学伦理学批评导论[M]. 北京：北京大学出版社，2014：100.
② 苏鑫. 菲利普·罗斯自传性书写的伦理困境[J]. 外国文学研究，2015，37(6)：117.
③ 陈红梅. 菲利普·罗斯：在自传和自撰之间[J]. 国外文学，2015 (2)：80-82.
④ 袁雪生. 论菲利普·罗斯小说的伦理道德指向[J]. 外国语文，2009，25(2)：42-46.

他的作品以深刻探讨道德问题和犀利的社会批判而著称。正如罗斯所言，“讽刺是转化为喜剧艺术的道德愤怒——正如挽歌是转化为诗歌艺术的悲伤”①。从1959年的成名作《再见，哥伦布》(*Goodbye, Columbus*)到2010年的封闭之作《复仇女神》(*Nemesis*)，欧美学术界对罗斯及其作品中表现的道德问题进行了广泛而持久的关注。西奥多·索洛塔罗夫(Theodore Solotaroff)是最早关注菲利普·罗斯作品中道德问题的评论家之一。早在《再见，哥伦布》发表当年，他就在《芝加哥评论》上发表了文章《菲利普·罗斯和他的犹太道德家》。索洛塔罗夫指出，索尔·贝娄、伯纳德·马拉默德和菲利普·罗斯在审美风格上与俄罗斯作家果戈理和陀思妥耶夫斯基相似，后者都是坚定的道德家和杰出的故事讲述者。马拉默德提出了“道德美学”的概念，强调通过故事将道德深深融入人类行为、存在和情感的结构中，使得道德虽不可见却无处不在。换句话说，这些作家的作品不仅仅是情节的展开，更是对人类道德困境的深刻反思。罗斯对同化过程中社会和种族变化的记录尤其具有深度。他不仅通过诸如乡村俱乐部会员资格、马术表演、孩子就读的学校以及“正确的”犹太教堂等外部标志来捕捉这些变化，还通过这些外部标志对个人作为犹太人的道德身份所产生的微妙影响，来进一步探讨同化对个人道德身份的冲击和重塑②。在过去五十多年中，罗斯的研究领域涌现了许多具有重要影响力的学者，如约翰·麦克丹尼尔(John McDaniel，1974③)、朱迪思·帕特森·琼斯(Judith Paterson Jones，1981)、伯纳德·罗杰斯(Bernard Rodgers，1984)、哈罗德·布鲁姆(Harold Bloom，1986)、杰伊·哈利奥(Jay Halio，1992)、乔治·塞尔斯(George Searles，1992)、阿兰·库珀(Alan Cooper，1996)、斯蒂芬·韦德(Stephen Wade，1996)、黛布拉·肖斯塔克(Debra Shostak，2004)、德里克·帕克·罗亚尔(Derek Parker Royal，2005)、伊莱恩·萨弗(Elaine Safer，2006)、大卫·布劳纳(David Brauner，2007)、蒂莫西·帕里什

① Roth, “On Our Gang,” in RMY 46. The essay-interview originally appeared in the Atlantic Monthly, December 1971 and was reprinted as an afterword to the “Watergate Edition” of Our Gang (New York: Bantam, 1973).

② Solotaroff T. Philip Roth and the Jewish Moralists[J]. Chicago Review, 1959, 13(4): 89.

③ 本书梳理的罗斯研究者，英文名字后面的年份表示其出版的专著时间。所有列出的研究者均已出版了一本以上关于罗斯的专著，并发表了多篇相关的研究论文。

(Timothy Parrish, 2007)、罗斯·波斯诺克(Posnock Ross, 2008)、简·斯塔特兰德(Jane Statlander, 2011)、维利奇卡·伊万诺娃(Velichka Ivanova, 2014)、帕特里克·海斯(Patrick Hayes, 2014)、史蒂文·米洛维特(Steven Milowit, 2015)、布雷特·阿什利·卡普兰(Brett Ashley Kaplan, 2015)、大卫·古布拉(David Gooblar, 2016)、安迪·康诺尔(Andy Connoll, 2017)、布莱克·贝利(Blake Bailey, 2021)、艾拉·布鲁斯·纳德尔(Ira Bruce Nadel, 2021)、玛吉·麦金利(Maggie Mckinley, 2021)、马修·夏普(Matthew Shipe, 2022)以及艾米·波佐尔斯基(Aimee Pozorski, 2024)。除了早期的研究者外，这些学者中的大多数依然活跃于罗斯研究领域并长期专注于罗斯作品的特定时期或主题研究，对罗斯研究领域的学术发展作出了重要贡献。他们的工作不仅深化了对罗斯文学创作的理解，还推动了对其作品中伦理和道德主题的深入探讨。本书将特别选择其中一些与罗斯作品中伦理或道德主题关系密切的研究者，对他们的学术成果进行评述，以呈现他们在该领域的重要贡献。

一、麦克丹尼尔与琼斯等人对罗斯早期伦理与人物塑造的研究

约翰·麦克丹尼尔是20世纪70年代对罗斯伦理进行研究的关键人物。他的研究主要集中在罗斯的道德主题和人物塑造上，并对罗斯的艺术方法进行了深刻的分析。麦克丹尼尔强调，理解罗斯的小说必须关注人物如何推动叙事情节的发展。他认为，人物不仅是故事的驱动力，也是探讨伦理和道德主题的关键。麦克丹尼尔在研究中将罗斯的早期作品——《再见，哥伦布》(*Goodbye, Columbus*, 1959)、《伊人好时》(*When She Was Good*, 1967)和《波特诺伊的怨诉》(*Portnoy's Complaint*, 1969)中的人物分为两类：积极人物(activist heroes)和受难人物(victim heroes)①。他指出，“罗斯的艺术宗旨在于‘关注道德’，而其艺术手法则以‘现实主义’为核心。罗斯通过现实主义的视角，深入探讨社会中的道德问题和人物关系，从而使作品具有了对现实生活的深刻洞察力”②。现实主义不仅帮

① 徐世博．菲利普·罗斯小说的伦理维度及其内涵研究[D]．南京：南京大学，2018：8.

② McDaniel John N. The Fiction of Philip Roth[M]. Haddonfield: Haddonfield House, 1974: 202.

助呈现了角色的真实困境，还使道德问题显得更加切实和生动。麦克丹尼尔的研究不仅明确了罗斯人物的道德和叙事角色，也丰富了对罗斯文学风格和主题的认识。他的贡献在于将人物分析与道德探讨结合起来，使学界能够更全面地理解罗斯的艺术成就。

1981 年，琼斯等人在《菲利普·罗斯》(*Philip Roth*)一书中，为菲利普·罗斯(Philip Roth)的伦理研究提供了深刻的洞见。书中通过几个核心概念构建了全书框架，特别突出了罗斯在伦理和道德探讨方面的贡献。第一个概念是“书写与可写世界”(Written and Unwritten Worlds)。这一概念探讨了罗斯作品中的文学创作与现实世界之间的相互作用。琼斯等人详细分析了罗斯如何通过虚构世界反映现实中的伦理问题，例如个人道德选择、社会规范冲突和文化认同挑战。这一探讨不仅揭示了书写世界如何映射现实世界，还强调了文学在理解和解决道德困境中的独特作用。第二个概念是“学者中的浪荡子与浪荡子中的学者”(A Rake Among Scholars, A Scholar Among Rakes)。罗斯通过这种角色融合展现了道德观念上的矛盾。罗斯笔下的人物通常兼具学者的理性和浪荡子的放荡，形成伦理上的悖论。例如，人物角色可能在学术上表现出严谨性，但在个人生活中却显得放纵和道德松散。这种矛盾行为促使读者对道德和社会规范进行反思，揭示了个体在社会文化环境中的伦理困境，使罗斯的作品不仅仅是文学创作，更是对道德和社会问题的批判性分析。第三个概念是“纯粹的戏谑与致命的严肃”(Playfulness and Deadly Seriousness)。该概念探讨了罗斯作品中幽默与严肃之间的张力，以及这种张力如何增强伦理讨论的深度。罗斯通过戏谑、夸张角色设定和讽刺情节，揭示了社会和道德问题的荒谬与复杂性。这种戏谑往往使问题看似轻松，但隐藏了对道德和社会规范的深刻批判。同时，戏谑与严肃的张力使伦理讨论更加层次分明。在轻松的叙事风格下，罗斯以启发性的方式探讨道德困境，挑战传统道德观念，促使读者对伦理问题进行更全面和深入的思考。

二、20 世纪 90 年代罗斯作品伦理与道德研究的深化与拓展

20 世纪 90 年代是罗斯作品中道德主题研究的一个高峰期。这一时期，随着罗斯创作的持续深化以及其作品在全球范围内的广泛传播，学术界和评论界开始

更加关注其作品中复杂的伦理和道德议题。罗斯不仅是美国文学中的重要人物，其作品也成为了探讨现代社会中道德困境的重要文本。在 20 世纪 90 年代初期，以杰伊·哈利奥为代表的研究者进一步拓展了 80 年代以琼斯为代表的对罗斯“严肃与幽默”书写风格的研究。哈利奥所著的《菲利普·罗斯重访》(*Philip Roth Revisited*，1992)被公认为一部具有里程碑意义的研究著作。哈利奥将罗斯的文学创作从根本上解读为喜剧文学，认为罗斯继承了伟大的“坐下来的喜剧演员”弗朗茨·卡夫卡(Franz Kafka)的传统。然而，哈利奥的分析并不仅停留在喜剧的表层。他深入挖掘了罗斯作品中隐藏的伦理与道德困境，指出罗斯的幽默常常与伦理思考密切相关。哈利奥认为，“罗斯的幽默是一种真理的载体，通过讽刺和夸张，他揭示了现代社会中伦理道德的复杂性和脆弱性”①。罗斯笔下的角色在面对复杂的道德选择时往往表现出矛盾和困惑，而这些角色的行为和决策通常成为作家探讨更广泛伦理问题的切入点。例如，在《波特诺伊的怨诉》中，罗斯通过主人公的内心冲突，探讨了个人自由与传统伦理之间的张力。哈利奥通过将罗斯的作品与其他犹太裔美国作家进行对比，进一步阐明了罗斯在探讨道德困境方面的独特贡献。此外，哈利奥的研究还涉及罗斯职业生涯后期对艺术与自传交织的复杂主题的探索。在这一时期，罗斯转向了对自我身份、艺术创造与道德责任之间关系的深刻思考。哈利奥指出，罗斯在这些作品中展现了对个人与社会道德责任的深切关注，并通过复杂的叙事结构，进一步探讨了自传性写作中的伦理挑战。这种转向不仅引起了一些评论家的兴趣，也激发了其他评论家的争议。哈利奥的分析被认为是对罗斯作品中这一重要元素的最清晰、最深刻的解读之一。

同年，塞尔斯编辑出版了《对话菲利普·罗斯》(*Conversations with Philip Roth*，1992)。这本访谈集汇集了罗斯多次接受采访的内容。书中展示了罗斯对道德、伦理、社会责任和人性的复杂思考。塞尔斯通过这些访谈成功揭示了罗斯在伦理与道德问题上的深刻见解。在访谈中，罗斯详细讨论了如何在文学中展现复杂的道德现实，并强调了作家在社会中的伦理责任。例如，罗斯在谈论他的讽刺小说《我们这帮人》(*On Our Gang*)时，提到尽管该作品描绘了理查德·尼克松

---

① Jay L Halio. Philip Roth Revisited [M]. New York: Maxwell Macmillan International Publishing Group, 1992: 16.

的虚构刺杀事件，他更希望读者关注现实中的枪支暴力问题。这些对话使我们能够更深入地了解罗斯如何在创作冲动与社会责任感之间找到平衡。正如罗斯所言，"作为作家，他既要保持个人的独立性和艺术自由，又要对读者、社会以及所描绘的主题承担一定的道德责任"①。塞尔斯不仅为读者提供了了解罗斯思想的机会，也为学术界提供了研究罗斯伦理和道德思想的重要资源。90 年代的另一位代表性学者是阿兰·库柏，他在 1996 年出版的批评文集《菲利普·罗斯和犹太人》(*Philip Roth and the Jews*)中，对罗斯的伦理和道德表现进行了深入探讨，为理解罗斯的文学创作提供了新的视角。库柏关注罗斯如何将犹太文学中对道德主体性的严肃探讨与性欲的描绘结合起来。例如，在《波特诺伊的怨诉》中，罗斯将"好色的邋遢者"和"不赞成的道德家"这两种特质融合在主角亚历山大·波特诺伊身上，突破了传统犹太文学中道德和性欲分离的模式。库柏指出，"罗斯通过这种融合呈现了更为复杂的道德图景，没有简单地将道德责任归于犹太人或将性欲和道德冲突完全外包给外邦人"②。此外，库柏通过对比《布拉格狂欢》(*The Prague Orgy*)、《反生活》(*The Counterlife*)和《夏洛克在行动》(*The Operation Shylock*)中的角色和情节，揭示了罗斯在不同作品中如何探讨犹太人对道德中心的探索。《布拉格狂欢》中，通过犹太复国主义特工内森的失败，探讨了犹太文化遗产的伦理问题；《反生活》中关注了约旦河西岸定居点的道德困境和英国的反犹主义；《夏洛克在行动》中通过"菲利普·罗斯"参与摩萨德的情节，探讨了全球范围内的犹太道德责任。库柏还分析了罗斯对反犹太主义和自我仇恨指控的回应，特别是在《伟大的美国小说》(*The Great American Novel*)中，罗斯将这些批评归咎于批评者对犹太人身份的不自信，维护了他的艺术自由，并强调了这种批评反映了犹太社区对自身文学表达的局限性。相较于 80 年代琼斯和哈利奥的研究，库柏的工作深化了对罗斯伦理和道德问题的理解。琼斯关注了罗斯的"严肃与幽默"风格，哈利奥则将罗斯视为一位喜剧作家。库柏在此基础上扩展了对罗斯作品的理解，着重探讨了角色的道德冲突和社会责任，从而为罗斯文学

① Roth P. Conversations with Philip Roth[M]. Clinton: University Press of Mississippi, 1992: 74.

② Cooper A. Philip Roth and the Jews[M]. New York: State University of New York Press, 1996: 162.

创作提供了新的见解和深刻分析，使其研究在学术界中占据了重要位置。

三、罗斯的黄金时代：20世纪90年代末至2010年的伦理研究

从20世纪90年代末期到2010年，罗斯的创作与研究进入了黄金时期。这一时期不仅标志着罗斯文学创作的巅峰，还推动了学术界对其作品进行广泛而深入的研究，并形成了前所未有的繁荣景象。在这13年间，罗斯连续出版了《美国牧歌》(*American Pastoral*, 1997)、《我嫁给了共产党人》(*I Married a Communist*, 1998)、《人性的污秽》(*The Human Stain*, 2000)、《垂死的肉身》(*The Dying Animal*, 2001)、《反美阴谋》(*The Plot Against America*, 2004)、《凡人》(*Everyman*, 2006)、《愤怒》(*Indignation*, 2008)、《羞辱》(*The Humbling*, 2009)和《复仇女神》(*Nemesis*, 2010)九部重要作品，进一步巩固了他在文学领域的卓越地位。在菲利普·罗斯研究领域，2002年成立的"菲利普·罗斯研究学会"(*The Philip Roth Society*)成为一个重要的学术平台，汇集了大量与罗斯研究相关的信息，为学者们提供了宝贵的资源和参考资料。自2004年起，该学会还创办了《菲利普·罗斯研究》(*Philip Roth Studies*)学术期刊，专门发表与罗斯及其作品相关的研究成果，进一步推动了罗斯研究的系统化和深入化发展。该时期也涌现了韦德、肖斯塔克、罗亚尔、萨弗、波斯诺克、帕里什、布劳纳等一系列杰出的学者。尽管这一时期的学者们在探讨菲利普·罗斯的作品时均涉及了伦理和道德问题，但肖斯塔克、波斯诺克和布劳纳在这些领域的贡献尤为突出。肖斯塔克在其代表作《菲利普·罗斯：反文本，反生活》(*Philip Roth: Countertexts, Counterlives*, 2004)中，通过对罗斯作品的深刻分析，将其视为一个多声部的对话。她细致地探讨了罗斯小说中的男性气概、性别问题、民族身份以及创作行为，揭示了这些主题在伦理和道德上的复杂表现①。肖斯塔克指出，罗斯的小说常以对话形式展开，通过角色之间的激烈对抗，展现了面对伦理困境时的对立声音和内部冲突。例如，在《反生活》中，内森·祖克曼这一角色的存在体现了罗斯如何通过角色

① 徐世博．菲利普·罗斯小说的伦理维度及其内涵研究［D］．南京：南京大学，2018：8.

间的道德对抗来探讨文化和历史问题。肖斯塔克认为，“罗斯的写作不仅反映了自我身份的多重性，还提出了个人与社会、历史与伦理之间的复杂问题”①。此外，肖斯塔克在研究中重视对性爱主题、历史事件及犹太身份的深入分析。这些分析不仅揭示了罗斯如何通过具体的伦理困境反映社会文化的广泛问题，还展现了他如何在文学创作中挑战和重新定义传统的道德观念。肖斯塔克在研究中参考了美国国会图书馆中未开发的菲利普·罗斯档案。这些档案不仅揭示了罗斯创作过程中的思维动态，也为深入理解其文学作品中的道德主题提供了重要背景信息。

与肖斯塔克类似，罗斯的另一位重要研究者波斯诺克也对其作品中的道德问题进行了深入研究。然而，与其他研究者主要关注道德责任和伦理规范的分析不同，波斯诺克的研究重点在于揭示罗斯如何在其作品中刻画道德的复杂性以及个体行为的非成熟性。波斯诺克指出，“罗斯在创作中谨慎避免将小说简化为道德二分剧”②。罗斯的作品，特别是其最具争议的小说《波特诺伊的怨诉》，出版以来一直吸引了许多批评者对其道德二分法进行深入讨论。阿戈德曼在1969年的专题文章中，将《波特诺伊的怨诉》的起源与罗斯童年时代的经历联系起来，指出罗斯及其同龄人在希伯来学校路上的经验中，将“坏事”和“搞笑”几乎视为同义词，暗示这种文化背景下的道德冲突是罗斯创作的核心③。库珀在多年后进一步探讨了罗斯对道德二分法的探讨，指出罗斯试图探索在道德教养和文化价值观束缚下，个人如何体验到变坏的欲望，即贪婪和肉欲的感受。库珀还认为，罗斯的这一探讨反映了特定文化视角中犹太人面临的独特负担——即在追求善良的过程中，如何面对内心深处的恶劣冲动④。波斯诺克进一步阐述了这一点，指出罗斯的主题之一是善良的犹太男孩如何在成为坏人的过程中进行无休止的斗争。波斯诺克认为，《波特诺伊的怨诉》中的波特诺伊尽管表现出许多挑衅和不道德的行为，但在许多方面仍然保持了一个“自称善良的反人类”的典型形象⑤。这种内

---

① Shostak D B. Philip Roth: Countertexts, Counterlives[M]. Clumbia: University of South Carolina Press, 2004: 126.

② Posnock R. Philip Roth's Rude Truth: The Art of Immaturity[M]. Princeton: Princeton University Press, 2006: 29.

③ Goldman Albert. Wild Blue Shocker[J]. Life, 1969(2): 62.

④ Cooper A. Philip Roth and the Jews[M]. New York: State University of New York Press, 1996: 47-49.

⑤ Posnock R. Purity and Danger: On Philip Roth[J]. Raritan, 2001, 21(2): 85-86.

外矛盾的呈现，使得波特诺伊在某种程度上仍然是一个有礼貌的典范，与他在小说中的叛逆形象形成了鲜明对比。这种善与恶之间的张力不仅构成了罗斯作品的核心主题，也反映了他对道德和文化身份复杂性的深刻理解。之后，阿尔瓦雷斯观察到，在《波特诺伊的怨诉》出版后，罗斯表现出一种无法摆脱的道德感，即使他渴望在文学中表现出“坏人”的形象，但也无法完全摆脱“好孩子”的特质①。在《菲利普·罗斯的粗鲁的真相：不成熟的艺术》(*Philip Roth's Rude Truth: The Art of Immaturity*，2006)一书中，波斯诺克深入探讨了罗斯作品中的道德和伦理问题，展现了罗斯如何通过独特的叙事策略挑战传统道德观念。首先，在《波特诺伊的怨诉》中，罗斯通过波特诺伊的极端自白，既对犹太道德观进行了讽刺，也展示了个体在道德规范与个人欲望之间的冲突。罗斯通过戏谑和夸张，挑战了道德伦理的界限，关注个体的不成熟行为如何冲击传统道德框架。相比之下，许多研究者更多地集中于道德责任和伦理规范的讨论，而波斯诺克则更注重个体在道德冲突中的表现。其次，波斯诺克特别关注了《乳房》中的道德理想化批判。在这部作品中，凯普什的身体变成乳房的荒诞设定，表面上是对文学变革进行讽刺，实际上深刻质疑了文学和道德理想的崇高性。波斯诺克认为，罗斯通过极端的身体转变和荒诞的情节，揭示了文学和道德理想化的虚伪，并探讨了个人在道德变革中的困境。波斯诺克强调了讽刺和荒诞如何成为批判传统道德观念的有效工具，这一视角区别于其他研究者对道德理想的讨论。此外，波斯诺克在《人性的污秽》中系统分析了科尔曼如何构建虚假身份，并探讨了这种虚伪行为如何揭示道德选择的复杂性。他指出，罗斯通过科尔曼的虚伪行为探讨了自我塑造与社会期望之间的紧张关系。波斯诺克的分析强调了虚伪与自我塑造在道德选择中的复杂作用，与其他研究者的伦理问题分析形成对比。最后，波斯诺克特别关注罗斯如何通过伦理游戏和讽刺探讨道德相对性。在《反生活》中，亨利对兄弟的道德指责不仅反映了他自身的罪恶感，还揭示了道德规范的虚伪。波斯诺克的分析深入探讨了道德相对性，特别强调了道德规范在个体行为中的非一致性，与传统伦理规范的分析方法有所不同。综上所述，波斯诺克通过对罗斯作品的深刻分

---

① Alvarez A. 2004. The Long Road Home (Interview with Roth) [J]. The Guardian, 2004 (11): 20-23.

析，揭示了罗斯如何通过不成熟的艺术表现形式、对文学变革的批判以及对道德相对性的探讨，提供了对道德和伦理的独特见解。他的研究不仅丰富了对罗斯作品的理解，也为道德和伦理研究提供了新的视角。

布劳纳在其专著《菲利普·罗斯》(*Philip Roth*, 2007)的第四章中详细探讨了罗斯的《萨巴斯剧院》(*Sabbath's Theater*, 1995)中的道德问题。布劳纳引用了梅尔维尔在完成《白鲸记》后致信霍桑的名言："我写了一本邪恶的书，却感觉像一只羔羊一样一尘不染。"①这一名言深刻地体现了梅尔维尔在创作中的道德冲突和自我反省，罗斯对此产生了强烈共鸣。他将这句话与其他鼓舞人心的事物一起铭记，并承认尽管他曾渴望在道德上越界，但他从未真正希望自己变得"邪恶"。这种道德越界欲望与道德正直感之间的张力贯穿于罗斯对自己作品的反复思考之中。在《想象中的犹太人》(*Imagining Jews*)中，罗斯进一步指出，《波特诺伊的怨诉》之所以引人入胜，是因为它展现了犹太人对自己"真实的秘密愿望"的承认，即对变坏的渴望。这种对自我道德边界的挑战和探索，不仅反映了罗斯对道德和伦理的复杂理解，也揭示了他在创作中如何处理个人欲望与社会期望之间的张力。在《萨巴斯剧院》中，罗斯深入探讨了道德、死亡和男子气概之间的复杂关系。小说中的人物展示了对传统信条的强烈反抗，同时通过强迫性地打破禁忌来表达一种对抗精神。这种对道德界限的挑战不仅是个人行为的反叛，更是一种文化和哲学的表达。

布劳纳认为，《萨巴斯剧院》中米基·萨巴斯与凯西·古尔斯比之间的对话以"未经审查的转录"形式插入小说的中间部分，这一设计引发了广泛的美学和伦理困境。如果《波特诺伊的怨诉》被认为没有色情内容，那么《萨巴斯剧院》中的对话却明显带有色情性质，其直白的语言和庸俗的内容，在《萨巴斯剧院》这种文学环境中显得格外刺眼。这一对话的插入不仅打断了小说的流畅叙事，也使得其文学质量受到质疑。罗斯使用了独特的印刷布局：主要叙述文本位于每页的上半部分，而对话的转录则位于下半部分。这种并置效果增加了读者的审美和伦理困扰。顶部的叙述("文本 1")通过详细描绘萨巴斯内心的矛盾与困境，展现了他作为一个衰老的木偶师和前卫戏剧导演的失落感。萨巴斯的叙述交织着对个人

① Roth P. Reading Myself and Others[M]. New York: Random House, 2010: 76.

历史、文化记忆和道德失落的反思。底部的对话转录(“文本 2”)则生动地呈现了萨巴斯与古尔斯比之间的色情对话①。古尔斯比的话语充满挑衅，展示了她试图重演他们之前的色情遭遇。这种分层叙述的结构揭示了对话的显著差异以及对萨巴斯个人经历的影响。古尔斯比的对话与萨巴斯的内心独白形成对比，使得萨巴斯的道德挣扎和对文化价值观的反思更加突出。这种对话与叙述的并置不仅使小说的叙事更加复杂，也使读者在阅读时面临伦理和美学上的困境：是继续阅读主要叙述，还是陷入底部的色情对话？这种结构挑战了传统的叙事方式，迫使读者在道德的界限和艺术的表现之间进行艰难的选择，从而深化了对小说主题的理解。

四、罗斯创作分期与伦理演进：大卫·古布拉和马修·夏普的研究

自 2010 年《复仇女神》出版后，菲利普·罗斯在 77 岁时宣布结束其创作生涯，学术界随即对他的作品进行了系统的回顾和深入分析。大卫·古布拉的著作《菲利普·罗斯的主要创作阶段》(*The Major Phases of Philip Roth* , 2011)在这一领域中具有重要地位。古布拉的研究通过精细的分期分析，全面总结了罗斯创作生涯中的主要阶段，并对其伦理和道德主题的演变提供了深入的解读。古布拉首先探讨了罗斯的早期作品《再见，哥伦布》(*Goodbye*, *Columbus*, 1959)，分析了罗斯如何通过描绘美国犹太人经验，揭示个人身份与社会文化的复杂关系。此阶段，罗斯开始对社会规范和个体道德困境表现出初步关注，展示了他对伦理问题的早期探索。接着，古布拉聚焦于《波特诺伊的怨诉》(*Portnoy's Complaint*, 1969)，强调罗斯如何通过挑战严肃性观念，探讨个人欲望与社会期望之间的张力。古布拉指出，罗斯运用幽默和自嘲的手法，不仅揭示了个人与社会的伦理冲突，还推动了对道德复杂性的深刻理解。在《波特诺伊的怨诉》之后，古布拉研究了罗斯受到弗朗茨·卡夫卡和安妮·弗兰克影响的阶段，展示了罗斯如何对历史创伤和个人道德进行深刻反思，并表现出对个体道德责任与社会历史交织的关切。古布拉特别指出，罗斯借助弗洛伊德心理学理论进一步探讨心理锁定和道德

---

① Brauner D. Philip Roth[M]. Manchester: Manchester University Press, 2013: 122-127.

困境，展现了他对人类心理深层问题的伦理探讨及其对道德观念的挑战。此外，古布拉对罗斯的非虚构作品进行了详细研究，包括自传体写作和批评性著作，揭示了这些作品在道德表达形式上的创新，以及对自我与社会之间伦理关系的深刻理解。古布拉的研究不仅系统梳理了罗斯创作的演变，还凸显了他在伦理和道德领域的深刻探索，标志着罗斯从自我中心化的探索中走出，转向关注更广泛的社会和历史议题。随着《美国牧歌》(*American Pastoral*, 1997)、《我嫁给了共产党人》(*I Married a Communist*, 1998)和《人性的污秽》(*The Human Stain*, 2000)的出版，罗斯迎来了所谓的“职业复兴”，这一时期的作品被称为“美国三部曲”。古布拉认为，“这三部曲不仅标志着罗斯从自我放纵的游戏中解脱出来，更通过对美国历史和文化的深入挖掘，展示了他作为小说家的责任和使命”①。这一转变使罗斯的作品得到了更广泛的认可，并在现代文学中占据了重要地位。通过对三部曲中主要角色的历史背景和个人经历的描绘，罗斯探讨了历史力量如何影响个人命运，质疑这些力量对个人垮台的影响，从而为读者提供了对美国社会深刻的批判性思考。

古布拉的研究提供了对菲利普·罗斯创作生涯的系统分期分析，揭示了其作品在伦理和道德主题上的演变。然而，这一框架存在一定的局限性，特别是未能充分考虑罗斯的晚期作品，如《垂死的肉身》(*The Dying Animal*, 2001)、《反美阴谋》(*The Plot Against America*, 2004)、《凡人》(*Everyman*, 2006)、《愤怒》(*Indignation*, 2008)、《羞辱》(*The Humbling*, 2009)和《复仇女神》(*Nemesis*, 2010)。这些晚期作品在伦理与道德的探讨上展现出更加复杂的层次性，但古布拉未能深入分析它们与罗斯早期作品之间的内在联系和发展轨迹。马修·夏普在《理解菲利普·罗斯》(*Understanding Philip Roth*, 2022)一书中，弥补了古布拉研究的不足。他通过大量的篇幅探讨了罗斯早期与晚期作品之间的联系，展示了罗斯小说在半个世纪中的演变过程。夏普认为，尽管罗斯的作品形式和叙事手法经历了多次转变，但其核心关注点始终如一：围绕着犹太人身份、父子权力斗争、男性性欲的荒谬性、个人自由的代价、纽瓦克的历史动荡，以及美国社会实验的本质等主题②。罗斯反复探讨这些问题，通过不同的角度和叙事方式重新审视它

① Gooblar D. The Major Phases of Philip Roth[M]. London: A & C Black, 2011: 131.

② Shipe M A. Understanding Philip Roth[M]. Clumbia: University of South Carolina Press, 2022: 3-5.

们，创造了如“祖克曼三部曲”、“凯普什欲望三部曲”、“罗斯系列四部曲”、“美国三部曲”和“复仇者四部曲”等系列作品。夏普的分析表明，罗斯的作品构成了一个无休止的对话圈，早期与晚期作品之间存在着持续的对话和呼应。罗斯的中后期作品，尤其是《愤怒》和《复仇女神》，在主题和叙事线索上与早期作品建立了紧密的联系，进一步深化了对早期主题的重新审视。例如，在《愤怒》中，罗斯再次探讨了年轻人与父权之间的冲突，反映了其对父子关系这一主题的持续关注。而《复仇女神》则延续了对美国社会的批判，通过个人和集体的悲剧揭示了社会变迁对人们伦理和道德的深刻影响。这些作品不仅是对早期主题的重访，更是对罗斯整个创作生涯的深刻总结。尽管罗斯不同时期的作品之间存在千丝万缕的联系，但他的叙事手法却在不断演变。罗斯在其五十年的创作生涯中，展现了对小说形式的持续探索和实验精神，使其作品在美学上独树一帜。早期的《波特诺伊的怨诉》(1969)标志着罗斯对传统严肃文学框架的解放，他将精神分析的经验转化为一种不拘一格，甚至具有挑衅性的叙事风格，从而引发了广泛的讨论和关注。在此之后，罗斯的叙事实验变得更加大胆，《我作为男人的一生》(1974)、《反生活》(1986)和《夏洛克在行动》(1993)等作品接受了后现代叙事的挑战，探索了自我与现实之间的复杂关系。这些实验通常与约翰·巴特、约翰·福尔斯和唐纳德·巴塞尔姆等虚构作家相关，体现了罗斯对小说形式的深刻理解和创新精神。进入21世纪后，罗斯的作品如《人性的污秽》(2000)开始以叙事声音(如“菲利普·罗斯”和“内森·祖克曼”)为组织核心，继续探讨个人与社会、历史与记忆之间的张力。这种叙事形式的探索在罗斯的晚期作品中依然持续，反映了他对小说可能性的不断重新定义和探索热情。此外，罗斯的作品还捕捉了从艾森·豪威尔时代的保守主义到“9·11”后世界的不确定性这一时期的美国社会变迁，成为了这一历史时期的编年史。通过对这些历史事件和社会动荡的细致描绘，罗斯的后期小说不仅展现了他对历史视角的独特把握，还通过人物命运的描绘，深入剖析了个人和集体在面对历史变革时的伦理与道德困境。

马修·夏普研究的另一大贡献在于：他不仅关注罗斯不同时期作品主题中的共性和差异，还从这些差异中寻找共性。通过这种双重视角，夏普揭示了罗斯作品中看似矛盾或多样化主题的内在一致性，而“自我”正是贯穿罗斯整个创作生涯的核心主题，并在其伦理与道德探讨中起着关键作用。从《波特诺伊的怨诉》

(1969)开始，罗斯以解构性的手法描绘了主人公波特诺伊的精神分析过程，将自我呈现为在欲望与社会规范之间挣扎的实体。这种开放且激进的叙事方式解放了自我表达，打破了传统道德框架，挑战了文学叙事的边界，并引发了关于个体自由与社会约束之间关系的深刻讨论。随着创作的深入，罗斯对自我的关注逐渐从个体欲望扩展到更广泛的心理和社会层面。在《我作为男人的一生》(1974)中，他探讨了自我与他人之间的冲突，特别是在亲密关系中的表现。通过复杂的叙事结构和视角转换，罗斯揭示了自我认同的脆弱性以及自我在面对他人期望和社会压力时的矛盾与困惑。在《反生活》和《夏洛克在行动》中，罗斯更深入地探讨了自我的虚构性与多重性。这些作品通过多层叙事和角色扮演，探索了自我是如何被建构、扭曲和再创造的，并质疑了自我作为稳定实体的可能性。后现代叙事实验展现了自我的流动性和不确定性，同时揭示了个体在现代社会中追寻身份认同的复杂性。《人性的污秽》及其后续作品进一步深化了对自我的探讨，尤其是自我在道德和伦理困境中的表现。罗斯通过人物的道德抉择和内心挣扎，探讨了自我在历史、社会和心理背景下的重塑。特别是在《垂死的肉身》和《凡人》中，罗斯将自我置于死亡和衰老的背景下，剖析了个体在面对生命终点时对自我的重新审视和反思。詹姆斯·伍德(James Wood)评论道："比起任何其他战后美国小说家，罗斯对'自我'的书写最为深刻——自我被审视、被哄骗、被讽刺、被虚构、被幽灵化、被尊崇、被羞辱，但最重要的是，自我由写作构成，并在写作中被构建。"①罗斯通过对自我的持续探索，揭示了个体在伦理与道德困境中的复杂表现。他的作品不仅展示了自我的多面性和矛盾性，还通过不断的叙事实验和形式创新，挑战了传统小说的界限。通过对罗斯作品中自我主题的深入分析，可以更好地理解他在伦理与道德问题上的独特贡献。罗斯通过多层次的叙事手法，将自我置于社会、历史和个体的交汇点，形成了一种独特的文学表达，使其作品在美学和思想层面都具有深远影响力。

五、从生平到文学的深度探索：贝利与纳德尔对罗斯的贡献与影响

2018年5月22日，《纽约时报》发布了题为《探索欲望、犹太生活与美国社

① Shipe M A. Understanding Philip Roth[M]. Clumbia: University of South Carolina Press, 2022: 3-5.

会的杰出小说家菲利普·罗斯去世，享年 85 岁》的头条新闻。罗斯的去世引发了广泛的哀悼和缅怀，读者和学者们在悲痛之余开始深刻反思他那辉煌的一生及其文学贡献。作为 20 世纪最重要的作家之一，罗斯在其漫长而富有成就的创作生涯中，深刻地探索了欲望、犹太人生活以及美国社会的复杂面貌，确立了自己在现代文学史上的重要地位。他以尖锐的洞察力和独特的叙事风格，描绘了个人与社会之间的伦理冲突和道德困境。首先，研究者越来越多地将罗斯的成长经历与其创作过程和作品联系起来，探讨他的伦理观念对创作的影响。布莱克·贝利(Blake Bailey，2021)和艾拉·布鲁斯·纳德尔(Ira Bruce Nadel，2021)是这一领域的代表人物。他们的研究通过传记和细致的背景分析，深入挖掘了罗斯个人经历与作品之间的关系，揭示了他的成长环境、家庭背景以及社会影响如何塑造了其伦理观念，并在创作中得到反映。其次，罗斯的研究正日益关注不同语境下的跨学科趋势。研究者们开始将罗斯的作品置于更广泛的学术语境中，探索其与其他学科之间的联系。玛吉·麦金利(Maggie Mckinley，2021)和艾米·波佐尔斯基(Aimee Pozorski，2024)在这方面的研究具有代表性。他们的研究不仅跨越文学领域，还涉及伦理学、社会学、心理学等多个学科，试图通过多维度的分析更全面地理解罗斯的创作及其伦理意义。

布莱克·贝利是著名的传记作家和文学评论家，他于 2021 年出版的《菲利普·罗斯传记》(*Philip Roth: The Biography*)被认为是对美国文学巨匠菲利普·罗斯最为详尽和真实的传记作品。贝利在罗斯生命的最后几年里与他密切合作，深入挖掘了罗斯的个人生活和创作生涯。他详细描绘了罗斯与文学代理人和朋友之间复杂的关系，尤其是他与诺曼·波多赫雷茨的争执以及与萨缪尔·L. 杰克逊的友谊。这些关系不仅对罗斯的创作产生了深远的影响，也在他的作品中留下了深刻的痕迹。① 贝利通过这些细节展示了罗斯如何将个人经历融入他的文学创作，特别是《欺骗》中的人物和情节显著地受到罗斯个人生活的启发。这种个人经历与文学创作的交织，揭示了罗斯对自我认同和道德困境的深刻探索。此外，贝利对《凡人》的分析进一步突出了罗斯在处理衰老和死亡主题时的无情现实主义。罗斯在这部作品中拒绝了传统的宗教救赎观念，转而通过对现实的严酷描

① Bailey B. Philip Roth: The Biography[M]. New York: Simon and Schuster, 2021: 59-67.

写，挑战了传统的道德观念，促使读者直面生命中的苦难。这种处理方式不仅揭示了罗斯对人类存在的悲观看法，还展示了他在文学表现形式上的创新和突破。贝利以传记式的叙述方式为主，关注罗斯的生活和文学发展的时间线，从他的早年到晚年，逐步描绘了他的成长轨迹及其文学成就如何随着时间的推移而演变，为理解这位美国文学巨匠的创作与个人生活之间复杂的互动提供了宝贵的视角，但该书的自传性质也决定了其不可避免的一些局限性。贝利在探讨罗斯的文学成就时，主要侧重于罗斯的生活背景及其个人经历对创作的影响，而对于作品内部的具体文学技巧和文本细节的分析相对较少。

纳德尔在《菲利普·罗斯：反生活》(*Philip Roth：A Counterlife*, 2021)中，从文学批评的角度深入分析了菲利普·罗斯的成长经历及其作品中的核心主题、叙事风格与文化之间的复杂关系。不同于贝利以时间为线索详细展示罗斯生活的各个细节，纳德尔的研究主要聚焦于对罗斯创作主题和风格产生重要影响的经历。他通过研究罗斯的文学训练背景，尤其是罗斯在攻读硕士学位期间所受到的严谨而全面的文学训练，揭示了罗斯频繁引用亨利·詹姆斯(Henry James)等文学传统中的重要人物的原因。纳德尔指出，罗斯与索洛塔罗夫都曾参加威尔特的詹姆斯专题研讨会，这场研讨会让罗斯接触到詹姆斯式的悲剧视野。这种视野在《贵妇画像》(*The Portrait of a Lady*)中，通过伊莎贝尔·阿切尔的伦理选择得以体现——她选择回到压迫性的丈夫吉尔伯特·奥斯本身边，而不是与卡斯帕·古德伍德开始新生活。这一伦理困境成为罗斯首部小说《放任》(*Letting Go*, 1962)的核心情境，罗斯在其中试图摆脱“上一代的知识包袱，但却无法完全放下”。这种对“道德现实主义”的不确定处理，特别是在詹姆斯式的严肃与责任感中塑造的角色，导致了罗斯第一部小说的不稳定性①。然而，这种不稳定性在罗斯的后续作品中得到了根本性的解决，特别是在《波特诺伊的怨诉》(*Portnoy's Complaint*)、《萨巴斯剧场》(*Sabbath's Theater*)和他的“美国三部曲”中，罗斯彻底拒绝了詹姆斯式的美德和道德约束。这一转变不仅标志着罗斯文学风格的成熟，也表明了他对传统道德观念的反叛。通过更为激进的叙事手法和主题探讨，罗斯确立了他在

① Nadel I. Philip Roth：A Counterlife[M]. Oxford：Oxford University Press, 2021：107-109.

现代文学中的独特地位。

在分析罗斯的伦理观念时，贝利主要描述了罗斯如何通过角色的行为和情感表达对道德的看法，而纳德尔则更进一步，挖掘了这些表达背后的伦理哲学。他揭示了罗斯如何在作品中构建出复杂的道德景观，不仅关注角色的具体行为，还深入探讨了这些行为所反映的伦理和哲学问题。纳德尔的分析展示了罗斯的道德探讨不仅停留在个人层面，还涉及社会和文化层面。罗斯通过不同的叙事策略和角色设定，展现了社会变迁对伦理的冲击，并通过角色的内心冲突和自我反省来揭示伦理问题。例如，在《美国牧歌》(*American Pastoral*)中，罗斯通过描绘主人公在面对社会动荡和文化变迁时的道德困境，深入探讨了社会背景如何影响个人的伦理决策。在《反生活》(*The Counterlife*)中，罗斯采用了多重视角的叙事策略，通过角色的不同选择和视角，展示了伦理困境的复杂性与多样性。总之，纳德尔通过对罗斯学术经历的追溯，揭示了罗斯在文学表现形式上的创新根源。他深入分析了罗斯作品在处理生命苦难和道德困境时所具有的独特艺术视角和深刻的社会批判。这种分析不仅深化了对罗斯作品艺术性的理解，也突出了罗斯对现代文学的重要贡献。

六、罗斯研究的新趋势：多语境和跨学科研究

近年来，罗斯研究呈现出明显的多语境和跨学科研究的趋势，学者们从不同角度对罗斯的作品进行了深入分析和探讨。2021 年，英国剑桥大学出版社出版了《语境中的菲利普·罗斯》(*Philip Roth in Context*)，这是继 2007 年《剑桥文学指南之菲利普·罗斯卷》(*The Cambridge Companion to Philip Roth*)之后，又一部汇聚了多位主流罗斯学者的权威著作。本书由玛吉·麦金利(Maggie Mckinley)主编，分为八个部分，全面探讨了菲利普·罗斯的文学作品及其多重语境，展现了其作品的复杂性和深远影响。在第一部分“生活与文学语境”中，学者们如马修·夏普深入探讨了罗斯的个人背景如何塑造了他的创作。通过分析罗斯的成长环境、家庭背景以及社会经历，研究揭示了这些因素如何影响他的文学主题和叙事风格。第二部分“批评语境”由布鲁斯·纳德尔等人负责，他们对罗斯的早期重要作品以及“祖克曼系列”和“凯普什系列”进行了详尽的解读，展示了罗斯在文学表达上的持续演变和创新。第三部分“地理语境”由杰西卡·朗(Jessica Long)等

学者主编，考察了罗斯在纽瓦克、伯克郡、布拉格、以色列等地的生活经历如何影响他的创作，探讨了不同地理空间对罗斯作品中的角色和情节的塑造作用。第四部分"理论语境"中，马伦·舍勒(Maren Scheurer)等人分析了罗斯作品中的主要理论框架，包括精神分析、后现代主义、创伤理论和医学叙述，探讨这些理论如何影响罗斯的叙事技巧和主题。第五部分"犹太裔美国人身份"由詹妮弗·格拉瑟(Jennifer Glaser)等人负责，他们探讨了罗斯如何在作品中处理犹太文化与身份问题，包括犹太教与世俗主义、大屠杀和反犹主义等主题，分析了他如何在作品中表现这些复杂的文化和历史困境。第六部分"性别与性取向"由黛布拉·肖斯塔克(Debra Shostak)等人主编，讨论了罗斯在作品中对性别和性取向问题的处理，回应了学界对其作品中女性角色的争议，并对他在这些领域的创作方法进行辩护。第七部分"政治语境" 由大卫·古布拉(David Cooblar)等学者分析，他们探讨了罗斯作品中的政治反讽、阶级政治和反恐战争，评估了罗斯如何通过文学反映和批评政治动荡及其对个人和社会的影响。第八部分"罗斯的遗产"由杰拉德·多诺休(Gerard Donoghue)等人负责，讨论了罗斯作品的改编、翻译和出版对文学界的长远影响，评价了罗斯在全球文学中的地位和贡献。

麦金利(Maggie Mckinley)主编的《语境中的菲利普·罗斯》凭借其跨学科的研究方法和系统化的内容安排，为理解菲利普·罗斯的文学创作提供了全面而多角度的视野。该书不仅深入探讨了罗斯的个人经历及其对文学风格的深刻影响，还广泛考察了其作品中复杂的理论框架和文化背景。通过细致的分析和多重视角的呈现，麦金利成功地展示了罗斯作品的多维特征及其在不同语境中的意义，开启了罗斯跨学科研究的序幕。时隔三年，由艾米·波佐尔斯基(Aimee Pozorski)和马伦·舍勒(Maren Scheurer)合作编写了《布鲁姆斯伯里菲利普·罗斯手册》(*Bloomsbury Handbook to Philip Roth*, 2023)。波佐尔斯基和舍勒是期刊《菲利普·罗斯研究》的执行编辑，这个角色使他们"处于一个观察该领域发展的理想位置，并继续与全球罗斯读者进行对话"①。该著作由六个部分组成。其中第二部分，题为"罗斯跨学科"，明确地论述了罗斯研究的跨学科趋势。马修·夏普(Matthew

① Pozorski Aimee, Maren Scheurer. The Bloomsbury Handbook to Philip Roth[M]. NewYork: Bloomsbury Publishing USA, 2023: 1.

Shipe)在其作品《做一个小梦：音乐在菲利普·罗斯小说中的反叙事》(*Dream a Little Dream: Music as Counternarrative in Philip Roth's Fiction*)中，探讨了音乐在罗斯小说中的独特作用。夏普指出，音乐不仅仅是罗斯作品中的背景元素，更是在某些场合中起到了反叙事的作用，通过音乐的对比和反差，展现出角色内心的冲突与矛盾，罗斯的人物转向音乐“作为塑造他们对过去和现在的感觉的一种手段”，从而丰富了小说的主题表达①。瓦莱丽·罗伯热(Valérie Roberge)则专注于罗斯作品中的存在主义课题。在她的研究中，罗伯热深入分析了罗斯如何通过身份与讽刺的交织，探索个体在现代社会中的存在危机与认同困境。她认为，罗斯通过讽刺和自我反思的手法，揭示了个体在面对社会期待与个人欲望之间的冲突时所产生的深刻迷茫与困惑，这帮助其解决了与自我建构有关的问题，如规范、身份和意志。迈克·威特科姆(Mike Witcombe)研究了菲利普·罗斯与体育之间的关系，并探讨了体育这一主题如何影响罗斯的文学创作。威特科姆认为，体育不仅在罗斯的作品中体现为一种背景或象征，更是作为一种叙事工具，用以探讨力量、竞争以及失败等主题，强调了运动人物与死亡之间的迷人联系②。大卫·布劳纳(David Brauner)则聚焦于罗斯与美术的联系，分析了艺术如何在罗斯作品中呈现。布劳纳指出，罗斯在其作品中经常引用或暗示视觉艺术，这不仅丰富了文本的文化层次，也通过艺术与文学的交织，深刻探讨了表现与现实之间的张力，展现了人类经验的复杂性。此外，波佐尔斯基等敢于突破现有的主流研究视角，积极探索罗斯作品中的新批判领域和方法，为罗斯研究开辟了新的方向。例如，埃里克·列奥尼达斯(Eric Leonidas)在《反对田园：菲利普·罗斯和生态学》一文中，通过生态学视角深入探讨了罗斯如何反思自然与社会的关系，尤其是现代社会中自然与城市空间趋同所引发的生态危机。娜奥米·陶布(Naomi Taub)在《郊区、定居点、村庄：罗斯在美国及其他地区的白人和景观》中，采用“白人性”(whiteness)作为批判性镜头，为分析特定文化景观中的种族与犹太性问题提供了新的视角。此外，布鲁斯·纳德尔(Bruce Nadel)、马伦·舍勒(Maren

① Shipe M. Dream a Little Dream: Music as Counternarrative in Philip Roth's Fiction[J]. The Bloomsbury Handbook to Philip Roth, 2024: 81.

② Shipe M. Dream a Little Dream: Music as Counternarrative in Philip Roth's Fiction[J]. The Bloomsbury Handbook to Philip Roth, 2024: 105.

Scheurer)和约书亚·兰德(Joshua Lander)借鉴了医学人文学科的研究成果，特别是关于疾病叙事的贡献，进一步探讨了罗斯作品中身体的病痛、残疾和死亡等主题，拓展了对罗斯文学的理解。戈德伯格在《反生活：论罗斯的同性恋者》中，深入研究了在男权主导的社会中，沉默的“酷儿”角色如何在罗斯的作品中呈现。这些新颖的研究方法和视角，不仅丰富了对罗斯作品的解读，也为进一步探讨其文学遗产提供了更多元的路径。近年来，学者们从生态学、存在主义到性别和种族等多个领域对罗斯的作品进行了深入探讨。这些跨学科的研究不仅加深了对罗斯文学创作的理解，也揭示了其在伦理和道德层面上的深刻见解。罗斯的作品通过对现代社会中的生态危机、个体存在困境以及种族和性别问题的探讨，挑战了传统道德观念，并促使读者在面对不断变化的社会环境时重新思考伦理困境。这种多样化的研究趋势不仅展现了罗斯作品的复杂性，也凸显了文学在伦理与道德讨论中的重要作用，推动了对社会问题的深层次反思和对人类经验的更全面理解。

综上所述，国外学者对罗斯伦理和道德研究取得了显著的进展。研究者们在解析罗斯作品中的伦理困境时，深入探讨了角色在面临社会与个人道德选择时的复杂性。通过细致的分析，学者们揭示了罗斯作品中的道德冲突和伦理挑战，以及这些挑战如何在其创作中通过讽刺、喜剧和现实主义的手法得到呈现。此外，研究视角的多样化和不同作品之间的比较研究，为理解罗斯的道德观提供了更全面的视角。例如，学者们不仅关注罗斯的主要作品，还考虑了他作品中的伦理主题如何反映其创作时期的社会和文化背景。这些研究为全面理解罗斯的道德观及其文学贡献奠定了基础，丰富了对其作品中的伦理议题的讨论。然而，现有研究对菲利普·罗斯伦理的探讨仍存在一些明显的不足。首先，国外对罗斯伦理的研究缺乏系统的理论指导，导致伦理批评在界定上存在混乱，使得对罗斯伦理主题的理解显得零散和片面。缺乏系统性的理论框架导致对罗斯作品中的伦理问题分析不够深入，特别是一些晚期作品或较少被讨论的作品往往未能得到充分的关注，这限制了对罗斯道德观的全面探讨。其次，现有的研究对罗斯作品中的伦理价值和审美价值的讨论较为有限，未能深入展开这些问题的辩论。道德价值与审美价值之间的关系以及如何相互影响，需要更为细致和全面的分析。再次，跨学科的综合性分析仍显不足，尤其是在心理学、社会学与文学批评的结合方面。当前的研究往往未能充分整合这些领域的见解，缺乏对罗斯作品中伦理问题的多角度、全方位解读。最后，对角色心理层面的深入分析也较为欠缺，这限制了对角色内心伦理冲突的全面理解。未来的研究可以通过引入更多的跨学科方法和细致的心理分析，来弥补这些不足，从而为罗斯伦理研究提供更为全面和深入的视角。

第三节 菲利普·罗斯国内研究现状

陆凡先生于1980年在《文史哲》发表文章，首次对罗斯的《鬼作家》进行了深入评价，这一开创性的工作为罗斯的作品在中国学术界的引入铺平了道路，并奠定了坚实的研究基础。陆凡先生的评价不仅标志着罗斯文学作品在中国获得了学术认可，还引发了学界对其作品的广泛关注与研究热潮。随着罗斯作品的译介和传播，罗斯在中国的学术研究逐渐升温，并吸引了乔国强、苏鑫、朴玉、黄铁迟、罗小云、袁雪生等学者参与研究。许多知名期刊，如《外国文学动态》《外国文学》《外国文学评论》等，都曾设立动态专栏，持续对罗斯的作品进行评介和深入分析。这些期刊的报道不仅扩大了罗斯作品在中国的影响力，也推动了相关研究的多样化和系统化发展。根据中国知网的检索数据显示，截至2024年8月，已有379篇期刊论文聚焦于罗斯的研究，其中包括102篇被CSSCI(中文社会科学引文索引)收录的论文和99篇发表在北大核心期刊上的论文。这些成果显示了罗斯在中国学术界的重要地位。此外，学位论文也成为罗斯研究的重要组成部分。截至目前，共有230篇学位论文专注于罗斯的作品研究，其中210篇为硕士论文，20篇为博士论文。这些学位论文展现了研究者对罗斯文学的深入探索，研究内容从早期的译介与作品分析，逐步扩展到叙事手法的探讨，以及跨文化和跨学科的比较研究，进一步丰富了研究的深度和广度。为了更系统地梳理和分析罗斯在中国的研究情况，本研究运用了可视化分析软件CiteSpace，对中国知网收录的609篇罗斯相关研究论文和成果进行了统计和分析，探讨伦理研究在罗斯主题研究中的地位。同时，研究筛选出具有代表性的学术成果，通过文本细读，从伦理视角出发，深入探讨罗斯研究在中国的发展历程、学术关注的焦点、研究中存在的问题以及未来研究的趋势。

一、罗斯作品在中国的译介与研究

在中国，罗斯作品研究与译介工作有着紧密的关联，并且呈现出显著的阶段性特征。1978 年 5 月，中国文联第三届委员会在北京召开了第三次扩大会议，正式宣布文联和作协恢复工作。这一事件标志着中国文学事业的全面复苏，并为外国文学的译介提供了重要契机。1979 年，随着英美文学新作的引进，罗斯的作品也首次进入中国。同年，冯亦代先生将罗斯的《信仰的维护者》翻译并收入《当代美国短篇小说集》。这是罗斯的作品首次被介绍给中国读者。1980 年，陆凡先生在《文史哲》发表文章，深入探讨了罗斯的作品《鬼作家》。然而，尽管对罗斯的研究开始展开，但当时中国对待外国文学和文化的态度仍然较为保守，这对译介工作造成了一定的局限性。1987 年和 2009 年，俞理明先生两度翻译罗斯的《再见，哥伦布》。他对早期国外现当代文学作品在中国的译介历程，特别是其中的艰辛与渐进性，有着深切的体会。

“译稿投了出去，均为出版社所拒绝，整整一年没有结果……现在想来，当初译稿不被接受除了因为自己当时只是个无名小卒外，另一个重要原因是那时改革开放政策实施不久，学界的思想还不够解放。尽管国内译界认识到菲利普·罗斯是美国“二战”后一个不能不介绍的重要作家，但由于他的作品中含有一些性方面的描述，出版社为了‘避嫌’，几乎没有一家愿意出版他的作品，因而当时在美国现代文学介绍中很遗憾地留下了一个不大不小的空白。”①

2000 年以后，随着翻译界优秀译者的不断涌现，国内学者对菲利普·罗斯(Philip Roth)的深入研究和引介，使得国内读者对罗斯作品的关注度逐渐提高。这一发展为罗斯作品的中译本的出版创造了良好条件。随着罗斯新作的不断问世，中译本也逐渐以每年一本的速度陆续出版。2003 年，刘珠还翻译的《人性的污秽》由译林出版社出版；2004 年，吴其尧翻译的《垂死的肉身》由译文出版社出版；同年，罗小云翻译的《美国牧歌》也由译林出版社出版；2005 年，李维拉翻

① 菲利普·罗斯. 再见，哥伦布[M]. 俞理明等译. 北京：中国社会科学出版社，2009：275.

译的《我嫁给了共产党人》由台北木马文化事业股份有限公司出版；2006 年，彭伦翻译的《遗产：一个真实的故事》由译文出版社出版。这些罗斯小说译本的涌现，大大推动了国内对罗斯作品的研究热度。自 2007 年起，每年发表的关于罗斯的研究论文数量均在 10 篇以上，研究范围也逐渐扩展，从早期的译介研究逐步发展到对罗斯小说中叙事手法和身份问题的深入探讨。大部分研究成果以中译本为基础。2009 年，彭伦翻译的《凡人》由人民文学出版社出版；同年，由俞理明和张迪翻译的《再见，哥伦布》纪念版也由译林出版社出版。2010 年，译林出版社还出版了罗斯的文集《行话》(*Shop Talk*)，该书收录了罗斯与多位犹太作家关于文艺和创作的对话。这一阶段，虽然罗斯作品的翻译速度有所减缓，但罗斯在中国的研究却进入了快速增长期。研究者普遍具备阅读英文原著的能力，研究范围因此不再依赖于中译本，研究成果数量迅速攀升，至 2013 年达到 56 篇论文的高峰(图 2-1)。从 2012 年至 2018 年，虽然罗斯在中国的研究成果数量有所波动，但每年的研究成果仍保持在 40 篇以上。2018 年 5 月，罗斯逝世。这位在美国文坛叱咤半个世纪、几乎囊括所有美国文学大奖的巨匠最终与诺贝尔文学奖无缘。罗斯的逝世对中国的罗斯研究产生了一定影响，2019 年研究论文数量首次跌破 40 篇。然而，同年上海译文出版社出版了《菲利普·罗斯全集》，该全集包括罗斯不同时期的 18 部作品。上海译文出版社计划出版罗斯的全部作品，共计约 30 种书目，其中包括之前未在国内出版的 10 余种作品。

罗斯作品在中国的译介与学术研究之间确实存在着密切的互动关系，两者相辅相成，共同推动了罗斯在中国的影响力和罗斯研究的深度。罗斯作品的译介为中国学者的研究奠定了重要基础。译介工作的开展，使得他的作品能够在中国广泛传播，并吸引了学术界的关注。早期，由于罗斯作品的中译本较为稀少，学者们的研究主要依赖于已有的译作。这些译本成为了他们分析和解读罗斯文学风格与主题的重要资料。随着时间的推移，更多罗斯作品的中译本不断涌现，学术研究的范围和深度也随之扩展。中译本的广泛出版，不仅促进了罗斯作品在更大范围内的传播，还推动了研究的多样化发展。学者们逐渐从对作品内容和主题的解读，扩展到对罗斯叙事手法、文化身份以及犹太背景等方面的深入探讨。研究工作的深化又反过来推动了译介工作的进一步开展。随着学术界对罗斯的研究成果不断丰富，研究者们对罗斯作品的理解愈加深刻，这种理解直接影响了后续作品

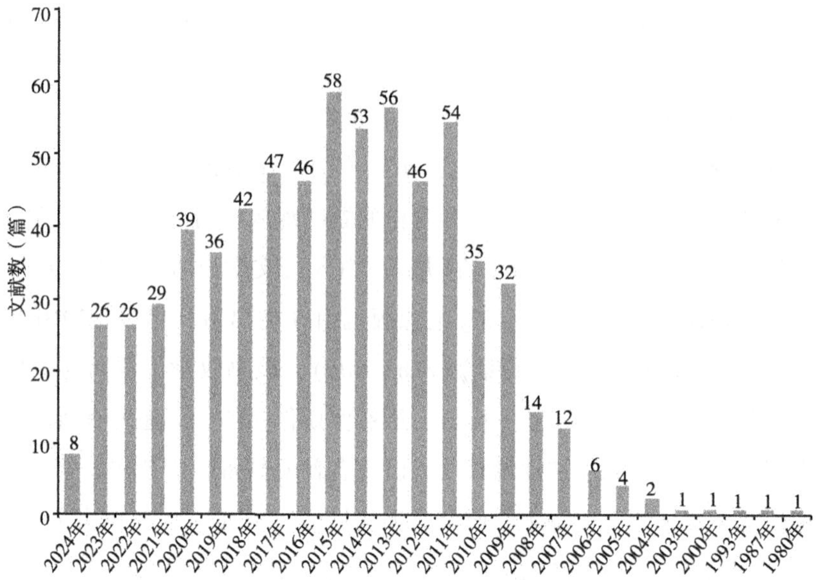

图 2-1　罗斯研究论文数量年度统计

的翻译质量。译者在翻译过程中能够更精准地把握罗斯作品的文学意图和文化内涵，从而提高了译本的质量，使得这些作品在中国读者中产生了更为深远的影响。值得注意的是，一些翻译者本身也是罗斯的研究者，这种双重身份使得他们在译介过程中能够更好地融合学术研究成果。例如，罗小云教授不仅翻译了罗斯的《美国牧歌》，还长期从事罗斯的研究工作，并主持了国家社科基金项目“菲利普·罗斯新现实主义小说艺术研究”。这类学者和译者的参与，进一步加强了译介与研究之间的互动，推动了罗斯作品的高质量译介和深入研究。

二、罗斯研究主题和关键词

关键词是文章核心主题和主要内容的集中表达，通常用于概括和传达研究的关键思想。当两个或两个以上的关键词在同一篇文献中同时出现时，这种现象被称为关键词共现①。关键词共现分析是一种通过识别文献中共同出现的关键词来

① 李杰．CiteSpace：科技文本挖掘及可视化［M］．北京：首都经济贸易大学出版社，2016：103.

揭示学术研究领域内部结构和动态变化的方法。通过对文献中的关键词词频进行统计分析，研究者能够有效地识别出当前研究领域的热点问题、关键主题和发展趋势。在本研究中，我们利用 CiteSpace 软件对与菲利普·罗斯研究相关的学术论文进行了关键词数据处理。CiteSpace 是一种用于科学计量学和可视化分析的工具，通过分析关键词之间的共现关系，它能够生成可视化的知识图谱，从而帮助我们直观地展示关键词之间的共现关系和学术领域的结构。这种图谱不仅揭示了罗斯研究中的主要议题和热点，还展示了不同研究主题之间的关联性，为进一步探索这一领域的学术研究提供了有价值的参考。通过这些分析，我们不仅能够识别出罗斯研究领域中最具影响力的研究主题，还可以更深入地了解这些主题之间的相互关系。这些结果对于学术界的研究者而言具有重要意义，它们不仅可以帮助研究者把握当前的研究方向，还能够启发未来的研究工作，促进罗斯研究领域的进一步发展。图 2-2 为罗斯研究关键词共现知识图谱。

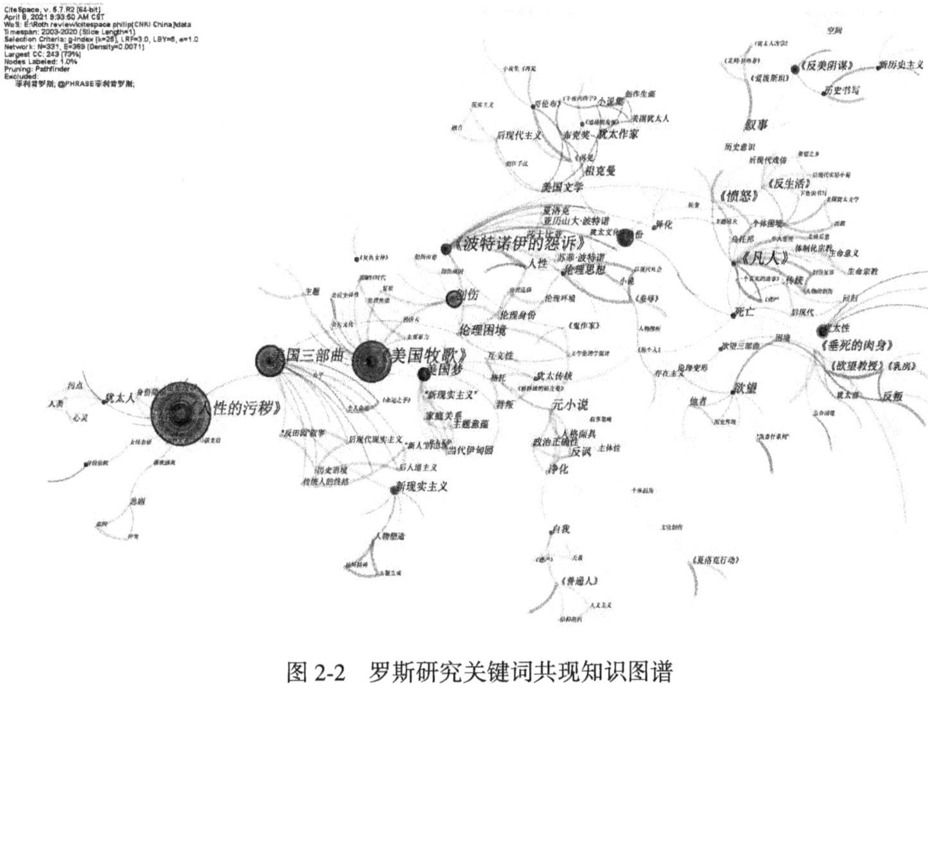

图 2-2 罗斯研究关键词共现知识图谱

图 2-2 中每一个节点(圆圈)代表一个关键词，节点的大小反映了该关键词与其他关键词的共现频次，总体而言，点越大表明其与其他关键词的共现次数越多。节点之间的连线表示关键词之间的关系以及共现的强度，线的粗细则指示了这些关系的紧密程度。具体而言，线条越粗表示连接的关键词之间的共现次数越多，即它们之间的关系越紧密。通过图 2-2 可以观察到，整个关键词共现知识图谱呈现出以"人性的污秽""美国牧歌""美国三部曲""美国梦""身份""创伤""波特诺伊的怨诉"等关键词为核心的放射型发散结构。核心节点围绕中心逐渐展开，显示出这些关键词在菲利普·罗斯研究中扮演着重要的角色。虽然图中包含了较多的研究分支和节点，整个研究网络的耦合性较好，表明这些关键词之间的关系紧密且相互关联。这种结构展示了罗斯研究领域的多样性和复杂性，同时也反映了主要研究主题和核心问题之间的紧密联系。

关键词中心度代表节点在网络中的媒介能力，是测度节点在网络中重要性的指标。一个关键词的中心性越高，意味着它控制的关键词之间的信息流越多。表 2-1 为罗斯研究关键词频次和中心度。按中心度排序前 10 的关键词(中心度值，出现频次)分别为《波特诺伊的怨诉》(0.52，21)、伦理困境(0.48，13)、《美国牧歌》(0.26，56)、《人性的污秽》(0.19，68)、《凡人》(0.19，14)、美国三部曲(0.15，37)、死亡(0.12，15)、身份(0.1，29)、美国梦(0.09，22)、创伤(0.08，18)、欲望(0.08，13)。这些数据表明，《波特诺伊的怨诉》具有最高的中心度值(0.52)，显示出它在罗斯研究领域中的核心地位，其信息流量和影响力最大。紧随其后的是"伦理困境"(中心度值：0.48)，也在网络中占据了重要位置。其他关键词如《美国牧歌》、《人性的污秽》和《凡人》等，虽然中心度值相对较低，但依然在研究领域中具有较大的影响力。

表 2-1　　罗斯研究关键词频次和中心度

序号	关键词	频次	中心性
1	《人性的污秽》	68	0.19
2	《美国牧歌》	56	0.26
3	"美国三部曲"	37	0.15

续表

序号	关键词	频次	中心性
4	身份	29	0.1
5	美国梦	22	0.09
6	《波特诺伊的怨诉》	21	0.52
7	犹太性	20	0.03
8	创伤	18	0.08
9	死亡	15	0.12
10	《反美阴谋》	15	0.04
11	新现实主义	14	0.05
12	《凡人》	14	0.19
13	欲望	13	0.08
14	伦理困境	13	0.48
15	历史书写	11	0.04
16	《复仇女神》	11	0.01
17	《垂死的肉身》	11	0.06
18	异化	10	0.06

三、罗斯研究聚类分析

关键词聚类研究通过系统化分析大量文献中的关键词，能够揭示研究领域的核心主题和发展趋势，从而帮助学者把握整体研究方向。它将文献和信息结构化，提升研究效率，避免重复和遗漏。本研究旨在发现聚类中的共性问题，并探究这些问题在整体研究中的体现和影响。

通过数据分析发现，伦理研究在罗斯的整体研究中占据着重要的地位，这一地位在关键词聚类分析中尤为明显，主要体现在对伦理困境和道德冲突的深入探讨。(图 2-3、表 2-2)从“人性”聚类中的伦理困境和文学伦理学，到“欲望”聚类中的欲望驱动下的道德冲突，再到“小说”聚类中对伦理思想和存在主义的探讨，伦理研究贯穿了罗斯的创作和学术分析。伦理困境指“文学文本中由于伦理混乱而给人物带来的难以解决的矛盾与冲突”①。伦理困境常常源于伦理悖论，这种困境普遍存在于罗斯不同时期的文本中。伦理困境通常表现为伦理两难，即个体在面对两种或多种道德选择时，每种选择都存在不可避免的伦理问题。这种两难困境使得个体难以做出完全正确的决策，因为每种选择都可能违反某种道德原则或引发其他伦理冲突。通过聚类分析我们直观地看到伦理问题如何成为罗斯文学创作的核心议题，反映了他对个人与社会、道德与欲望之间深刻冲突的关注。

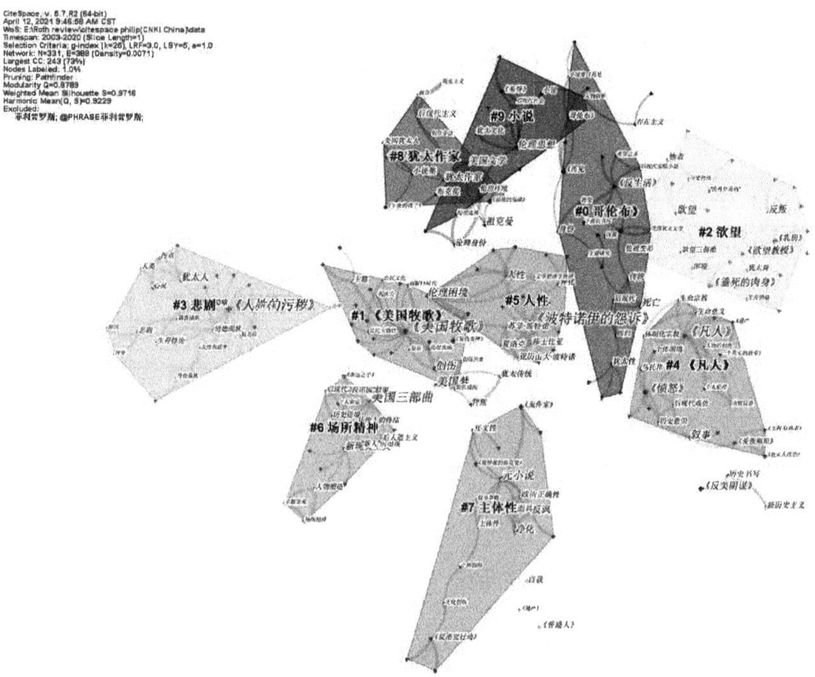

图 2-3　罗斯研究关键词聚类图谱

表 2-2　**罗斯研究关键词聚类图表**

Cluster ID	Cluster Name	Size	Silhouette	Top Terms（LLR）
#0	哥伦布	26	1	身份；犹太性；死亡；《哥伦布》；《反生活》

① 聂珍钊．文学伦理学批评导论[M]．北京：北京大学出版社，2014：258.

续表

Cluster ID	Cluster Name	Size	Silhouette	Top Terms (LLR)
#1	美国牧歌	26	0.99	《美国牧歌》；《复仇女神》；创伤；记忆；伦理焦虑
#2	欲望	20	0.95	欲望；《垂死的肉身》；他者；《乳房》；反叛；生存困境；《欲望教授》
#3	悲剧	25	0.96	《人性的污秽》；犹太人；身份危机；冲突
#4	凡人	23	0.95	《凡人》；《愤怒》；叙事；后现代
#5	人性	22	0.94	《波特诺伊的怨诉》；伦理困境；异化；人性；文学伦理学
#6	场所精神	19	1	美国三部曲；新现实主义；历史语境；后人道主义；后现代；场所精神；纽瓦克；反田园
#7	主体性	18	0.98	《鬼作家》；元小说；互文性；反讽；净化
#8	犹太作家	14	0.98	祖克曼；《退场的鬼魂》；美国文学；融合；写作特色
#9	小说	14	0.99	伦理思想；存在主义；犹太文化；伦理身份；伦理环境；《羞辱》

具体来说，"人性"聚类(Cluster ID #5)围绕《波特诺伊的怨诉》、伦理困境和文学伦理学展开，凸显了罗斯如何通过角色的道德选择来探讨人性和社会伦理问

题。《人性的污秽》对犹太人身份危机的刻画，以及对个体在面对社会压力和伦理挑战时的复杂心理和道德反应，充分体现了罗斯对伦理问题的深入处理。同样，“欲望”聚类(Cluster ID #2)集中讨论了欲望、反叛、生存困境等概念，其中包括《垂死的肉身》和《欲望教授》等作品。这一聚类强调了欲望驱动下的道德冲突，揭示了人物如何在欲望和社会规范之间挣扎，并探讨了这些冲突对伦理选择的影响。此外，“小说”聚类(Cluster ID #9)关注伦理思想和存在主义，这一聚类中的关键词如“伦理思想”“存在主义”等，显示了罗斯在其小说中如何探讨伦理和存在主义问题。罗斯通过对伦理思想的探讨，塑造了复杂的角色形象，深入反思了存在主义困境中的道德决策。这些聚类不仅揭示了伦理研究在罗斯作品中的核心地位，也为社会和文化的理解提供了重要的视角。

四、罗斯伦理研究的现状和趋势

国内对罗斯的研究始于20世纪80年代末期，但由于各种原因，在此后的一段时间里，这一领域出现了长达20年的研究空白。直到21世纪初，罗斯的作品再次引起了中国学术界的关注。在这个时期，罗斯研究呈现出两个主要趋势：首先是对罗斯新作的评价。学者们开始关注罗斯的近期作品，并在重要的文学期刊上发表了相关的评介文章。例如，竹夕、邹海仑和杨卫东等人在《世界文学》和《外国文学评论》等期刊上，针对《凡人》和《反美阴谋》等小说进行了深入的分析与评论。其次是对罗斯小说中后现代主义和异化问题的研究。金明、乔国强、黄铁池等学者着重探讨了罗斯作品中所展现的后现代主义特征以及异化主题，进一步深化了对罗斯文学创作的理解和解读。2010年至2020年是国内菲利普·罗斯译介和研究的繁荣时期。在这一阶段，涌现了一批具有代表性的罗斯研究者，如苏鑫、罗小云、朴玉、袁雪生、金万锋、孟宪华、乔传代、许娟、薛春霞和李俊宇等人。这些学者在罗斯研究领域取得了显著成果，丰富了国内对罗斯及其作品的理解和解读。然而，通过CiteSpace的可视化分析可以看出，尽管罗斯研究在国内取得了不少进展，但也存在一些盲点和问题。首先，国内的罗斯研究集中于他同一时期的代表性作品，尤其是“美国三部曲”，这导致了研究视角的局限性和重复性。2008年袁雪生发表了《论菲利普·罗斯小说的伦理道德指向》揭开了国内罗斯伦理叙事研究序幕。然而在后续的10多年时间里，国内从伦理批评视角研究罗斯作品的文章只有14篇：从袁雪生的《身份逾越后的伦理悲剧——评菲利普·罗斯的〈美国牧歌〉》到吴非、罗海鹏、杨宏等人对《美国牧歌》伦理悲剧的本质研究，国内研究者大多从“美国三部曲”的主人公伦理身份的逾越出发，探寻主人公因违反伦理禁忌而遭遇的悲剧命运，作品范围大多集中在罗斯的“美国三部曲”和单部作品的单向度研究中，缺乏对其生平、思想、创作相结合的系统研究，尚未形成全方位的令人信服的完整阐释。直到2015年，苏鑫的《菲利普·罗斯自传性书写的伦理困境》发表，拓宽了罗斯伦理思想视野。该研究探究了罗斯的自传文体在建构多元化自我身份中无法摆脱的伦理困境，指出伦理困境的产生最直接的原因是作家需要在自我创造的自由与书写他人的责任之间作出伦理选择。然而，之后的研究却戛然而止，研究缺乏系统性和连续性。此外，尽管国内学者在罗斯研究方面取得了一定成就，但在国际学术期刊上发表的论文数量较少，尚未涌现能够在国际学术界与欧美同行媲美的罗斯专家。

本研究通过对关键词共现关系和聚类结构的分析，发现伦理与欲望、文化身份、社会冲突等主题密切相关。这种交叉体现了罗斯作品中伦理困境的复杂性和多维性。为进一步理解这一现象，本研究结合文本细读，梳理了国内学术界对伦理研究的主要观点和讨论。这一分析不仅揭示了伦理问题在罗斯研究中的重要地位，还为未来的相关研究提供了系统化的参考框架。

(一)罗斯后现代书写与文学伦理价值之争

金明等学者指出，在阅读罗斯的作品时，读者可以清晰地感受到一种文学创作任务的转变：“文学艺术的任务不再是对传统文学观念的肯定，例如道德教育和审美教育。相反，文学开始进行彻底的否定。”①在他们看来，罗斯的文学创作不再致力于发掘和展示人性中的美好品质，而是毫无顾忌地揭示出人性中的丑陋、欲望、背叛、怀疑和否定。这种分析的一个重要依据是罗斯作品中所展现的后现代主义特征。后现代主义的视角下，世界是破碎的、荒诞的，人类在本质上是非理性的、无法解释的，既不可靠，也不可信。道貌岸然的外表背后，可能隐

① 金明．菲利普·罗斯作品中的后现代主义色彩[J]．当代外国文学，2002，23(1)：150.

藏着不可告人的动机。这种世界观使得罗斯作品中的非道德书写成为探讨人性复杂性的一个重要手段。关于非道德书写是否具有审美和道德价值的问题，学术界存在广泛的争议。伊顿在2012年发表的《健康的背德主义》一文中，力证背德主义观的合理性①。她提出："让观众感受和期待那些有违道德的事情，并将之与心中根深蒂固的观点和信条相结合，这本身就是一种审美成就。一些特定类型的道德瑕疵反而能提升作品的审美价值。"②与此同时，聂珍钊的文学伦理学批评理论也为不道德人物的伦理价值提供了支持。聂珍钊认为："文学作品不仅需要树立让人效仿的道德榜样，也需要塑造具有警示意义的形象。这些形象往往通过坏人的形象在文学中呈现。文本通常会对这些坏人形象进行分析和评价，通过谴责他们的败德恶行，使这些形象发挥出警示的作用。"③苏鑫、黄铁池等学者以罗斯饱受争议的性爱书写为例，提出了与金明等人不同的见解。他们认为，罗斯小说中对性爱的描写经历了一个从早期反叛旧俗到晚期反思衰落和死亡的嬗变过程，反映了作家在人生中对自身性爱意义的不断深入思索。他们指出，"文学作为人生经验交流的一种审美手段，罗斯的性爱书写蕴含着丰富的内涵，是一座可供观察和分析的宝库"④。因此，尽管这些描写具有挑战性和争议性，但它们在文学层面上具有不可忽视的价值。

（二）罗斯作品中的伦理指向和道德关怀

杨曦、黄铁池、袁雪生等学者是国内早期对菲利普·罗斯作品中的伦理价值进行专题研究的代表人物。杨曦在其硕士论文中，以罗斯后期作品为例，深入探讨了这些作品的伦理特征。她从伦理道德指向、传统犹太文化的回归倾向，以及对美国文化的反思与批判三个主要方面，剖析了罗斯后期小说的伦理特点。杨曦将主题和技巧、文化和文本分析融合在一起，在同一个框架内对罗斯后期作品的

① 韩存远．当代英美文艺伦理研究的价值论转向——审美价值与伦理价值关系之辨[J]．哲学动态，2019(7)：125.

② Eaton A W. Robust Immoralism[J]. The Journal of Aesthetics and Art Criticism, 2012, 70(3): 287.

③ 聂珍钊．文学伦理学批评导论[M]．北京：北京大学出版社，2014：250.

④ 苏鑫，黄铁池．"我作为男人的一生"——菲利普·罗斯小说中性爱书写的嬗变[J]．外国文学研究，2011，33(1)：53.

不同侧面进行多角度解读，这种方法为理解罗斯后期小说中的伦理价值提供了一个全面且细致的视角。黄铁池、袁雪生等人则将罗斯伦理问题的研究范围拓展到其不同时期的作品中。他们借鉴了约翰·麦克丹尼尔(John McDaniel)等人有关罗斯创作中的“道德现实主义”观点，提出罗斯小说中的伦理道德因素也对其独特的艺术观产生了重要影响。他们认为，罗斯的小说不仅充满对传统犹太文化的继承与背离，还深入探讨了“性爱主题下的伦理拷问、反叛意识中的道德冲突以及生存处境中的命运反思”。这些作品中包含了犹太社会中家庭伦理、宗教伦理乃至公共伦理的嬗变，体现了深刻的伦理道德指向①。金万锋、信慧敏等学者认为，罗斯的创作观念在其形成、发展和嬗变过程中，鲜明地体现了其时代意识。罗斯通过文学作品中的越界和突破，延续了犹太传统在冲突中繁衍成长的特质。在批评界对罗斯作品褒贬不一的评价中，他的创作揭示了个人与社会关系、传统与现代冲突中的复杂性和深度。这种探索不仅反映了罗斯对人类生存境遇的深刻理解，也体现了他对道德问题的严肃关怀。金万锋在《越界之旅——菲利普·罗斯后期小说研究》中指出，“越界书写”已成为罗斯创作中的内化方式，这种书写手法不仅彰显了他的历史时代感，还成为他文学表达的重要策略。“越界不仅是一个认识论问题，更是一个关乎人际关系和谐的主体间性问题，且背后蕴含着深厚的人文关怀”②。信慧敏以罗斯晚期作品《罪有应得》(*Nemesis*，2010)为例，认为“罗斯对个体的关注与福柯晚年提倡的自我关怀与自我修养(cultivation of the self)原则高度契合，体现了他的人文主义关怀”③。此外，小说中再次出现的大屠杀记忆碎片显示了罗斯作为犹太作家的身份认同问题，这些记忆的回归揭示了他对犹太历史的持续沉思，并展示了他在个人创作与历史记忆之间的复杂关系。罗斯的作品持续探索并表现出对犹太身份的深刻关注，体现了其作品的历史和文化深度。

(三)罗斯作品中的身体意识与人性道德

曲佩慧和张建军等学者认为，罗斯在其作品中揭示了身体污秽与人性道德之

① 袁雪生．论菲利普·罗斯小说的伦理道德指向[J]．外国语文，2009，25(2)：46.

② 金万锋．越界之旅——菲利普·罗斯后期小说研究[M]．北京：北京大学出版社，2015：4.

③ 信慧敏．《罪有应得》中忏悔与见证的伦理[J]．国外文学，2017 (2)：104.

间的悖论式逻辑关系。他们认为，罗斯通过对身体的探讨和重塑，寻求稳定的身份感，并将身体的变形视为身份焦虑和隐秘诉求的反映。身体的抗争不仅表达了对生命完整性的执着追求，还通过对身体文化意义的揭示和重构，提供了深入的人物身份探索视角。与之不同，罗小云和徐谙律等学者专注于“凯普什系列”小说中的三种自我变形模式：身体变形、心理变形和身份变形。他们认为，罗斯通过这些变形模式构建了人物的反叛形象，并映射了传统犹太神秘体系中的灵魂转生观点。这些变形揭示了犹太人在美国和以色列追寻理想家园的挑战与挫折，同时反映了双重人格的形成及其带来的困扰。李俊宇认为，罗斯的身体叙事受到了卡夫卡、弗洛伊德等思想家的影响，体现了强烈的现代性。这种影响不仅表现在他对身体和心理的细致剖析上，也反映了他对自由的追求和艺术求真的执着。通过对身体的叙事，罗斯不仅探讨了存在主义的核心问题，还对自由和真实的艺术追求进行了深刻的表征，反映了现代人在面对身体困境时的复杂情感和思考，呈现了一种现代自由伦理的探索①。田霞在其专著《菲利普·罗斯小说的身体叙事研究》中，深入探讨了罗斯作品中的身体与伦理问题。她采用文本细读的方法，将身体视为叙述主体，并从身体哲学的视角对罗斯跨越近半个世纪的创作进行分析，特别是“凯普什三部曲”中的身体叙事。她的研究揭示了罗斯小说主人公在“欲望”与“伦理”之间的冲突，展示了这些冲突的表层和深层思辨。她认为，通过解读罗斯作品中“荒诞的理性与理性的荒诞这一深层悖论，可以更好地理解社会象征系统中的不确定性和双重性”②。这种分析有助于我们对现存的社会秩序、传统理性、社会制度和伦理观念进行辩证思考，并对人的自由与价值作出独特的认识。

(四)罗斯自传性书写的伦理困境

国内最早对罗斯自传性书写进行研究的学者是罗小云教授。早在2012年，他在《英语知识》上发表了题为《虚构与现实：菲利普·罗斯小说的自传性》的研

① 李俊宇．存在、伦理、身份——论菲利普·罗斯创作中的身体叙事[J]．当代外语研究，2015，15(6)：56.

② 田霞．菲利普·罗斯小说的身体叙事研究[M]．北京：社会科学文献出版社，2024：2.

究论文。罗小云深入探讨了罗斯的成长经历与其小说创作之间的关系，并指出“罗斯的许多作品都是基于他个人的生活经历和犹太社区的见闻而创作的”①。他认为，罗斯的后现代主义和新现实主义的文学实践在一定程度上都具有自传性特征，这种自传性不仅展现了他对个人经历的书写，也反映了他对个人与集体身份、虚构与现实关系的复杂探讨。在此基础上，陈红梅的研究进一步推进了对罗斯自传性书写的理解。她通过对《事实》和《夏洛克在行动》中写实与虚构的对照分析，结合作家早期作品的接受状况，探讨了罗斯自传性手法的流变及其意义。陈红梅认为，罗斯通过运用各种手段营造出“自传性阅读”的氛围，混淆了真实与虚构的界限。一方面，他借助与自己相似的人物，如波特诺伊、祖克曼以及“菲利普·罗斯”等，展开了想象性的书写，塑造了多个写作自我的代表性人物；另一方面，他大量运用自己的生活素材，进一步强化了自传性书写的效果②。苏鑫指出，随着罗斯自传性书写策略的逐渐成熟，其作品呈现出显著的“元自传”特征。这一写作策略既是罗斯应对犹太伦理冲突的自我辩护手段，也是其对自传文体在建构多元身份时面临的伦理困境的揭示。该困境主要源于作家在自我创造的自由与书写他人责任之间的伦理抉择③。同时，罗斯在伦理困境中挣扎式的自传性写作具有鲜明的个性和独特的审美价值，体现了他身为犹太裔美国作家对美国多元文化语境的深刻思考。

(五)罗斯作品的文学伦理学解读

“文学伦理学批评是一种从伦理视角阅读、分析和阐释文学的批评方法。它从起源上把文学看成人类伦理的产物，认为文学是特定历史阶段社会伦理的表达形式”④。罗斯的小说经常探讨个人与社会之间的冲突、身份认同的危机以及对传统道德观念的挑战。通过运用文学伦理学的分析框架，可以更全面地揭示罗斯作品中隐含的伦理思想，并探讨罗斯如何通过人物塑造和情节发展，表达对当代社会的批判与反思。运用文学伦理学批评话语解读罗斯作品大多是一些硕士论

① 罗小云．虚构与现实：菲利普·罗斯小说的自传性[J]．英语研究，2012，10(3)：28.
② 陈红梅．菲利普·罗斯：在自传和自撰之间[J]．国外文学，2015 (2)：82.
③ 苏鑫．菲利普·罗斯自传性书写的伦理困境[J]．外国文学研究，2015，37(6)：116.
④ 聂珍钊．文学伦理学批评导论[M]．北京：北京大学出版社，2014：277.

文，研究范围主要围绕“美国三部曲”。李杨柳、赖日升 、于翠翠、林雪等人运用文学伦理学批评的方法探索《人性的污秽》中体现的伦理思想，尤其是家庭伦理思想和社会伦理思想。杨巧珍等人从历史的、社会的、文化的角度分析“美国三部曲”中的家庭伦理冲突以及反讽意味的政治伦理，以及三部曲中所蕴含希腊式的当代社会伦理悲剧①。张龙海等人从身份、欲望和死亡三个伦理角度出发，分析了《人性的污秽》中少数族裔在多元文化整合过程中的异化现象和自我命运在阶级社会中生存的哲学思辨，揭示了作者对整个人类与自然、与社会，以及人与人之间诸多问题的伦理反思②。江颖以文学伦理学批评为切入点，结合文本中的夫妻、儿女、朋友三个方面的背叛来探讨其中的道德主题和人物悲剧。洪春梅从文学伦理学的视角解读罗斯的短篇小说《信仰的卫士》③，认为这篇小说包含着文本与历史语境两个伦理框架，而这两个框架之间也是互为依托，罗斯逆历史语境中犹太社区的伦理期待而进行越界书写的做法，与文本中的因一系列对犹太信仰的背叛而诱发的伦理抉择，共同构成了小说的艺术张力④。

综上所述，运用中国本土的文学伦理学批评理论来解读罗斯的作品，为罗斯研究提供了新的视角。这种方法尤其在探讨罗斯小说中的伦理问题方面表现出独特的优势。然而，现有的研究大多集中于“美国三部曲”的主人公伦理身份的逾越，侧重于分析因违反伦理禁忌而遭遇的悲剧命运，作品范围主要集中在“美国三部曲”和早期短篇小说中。特别是在缺乏对不同时期作品伦理的纵向比较和系统研究方面。徐世博在其 2018 年的博士论文《菲利普·罗斯小说的伦理维度及其内涵研究》中，通过对家庭创伤叙事、大屠杀创伤叙事以及国家创伤叙事的伦理维度进行深入分析，对罗斯九部作品中的伦理问题进行了全面梳理。他的研究为罗斯的伦理思想提供了丰富的借鉴，指出了罗斯如何在小说中展现主体性与伦理的互动关系。他认为，“罗斯从质疑传统、兼顾双重身份到‘他者’伦理思考的演变，清晰地表明了伦理思考在其创作中的重要性”⑤。

---

① 杨巧珍．论菲利普·罗斯“美国三部曲”的伦理思想[D]．广州：暨南大学，2012.

② 张龙海，赵洁．迷惘与失落：《人的污点》的伦理学阐释[J]．外国文学研究，2017，39(2)：38.

③ 《信仰的卫士》收录于罗斯 1959 年出版的《再见，哥伦布》短篇小说集中。

④ 李春梅．信仰 欺骗 选择——《信仰的卫士》的文学伦理学解读[J]．文艺争鸣，2016(1)：182.

⑤ 徐世博．菲利普·罗斯小说的伦理维度及其内涵研究[D]．南京：南京大学，2018.

第三章

生存困境下的欲望叙事

罗斯的早期作品围绕着人类欲望与道德困境之间的紧张关系展开。他敏锐地捕捉到现代社会中，个人欲望在物质主义和消费文化的驱动下不断膨胀，并逐渐模糊了传统的道德界限。在他的笔下，欲望不仅是推动人物行动的内在动力，更是引发他们在道德抉择中挣扎和迷失的根源。他通过多样化的创作手法，揭示了欲望如何在现代社会中深刻地影响着人们的生活、心理状态和社会关系。他在作品中客观而现实地描绘了物欲横流的社会现状，展现了人类在追逐欲望的过程中，如何在道德与欲望之间徘徊，并不断试探自身和社会的承受极限。然而，在探讨欲望与道德的冲突时，罗斯并未采取简单的批判或赞美立场，而是试图深入挖掘欲望背后复杂的社会和心理因素。他的叙事视角冷静而深邃，致力于揭示那些在欲望驱动下，人们所面临的道德困境和生存压力。他通过描写人们在欲望面前的挣扎，来反思个体存在的价值，并试图为在欲望冲动中迷失的现代人寻找一种衡量和理解其行为的尺度。

第一节　罗斯的欲望书写：基于拉康的欲望表达

弗洛伊德认为，“欲望”是人类的一种本能状态，是一种心理和身体上的需要，属于精神分析领域的一个基本范畴。他在《元心理学》（*The Origin and Development of Psychoanalysis*，1949）中将“欲望”描述为“处于心理的东西和躯体的东西交界处的一个概念，是从躯体深处传出并到达心理的种种刺激的一种心理上的表示，是由于心理同躯体相联系的结果而在心理上产生的一种需要行动的症状”①。拉康批判性地继承了弗洛伊德的“无意识”理论和黑格尔的“自我意识”，即“个人的自我意识的存在必须建立在认可他者的自我意识的基础上”，改写了弗洛伊德的“需要—欲望”认知，对欲望理论进行了重构，提出了“需要—要求—欲望”的三元说，同时汲取了索绪尔的符号结构主义语言学理论，最终提出了自己的欲望理论。拉康认为，“对欲望真相的探索既是理解欲望本质的手段，也是精神分析治疗的前提。只有当欲望在他人面前形成和表达时，它才能被充分认识”②。欲望表达主要通过个体的感知方式和沟通方式来实现。因此，精神分析治疗关键的任务是“引导个体识别、命名、表达并实现他们的欲望”③，也就是帮助个体在治疗过程中通过语言和交流将内心的欲望显现出来，从而更深入地了解自己，促进个人的心理成长和自我实现。

一、拉康对欲望表达的理论贡献

观看(look)是满足内在欲望的最直接和方便的方式之一。根据身份功能的镜像阶段理论，人类对观察他人和被他人观察的行为始终保持着深深的迷恋。这种迷恋并不仅仅停留在表面，它引发了内在的陶醉、自我欣赏以及自我放纵，进而促成了一种自恋的关系——个体通过观察与自己的影像建立起了密切的联系。最初，人们通过观察他人来模仿他们的行为，以满足自身被认可的欲望，从而在模仿中逐步认同自己的形象。这一观察行为不仅产生了模仿机制，也推动了个体与外部世界的互动与联系。通过不断的重复与再现，个体在世界中找到了自己的位置。然而，齐泽克(Žižek)进一步区分了“观看”和“凝视”(gaze)两个概念，他指出“观看”代表了想象性的身份认同，而“凝视”则象征着一种更深层次的象征性身份认同④。想象性的认同涉及个体认同于一个让自己感到愉悦的形象，满足了

---

① 王先霈，王又平．文学批评术语词典[Z]．上海：上海文艺出版社，1999：510-511.

② Returning to Freud：Clinical Psychoanalysis in the School of Lacan[M]．New Haven：Yale University Press，1980：183.

③ Samuels R. Between Philosophy and Psychoanalysis：Lacan's Reconstruction of Freud[M]. London：Routledge，2014：228.

④ Zizek S. Looking Awry：An Introduction to Jacques Lacan Through Popular Culture[M]. Cambridge：MIT Press，1992：79.

内在的欲望。而象征性的认同则意味着个体通过一个观察者的视角来重新定义和确认自身的位置。因此，凝视象征着欲望的一个重要阶段，在这一阶段，主体的真实本性在凝视的瞬间从现实领域中永久地退却。凝视所指向的对象实际上只是主体欲望的投射与立足点。然而，欲望从其原本的形式转变为凝视的对象，这一过程是如何发生的呢？这一问题引导我们深入思考诸如能量参照物、无意识、象征世界的语言结构以及拉康提出的“大他者”(Big Other)概念。

拉康在探索欲望表达的方式、机制和内容时，借鉴并整合了索绪尔的结构主义语言学、雅各布森的语言学理论以及弗洛伊德的精神分析学说。他通过这些理论框架，重新构建了语言在欲望中的作用，将其转化为理解主体如何通过语言表达和构建欲望的关键工具。在拉康的视角中，语言不仅是沟通的媒介，更是无意识欲望的载体，而“大他者”则代表了欲望和象征秩序的最终参照点。通过凝视，欲望得以显现，而主体的本性则在这一过程中被掩盖和转移，揭示了主体与欲望之间复杂且深刻的关系。

拉康在欲望理论中的一个重要贡献是他对需求(need)、要求(demand)和欲望(desire)之间的细致区分。与弗洛伊德将欲望视为人类内在本能冲动的观点不同，拉康强调欲望的社会性构建及其与需求和要求之间的复杂关系。在拉康的理论中，欲望并不是简单的生物学驱动力，而是一个在社会和文化背景下形成的现象，它既受到个体内在心理结构的影响，也受到外部社会规范和期望的塑造。拉康认为，需求和要求是主体在满足基本生理和心理需要过程中产生的，而欲望则超越了这些基本需求，它是主体在社会和文化结构中对他者认同和意义的追求①。欲望因此被视为一种通过社会互动和象征秩序形成的复杂结构。拉康的理论因此突出了欲望与言语表达之间的张力，并强调了这种张力在理解个体心理和社会行为中的重要性。

此外，拉康借鉴了现代语言学中的概念，特别是雅各布森(Jakobson)对隐喻(metaphor)和转喻(metonymy)的区分，并将这些概念与弗洛伊德的凝缩(condensation)和置换(displacement)机制相对应②。在这种理论框架中，需求和

① Evans D. An Introductory Dictionary of Lacanian Psychoanalysis[M]. London: Routledge, 2006: 61-64.

② Lacan J, Lacan J. Autres Écrits[M]. Paris: Seuil, 2001.

欲望的表达通常以隐喻或转喻的形式出现。当主体提出一个需求(例如，要求A)时，往往会提到与之相关但不直接的事物(例如，B)；这一点反映了欲望的隐喻性质。欲望本身则往往强烈指向某个对象，但主体却可能并不完全理解自己为何会产生这种愿望。1957年，拉康引入了“能指链”(chain of signifiers)的概念，用以描述一系列相互关联的能指(signifiers)。在拉康看来，能指链永远不会完整，因为新的能指可以不断地被添加进链条中，从而表达出欲望的永恒流动性。欲望因此被视为一种转喻的现象，即它通过不断地移动和变化在能指链中得以显现。意义并不在链条的某个特定点上固定存在，而是在能指从一个到另一个的运动过程中“坚持”存在。这种运动性使得欲望总是“对另一件事物的欲望”，因为主体对已经拥有的事物不产生欲望①。正如拉康所言，隐喻(metaphor)具有隐蔽性，而转喻(metonymy)则较为显露。隐喻功能和转喻功能都是能指功能的一部分，但隐喻在想象领域中的作用更为突出，因为它通过隐蔽的方式表现了欲望的复杂性。

如果隐喻和转喻关注的是欲望的表达形式，那么拉康所创造的语言代码则更加关注欲望表达的内容。拉康习惯于将语言压缩成简洁的短语、词汇甚至代数符号，以此来传达复杂的思想。这种形式逻辑的现代方法不仅仅是为了认识论上的精确性，更是为了与时代对话，探索主体与世界关系的深刻方式。在拉康的理论框架中，语言被视为一种补救措施，用以弥补人类的象征性缺失。语言的作用不仅在于交流和表达，更在于填补主体在象征秩序中的空缺。拉康认为，人类作为不完整的存在，必须通过语言来寻求他者的认可和补救，以实现自我的构建。这种观点描绘了人类图景的另一面，即人类通过认识自身的缺失来实现自我认同和自我理解。拉康的语言代码作为一种工具，揭示了主体在语言中的位置及其对欲望的表达。通过精炼的语言形式，拉康能够捕捉和分析欲望的复杂结构，反映出主体如何在语言的符号系统中寻找和构建自身的身份。语言不仅是欲望的表达媒介，更是主体在象征世界中构建自我意识和自我认同的重要途径。这种对语言的精细操作和形式逻辑的运用，实际上是一种回应现代时代需求的策略。拉康通过

① Lacan J, Sheridan A, Bowie M. The Agency of the Letter in the Unconscious or Reason since Freud[M]//Écrits: A Selection. London: Routledge, 2020: 164-167.

这种方法，与时代的思想潮流对话，同时也提供了一种理解主体与世界关系的独特视角。语言在拉康的理论中成为了探索人类存在的关键工具，既是对人类缺失的补救，也反映了主体在寻求他者认可过程中的动态自我构建。此外，拉康的理论受到了巴鲁赫·斯宾诺莎(Baruch Spinoza)和弗里德里希·尼采(Friedrich Nietzsche)等哲学家的影响，特别是在欲望作为人的本质的观点上。他继承并发展了这些哲学思想，将欲望视为人类存在的核心，强调其社会性和象征性。拉康的理论为理解欲望提供了一种全新的哲学视角，使其成为心理分析和文化研究中的重要议题。

总之，拉康的欲望理论超越了传统精神分析的界限，拉康通过对欲望的结构性分析、能指链理论、对"大他者"的理解、无意识性分析以及哲学视角的引入，为欲望表达的研究提供了深刻的理论框架。拉康对语言与欲望之间复杂互动的探讨，促成了跨学科的丰富对话和学术探索。在语言学领域，拉康的概念为研究语言结构如何塑造人类主体性提供了宝贵的视角。学者们研究了语言能指如何影响我们对欲望和身份的理解，揭示了交流和意义建构的复杂性。拉康的理论提供了一种框架，用于分析语言如何构建和反映我们的欲望和自我。在文学研究中，拉康对"他者"在塑造个体欲望和身份中的作用的强调，改变了对叙事结构和角色动机的分析。他的工作为理解不同历史时期和文化背景下的文学文本开辟了新的解释途径。通过关注欲望如何受到外部力量和内部冲突的影响，拉康的理论丰富了文学批评，并扩展了对角色发展和主题元素的理解。

二、罗斯作品中的欲望与创伤

在罗斯的视角下，欲望不仅是个体与外界的互动结果，更是一种在文化与文本中被书写和再生产的力量。欲望通过观察这一行为被内化，并通过语言、文学和艺术等形式得以表达和展现。罗斯认为，观察并不仅仅是满足内在欲望的方式，它同时也是书写欲望、再现身份认同的过程。通过不断的观察和模仿，个体不仅在现实中确认自我，也在象征性和想象性的层面上不断书写和重构自我。这种书写既是欲望的产物，也是欲望的延伸，使得个体在与世界的互动中获得自我实现和身份认同。在罗斯创作的31部作品中，欲望主题始终根植其中，既通过性爱作为欲望的显性表征，也通过潜意识中的隐秘种子进行深层次的探索。罗斯笔下的主人公常常在个人欲望与社会道德的困境中挣扎，或重新塑造自我，或陷入迷失。欲望主题不仅体现了罗斯对伦理道德的深刻关注，也贯穿了其创作的全过程。早期作品如《再见，哥伦布》和《波特诺伊的怨诉》展示了主人公在个人冲突与社会压力中对性的困惑；中期的“祖克曼系列”——包括《鬼作家》、《解放了的祖克曼》、《解剖课》和《退场的鬼魂》等九部作品——则描绘了主人公在欲望困境中寻求自我救赎的艰难过程；中后期的“凯普什三部曲”——《乳房》、《欲望教授》和《垂死的肉身》——则明显突出了肉体欲望，展示了男性主人公在追求自由的过程中陷入欲望深渊，并最终在情欲与真爱中迷失自我，遭遇身份焦虑。后期的“美国三部曲”——《美国牧歌》、《我嫁给了共产党人》和《人性的污秽》——中，欲望主体们在“美国梦”的宏大背景下追寻身份认同与实现梦想，然而最终却陷入身份认同危机，走向自我毁灭；晚期作品如《凡人》和《羞辱》中，尽管主人公们面临病痛、衰老和死亡的威胁，仍试图通过性来激活自我，却终究无济于事。

在罗斯的小说世界中，欲望始终如影随形，成为贯穿其创作的核心主题。罗斯通过其丰富多样的叙事手法，深刻地展示了欲望主体的复杂心理和社会困境。这些小说中的欲望表征与拉康关于欲望的理论紧密对话，凸显了“欲望作为人类存在的核心特征以及社会性产物的本质”①。在罗斯的作品中，拉康关于欲望的理论得到了鲜明的体现。罗斯所塑造的角色在追寻个体自由和自我认同的过程中，其欲望常常映射出对“大他者”的渴望，这是拉康理论的核心概念。罗斯通过细腻的叙事描绘了角色在想象界、象征界和真实界之间的挣扎，这种挣扎不仅揭示了他们对自身身份和自由的渴求，还暴露了他们内心深处的创伤与冲突。此外，欲望的表现形式在不断变化的能指链中生成，这使得欲望始终处于一种不断转化和再定义的状态。罗斯通过对这种动态欲望链的探索，揭示了角色如何在社会压力和自我认同的追寻中迷失或重塑自我。这种探讨不仅显示了个体欲望的复杂性，还反映了欲望与社会结构及文化背景的深刻关联。罗斯的小说强调了欲望如何在特定的社会背景和文化环境中被塑造和影响，这与拉康关于欲望作为社会

---

① Evans D. An Introductory Dictionary of Lacanian Psychoanalysis[M]. London: Routledge, 2006: 106.

性产物的理解相契合。拉康认为，欲望并非孤立存在，而是深深嵌入于社会和文化的象征系统中。罗斯的作品通过细致的人物刻画和复杂的叙事结构，展现了这种象征性互动如何塑造角色的欲望及其身份认同。

罗斯的创伤叙事贯穿其创作生涯，从《再见，哥伦布》到"美国三部曲"，他深刻描绘了犹太民族在美国的多重创伤体验。这些作品反映了移民文化的艰难融合、大屠杀的阴影以及战后社会的动荡。罗斯将个人创伤与社会背景结合，展现了现代美国的种族问题和麦卡锡主义等政治因素的负面影响。他的学术背景赋予作品深刻性，使其成为创伤叙事的典范①。"文学创伤理论"这一术语由美国学者米歇尔·巴拉埃夫(Michelle Balaev)创造，它源于20世纪90年代初，得到了凯瑟·卡鲁斯(Cathy Caruth)、肖申娜·费尔曼(Shoshana Felman)、凯莉·塔尔(Kali Tal)和杰弗里·哈特曼(Geoffrey Hartman)等学者的支持与推动。他们的共同点在于将创伤视为一种不可化约的事件。换言之，他们认同创伤的不可言说理论，该理论强调创伤难以用言语表达，同时也突出文学艺术在表达和再现创伤方面的独特力量。由此可见，"文学中的创伤表现与拉康的欲望概念密切相关"②。虽然弗洛伊德及其他学者提供了心理学和临床证据来支持创伤的不可言说理论，拉康对其心理结构理论中的"真实"概念的解释则为这一理论提供了理论基础。简而言之，拉康将创伤视为一种固有的人类倾向，它源自语言、法律和文化等符号，这些符号构成了旨在解释我们自然环境的象征秩序。弗洛伊德则认为创伤是由于压抑——即忘记或忽视未解决的冲突、未承认的欲望或创伤性过去事件，从而将它们推入无意识的意识中。拉康的客体小a(object petit a)概念为理解欲望与创伤之间的关系提供了重要视角。拉康赋予客体小a双重内涵，既涉及现实世界，也涵盖想象世界。它不仅是欲望的推动力，而非欲望的终极目标，因此被称为"欲望的对象原因"(object-cause)。客体小a包括任何能够激发欲望的对象，特别是那些界定驱力的部分对象。驱力围绕客体小a运转，而非直接以其为目标③。在1962年到1964年的研讨会上，客体小a被描述为引入象征性到现实后

① 洪春梅．菲利普·罗斯小说创伤叙事研究[D]．天津：天津师范大学，2014.

② 赵雪梅．后现代语境下文学创伤书写何以可能？[J]．当代外国文学，2022：146.

③ Evans D. An Introductory Dictionary of Lacanian Psychoanalysis[M]. London: Routledge, 2006: 152-154.

的残余部分。齐泽克将客体小a比作人生悲剧旅程中的小丑，这一形象通过类似移情的机制，将关注点从严肃的悲剧转向意识形态的崇高概念，从而稀释了悲剧的严肃性。虽然客体小a难以通过语言完全表达，但它使主体的欲望得以显现，并且往往导致稀缺而非丰盈的结果——这种固有的悖论在现实中难以消解。类似地，人类融入象征秩序的过程中，留下了未被言说的创伤，这些创伤无法完全融入象征领域，但对其存在至关重要。根据拉康的"真实"概念，这些创伤需要不断被重新整合，尽管在象征秩序中无法被完全同化。

从精神分析的角度来看，象征世界与自然世界之间存在着不可逾越的鸿沟。现实世界并没有一个预设的、固有的符号化方法，因此现实只能通过不完全和失败的符号表现来显现。这意味着象征秩序必须不断地被修正，以更全面地涵盖现实。在象征世界的边界，总会留下一部分未被处理的、尚未实现的象征债务，而这正是文学和艺术试图回应的领域。精神分析认为，文学是欲望、创伤、现实和意识在个体中展开的场所。文学体现了个体构建虚幻创伤空间的渴望。这个空间既非完全主观，也非完全客观，而是一种"客观的主观性"。因此，文学在象征性地捕捉个体与其内在创伤中根本性不可能性的联系。在文学文本中，创伤不再是一个完全隐藏的或难以表达的内在经验，而是被赋予了形象和结构，通过叙事的方式呈现出其对个体心理和情感的深远影响。文学不仅揭示了创伤如何塑造个体的认同和世界观，还反映了个体如何在面对这些创伤时进行内心的自我构建与反思。

第二节 欲望主体从自然属性到社会属性的嬗变

在文明社会，个体的欲望是隐秘的。在现实的道德伦理和社会准则制度下，文明人不可能也不会毫无顾忌，毫无遮盖地袒露个体的欲望。然而，在自然人非理性的本能冲动下，在物欲横流的社会中，个体时常受到各种各样的诱惑，深陷欲望而无法自拔。在罗斯不同时期的作品中，欲望的种子始终深埋其中，或是含糊隐蔽，或是大胆袒露。主体在肉欲驱使下的赤裸性爱是进入罗斯小说世界的一扇门户。罗斯擅长通过性爱来反抗传统的伦理道德，在性爱这一维度上展现了人的悖论式的存在。他也通过性爱这一方式来展示自我独立的意识。个体生命有限而欲望无穷，在有限的生命中个体的欲望时而受伦理道德的拷问，时而受种族传统束缚，在压抑束缚和反抗释放中，人性深处的秘密跃然纸上①。罗斯将现代人的性爱关系作为一个窗口来剖析人类错综复杂的生活。

一、罗斯早期作品中主人公被压抑的情感欲望

《再见，哥伦布》是罗斯二十六岁时出版的第一部作品，收录了中篇小说《再见，哥伦布》和五个短篇小说。小说讲述了犹太青年尼尔·克鲁格曼和犹太新贵后代布兰达·佩蒂姆金之间的爱情故事。尼尔出身贫寒的犹太家庭，偶尔邂逅布兰达并被她的漂亮大方深深吸引。很快两人坠入爱河。后来在布兰达的肖特山家中度假期间，因尼尔要求布兰达购买子宫帽②引发争执，最终以布兰达的屈服收场。然而，犹太新年前夕，子宫帽被布兰达母亲在整理女儿的房间时无意发现，母亲强烈地谴责了他们的行为，从而引发尼尔的误解，他认为是布兰达有意将子宫帽留在家中。两人因此分道扬镳。

尼尔出身于传统的犹太家庭，受犹太传统道德价值观的影响，但又有着强烈的反抗精神，传统观念和自我意识的斗争使得他患得患失。对于纽瓦克的单调生活，他深感厌恶，然而又难于融入成功犹太人佩蒂姆金的家庭。在对待爱情的问题上他也摇摆不定，表现出极度矛盾的心理。他追求自由、向往爱情，在与布兰达发生关系之后，面对婚姻、家庭等问题时他又选择了逃避。对新的生活他依然迷茫，不确定自己是否能够接受。他要求布兰达使用子宫帽，用一种替代的方式完成了他们的结合。在传统社会和家庭道德的压力下，他作出了既规避又挑战的矛盾选择。罗斯不仅在这部处女作中质疑了传统的犹太教义，同时也通过小说中的人物来反思老一辈犹太人的保守和愚昧，进而揭示出其间的陈腐和虚伪。作品中对青年在同化过程中的经济苦闷和情感苦闷进行深入的揭示，反映出青年对情感和归属的欲求和在欲求不能达到满足时的压抑。

在随后的作品《波特诺伊的怨诉》中，类似尼尔式的被压抑的情感欲望得到

---

①　Royal & Derek Parker. Philip Roth: New Perspectives on an American Author [M]. Westport: Conn Praeger Publishers, 2005: 32.

②　子宫帽，又称避孕帽、宫颈帽、阴道隔膜，是一种避孕工具。

了充分的释放。主人公波特诺伊出生于一个传统犹太人家庭，来自犹太传统文化、美国社会以及父母的多重压力让他感到窒息。他喜欢以性的形式征服非犹太人女孩，还染上了手淫的习惯。对待母亲，他既爱又恨。在母亲的控制和压迫中，他惧怕被一种莫名的力量吞噬，这形象地展现出一个美国犹太人的成长经历。罗斯在这部小说中突破传统，大胆地暴露了犹太人的缺点，这在"二战"之后的文坛中罕见。《波特诺伊的怨诉》将性意识与犹太特性完美结合，因此成为罗斯早期小说中最好的作品之一。

二、罗斯中期作品中主人公放纵的赤裸肉欲

20世纪60年代美国的性解放运动和女权运动改变了很多人的生活方式。随着女性地位的不断上升，女性的行为方式和对待男性的态度都发生了根本变化。这也导致了男女两性关系的微妙变化。女性在各个方面与男性展开竞争，男权主导的社会结构正经历着变化。罗斯在《乳房》、《情欲教授》以及"祖克曼三部曲"等作品中从性爱角度探索个体欲望和身份的困境，生动地为读者展现了现代人在本能与克制、情欲与理性之间的冲突。

《乳房》是罗斯继承卡夫卡变形题材的一个典型，小说通过第一人称叙事，通过凯普什的思想活动和与他人的对话，展现他对自己变形的思考和解释①。故事围绕犹太人大卫·凯普什变成一个巨大的乳房前后的心理变化而展开。变形前他精力旺盛，然而变形后却成为一个不能视物、无力移动的乳房，生命只能靠注射营养液来维系。他孤独地躺在医院里，每天看望他的只有父亲、女友和一个同事。这部小说表现了充满欲望的男性主体在自我身份探寻过程中面临的困惑。变为女性性器官的凯普什无法用语言表达男性与女性的界限，但他却仍然坚持声称自己是个男人。对于变形理由，凯普什试图寻求各种各样的解释，如从心理学方面解释为逃避主义、幻想、阳痿、双性恋倾向等。他甚至荒诞地认为文学教学是使自己变形的罪魁祸首。凯普什的变形是极端异化的表现，这在他的《情欲教授》中也有所揭示，因此评论界通常也将《情欲教授》看作《乳房》的前篇。从整部

① 陈广兴．身体的变形与戏仿：论菲利普·罗斯的《乳房》[J]．国外文学，2009(2)：98.

小说的主题分析，无法自拔的情欲也是凯普什变形的主要原因之一。《情欲教授》(*The Professor of Desire*)对《乳房》进行补充与阐释。故事主人公凯普什在年轻时过着淫乱的性生活，游走于不同的女性之间，后来对海伦一见钟情，并被她的气质和美貌深深吸引，但婚后海伦因无法忘却前男友而离他远去。婚姻的失败使凯普什深受打击，对婚姻甚至爱情产生了质疑。后来克莱尔的陪伴暂时治愈了他的心灵创伤，但此前长期混乱的性经历让他无法适应压抑的性生活，导致他暂时失去了性功能。男性主体自我认同的主要标准就是拥有强大的性能力。凯普什在性能力上的失败，表明了他以自我为中心的男性认同的危机。罗斯对于性爱描写的这种转向，体现了他自身性爱观念的变化，尤其是对60年代性解放运动的多重反思。

在人类的喜剧中，罗斯是一个勇敢的徒步旅行者，他以令人敬佩的活力，探讨自己强烈的性欲造成的难题。换句话说，“他是一个英雄”①。罗斯在接受采访时曾说：“我感觉自己在《乳房》《欲望教授》里面一直在写那被称作‘巨大的，让人疯狂的’主题——欲望。那是一块大得够分量的馅饼，我认为，足够让我从中切下三片来。”②

三、罗斯后期小说中主人公自我实现的欲望

“美国梦”一词最早见于《美国史诗》，指在美国这样一片广袤而充满朝气的土地上，不受种族和阶级的影响，每个人都有平等的机会，通过个人奋斗实现自己的理想，过上幸福美满的生活。美国梦驱使着来自世界各地的人们聚集于此，发展并实现自身潜在的能力③。美国梦作为美国文化的重要组成部分，对美国文学的发展和繁荣起着重要的推动作用。罗斯的“美国三部曲”中凸显了三种不同的美国梦。第一种是《美国牧歌》中的塞莫尔对田园生活的憧憬；第二种见于《我嫁给了共产党人》中艾拉对实现共产主义的向往；第三种则是科尔曼在《人性的污秽》中对不受种族和肤色歧视的理想生活的追求。在“美国梦”的驱使下，欲望

① 苏鑫．死亡逼近下的性爱言说——解读菲利普·罗斯《垂死的肉身》[J]．外国文学，2010(6)：108-109.

② 萨拉·戴维森．与菲利普·罗斯谈话[J]．译文，2008(6)：48.

③ 殷磊．菲利普·罗斯“美国三部曲”的美国梦解读[D]．兰州：兰州大学，2009：18.

主体们不断努力着前进，欲望之根也在滋生。

(一)塞莫尔·利沃夫的美国梦——田园牧歌生活

对于很多文学幻想家而言，从一开始美国就代表着一个新的伊甸园，在那里美国的亚当面临着无限的可能性和开放式的机会。塞莫尔出生于犹太家庭，但他的长相却酷似北欧人，这与别的犹太人完全不同，因此，他也拥有了“瑞典佬”这样一个绰号。精湛的竞技实力给予了塞莫尔特权，加上祖父和父亲两代人的努力，他很快获得事业上的成功并进入美国主流社会，使得很多犹太男孩为此钦佩不已。塞莫尔很早就知道他想要什么：他想象着住在古老的石头房子里，美丽的妻子在厨房准备食物，女儿在后院自由自在地玩耍，田园的生活和家的温馨让他兴奋不已。因此，在第一眼看到里姆洛克的老房子时，他就陷入自己编织的浪漫理想生活之中。塞莫尔相信在这里可以实现他的美国梦并过上自己梦想的田园生活，因为这田园诗般的景象是塞莫尔美国梦的一部分。

(二)艾拉·林格的美国梦——实现共产主义理想

“美国三部曲”中地第二部小说《我嫁给了共产党人》以全新的视角为我们再现了20世纪50年代盛行一时的麦卡锡时期的美国历史。艾拉童年时缺乏父母关爱，变得脾气暴躁，冲动易怒，不考虑后果。曾因为兄长的嘲笑而打断了兄长的鼻子。后来，他因杀了一名反犹分子而逃逸，足迹遍布美国各地。直到后来遇到共产党人强尼·欧戴为他介绍了共产主义思想，艾拉的精神世界从此发生改变。战后他积极主动参加各种工人集会活动，对共产主义的理解更加深刻，对其信仰也进一步增强。由于生活所迫，艾拉尝试过各种各样的工作，因此对社会劳苦大众的生活有着深刻的体会。他将满腔的热情投身于无产阶级的事业，呼吁社会底层的人们起来反抗非人的待遇。人人生而平等，不受肤色、种族的限制。随后，艾拉以“铁人”的名字在电台《自由与勇敢》的节目中迅速走红，可是在他的内心深处，他从未忘记自己的信念与归属。他视自己为劳苦大众的一员，坚定共产主义的信仰，为了一个公正合理的社会而不懈斗争，然而这样的社会在美国却仿佛永远是遥不可及的海市蜃楼。

（三）科尔曼·西尔克的美国梦——没有种族歧视的平等生活

《人性的污秽》探讨了黑人科尔曼在实现美国梦时所遭遇的挫折。科尔曼是一位成功的受人尊重的古典文学教授、忠诚的丈夫和四个孩子的父亲。然而“幽灵”事件使他遭到种族歧视的指控，他愤然离开学院后妻子艾丽丝也因心脏病病发而身故。后来他请求小说家内森写书帮他澄清自己的不公平待遇。一直以来他内心一直都藏着一个秘密——他来自一个非裔家庭。为了能像其他人一样实现自身价值，追求美好生活，他隐瞒身份，对外宣布自己是犹太人。20世纪60年代，种族歧视与种族隔离依然在美国国内主流社会中普遍存在，成绩优异的科尔曼因为自己的肤色被歧视。对于自己的黑人身份，科尔曼并不感到耻辱，但是社会历史等因素引起的对黑人这个群体的种种偏见和束缚，扼杀了他的个性，将“顽固专横”这种对于所有黑人群体的偏见强加到科尔曼身上，这让他异常烦恼，对于未来生活状况他早已预料到了——像其他黑人一样艰难地生活。科尔曼并不甘心这种对个体的束缚，向往自由生活的他不得不选择伪造他的身份，也如愿以偿地过上了自己想要的没有肤色偏见的生活，实现自己的美国梦。然而“spook”一词却让他的苦心经营功亏一篑。

为了实现各自的理想，过上真正的“美国人”生活，他们努力奋斗，甚至牺牲自己的灵魂来换取所谓理想的生活。然而，个人的抱负和努力却如同大海中的一粒沙子，在历史的洪流中显得微乎其微。50年代的麦卡锡主义盛行，艾拉的共产主义理想也只是一种幻想；60年代动荡的社会环境让塞莫尔的田园梦化为泡影；90年代的政治正确性，也让科尔曼摆脱种族偏见的付出功亏一篑。当然，个人主观因素也是造成了梦想破灭和个人悲剧的原因之一。南方朔在《我嫁给了共产党人》导读“交会时没有光，只有黑”中说道：“罗斯的作品，其实是在问一个很难回答的问题：‘一个好人，要如何活下去。’”纵观罗斯中后期的作品，可以看出他已经从起初的集中关注犹太族、犹太性的作家，发展到了具有普遍人性关注的新现实主义作家。

因此，在罗斯的妙笔之下，欲望主体一直在不断地进行着自我欲望的生产，从最初具有的本能的自然属性到后来所具备的社会属性。罗斯借用叙事的时序、时长和频率等不同的手段来调整叙事节奏。各种事件交织在一起，互相照应，但都围绕欲望这一主题。同时，罗斯善于从特定的社会历史环境中揭示欲望的复杂性，他用自己独特的眼光审视不同社会历史时期人们复杂的精神状态，深刻地揭示了欲望与生存之间的悖论。他笔下的人物在压抑和放纵之后不得不去面对惨淡的人生，主人公们悲惨的结局以及垂死的挣扎给我们留下很多哲理性启示。《垂死的肉身》中凯普什在目睹了疾病、衰老和死亡之后，对自己的人生进行了深刻的反思，在欲望主体日渐消退之后，他开始重新反思性爱的意义，反省了自己的欲望对家人所造成的伤害；"瑞典佬"、艾拉、科尔曼都倒在欲望之下。人们在经历了欲海沉浮之后，终于明白生命的价值，他们的精神最后得到了回归，他们的灵魂也获得了新生。笔者仅仅从欲望这个狭窄的角度对罗斯不同时期的几部作品加以分析，在他的美国社会政治历史文化的群像中，充满了无数承载欲望的个体，但最终难逃死亡的结局，他们的欲望会随肉体的消亡而消亡。而那些发生在虚构或真人身上的故事，将永留史册，警示长鸣。

第三节　冲突、困惑与回归——欲望主题的转向

罗斯酷爱欲望这一主题，他对欲望的探索与揭示是建立在美国现代社会的伦理道德体系之上的，但传统犹太文化依然在他作品中留下深刻烙印。罗斯对性欲的描写呈现出动态的过程——开始描写对性的困惑，随后又将笔触转向性的泛滥，最后到达性的终结。罗斯对性的描写，折射出个体与社会群体之间的伦理道德矛盾与冲突。

一、"凯普什三部曲"中极度情欲下对性爱和死亡的困惑

在《情欲教授》中，凯普什过着极为淫乱的生活，读大学期间，他先与瑞典女孩伊丽莎白(Elizabeth)同居，在伊丽莎白的好朋友波姬塔的诱惑下又与之发生性关系。不但如此，他还不断尝试新的性游戏和性规则。凯普什要求的性规则与传统的爱情伦理和公共伦理格格不入，这一切都源于古老传统和现代文明的冲突，信仰犹太教的犹太青年的这种肉欲追求显然与传统的犹太伦理道德相悖。作者以此向读者展现了犹太人后代的自我困惑与人性异化。在《乳房》中，罗斯扮演的上帝干脆投其所好，将他变成了女人的性器——一个巨大的乳房，通过人体

的变形，展现了极端的个体欲望与社会伦理道德准则的悖论。

《垂死的肉身》则继续讲述了老年凯普什的艳遇，他利用工作之便，通过每年举行毕业晚会来吸引大胆好奇而又虚荣的女学生留宿，并与之发生性关系。他有固定的性伴侣，但依然不满足，依然不断地猎艳。他先是与他的学生卡罗琳同居，后来他又钟情于古巴女孩康秀拉。康秀拉年轻的肉体成为他幻觉和欲望的栖息之所，他为之神往，也为之痴迷。但是双方巨大的年龄反差又让他感到极其不安，他因嫉妒康秀拉的青春与活力而变得患得患失，完全失去了自信，在性爱和垂死之间无法自拔。后来，康秀拉邀请凯普什参加自己在家里举办的毕业晚宴，他推脱没有去，两人也因此结束了关系。八年后，当他们再度联系时，她已患上了乳腺癌。究竟是否要去陪她做手术，凯普什陷于矛盾与纠结之中。小说也在此处收尾，留给读者长长的问号。罗斯通过离题、不时岔开话题将读者吸引到了镜头之外，如凯普什与前情人卡罗琳的关系，与儿子的矛盾，同时还穿插了 60 年代美国的性解放运动。在特定的历史环境和历史事件中远距离地审视凯普什面对性爱和死亡时的困惑，也间接地反映出历史事件对美国普通人生活观念和方式的影响①。罗斯小说中存在很多性爱描写，单从社会伦理规范角度考虑，将其归为淫乱题材一点也不为过，但若将其小说置于社会历史语境中，我们会另有发现：20 世纪 60 年代是美国性自由性解放风行一时的年代，凯普什通过性爱来诠释自我，性的形式反映出他人生的基本关系，也在一定程度上反映出个体性爱理想与社会准则的冲突②。

二、“美国三部曲”中欲望危机下的伦理道德冲突

长期的犹太生活经历和深入的犹太文化学习让罗斯对犹太传统文化有着深刻的认知，这在他的多部小说留下印记。在“美国三部曲”中，罗斯通过性爱主题下的伦理拷问、反叛意识里的道德冲突和生存处境下的命运反思来折射犹太社会

① 苏鑫．死亡逼近下的性爱言说——解读菲利普·罗斯《垂死的肉身》[J]．名作欣赏，2010(6)：108-109.

② 杨曦．对罗斯后期小说的伦理解读[D] 南昌：南昌大学，2009.

中家庭伦理道德、宗教伦理道德乃至公共伦理道德的嬗变。在演绎犹太民族、犹太文化在异质文化中的发展与嬗变的同时，诠释了整个社会的伦理环境和人类的生存处境①。“美国三部曲”中的三位男主人公分别为商界精英、政界要人和文化名流，他们在人生的前半部经过不懈的个人奋斗，都相应实现了各自的梦想，攀上了人生的顶峰。然而途中却意外遭遇伦理道德的冲突，或是因自身对本民族传统文化及家庭的背弃，或是遭妻女的背叛，或是被身边同事诬陷，于是转瞬间又不可遏止地极速滑落，最终功亏一篑。在遭遇打击、失意、空虚迷茫之后，他们或逆来顺受，或寻机报复，或以原始的肉欲来麻醉自己。但他们内心的彷徨，迷茫，愤怒和无奈则是相同的。“美国三部曲”如实地反映了伦理道德冲突下的“反叛”和“背叛”意识。

（一）反叛与背叛

《美国牧歌》突出体现了罗斯小说中的反叛意识，这部小说从侧面对传统夫妻关系的伦理道德提出质疑，同时也剖析了家庭伦理道德冲突的深层原因——代沟下引发的欲望。小说主人公塞莫尔渴望完美的人生，梦想有一天能步入美国上流社会，过上美国中产阶级的幸福生活。为此，在外界的阻挠和压力之下，他执着地追求信奉天主教的多恩并与之结婚。对他来说，这位美貌的“新泽西小姐”是自己“美国梦”中最为重要的一部分。婚后他整日沉醉于自己虚构的梦境中，想象着妻子会像伊甸园中的夏娃一样每天操持日常工作。美丽可爱的女儿梅丽能按照他的期望规划自己的人生。然而一切总是事与愿违，他万万没想到的是，自己眼中的贤妻、爱女会背叛自己，将自己构筑的“伊甸园”彻底击碎。沉醉于自己创造的“田园牧歌”式的生活和优越的生活环境，塞莫尔理所当然地认为女儿应该认同他的价值观并享受他为之创造的幸福生活。然而，事实并非如此，女儿梅丽却是一个极端的叛逆者。在当时美国复杂的历史环境中，梅丽渴望自由，极力摆脱家庭生活对她的束缚，走上街头参加游行，以一个“愤青”的身份来抗拒父亲，抗拒社会。她以极端的方式发泄了自己对社会的不满，结果不但毁了父亲

---

① 袁雪生．论菲利普·罗斯小说的伦理道德指向［J］．江西社会科学，2008(9)：122-123.

的美国梦，也毁灭了她的家庭。妻子多恩背叛和投向白人的怀抱使塞莫尔几乎走向崩溃的边缘，这似乎也预示着传统白人文化对移民文化的胜利。然而他又能怎样呢？为了维系自己来之不易的短暂幸福和继续他的美国梦，塞莫尔奋力地维持着秩序，艰难地将“理想生活”这个假象维系下去。然而他的内心却永远不会平静。外人认为他很幸福，而真正的苦果唯有他自己在默默地品尝。在经历了一系列噩梦之后，欲望的驱使与残酷的现实让他不堪重击，“瑞典佬”不得不任由命运来摆布，理想化为泡影，被疾病所吞噬。这是一个讲述犹太式的传统与现代社会的矛盾和冲突，一个欲望驱使下家庭婚姻的伦理道德冲突，即夫妻间的背叛、后辈对父辈的反叛和家庭关系破裂的故事。

罗斯在《我嫁给了共产党人》中体现的“背叛”意识更为明显。男女主人公都背叛自己的爱情和婚姻。深信共产主义的艾拉需要婚姻来隐藏自己的无产阶级身份，而妻子伊芙则始终都在隐瞒自己的犹太身份，她希望通过婚姻让自己过上上流资产阶级生活。这种没有爱情基础又缺少坦诚的婚姻为他们的悲剧埋下了伏笔。艾拉没有禁受住帕梅拉的诱惑，与之产生感情，同时又和海根发生关系。艾拉的婚外情最终还是被伊芙发现，她一开始认为由于自己溺爱与前夫的女儿冷落了丈夫，艾拉才会一时糊涂。但当她知道丈夫和她结婚的真正目的是隐瞒自己的共产党员身份时，伊芙愤怒了，她无法忍受丈夫对婚姻的背叛，在格兰特夫妇的唆使利用下，她出版了《我嫁给了共产党人》一书，从而彻底摧毁了艾拉。这部小说同时也体现了精神的背叛，艾拉出生在一个贫穷的犹太家庭，从小生活在被犹太人包围的圈中，整日受意大利人的欺负。为摆脱困境，他辍学参军。幼年缺少家庭的呵护使得艾拉很想寻找自己精神上的支柱，后来他遇到狂热的共产联盟领袖欧戴，将其视为自己的精神导师。欧戴希望艾拉全心全意致力于自己的共产主义事业，把艾拉当成是自己事业的接班人，艾拉则把欧戴当作精神导师。然而两人的和谐关系并未持续多久，先是艾拉违背了欧戴的意愿，娶了当演员的伊芙，并过上了资产阶级生活。而后，在他落魄需要帮助的时候，他的精神导师欧戴也坚决离开了他。艾拉的共产主义理想彻底破灭了。他背叛了自己的妻子，同时也被妻子背叛，甚至被他一直深信的信仰背叛和抛弃，他的心灵大山终于坍塌了，被扭曲的心灵在欲望的驱使下必将做出极端的回应。

（二）报复

《我嫁给了共产党人》中伊芙因丈夫对婚姻的背叛，在无力挽回失败婚姻而悲愤的情况下，选择了报复。她在政客格兰特夫妇的教唆下滥用麦卡锡主义，夸大其词地揭露丈夫所谓的政治生活，并将其与苏联间谍联系到一起，污蔑他危害了美国的国家安全。在当时的社会历史环境中，这种污蔑对艾拉和他的整个家族来说几乎是灭顶之灾。在遭受被审问、开除等一连串厄运之后，为了生存，艾拉只好又一次回到以前工作过的矿场，在那里了却残生。失去家庭，事业，失去精神导师和信仰，遭受双重背叛的艾拉在被送进精神病院好转之后决定报复。他想搞联播网，搞赞助商，但无济于事。于是他把复仇矛头指向了弱势的伊芙。他想尽一切办法，利用一切人力资源，向软弱的妻子下手，揪出其隐秘多年的犹太身份。当时盛行的麦卡锡主义成为他重伤伊芙的有力工具。在艾拉的疯狂报复下伊芙难逃厄运，失去朋友，失去工作，女儿也离她而去。生活的窘迫和内心的孤寂让她沉溺于酒精，最终孤独地死去。目睹伊芙的痛苦生活竟然成为艾拉生活的重要支柱，他挣扎地活着就是为了看到自己的妻子受苦，妻子的离世让他兴奋不已，竟“发出咯咯的疯小孩般的笑声”，艾拉的笑声留给读者一种悲凉之感，他们都是时代的牺牲品，是那个时代背叛了他们，造就了他们的悲剧。

（三）回归肉欲

《人性的污秽》中科尔曼真正做到了回归肉欲。罗斯在这里塑造了科尔曼这一当代俄狄浦斯形象。俄狄浦斯渴望从神谕中脱离，彻底断绝与父母和家庭的关系，结果却以失败告终。科尔曼也走上了同样的悲剧之路。为步入上流社会，科尔曼不惜断绝与父母的关系，摆脱与黑人种族的关联，以犹太人的身份登上雅典娜的讲坛。可是“幽灵”事件使他苦心经营的人生宏图瞬间毁灭，他众叛亲离，异常渴望得到理解和支持。就在他彷徨郁闷之时，女清洁工福尼亚进入他的视野，成为了他的救命稻草。两个身份地位完全不同的人物，在遭受社会和家庭抛弃之后，竟然有了交织点。他们纵情肉欲，科尔曼从年轻的福尼亚身上感受到了青春的气息，可以说从某种程度上，福尼亚的肉体满足了科尔曼感情的缺失。然而，文化层次的巨大差异让科尔曼在福尼亚面前有太多的优越感，他想要教会福尼亚学习文字，想要保护她，想与充满自然野性的福尼亚共赴云雨，只有这时，科尔曼才会真正体会到自己作为人的存在。显然，两人的结合是为了弥补双方感情的缺失，纵情肉欲没有带给科尔曼持久的幸福。一方面是福尼亚前夫无休止的恐吓和威胁，另一方面是受到以前所在学院的道德谴责。“人人皆知你在性欲上剥削一个受凌辱、没文化、比你小一半的女人。”①这是那个来自法国的伦理学的学者对他的批判，她从女性主义角度抨击科尔曼，为福尼亚“伸张正义”，要使自己成为审判科尔曼的大法官。最终福尼亚的前夫制造车祸，结束了他们两人的生命。科尔曼最终还是死了，如同古希腊的俄狄浦斯一样，难逃“神谕”。“美国三部曲”中的每一部作品都是巨大的话语，内森显然就是罗斯的见证者或是叙述者，罗斯借助这一角色去洞察小说人物的内心世界，通过这一角色的言行和思想去折射每个社会人的梦想与欲望，给读者展示了一幅幅虚实相间的画卷，留给读者去回味。“美国三部曲”谱写了人的欲望与历史斗争的悲歌②。

三、《反生活》中欲望的民族性回归

罗斯在后期的作品《反生活》中，一改往日尖酸刻薄，对犹太生活进行了温情脉脉的描写，开始探寻犹太人自身身份认可和回归这一深刻主题。内容上也更为深入，他已将笔触深入到对自己犹太身份的追寻和回归、犹太复国主义极端行为的影响和犹太散居地现象等人们最敏感、最关注的问题，并以此来引导读者对当代犹太问题进行思考③。

《反生活》以内森·祖克曼和亨利·祖克曼两兄弟的生活经历和奇特的遭遇为主线。故事情节离奇而令人震撼。第一章围绕着弟弟亨利展开。他是牙科医生，家庭生活美满幸福。但因心脏不适，做外科手术时不幸身亡。第二章情节有了改变，讲述亨利没有死，回到他的故土以色列做康复治疗，还亲眼看到许多散居国外又重新回到祖国的学生们在复国主义者李普曼的指引下重新学习犹太文化的场景。震惊之余，亨利决定放弃美国优越的生活，留在以色列报效祖国。哥哥

① 菲利普·罗斯. 人性的污秽[M]. 刘珠还，译. 上海：上海译文出版社，2019：53.

② 吴延梅. 菲利普·罗斯小说的欲望主题[D]. 上海：华东师范大学，2009.

③ Allan Bloom. The Closing of American Mind[M]. New York：Simon and Schuster，1987：48.

内森赶来劝解他改变主意，但无济于事。第三章内森劝说弟弟无果后准备回府，却在飞往伦敦的飞机上被卷入一场劫机阴谋而招来麻烦。第四章的情节又令人不可思议。哥哥内森死于心脏手术，弟弟亨利又反过来参加葬礼。他在哥哥家里发现一部手稿，内容涉及很多他自己的隐私。出于对自身的保护，亨利偷偷带走了手稿中涉及自己的前两章，将名为"基督世界"的最后一章留在那里。在最后的"基督世界"中，内森也没有死，而是跟随新婚妻子玛丽亚返回她的故乡英国并准备定居在那里。但是他在那里又无法忍受犹太人被歧视的境遇，最终两人分道扬镳。

在这本书中，罗斯塑造了舒基和李普曼两个典型的人物形象。舒基是位犹太知识分子，他性格温和，渴望融入阿拉伯国家，对犹太复国主义持强烈的反对态度，但内心深处却怀着深深的犹太情结。当他听到内森的妻子是英国人时，显得很吃惊："你没有跟一个犹太女子结婚吗？内森！"当他在英国广播公司电台接受采访时，面对反犹分子的挑衅，舒基突然说："如果我有一支手枪，我马上把他毙了"①。在他的身上，我们感受到了一个普通犹太知识分子的形象。李普曼却是一个与舒基完全不同的人物，他激进极端，一心向往犹太复国。执着地要求学生必须用希伯来语书写他们的名字。有一次，内森问一个带美国口音的犹太女孩："你是美国人吗？"女孩回答得非常肯定："我是犹太人，我生来就是犹太人！"②强烈的犹太身份意识和归属感在此体现无遗。

在《反生活》中，罗斯已经不再过多地去抨击犹太文化，他将重点放在了犹太人身份的丧失与回归上。内森和亨利的"死去"，一方面是对他们目前生活的否定，另一方面也预示着犹太身份的丧失。而随后的"复活"，又将笔触伸到犹太身份回归这一主题，亨利最终找回了梦寐以求的身份，积极参加犹太复国主义运动。19 世纪 30 年代后期大量犹太人移居美国，在美国社会文化大环境的熏陶下，经历了几代人的努力，他们大多已经融入美国社会，过着平静幸福的生活。在美国这个兼容并蓄的国度，现在的犹太人已经不再为种族歧视而担忧，更多的

① 菲利普·罗斯．反生活[M]．楚至大，张运霞，译．长沙：湖南人民出版社，1988：20.

② 菲利普·罗斯．反生活[M]．楚至大，张运霞，译．长沙：湖南人民出版社，1988：23.

人开始关注在美国大文化背景中犹太自身的民族性被同化、影响和丧失等问题。渴求身份回归成为人们探讨的热点。不少第三代美国犹太人主张远赴故国以色列等地方去追寻“希望之乡”(the Promised Land 直译为“应许之地”，是上帝赐给犹太人的生息之地，现也引申为犹太人的前程或安身立命的地方)，寻找自己的民族之根①。亨利的行为就是典型的一例。这部小说揭示了犹太问题的复杂性，其中不乏尖锐的矛盾冲突，如中东问题。犹太人内部错综复杂的立场与观点让我们感受到犹太人渴望寻求“希望之乡”的强烈梦想。

罗斯的创作充满了动态的过程，随时代变迁而不断推进，最初揭示第二代犹太移民的精神压抑和生存困境，随后探索本民族文化之根的丧失根源，最后回到追寻犹太人的归属问题。“凯普什三部曲”重点展示了欲望主体在极度情欲下对性爱和死亡的困惑，而“美国三部曲”则转向欲望危机下的伦理道德冲突，后期作品《反生活》则开始探寻犹太人自身身份认可和回归这一深刻主题。罗斯善于从特定的社会历史环境中揭示欲望的复杂性，他用自己独特的眼光审视不同社会历史时期人们复杂的精神状态，深刻地揭示了欲望与生存之间的悖论，多角度地描写了美国犹太人近半个世纪的心路历程。

第四节　菲利普·罗斯小说人物沉溺欲海的动因

欲望是文学作品一直探究的主题。在文明社会，个体的欲望是隐秘的。在现实的道德伦理和社会准则制度下，文明人不可能也不会毫无顾忌、毫无遮盖地袒露个体的欲望②。然而，在自然人非理性的本能冲动下，在物欲横流的社会中，个体时常受到各种各样的诱惑，纵情欲望而无法自拔。本节结合菲利普·罗斯不同时期的几部代表作品，主要从人类的本能和欲望个体所处的社会环境，如犹太传统文化，美国社会主流思潮和历史语境等方面来探讨罗斯小说人物沉溺欲海的深层动因。

---

① 黄铁池．追寻“希望之乡”——菲利普·罗斯后现代实验小说《反生活》解读[J]．外国文学研究，2007(6)：99-100.

② 吴延梅．菲利普·罗斯小说的欲望主题[D]．上海：华东师范大学，2009：35.

一、源于个体在生存困境和身份危机下的欲望

罗斯对犹太人个体在异族文化中的生存困境有着深入透彻的认识，他大胆探索了在美国复杂的文化背景下个体艰难的生存状况和犹太人的身份问题①。在他的笔下，主人公们备受身份危机的煎熬。在自我满足和自我价值得不到实现时，他们必须坚强面对原本的犹太身份和重塑的自我身份之间的矛盾和冲突。在美国这个看似崇尚自由民主、海纳百川的国度，他们的莫名恐惧和困惑依然不减。在个体被异族文化同化的过程中，他们又面临着自我种族身份的困惑。

罗斯在《再见，哥伦布》这部短篇小说中集中探讨了这个问题。由于种族和身份因素的存在，主人公在心理上处于极度的矛盾和斗争状态。罗斯在这里通过人物的心理刻画和思考表现了当代美国文化价值观对人的深刻影响。犹太家庭无法避免地面临着被白人文化同化的现实，但同时又无法摆脱犹太人传统文化的控制。与此同时，在被同化的过程中，人物的心理微妙地受到了身份地位和种族差异的影响。结果，欲望驱使下的人物无时不被忧虑、恐惧和怀疑所纠缠，悲剧也必将无法避免。女主人公无意的一句“你是黑人吗”这样的问话，或者一句简单的像“我家住在纽瓦克”这样的陈述，都会使尼尔感到自己社会地位低下，感觉受到侮辱，或者对上层社会的优越感到愤怒。尼尔是一位精神流浪者，他对本民族单调僵硬的生活方式和保守传统的道德约束感到深深的厌恶，对犹太新贵的生活充满向往，可是当他真正开始接触并准备融入其中时，却难以适应新环境和新生活。于是他只能在远处默默地注视着而不愿靠近其中，导致缺乏自我的生活目标和价值标准。为了能和布兰达天长地久，他要求其安装子宫帽，这既表达了对代表主流文化和道德权威的不满和抵抗，同时又规避了犹太传统的禁忌②。

在被美国文化同化的过程中，犹太人身份和生存困惑下的极端欲望这一主题在另一部小说《波特诺伊的怨诉》中表现得更加淋漓尽致。主人公波特诺伊出生并生活在一个犹太人家庭，其在追求美国现代文明的过程中困难重重，因为他在家庭教育中接受的是传统犹太教育方式。波特诺伊的父母是第一代移民，家中的

① 杨曦．对罗斯后期小说的伦理解读[D]．南昌：南昌大学，2009：17.

② 李德山，秀绍萍．欲望探析[J]．山西师大学报，1992(7)：37.

犹太教规和禁忌使他感到窒息，尤其是他母亲对他的过分关怀、爱护与控制，使他难以融入诱人的美国生活，甚至使他失去了爱别人，更不要说去爱犹太女人的能力①。因此，他采取了极端的方式以恢复自己的能力，证明自己的存在，发泄自己的情绪。例如，波特诺伊居然把自己关在家里的洗手间，拿着姐姐的内衣以想象自己女同学。他还不断地追逐非犹太姑娘，以性的形式征服她们。

罗斯在《人性的污秽》中集中探讨了身份危机下的人性欲望以及欲望驱使下的生存悖论问题。小说通过主人公的种种遭遇刻画了一个当代希腊式的俄狄浦斯。主人公科尔曼出身于黑人家庭，却以假犹太人的身份奔波于所谓的上流社会。他有过和白人女孩失败的恋爱经历，也曾在妓院被白人妓女赶走。在此期间他不断地质问自己的身份。他渴望跻身于上流社会，拥有美满的家庭和事业。在因为黑人身份而接二连三地遭受打击之后，他选择隐瞒自己的黑人身份。身份的确认是对自己作为一个种族和文化的认可，也是自我认识的体现。对科尔曼来说，黑人身份带给了他无法忘却和逃避的污点，也给他带来了无尽的限制和无形的屈辱，这使得他想要摆脱它的愿望愈来愈强烈。因此他不惜与家庭断绝关系，对外宣称自己是犹太人，为自己重新编造一个虚假隐蔽的社会背景。后来又顺利地在雅典娜学院的古典文学系担任系主任。不幸的是，在他七十一岁时，一次课堂点名使他处心积虑安排的一切功亏一篑。对于两个从未来上过课的学生，科尔曼在课堂上问其他同学："有谁认识他们吗？他们究竟是真有其人还是幽灵（spook）"②？"spook" 这个词在英语中既有"幽灵"也有"黑鬼"的含义，而碰巧这两个缺席的学生正是黑人。于是，仅仅无意中使用了"spook"这一双关词，科尔曼被诬陷为一个种族主义者。面对如此荒谬的诬告，他几乎精神崩溃，丧失了所有的自控力。而他的妻子，也在这场风波中经受不了打击离他而去。"幽灵"事件使他的"精神家园"彻底摧毁。科尔曼意识到无论自己是以黑人还是以犹太人身份假扮白人，他都无法摆脱生存的困境。渐渐地，他疏远了自己的同事和朋友，静静地远离了雅典娜学院，他身上作为社会人的种种特征也开始逐渐消失。

① 朱振武等．美国小说本土化的多元因素［M］．上海：上海外语教育出版社，2006：177.

② 菲利普·罗斯．人性的污秽［M］．刘珠还，译．上海：上海译文出版社，2019：10.

就在他内心无比孤独、极端痛苦的时候，七十一岁的他又跟一个年龄只有自己一半的离婚女清洁工福尼亚·法利发生并保持着性爱关系，以肉欲满足来填补空虚，抚平内心的伤痛和愤怒，寻求安慰。而福尼亚也有着苦难的人生经历。她童年时父母就已分开，后又遭到继父的骚扰和母亲的不信任。于是她独自一人漂泊到南方谋生。后来的丈夫又患有战争后遗症，经常对其打骂凌辱。福尼亚本来是识字的，却伪装成文盲，以无知的身份跌落到社会最底层，也许这个身份可以帮助她更好地适应社会，让自然人的本性能够毫无拘束地展示出来。然而厄运最终没有放过他们，在一个冰雪之夜福尼亚的前夫把她和她的情人科尔曼双双推向死亡的深渊。

科尔曼的死也许是不可避免的结局，就像古希腊神话中的悲剧主角，无论怎么做都逃避不了神谕的惩罚。无论他是以真实的黑人身份生存还是假扮犹太人生存，他都无法逃离命运的悲剧。小说通过描写科尔曼抛弃原种族身份以得到暂时的自我欲望的实现和最终的灵魂放逐以致死于非命的悲惨遭遇，表明“在一个注重种族身份和阶级身份的国度，渺小的个体所做的任何形式的逃避和逾越都将注定失去安宁的精神家园”①。

二、源于缺失的欲望

弗洛伊德认为，心理上“强迫重复”的一个因素就是欲望中原初对象的“缺失”。他还用许多临床案例来证实自己的观点。在罗斯的小说中，欲望主题表现的根源之一就是欲望主体的某种缺失，这种缺失通常表现为安全感的缺失、爱的缺失、信仰的缺失、自由的缺失等。

(一)安全感的缺失

罗斯小说中的人物形象或身份显赫，处于社会上流，或卑微低贱，处于社会底层，但其命运多以悲剧收场。主人公们总是顺从于自身强烈的欲望，被迫做出一些并非本意、违背社会道德标准的事情。实际上，他们的这些个体欲望，很大

① Royal Derek Parker. Philip Roth: New Perspectives on an American Author[M]. Westport: Conn Praeger Publishers, 2005: 189.

程度上来自安全感的缺失。《我嫁给了共产党人》中伊芙在前几次婚姻中始终都扮演着华而不实的花瓶角色，经常迷失自我，家庭生活也十分不幸。伊芙嫁给艾拉前，经济上刚刚被第三任丈夫剥削殆尽。她和女儿迫切需要一个可以依靠的宽厚的肩膀。而此时艾拉的出现正好使她可以暂时找到避风的港湾，获得家庭安全感。就这样，两个完全处于不同世界的人结合到了一起。

《美国牧歌》中多恩并不是正统的美国人。她想方设法参加各种选美竞赛，实际上是想通过自己的美貌得到社会的认可，从而为确认美国身份奠定基础。很不走运，她只赢得了"新泽西小姐"的奖项。为此她缺乏自信心和安全感。为了被社会认可，她嫁给了当时可以满足她美国梦的"瑞典佬"。然而后来女儿梅丽扔下炸弹后长期逃亡在外，丈夫的事业又处于低谷时期，已不再是昔日成功的美国人了。面对着强大的社会舆论压力，多恩一下子失去了在"瑞典佬"那里得到的短暂安全感。安全忧患使其感受到生存受到威胁。最终，她选择了离开，转而投入下一个可以带她重回原来生活轨道、货真价实的美国人——乡绅沃库特的怀抱，重温着温馨的美国梦。

女儿梅丽一方面有着典型的恋父情结，从小就开始与母亲打起了父亲保卫战。后来她才发现，父亲还兼有丈夫的角色，不可能将爱独宠于她。于是她假装口吃，表达内心对母亲的敌视，试图操纵全家，以此来减轻自己的痛苦和孤独。另一方面，她一直在犹太文化和美国文化两种文化的碰撞中成长，不管是在精神世界还是宗教领域，她都深感迷茫，无所适从，时时感到不安全，导致焦躁不安，并对家人产生深深的憎恨。终于，她采用了病态的方式和极端的行为释放自己的狂躁和愤懑，同时也将父母从温馨浪漫的美国梦中惊醒，将他们从舒适安逸的幸福生活中驱赶出来。她把战争带回了家，将当地的邮局炸毁，炸掉父母的光环，也彻底毁掉了父母的美国梦。

所以不管是伊芙还是多恩，她们总是依附于男人生活，以获取安全感，她们安全感的缺失表现出来的是脆弱和无能。而梅丽则通过对父母、对社会的反叛来寻求归属感，她假装口吃，表达内心的反叛，希望以此来引起父亲的关注，占据他爱的整个空间。她通过过度饮食变得肥胖，以引起父母的强烈不安。她大义灭亲地拿家庭开刀，痛斥父亲的资本主义，扬言要为人类的公平和正义而战。实际上双手却沾满血腥，走向人格扭曲。梅丽安全感的缺失表现出来的是极端、悲哀和痛心。

（二）爱的缺失

主人公由于爱的缺失而引发的欲望在凯普什系列小说中表现得尤为突出。凯普什身上的俄狄浦斯情节集中表现在他对于异性乳房的极端迷恋。无论是《垂死的肉身》中康秀拉迷人的乳房，还是《乳房》中凯普什变成的充满隐喻的离奇的乳房，这都为凯普什因从小缺失母爱导致成年后的强烈肉欲披上了寓言色彩①。母爱的缺失促使他对爱情的异常渴望。凯普什从少年到暮年一直在苦苦追寻着真爱，却始终没能如愿以偿。他不断地猎艳源于心灵深处对爱情的缺失。当他第一次见到海伦的时候，就被她独特的美貌与气质所吸引，他认为这就是爱情。然而当两人步入婚姻殿堂后，海伦对前男友的无法忘情使他无法释怀。他故意冷淡妻子，致使她到前男友那儿诉苦，寻求安慰。得知此事后，凯普什又认为爱情离他而去，因而受到伤害。后来遇到克莱尔，他死去的欲望又重新燃烧起来。他们曾有过一段短暂的幸福，但他始终对海伦无法忘却。当已婚的她又一次出现在自己面前时，凯普什还是无法克制自己的激情。面对已经成为别人妻子的海伦，他无所适从，内心的焦虑竟使他阳痿。这是对他沉溺欲望的第一次警告。其实海伦和克莱尔在长相上不相上下，只是海伦在感情取向上有选择性，凯普什不能成为她感情世界的唯一。这种“缺失”反而加深了他对海伦的迷恋。因为欲望本是“缺失”的欲望。于是，凯普什遵循了“性是自由解放”的性态部署，倾其一生不断追逐女性，以弥补这种缺失。遗憾的是，真爱和婚姻总是与他失之交臂，他只能孤独地不断追寻。

童年的艾拉缺少父母关爱，给他的幼小心灵留下了深刻的阴影。小小年纪心灵就为愤怒所吞噬，变得冷酷。七岁那年母亲去世，他没有流一滴眼泪。之后他的父亲也与他缺少沟通，甚至不去履行一个家长应尽的义务。他的哥哥给了他很多关爱，但也不能取代父母的爱。之后，艾拉也给了父亲同样的冷漠，他不愿意谈论自己的父亲，是因为他不愿去触及心灵深处的痛。父亲的形象由哥哥莫瑞和

① Allan Bloom. The Closing of American Mind[M]. New York: Simon and Schuster, 1987: 48.

精神导师欧戴来代替。对亲情和爱的缺失造就了他极端、敏感、粗鲁、放任的性格。他曾因为别人挑战他的民族尊严，竟然残酷地杀死了一名反犹太分子。童年的苦难留给艾拉深刻的印记，吸引他的只是苦难，他要拯救和他一样苦难的人们，因而他最终选择了共产主义。

艾拉爱的缺失是被动的、无奈的，而凯普什缺失的爱则是主动的，积极的。凯普什与父亲的关系反映出诸多犹太作家所关注的主题之一：家庭反叛。儿子对父亲的叛逆。由于两代人意识观念的巨大差异，父亲一贯坚持异质文化，而儿子却渴望摆脱这种观念的束缚，重新获取新文化的认同。凯普什对父母给予无私的爱选择了逃避和远离，然而，在他茫然无助时，父母依然是他心灵的守护神①。

（三）权力的缺失

人性的污秽经常在追求权力和拥有权力的人身上展现，这部分人往往是权力的缺失者。处于社会底层和非主流的弱势群体在追逐权力的过程中也暴露了很多自身的污秽。以《人性的污秽》中主人公科尔曼为例，科尔曼对自己种族的背弃实际上只是让自己更好地顺从于权力话语的规训。然而这样虚构的主体脱离了人的社会历史根基，注定了悲剧的结局。在美国主流文化占绝对优势的大环境下，有色人种与少数族裔永远也不会拥有平等的权利和地位。

“幽灵”事件后，科尔曼被指控为种族主义者。虽然他是无辜的，但依然百口难辩，当时的社会环境不给他澄清自己的机会，他最终被雅典娜学院所抛弃。科尔曼的悲剧告诉我们个体永远也无力超脱自己的历史生活。“因为是黑人，给撵出诺福克妓院，因为是白人，给撵出雅典娜学院。”话语是权力的表现，权力话语为“群体的道德”鸣锣开道，从而获得对人的意识和行为的绝对控制。离开雅典娜学院，摘下闪耀光环的科尔曼在福尼亚身上找到了最原始的生命激情。福尼亚主动选择文盲身份，她渴望远离文明社会对她的约束，认为肉欲与生俱来，是人类原始的本能，不需要为此感到羞耻，她选择用自己的方式来反抗主流话语和文明社会的束缚。福尼亚的前任丈夫莱斯·法利是一位越战老兵，回国后受战争

① 苏鑫，黄铁池．我作为男人的一生——菲利普·罗斯小说中性爱书写的嬗变[J]．外国文学研究，2011(1)：51.

影响患有战后神经紊乱症。在得知妻子不仅因疏忽导致两个孩子被烧死，而且还与一个年老的男人发生性关系时，他被激怒了，他认为自己最有资格拥有惩罚的权力，于是他像一个掌握着道德审判权的幽灵一样，总是隐蔽在科尔曼和福尼亚的周围，跟踪并纠缠着他们。最终科尔曼与福尼亚双双死于车祸，而车祸的原因无从知晓。内森开始就怀疑是莱斯故意做的手脚。然而在与之谈话之后，内森决定将此事放下，最终放弃了道德审判的权力。在权力的消解中，所有的特权、所有的欲望都烟消云散。通过反思权力话语的“适当性”和“ 正确性”，我们可以选择抵制和拒绝权力话语。

总之，欲望是人类的本能。欲望来自人的内部——本能、意识、潜意识。但在政治、文化、社会、历史的作用下，欲望的社会性不断增强，甚至掩盖了其自然属性。正如马尔库塞所说的“单面人”一样，欲望也受到来自社会、历史、政治、文化的压迫与影响，逐渐地具有较强的社会性。在罗斯的妙笔之下，欲望主体一直在不断地进行着自我欲望的生产，从最初具有的本能的自然属性到后来所具备的社会属性，他为读者深刻剖析了人物复杂的内心世界。同时，他运用各种叙事角度、扑朔迷离的身份变换，用话语的镜像为我们展现了一幅幅人类生存的悲壮画面①。罗斯笔下的不同欲望表征，向度以及引发的深层动因和所处的社会历史环境等一起建构了他的欲望大厦。

① 乔传代．菲利普·罗斯小说欲望主体从自然属性到社会属性的嬗变[J]．重庆交通大学学报(社会科学版)，2014(5)：71.

第四章

多元文化背景下的伦理表征

作为一位族裔作家，菲利普·罗斯通过独特的艺术手法和深刻的文化观察，为读者提供了多维度的伦理讨论。他经常将人物置于多元文化背景中，从而揭示个人道德困境的复杂性。罗斯的主人公常常面对自身信仰、家庭期望和社会规范之间的冲突，在冲突中体现了个人道德抉择的艰难。罗斯对人物的塑造细腻而多层次，揭示了他们的内心冲突和伦理挑战，探讨了个人在现代社会中的道德挣扎。在“祖克曼系列”中，罗斯通过自传性叙述探讨了犹太人在社会中的“束缚”和“释放”。主人公在追求个人自由与遵循传统道德之间的挣扎，展现了伦理表征的多样性和复杂性。此外，罗斯注重社会文化背景的影响。在“美国三部曲”中，他深入探讨了犹太人在美国的生存困境。他通过犹太特质的多棱镜观察美国社会，展示了社会和文化背景如何影响个体的道德选择，并揭示了伦理选择不仅受个人信念的驱动，还深受社会结构和文化价值观的影响。在艺术手法上，罗斯从现实主义起步，结合现代主义手法表现异化主题，随后融入后现代主义和新现实主义的元素。这种风格的演变使得罗斯的作品能够以新的方式探讨伦理问题，从而提供独特的精神体验。例如，在晚期系列小说“命运四部曲”中，罗斯关注整个人类的生存状况，通过复杂的叙事结构和多重视角，展示了伦理困境的普遍性和深刻性。

总之，罗斯的作品通过对犹太身份、性别与性取向、种族与身份以及社会与政治背景的探讨，展现了丰富的伦理表征。他编织了一个个“伦理结”（ethical knots)和“伦理线”(ethical lines)，展现了人类伦理的悲欢离合。这些表征不仅揭示了人类行为的复杂性，还反映了社会和文化背景对个体伦理选择的深远影响。本章将从性爱伦理、家庭伦理、社会公共伦理、政治伦理，以及生态伦理等多个层面来探讨菲利普·罗斯作品中的伦理表征。

第一节　历史语境下的性爱伦理

性爱伦理(sexual ethics)通常从社会、文化和哲学的角度来理解或评估人际关系和道德中的性活动行为，并关注各种性行为和性身份背后的道德观念和伦理问题①。作为一位道德感很强的作家，菲利普·罗斯常常通过对不同人物角色的性行为、道德冲突和社会规范的细致描绘来揭示性爱的个人和社会维度，从而引发读者对自身伦理观念和社会规范的反思。在罗斯的作品中，性爱不仅是人物两性关系的一部分，更是个人道德和伦理冲突的表现。通过对角色性行为的深入描写，罗斯展示了人物在面对欲望与责任之间的挣扎。主人公在追求个人欲望的同时，往往会面临道德上的困境，这种内心冲突在他的小说中被细腻地呈现出来。这种描写不仅反映了个人的伦理观念，也揭示了人性的复杂性和矛盾性。此外，罗斯还通过人物的性行为和道德选择，探讨了社会规范对个体的影响。他在小说中常常将个人的性行为置于社会和文化的背景下，探讨这些行为如何受到社会规范和文化期望的制约。通过这种方式，罗斯揭示了社会对性行为的态度以及这些态度如何塑造个体的道德观念。

纵观罗斯不同时期的作品，性爱场景层见叠出，尤其以“凯普什三部曲”，即《乳房》(*The Breast*)、《欲望教授》(*The Professor of Desire*)、《垂死的肉身》(*The Dying Animal*)最为典型。这些作品深入探讨了男主人公凯普什(Kepesh)在性爱、欲望和自我认同方面的复杂心理和伦理问题。凯普什教授一生沉醉于性爱并乐此不疲。年轻时他在肉体的欲海中难以自拔，在情欲和真爱中迷失自我，陷入理性与欲望共存的悖论中；中年时面对欲望客体的对抗，在两性的对立冲突中

① Dagmang F D. The Sociological Sciences and Sexual Ethics[J]. *Asia-Pacific Social Science Review*, 2006, 6(1): 53-72.

陷入自我认同危机而深感困惑，开始思考性别身份的流动性和身体欲望对个人心理的影响；老年时面对衰老和死亡的威胁，在无可奈何中对自我意识和欲望的限度进行反省。因其作品涉及大量的性爱描写，罗斯本人也曾遭受评论界和读者的一致诟病，被冠以情色作家的标签①。对此，国内学者也有着独到的见解。苏鑫和黄铁池教授通过分析罗斯不同时期有关性爱的作品，探讨了罗斯对于性爱主题的嬗变过程——从最初的以“性叛逆”来对抗犹太传统对新一代青年的桎梏，发展到以自我为中心的男性主体在面对欲望客体的威胁时所面临的认同危机，直到最终日益衰老的欲望主体在遭遇性爱欲望与死亡之间的悖论时无可奈何的矛盾心情。这一嬗变过程也体现了罗斯本人对于性爱意义的不断思考②。袁雪生教授则将罗斯作品中的性爱描写归为伦理的范畴，认为罗斯通过其作品中“性爱主题下的伦理拷问”，“反叛意识里的道德冲突”，以及“生存处境下的命运反思”，展现了他本人深刻的伦理道德取向③。通过对罗斯的“凯普什三部曲”文本的细读，我们发现罗斯作品中大量的性爱描写是性意识和犹太性的有效结合，具有一定的表象嬗变和理性升华的特征。罗斯在这些作品中不仅展示了性欲和文化背景的复杂互动，还通过这些描写进行理性升华，探讨了社会规范、道德困境和个人认同等问题。这种结合不仅丰富了角色的心理和文化背景，也提供了对人类行为和社会变迁的深刻洞察。一方面，大胆露骨的性爱场景的描写体现了罗斯对20世纪五六十年代美国性解放运动的历史观观照，以及对犹太传统伦理束缚的有力抗击。另一方面，罗斯对美国多元文化背景下的欲望主体在不同时期的性爱嬗变进行剖析，并对其性爱观进行道德的质疑和伦理的叩问，体现了他本人对于两性关系以及性伦理的深入思考④。因此，结合社会文化语境细读这些作品之后，读者会发现大量的“性”书写背后所涉及的人性家庭、婚姻、种族、信仰等问题才是罗斯真正想要揭示的。

---

① Posnock R. Philip Roth's Rude Truth: The Art of Immaturity[M]. Princeton: Princeton University Press, 2008.

② 苏鑫，黄铁池. “我作为男人的一生”——菲利普·罗斯小说中性爱书写的嬗变[J]. 外国文学研究，2011(1): 48-53.

③ 袁雪生. 论菲利普·罗斯小说的伦理道德指向[J]. 外国语文，2009，25(2): 42-46.

④ 杜明业.《垂死的肉身》中性爱书写的伦理拷问[J]. 重庆工商大学学报，2015，32(5): 94.

一、《欲望教授》——美国性解放运动背景下男性主体自我身份的困惑

《欲望教授》(*The Professor of Desire*)出版于1977年，为罗斯的“欲望三部曲”之一。小说中男主人公大卫·凯普什(David Kepesh)青年至中年时期一直徘徊于本能和理性之间，“挣扎在调节冲动与欲望这对敌对的矛盾之中”①，而陷入“笛卡尔式的困惑”②。小说叙事模式与相关的心理背景和文化背景相呼应③。20世纪五六十年代的美国正处于一个喧嚣骚动的时代，传统的道德规范，价值取向以及行为准则全都被抛弃。在这个肆无忌惮的试验场中，性解放运动最为轰烈，性爱变革也最为彻底。性革命“使得传统性观念受到公然的挑战，这涉及婚前性关系、避孕、堕胎、同性恋、黄色书刊等一系列问题”④。在这样的历史背景下，年轻人的性爱观念受到了巨大的冲击，成为反叛的一代。同时，随着性革命的到来，女性地位不断提升，女性意识也不断觉醒。此外，女权运动的兴起与普及逐渐在男性面前形成一股对抗力量。面对突如其来的女性地位的崛起，以及不断要求提高地位的女性，沉醉于男权至上的男性主体感到自己的男性权威受到挑战，男性特征受到威胁，一些男性主体陷入自我焦虑和困惑之中。罗斯敏锐地洞悉到这种变革对犹太人尤其是犹太青年的冲击和影响，并将其注入自己的小说世界中。在人物形象塑造上，罗斯突破了之前诸多犹太作家，如辛格、贝娄、马拉默得等人所刻画的诸如受苦受难、自律隐忍、正面积极等非犹太人对犹太人的模式化、刻板化的形象认知。他认为这些作家将犹太人写得过于超凡脱俗，显得缺乏性欲，过于道德高尚。相反，他直视人性幽微，大胆剖析了犹太裔男性主体在过

---

① Roth Philip. Reading Myself and Others[M]. New York: Vintage International, 2002: 61.

② “笛卡尔式的困惑”源于法国哲学家雷内·笛卡儿(René Descartes)的思想，指哲学探讨中对存在、知识和现实的深刻怀疑。这种困惑来源于笛卡尔对感官经验的质疑和对知识基础的探讨，影响了现代哲学对知识、存在和自我的理解。笛卡尔的怀疑主义方法和“我思故我在”的观点成为哲学讨论中的重要议题，并对后续哲学思潮产生了深远的影响。

③ 陈平原．中国小说叙事模式的转变[M]．台北：台北久大文化股份有限公司，1995：3.

④ 马克·C. 卡恩斯，约翰·A. 加勒迪. 美国通史[M]．吴金平，等译. 济南：山东画报出版社，2008：705.

度纵欲后的自我反思以及陷入自我身份认同危机时所面临的困惑。正如罗斯本人所说，“约翰·厄普代克和索尔·贝娄将他们的手电筒照向外部世界，将世界真实地再现出来。而我则挖一个小洞，将我的手电筒照进这个小洞的深处”①。

大卫·凯普什(David Kepesh)出生于美国一个传统的犹太家庭，父母经营着“皇家匈牙利”家庭旅馆，日子殷实。摆脱犹太格托的枷锁、追随本能欲望的种子在少年时期的凯普什心中便已生根。他不断体验着作为符合美国文化标准的美国人。因儿时伙伴赫比(Herbie)拥有一副“美国式”的健壮体格和自由随意的口技，他便不顾父亲的反对，对其进行狂热的模仿。“我现在已经可以把从卷筒上扯手纸的声音模仿得像极了。我基本上掌握了厕所里的全部声音。”②大学期间，他便领悟了拜伦的“日苦读，夜风流”，渴望成为“学者中的流氓，流氓中的学者”③；从克尔·凯郭尔④的《非此即彼》中学到的竟然是“勾引”。他不断地挑逗、引诱女同学并与之发生关系，实现自己“放荡的梦想”。尽管“他人的非议和外界的阻力阻碍着我内心的欲望，也阻碍着我对无数个女人的渴望”，“我”依然“无法抵制欲望的诱惑，索性听凭欲望的指引”⑤。青春期的凯普什试图通过对性和情感的探索在个人自由和社会约束之间找到自己的位置，反映了他对个体自由的强烈渴望，同时也表现出其对社会规则和道德规范的挑战。

后来，凯普什获得一次去伦敦进修一年的机会，空间的转移使他暂时摆脱了犹太传统和家庭的束缚，为他日后欲望种子的孕育提供了丰富土壤和养料。伦敦之行成为他的探索情欲之旅。刚到伦敦的第一天，他便去找妓女，以发泄初到时的失落。之后，他终日沉迷于和伊丽莎白(Elizabeth)、波姬塔(Birgitta)两位瑞典女孩的性爱游戏中。即使后来伊丽莎白因内心受到道德谴责而负伤退出，他只是在短暂的羞愧自责和道德反思后依然去找妓女，接着和波姬塔不断地猎艳，继续

① Roth Philip. Reading Myself and Others [M]. New York: Farrar, Satraus and Giroux, 1975: 224-246.

② 菲利普·罗斯. 欲望教授[M]. 张廷佺，译. 上海：上海译文出版社，2011：9.

③ 出自麦考利1843年撰写的《评艾肯的〈艾迪生的一生〉一文》。

④ 克尔·凯郭尔(Søren Kierkegaard，1813—1855)，是19世纪丹麦的哲学家、神学家、诗人、社会批评家及宗教作家。其被视为存在主义的创立者，对现代哲学，特别是关于个人存在、自由和伦理的讨论产生了深远的影响。

⑤ 菲利普·罗斯. 欲望教授[M]. 张廷佺，译. 上海：上海译文出版社，2011：25.

坠入性爱游戏的深渊，寻求着瞬时的满足和感官的刺激，享受着欲望带来的快感。此时的凯普什以自我为中心的男权意识已经完全膨胀甚至泛滥，俨然将女性物化，视作消费品。他想象着同时能拥有伊丽莎白和波姬塔，既"享受着伊丽莎白对我神奇而温暖的爱，又能见识波姬塔神奇而惊人的胆量，这样我想要哪个，就可以要哪个。难道不那么神奇吗？要么是熊熊燃烧的火炉，要么是舒舒服服的壁炉"①。

凯普什这种泛滥的男权意识涉及个人心理因素和社会文化背景内外两个方面的影响。首先，20世纪中期的美国社会文化中，传统的性别角色观念非常强烈。男性通常被视为家庭的主要经济支持者和决策者，而女性则被期望承担家庭责任，包括照顾孩子和管理家务。男性在职场上占据主导地位，女性则面临着职场的歧视和限制。在这种男性主导的社会结构中，男性的行为在社会和性方面享有更大的自由和宽容度，而女性则被期望遵循更为传统的道德标准，保持贞洁和温顺。区别化的性别角色教育鼓励男性展现独立和强壮，而女性则被教化要温柔、体贴，承担家庭责任。这种男性主导的社会和教育体系影响了凯普什对女性的态度和行为，造就了他在情感和性爱中强烈的男权意识。其次，凯普什的男权意识也是自我认同和对权力的需求。他试图通过操控和主导性行为来确立自己的自我价值和身份认同，从而在性爱中掌控权力，满足对男性权威和自我确认的需求。同时，在面对个人的情感困境和不安时，凯普什通过建立性别和权力的优越感来保护自己。这种优越感使他能够在心理上保持距离，并防止深层次的情感伤害。因此，沉醉性爱游戏中的凯普什极端的男权意识也是对20世纪50年代社会文化背景的反映和延续。

巴士底狱附近酒吧里一位男子对他挥舞榔头并大喊"畜生"时，凯普什落荒而逃。之后，他开始反思自己的荒唐行为，理性提醒自己如此的纵欲将毁掉自己的前程，"我们玩得太过火了"②。他意识到，仅仅寻求肉欲之欢根本无法使身体和情感合一。于是他决定和波姬塔分道扬镳，重回学业，进行自我救赎，"要摆脱她这个人和我们纵情淫逸、脱离实际的生活"③。离开波姬塔，完成学业，体

① 菲利普·罗斯．欲望教授[M]．张廷佺，译．上海：上海译文出版社，2011：54.
② 菲利普·罗斯．欲望教授[M]．张廷佺，译．上海：上海译文出版社，2011：55.
③ 菲利普·罗斯．欲望教授[M]．张廷佺，译．上海：上海译文出版社，2011：56.

现了男主人公对自己之前过度淫乱生活的道德反思，从理性上纠正自己有悖伦理的“自由意志”。

研究生毕业后，凯普什在大学任教。一次派对中他对迷人的海伦(Helen)一见钟情，相交三年后，两人步入婚姻。“在我眼里海伦实在是太美了，我可以把所有的渴念、爱慕、好奇和情欲都集中在她身上，集中在她一个人身上。”①生活似乎回到了正轨。当时的海伦满足了凯普什对异性所有的渴求与幻想，自以为是的男性主体渴望主宰其欲望客体，占据海伦的身心，渴望成为海伦情感世界的全部。然而，海伦对前男友的念念不忘造就了两人互不信任的鸿沟，性格迥异的两人注定无法面对生活的柴米油盐。和凯普什一样，初遇时海伦也是刚刚从其放荡的“理想生活”中逃回来的，年轻时的海伦也曾是个叛逆者，有着一段放纵刺激的传奇经历。“从她接下来讲的那些故事中似乎可以推测到，她已谈过五十次恋爱了——她已上过50条帆船，和那些经常送她古式珠宝的已婚男人在中国海上航行。”②她在大学期间就抛弃父母、男友，和年龄是自己两倍的男人私奔到香港，“去追寻一种比大二在女生联谊会更刺激的生活”③。然而，当两人沉沦一段时间后，那个“卡列宁”(Karenin)计划谋杀妻子时，海伦逃跑了。和凯普什相遇时海伦正处于肉体情感低迷的“空窗期”。于是凯普什在经历了“三年从怀疑到期待、渴望和惶恐的生活之后”和海伦结婚。烤吐司、煎鸡蛋、倒垃圾、寄信这些生活琐碎成为婚后两人发生矛盾的导火索。昔日迷人且充满魅力的海伦，整日“没头没脑，白痴般地挥霍无度，少女般地浮想联翩”，“我们曾是对方眼中的救星，可现在却变成了冤家对头” ④。最终，长达三年的婚姻在海伦的负气出走、寻找前男友以及之后发生的一系列闹剧后结束。离婚后的凯普什抑郁了，同时也失去了性功能。

海伦是一个充满激情和诱惑的女性。她强烈的情感深深吸引着凯普什，但她情感的波动和不稳定性，不仅影响了她与凯普什的关系，也加剧了凯普什内心的冲突。罗斯通过塑造海伦这个角色探讨了婚姻、欲望和个人自由的深层冲突。海

① 菲利普·罗斯．欲望教授[M]．张廷佺，译．上海：上海译文出版社，2011：74.
② 菲利普·罗斯．欲望教授[M]．张廷佺，译．上海：上海译文出版社，2011：61.
③ 菲利普·罗斯．欲望教授[M]．张廷佺，译．上海：上海译文出版社，2011：42.
④ 菲利普·罗斯．欲望教授[M]．张廷佺，译．上海：上海译文出版社，2011：80.

伦象征着激情与诱惑、冲突与矛盾，以及一种虚幻的幸福。海伦代表了凯普什对极端欲望和激情的追求。她与凯普什的关系充满了强烈的激情和性欲，象征着凯普什沉迷于感官享受和身体欲望的阶段。然而，海伦的存在使凯普什体验到了一种几乎失控的欲望。她不仅象征着激情，也代表了这些激情在没有约束的情况下可能带来的破坏性后果。她与凯普什的关系最终变得不稳定和痛苦，暴露了欲望失控所带来的毁灭性影响。同时，海伦也象征着一种虚幻的幸福，即通过追求欲望和激情来获得满足。然而，这种满足是短暂的，最终带来了长期的痛苦和不安。在与海伦的婚姻悲剧中，凯普什认识到：婚姻中如果仅仅追求激情，而缺乏理解和共同价值观，最终会导致失败。海伦与凯普什的关系体现了传统观念与现代欲望之间的冲突，反映了凯普什在面对现代性和个人欲望时的挣扎。同时，海伦的"背叛"隐喻了女性意识的崛起，并在男性主体面前形成对抗力量。凯普什在性能力上的失败，表明了他以自我为中心的男性认同的危机①。罗斯这样巧妙的安排，体现了其对美国20世纪60年代性解放运动以及女性解放运动(尤其是第二波女权主义的兴起)对美国社会影响的多重反思。

小说第三章，经过心理医生疏导、药物治疗，以及家人朋友抚慰的凯普什逐渐从婚姻的伤痛中走出来，并认识了温柔性感的克莱尔(Claire)。"一年以来，我第一次感到一股温情。"②年轻美丽而又善解人意的克莱尔使他重新恢复了男性特征，缓解了他久治不愈的焦虑。然而，此时的凯普什又开始萌生新欲望，昔日以自我为中心的主体欲又开始浮现，一方面，他希望自己在这段新的情感上完全占据主导，担心自己不过是克莱尔叙述人生的道具。"我知道，对她来说，我并不怎么重要，她有那些照片，还有那些日程表。"③另一方面，他又总是回味着和波姬塔、伊丽莎白往日的种种激情。当他和克莱尔去意大利度假时，望着眼前的女友，他心中想的竟是波姬塔。大胆狂野、屈服于凯普什的波姬塔意味着"更多"，而干净纯洁、温柔可人的克莱尔只是"足够"。他不断试图打断自己想要"更多"

① 苏鑫，黄铁池．"我作为男人的一生"——菲利普·罗斯小说中性爱书写的嬗变[J]．外国文学研究，2011，33(1)：48-53.

② 菲利普·罗斯．欲望教授[M]．张廷佺，译．上海：上海译文出版社，2011：169.

③ 菲利普·罗斯．欲望教授[M]．张廷佺，译．上海：上海译文出版社，2011：185.

的念头，通过讲授文学中的情欲来克制自己内心躁动的情欲，也曾“拜访”过卡夫卡①的故居，依然无效，反而与卡夫卡产生了共鸣。凯普什将肉体的绝对专一、冷淡无欲和它们对精神生活的完全无视比作顽固的独裁政权，他做不到对肉体的绝对忠诚，但也无法割舍真实的情感，抛弃深爱自己的克莱尔，“每一个在前进道路上受阻的人心中都有一个卡夫卡”②。于是，在经过短暂的满足后，他再次陷入欲望的失落和追寻的迷茫中③。“我对她的欲望已经神秘消失了。”“即使我用所有的快乐和希望来掩盖我的担忧，我仍在等待房里传出我意想之中的最可怕的声音。”④

克莱尔的独立和自信使她不依赖于传统的性别角色来定义自己。她有明确的自我主张，这使她在与凯普什的关系中保持了一定的独立性。在凯普什经历婚姻破裂和情感受伤时，克莱尔给予了他关爱、理解和包容，成为他生活中的重要情感支柱。克莱尔的存在不仅挑战了传统的性别角色定位和社会规范，还反映了当时女性解放运动背景下新女性的独立性和力量。凯普什在与克莱尔的关系中体验到了前所未有的稳定和安全感。然而，他内心深处依然渴望追求更强烈的感官刺激和情感体验，这种未被满足的欲望使他感到深深的空虚和不安。理性与欲望之间的矛盾让他难以找到平衡，从而导致持续的困惑。凯普什的困惑反映了男权意识在面对女性独立力量时的焦虑。他试图在激情与理性之间找到定位，以证实自我存在和获取自我认同。然而，克莱尔的独立性和自主性直接威胁到凯普什所习惯的男性主导地位，改变了他们关系中的权力动态。这让凯普什感到自己的权力和控制力受到削弱。因此，尽管克莱尔的陪伴满足了凯普什对稳定生活的需求，但也使他在情感和社会关系中面临新的挑战。凯普什在试图融入现代社会和满足个人欲望的过程中，面临文化认同、道德伦理以及个人认同的深刻挑战。这种困

---

①　弗朗茨·卡夫卡(Franz Kafka，1883—1924)出生于奥匈帝国布拉格(现捷克共和国)，是20世纪最重要的文学人物之一，以其独特的风格和对现代人存在主义困境的深刻洞察而闻名。他的作品常常探讨孤独、异化、权力和人类存在的荒诞性。

②　菲利普·罗斯．欲望教授[M]．张廷佺，译．上海：上海译文出版社，2011：197.

③　陈曦，林雪．欲望迷失背后的伦理叩问——《垂死的肉身》之伦理解析[J]．2016(10)：62.

④　菲利普·罗斯．欲望教授[M]．张廷佺，译．上海：上海译文出版社，2011：295.

惑不仅展示了他个人的内心冲突，也折射出犹太知识分子在现代社会中的真实生存状况——在夹缝中求生存的左右为难。作为犹太裔知识分子，他们为了适应主流文化，试图摆脱犹太传统的束缚，追随欲望的召唤。然而，深藏的犹太传统使他们无法释然，遭受伦理道德的叩问。因此，他们始终徘徊在自由与束缚、满足愿望与无法获得快乐之间，难以在纵情与反省之间找到平衡。

二、《乳房》——欲望主体在“异化”下的自我探寻

中篇小说《乳房》(*The Breast*)发表于1972年，是罗斯对卡夫卡的一次致敬。凯普什教授自白体式地向读者们讲述自己变异为乳房的经过、变异后的危机以及自我身份的探寻，为读者警示了异化的危害性和不可逆性。一开始，凯普什的身体出现莫名的症状。可怕的潜伏期过后，他便遭遇了可怕的变形危机。一天凌晨，他的身体突然发生了变形，由之前一个“精力充沛，胃口绝佳的三十八岁壮年男子”变成“一个具有足球或飞艇外形的生命体；一个重量为一百五十五磅的海绵联合体，而高度依旧是六英尺”①，同时也失去了视觉、嗅觉、味觉，不能动，不能进食，只能通过静脉输液吸取营养。变形后的凯普什深陷异化的泥潭，经历着性别错乱和身份错乱。他不知如何界定自己，到底是一个有着正常思想的男性，还是一个充满性欲的女性乳房？对于自己的性别，凯普什深感困惑。

凯普什的性别错乱是他异化的一个特征。本质上说，性别异化是男女两性之间为争夺话语权而长期斗争的结果。“二战”后随着科技的不断进步，现代化机器的出现、男性肌肉力量的削弱及社会的进步促使女性不断觉醒并追求自身的解放和与男性在政治和经济等方面平等的权力。这些削弱了以自我为中心的男权主体力量，加速了男性对自身性别的迷失，也使得男女两性的性别界限越来越模糊。这种男女性别边界的模糊，带来了以男性为中心的自我身份感的困惑。另一方面，在身体构造和精神思想上，人类应该具备很多样性，可以经受身体和精神上的评估。如果仅仅用一种特性来界定人类，则会发生异化。凯普什就是这样的例子。长久以来，凯普什一直被他永不满足的性欲所驱使，性爱成为他证明自己

① 菲利普·罗斯．乳房[M]．姜向明，译．上海：上海译文出版社，2019：15-16.

作为人类存在的主要方式。

凯普什对自身性别身份的内在困惑导致了他外在的焦虑。一方面，他意识到自己身上的性别冲突使得他的异化显得极为荒谬。当他迫切地要求克莱尔满足他的男性需求时，他理性地告诫自己这种行为的荒谬和怪诞，如果这样下去，他会失去真爱。“我要把她赶走。我必须停下来。它最终会把她赶走。①”另一方面，凯普什又受控于那永不满足的性冲动，并试图为自己辩解。变形后的凯普什像婴儿一样经历着镜像阶段和俄狄浦斯时期。在镜像阶段，他看不见，也动不了，对于自我的认知只能通过别人的触摸来确定。在护士的“触诊”中，他逐渐获得了对自己乳房这个新身份的认知。镜像阶段的婴儿在镜子中看到自己的影像时，初次意识到自己身体的完整性，会变得非常兴奋，凯普什也一样，在别人的触摸中，感知着完整的自己并异常兴奋。通过别人的触摸，凯普什逐渐对自己作为乳房有了更好的了解，并接受了自己作为乳房的新身份。当对未知的恐惧逐渐消失时，他自然会陶醉于他变成一个巨大的乳房所带来的前所未有的性感觉。这种对异化的承认，逐渐发展成为自己是乳房这一无意识。在俄狄浦斯阶段，尽管没有视力，凯普什依然有着听说的能力。拥有语言能力的凯普什进入了拉康所说的象征界，并在与医生和家人的不断对话中和象征秩序的符号系统之间建立了联系，确认了自己的变形并融入无意识。而无意识的欲望又通过乳房这一能指的“转喻”展现出来。

在经历着异化后的几次危机的过程中，他开始探寻自己变形的原因，进行着自我梳理、自我调节和自我妥协。关于自己是如何变形的，凯普什从生理学和解剖学的角度进行了理性分析，他无法相信医生给出的解释——“荷尔蒙激增”“内分泌失调的恶果”，或者是“雌雄染色体的大爆”。② 靠着“人格的力量”和“生存的意志”，凯普什回忆和女友克莱尔之前的关系，思考自己变形是否源于某种渴望。变形前的凯普什在对克莱尔的欲望逐渐衰退时，依然渴望拥有她的乳房，宣誓自己的主权。现实和他开了个玩笑，既然你曾经梦想着变为乳房，那就让你梦想成真，变成一个乳房！“不，我拒绝对这种困惑屈服，我不承认这种梦想成真

① 菲利普·罗斯．乳房[M]．姜向明，译．上海：上海译文出版社，2019：46.
② 菲利普·罗斯．乳房[M]．姜向明，译．上海：上海译文出版社，2019：15.

的理论。尽管它干净、时尚，还带点快乐的惩罚意味，我还是拒绝相信我变成这个东西是因为我想要成为这个东西。不！现实要比它宏伟一些。现实具有某种风格。”①

“生存的意志”使他陷入欲望危机：他荒淫无度的情欲竟然在护士为他清洗身体时被唤醒了，他感觉自己处于色情刺激的快感中。于是他便沉醉在护士和女友克莱尔的“触诊”中。即使已成为女性乳房时，他仍然急切地渴望与女护士发生荒诞的性关系，试图维护早已失去的男性身份和自尊。在这次危机中，他开始反思自己年轻时的荒淫无度，“二十刚出头的那会儿，我曾经轻轻松松地体验了若干妓女，在我作为交换留学生去伦敦的那年里，我曾经同时和两个年轻女人保持了好几个月奇怪而又过度疲劳的性关系……”②为了找回自我，他开始克制自己过度的欲望，“我担心如果我沉溺于那样的行为，我会愈陷愈深——直至发疯的地步，到那时，我就会陷入忘记自己是谁、是干什么的这样一种状态。问题甚至不是我将不再是我自己——而是我将不再是任何人。我将成为一具除了欲望以外别无其他的行尸走肉”③。最终，他战胜了自己变形后的“狂暴性欲”。

在经历了身体变形和“狂暴性欲”两次危机后，同事阿瑟·舍恩布伦(Arthur)的探望使他更加意识到了自己面临的身份危机。其实，在凯普什变形后，他之前诸如“公民、文学教授、情人、儿子”的身份就已经结束了。变形后，他成为一个被医生、微生物学家、生理学家、生化学家等观察研究的“实验品”。他已失去作为人的一切隐私权，一切都在监控之下，“克拉克小姐每天早晨给我做的触诊正在医院的闭路电视上进行着‘实况直播’，我那亢奋的扭动陈列在画廊里供成百上千共汇一室的科学家们观瞻……”④在家人眼里，此时的凯普什也只是一个可怜的、令人同情的“儿子”和“情人”。父亲虽然每周都来看望他，但每次讲的都是邻居家的事，离开时竟然没有跟他吻别。凯普什意识到，父亲无法接受这个“乳房”儿子。“这是一场表演——我的父亲是一个伟大的、勇敢的、高尚的

---

① 菲利普·罗斯．乳房[M]．姜向明，译．上海：上海译文出版社，2019：51.
② 菲利普·罗斯．乳房[M]．姜向明，译．上海：上海译文出版社，2019：58-59.
③ 菲利普·罗斯．乳房[M]．姜向明，译．上海：上海译文出版社，2019：59.
④ 菲利普·罗斯．乳房[M]．姜向明，译．上海：上海译文出版社，2019：29.

人。”①同居女友克莱尔一向冷静理性，然而面对变形的爱人，“她突然崩溃，哭了起来”②。之后，一向传统保守的克莱尔竟同意给他按摩甚至亲吻他，然而凯普什知道这只是她对自己曾经深爱的人的一种恩惠和同情。此时的凯普什没有放弃自己的社会身份，依然满心地渴望探望他的同事阿瑟能帮助他“复出社交”，恢复其“文学教授”的身份。然而看到变形后的凯普什，阿瑟捧腹大笑，“他狂笑了二三十秒钟后就跑掉了”③。阿瑟“质朴的生命力”所展现的“喜剧色彩”深深地羞辱着凯普什，使异化中的他遭遇着空前的身份危机。

接踵而至的是信仰危机——“我拒绝承认自己已变形为一只乳房。……我认识到所有的一切都不可能是真实的……因为无论从生理学、生物学，还是解剖学的角度来说这都是不可能的！”④他开始咒骂身边“迫害”他的人，并建构了理性逻辑，认为自己没有变成乳房，是产生了幻觉，是精神分裂使他与自己的身体失去了联系。他开始回想自己精神生活发生的重大事件，并以此来分析自己变形的原因。然而当医生和家人告诉他，“你就是一只乳房，一只变异的乳房。……它不是你的幻觉”⑤。凯普什被迫面对了异化这个事实，并将自己变形的原因归于对艺术的追求上。“这也许是我要成为卡夫卡，成为果戈理，成为斯威夫特的方式…… 他们有语言的天赋和执着于虚构的大脑，可我没有这两种才能，……于是我实现了飞跃，将书本上的词语变化为活生生的现实。”⑥

无论如何，虽然变形后的凯普什依然有着表达思想的能力，存留着作为人的无意识，但凯普什异化后所遭遇的种种危机加剧了他新形成的乳房的无意识的增长，并试图覆盖和吞并旧的无意识，它不断地迫使主体屈服于性欲。与此同时，旧的无意识也会拼命地抵制这种覆盖和吞并，它不断地提醒着主体，如果他允许这种覆盖发展下去，他最终将失去所有，成为一大块由性欲驱使的肉。这种新建立的作为乳房的意识和之前作为人的无意识之间的冲突，造成了他无法克服异化

① 菲利普·罗斯．乳房[M]．姜向明，译．上海：上海译文出版社，2019：39.
② 菲利普·罗斯．乳房[M]．姜向明，译．上海：上海译文出版社，2019：41.
③ 菲利普·罗斯．乳房[M]．姜向明，译．上海：上海译文出版社，2019：69.
④ 菲利普·罗斯．乳房[M]．姜向明，译．上海：上海译文出版社，2019：72-73.
⑤ 菲利普·罗斯．乳房[M]．姜向明，译．上海：上海译文出版社，2019：83.
⑥ 菲利普·罗斯．乳房[M]．姜向明，译．上海：上海译文出版社，2019：114-115.

的必然性①。凯普什知道无论如何他都无法克服异化，于是他放弃了反抗，放弃了自我。之后的15个月，已成为乳房的凯普什教授一直精心倾听着莎士比亚的四大悲剧，生活在一种平静的状态中。小说结尾处，罗斯引出奥地利诗人莱内·马利亚·里尔克(Rainer Maria Rilke)的《远古的阿波罗残雕》，通过借喻，意在给异化中的"凯普什"们提出建议：思考生命的价值，改变你的生活！②

在罗斯的早期作品《波特诺伊的宿怨》(*Portnoy's Complaint*)的性爱叙事中，主人公犹太男孩亚历克斯·波特诺伊(Alex Portnoy)在美国社会中经历着双重的文化冲突。他对性有着强烈的欲望，但同时也感受到巨大的压力。这种压抑主要来源于他的家庭背景和文化教育，尤其是犹太家庭的传统价值观和对性的禁忌。波特诺伊的性经历常常充满了罪恶感和羞耻感，他在自慰和性幻想中寻求解脱，但又因为这些行为与他所接受的道德教育相冲突而感到内疚。波特诺伊的母亲(Sophie)在他的成长过程中扮演了极为强势的角色，她对儿子的控制和干涉使波特诺伊感到窒息，造成了他在成年后对女性和权威产生了极大的抵触心理。在波特诺伊的两性关系中，性不仅仅是欲望的体现，更是权力的象征。他将女性物化，频繁地与不同女性交往，通过性行为来证明和提升自己的自我价值。在这部作品中，女性主要作为一种帮助男性主人公实现反叛、展现自我的道具，女性意识也比较淡化，而男性意识突出，两性关系处于不平等的状态。在《乳房》中，罗斯通过将男性主体异化为女性乳房，表明自我为中心的男性在女性上升到与之相对抗的地位，并且在性爱关系中与之相抗衡时产生的自我分裂和自我迷茫③。所以说，罗斯在《乳房》中的性爱书写已渐渐发生变化，从之前的以追求过激性爱来反抗犹太传统道德的外在表现形式内化为男性主体的自我探寻。罗斯以直白的形式揭示婚姻和性爱的共存悖论，剖析了男性主体在经历女性意识的觉醒、两性之间的对立冲突时所面临的身份困惑。《乳房》通过对身体、欲望和社会角色

① 耿鑫鑫．从心理学视角解读《乳房》主人公大卫·凯普什对异化的无效抗争[J]．中国矿业大学，2014：25-29.

② 李硕．"你必须改变你的生活"——论菲利普·罗斯《乳房》以里尔克《远古的阿波罗残雕》结尾的意义[J]．文学研究，2014 (6)：80-82.

③ 苏鑫，黄铁池．"我作为男人的一生"——菲利普·罗斯小说中性爱书写的嬗变[J]．外国文学研究，2011，33(1)：48-53.

的重新审视，提供了对现代社会中个体存在困境的深刻洞察。罗斯利用这一荒诞的情节，探索了个体如何在面对深刻的自我和社会变迁时进行自我认知和存在的反思。

三、《垂死的肉身》——历史观照下对于个体欲望与死亡的思考

《垂死的肉身》(*The Dying Animal*)是罗斯“凯普什三部曲”的最后一部，主要讲述了已进入耳顺之年的大卫·凯普什(David Kepesh)与二十四岁的古巴女学生康秀拉·卡洛底斯(Consuela Castillo)之间的一段刻骨铭心的不伦之恋。小说通过第一人称凯普什回忆了两人之间的相识、相爱以及分手的经过，同时也回顾了20世纪60年代狂暴的性解放和妇女解放运动及其对年轻人的影响，将性爱叙事与衰老叙事融为一体，展现出性爱与死亡的矛盾。具有“学术魅力”和“新闻魅力”的六十二岁大学教授凯普什痴迷于学生康秀拉年轻而性感的身体，但是面对可怕的年龄伤痕，他失去了自信，害怕失去自我，失去自由，挣扎在性爱和垂死之间，他最终没能跨越这道鸿沟，主动退出了这段爱恋，然而始终未曾走出这段情感。八年后的千禧之夜，凯普什再度接到康秀拉的电话，得知她患有乳腺癌需要立刻手术切除乳房。极度痛苦的凯普什挣扎在是否去医院陪同康秀拉做手术时，小说戛然而止。

性爱是人类欲望的最自然和直接的表达，这种欲望也是人的自然属性，代表人的本能。罗斯似乎很钟爱性爱主题，这和他本人的成长年代不无关系。罗斯成长于20世纪五六十年代，处于转型期动荡不安的美国社会正经历着反主流文化运动——反对种族歧视、民权运动轰轰烈烈，性解放和女权运动等也随之展开。这场运动推动了美国社会制度进一步民主化，但也导致了青年人生活方式的自由放任——吸毒、性自由成为美国社会多年无法根治的顽疾。从那时开始美国社会的性观念发生了巨大的变革，不少作品如戴维·赫伯特·劳伦斯(David Herbert Lawrence)的《查泰莱夫人的情人》(*Lady Chatterley's Lover*)、亨利·米勒(Henry Miller)的《北回归线》(*Tropic of Cancer*)、弗拉基米尔·纳博科夫(Vladimir Nabokov)的《洛丽塔》(*Lolita*)等曾经被禁的小说相继出版，并逐渐被公众接受和认可。这些作品解放了人们的性观念，使得人们对性爱描写有了更多的包容，对

于性爱书写也有了更深层次的解读。作为那个时代的亲历者，罗斯的性爱观念也一定程度地受到影响。他敏锐地感知到新的性爱观念对犹太人的冲击和影响，将性爱作为表达自我独立意识的手段，通过主人公原始荒诞的性爱书写对美国社会历史进行着独特的观照，并以此对传统的伦理道德进行质疑①。他的成名作小说集《再见，哥伦布》(*Goodbye*, *Columbus*)(1959)中就有不少大胆描写性爱的场景。之后《波特诺伊的怨诉》(*Portnoy's Complaint*)(1969)对性爱的荒诞书写更是引起了一片哗然，成为性爱书写的"超写实闹剧"。罗斯通过主人公波特诺伊对心理医生袒露自己内心最荒诞而隐私的欲望，影射了20世纪60年代美国犹太青年在面对犹太传统道德意识与当时美国社会自由意识之间产生强烈冲突时的心理失衡和道德焦虑。

罗斯的"凯普什三部曲"，即《乳房》、《欲望教授》和《垂死的肉身》(也被称为"欲望三部曲")，基于身体的欲望与情感，叙述着欲望主体在不同时期不断变化的欲望诉求以及在传统伦理道德审视下的自我叩问和质疑。因此，"欲望三部曲"有着严肃的伦理道德指向，因为罗斯总是"尽可能地去把握和刻画影响每个人的复杂的道德和社会因素"②。在《垂死的肉身》中，罗斯回顾了20世纪60年代美国的性革命，为读者提供了一幅欲望背景图，让他们了解欲望主体所处的社会历史，引起他们对那个时代年轻人病态情欲的反思。在凯普什和康秀拉热恋的过程中，罗斯通过大量露骨的性爱描写，让读者"直接"体验"我"的欲望经验，并以此窥视"我"的内心世界——对青春的留恋、对原始生命力的向往，以及面对衰老死亡威胁时的困惑和无奈。另外，罗斯以新写实主义的手法揭示出男女两性性爱关系的复杂性和矛盾性，彰显出男性主体在面临两性对立冲突时的身份困惑，告诫其保持自我意识，思考欲望的限度，坚守自己的职责。

儒雅博学的六十二岁文学教授凯普什对年轻性感的康秀拉一见钟情，"她谈吐得体，举止稳重，仪态优雅"③。聚会上短暂的结识增进了彼此的距离和吸引

① 苏鑫．死亡逼近下的性爱言说——解读菲利普·罗斯《垂死的肉身》[J]．外国文学，2010(6)：108.

② McDaniel J N. Distinctive Features of Roth's Artistic Vision[J]. Philip Roth Study, 2003: 41.

③ 菲利普·罗斯．垂死的肉身[M]．吴其尧，译．上海：上海译文出版社，2019：2.

力。面对着康秀拉，“我”“又一次体会到了色欲的愚蠢能令人欢愉”①。康秀拉对于“我”也满是欣赏，“看到您漂亮的公寓、令人惊叹的图书室，手握弗朗茨·卡夫卡的手迹，感觉真是太妙了。您还热情地向我介绍了迪亚哥·委拉斯贵兹……”②很快，相互吸引的他们走到了一起。经过一次次身体的亲密接触和对抗，凯普什很快陷入对康秀拉性感肉体的迷恋中不能自拔。享受性爱的同时，他的年龄和社会地位又赋予他高高在上的自信和权利。然而渐渐地，对年老的恐惧和对青春的嫉妒使他失去了自信，“嫉妒，不确定，失去她的恐惧。……对康秀拉和对其他任何人不同，我的自信几乎在瞬间就被抽走了”③。同时，长期以来形成的无拘无束、自由随意的意识形态也使他不敢继续前行，害怕失去自我。“糟糕的第一次婚姻如新兵营一样糟，自那次婚姻后我决心不再有糟糕的第二次婚姻或第三次和第四次。自那以后，我下定决心不再生活在牢笼里了。”④挣扎在自由与束缚、性爱和垂死之间，凯普什感到无所适从。最终，他拒绝参加康秀拉家人为她举办的毕业晚会，自此两人分手。失去康秀拉后的他依然对其念念不忘，备受煎熬。“和她在一起的时候感到一直受折磨，而失去她时所受的折磨之巨何止百倍!”⑤然而在真爱面前，害怕失去自我的凯普什依然选择逃避，没有勇气去找康秀拉。正如他的朋友乔治所说，“你本来是完整的，然后‘啪’的一声突然裂开了。她是闯入你这整体的外来物。而你在一年半的时间里竭尽全力要和它融为一体。但是除非你把它驱逐出去，否则你再也不可能成为整体。你要么摆脱它要么通过自我变形融合它”⑥。于是，他将自己包裹好，找了新的女友，继续着自己的性爱游戏。直到挚友乔治突然中风过世后五个月，他接到了康秀拉的电话，得知心爱的人即将身体残缺甚至失去生命。对死亡的恐惧使他感觉到了欲望的衰竭和希望的虚幻。通过小说结尾处凯普什内心的独白，“但我必须得去。得有人和她在一起。”“她会找到人的。”“想一想吧。再想一想。因为一旦你去了，

① 菲利普·罗斯．垂死的肉身[M]．吴其尧，译．上海：上海译文出版社，2019：15.
② 菲利普·罗斯．垂死的肉身[M]．吴其尧，译．上海：上海译文出版社，2019：17.
③ 菲利普·罗斯．垂死的肉身[M]．吴其尧，译．上海：上海译文出版社，2019：27.
④ 菲利普·罗斯．垂死的肉身[M]．吴其尧，译．上海：上海译文出版社，2019：24.
⑤ 菲利普·罗斯．垂死的肉身[M]．吴其尧，译．上海：上海译文出版社，2019：97.
⑥ 菲利普·罗斯．垂死的肉身[M]．吴其尧，译．上海：上海译文出版社，2019：105.

你就完蛋了。”①罗斯睿智地道出了凯普什的矛盾心理以及对康秀拉感情的实质——当凯普什终于愿意抛开男性的自大，开始关心康秀拉的境遇和她的需求时，源自年龄的自卑心理导致强烈的妒忌心使他始终无法在精神上与她平等。然而，面对康秀拉即将残缺的身体，他的自卑感又化为一种自恋和自私，他不愿去面对现实，依然希望将她完美身体这一美好印象驻留在自己心中，这才是有意义的。所以最后凯普什到底有没有去，已经不重要了，因为他爱的其实是康秀拉美好的身体给具有强烈男权意识的他带来的感官刺激——康秀拉始终是物化的，这才是他们之间关系的实质。

六十二岁的凯普什教授在和康秀拉的交往中依然试图保持着男性的优势地位，维护自己的作为主宰者的权威。他拒绝将康秀作为独立的主体，而是将其物化为艺术品，近距离进行欣赏。“她是一件艺术品，古典艺术，在古典的形式中是绝对的美丽。”②他利用自己知识分子的气质——卡夫卡的手稿、委拉斯贵兹的复制品、弹奏钢琴奏鸣曲——一切有关艺术的东西试图去引诱她、控制她、主宰她。“我把她牢牢地摁在那儿，抓住她的头发使她动弹不得，一只手攥住她的一把头发并且把头发缠绕在我的拳头上，像一根皮鞭，像一条带子，像紧系在马辔上的缰绳”③。然而，欲望本身就具有矛盾性，欲望主体在年龄伤痕的打击下被年轻的欲望对象所控制。在一次次的性爱游戏中，凯普什感觉自己渐渐沉沦于对康秀拉的迷恋中而失去自我，“在我以前所有不同经历中从未有过的着魔迷恋。对康秀拉和对其他任何人不同，我的自信几乎在瞬间就被抽走了”④。巨大的年龄差距横在两人面前，凯普什感觉自己的自信心受到了挑战，强烈的嫉妒心理使他患得患失，自我为中心的意识随之消散——他感觉自己失去了控制权。接受高等教育、受到女权思想影响的康秀拉也早已冲破了传统思想的牢笼，形成了自己的独立意识和主体存在。两个欲望主体进行着抗衡。饱经世事的文化权威凯普什本应使年轻的康秀拉“合情合理具有屈服的权力”，然而两人的性爱游戏却使她“既得到了顺从的愉悦又得到了主宰的愉悦，一个男孩屈从于她的威力。……女

① 菲利普·罗斯．垂死的肉身[M]．吴其尧，译．上海：上海译文出版社，2019：165.
② 菲利普·罗斯．垂死的肉身[M]．吴其尧，译．上海：上海译文出版社，2019：38.
③ 菲利普·罗斯．垂死的肉身[M]．吴其尧，译．上海：上海译文出版社，2019：31.
④ 菲利普·罗斯．垂死的肉身[M]．吴其尧，译．上海：上海译文出版社，2019：27.

孩冲破的不只是装满她虚荣的容器而且还有她那舒适的古巴家庭的樊篱。这是她成为主宰的真正开端——是受我的主宰启发的主宰。我是她主宰我的作者”①。在这场性爱斗争中，被年龄击败的凯普什失去了权威。“无论你知道多少，无论你想了多少，无论你筹划、你密谋、你计划了多少，你在性关系上都没能占有优势。这是一次异常冒险的游戏。”②此时的凯普什意识到年龄伤痕带来的可怕后果。“你绝不是感觉到年轻，而是痛彻地感觉到她的无限未来和你自己的有限未来，你甚至更为痛彻地感觉到你的每一点体面都已丧失殆尽。”③他深切地感受到了死亡的威胁和垂死的挣扎。“人们不可能不知道前面等着他的是什么。死寂将永远包围着人们。除此以外一切都没有什么区别。”④在无望的情欲和垂死的肉身面前，脆弱的理性使他成为一名无助的受难者，充满了恐惧、敏感和怀疑。

挣扎在性爱和垂死之间的凯普什开始多重思考着20世纪60年代的性解放运动(Sexual Revolution)给美国社会带来的冲击和影响，并对自己之前混乱无序的性行为进行反思。这场轰轰烈烈的性革命倡导自主自由、性别平等，反对传统的道德压迫，主张将人们从教条主义的性伦理中解放，同时提倡女权运动，提高女性自我意识，以及同性恋权利合法化等。性解放深深地改变了许多人的生活方式，一定程度上使人们摆脱了传统的道德压迫，促进了思想的解放。然而这场革命也对正在转型期的美国社会中很多激进极端的年轻人产生了负面影响。很多年轻人将其误读为“以追求性欲满足为终极目标”。年轻人的种种荒诞行径与当时的美国社会现状脱不了干系。与此同时，20世纪五六十年代，美国政治也经历着巨大的波动。残酷的现实——麦卡锡时代的白色恐怖带来的沉闷的政治高压氛围、朝鲜战争的失败以及侵越战争陷入泥潭，让人们的神经濒于崩溃。在性解放运动的引领下，许多年轻人开始通过吸毒酗酒、崇尚性开放等反传统的行为来发泄心中的苦闷和反战情绪。在年轻人中广为推崇的亚文化进一步鼓励人们去探索身体和心灵，视色情为生活的正常部分，不受家庭、道德和国家的压制⑤。此

① 菲利普·罗斯. 垂死的肉身[M]. 吴其尧，译. 上海：上海译文出版社，2019：32.

② 菲利普·罗斯. 垂死的肉身[M]. 吴其尧，译. 上海：上海译文出版社，2019：34.

③ 菲利普·罗斯. 垂死的肉身[M]. 吴其尧，译. 上海：上海译文出版社，2019：35.

④ 菲利普·罗斯. 垂死的肉身[M]. 吴其尧，译. 上海：上海译文出版社，2019：37.

⑤ Slack K. Liberalism Radicalized: The Sexual Revolution, Multiculturalism, and the Rise of Identity Politics[M]. Heritage Foundation, 2013.

外，民权运动和妇女解放运动的开展，使许多女性产生了争取性自由的观念，加上避孕药、堕胎手术等的出现和被认可，年轻人们更是有恃无恐。他们以追求性满足为终极目标，无视道德和法规的约束，进行着非婚性行为、开放式婚姻等，进一步挑战传统的性观念和性道德，并以此彰显个性、独立和自由。作为这个“混乱无序的污秽乐园”中的积极体验者和受难者，凯普什称其为闹剧，“这只是一场幼稚的、荒谬的、失去控制的、激烈的闹剧，整个社会陷于一场巨大的喧闹之中。”①罗斯在这里从多个角度为读者们毫不遮蔽地展现了20世纪六七十年代美开放的性文化的丑态及其对年轻人以及社会的毒害。无数叛逆的“凯普什”们失去理性，被欲望驱使着，成为悲哀的“弄潮儿”。“人们脱下内衣，大笑着四处走动”②。曾与凯普什一起放荡过的校园先锋——“流浪女孩”领袖珍妮·怀亚特(Jenny Wyatt)就是这样的“狂暴分子”。凯普什称其为“一个敢于与优势力量作对的暴徒，反对大学里占统治地位的道德观念的斗士”③。她通过反叛来宣誓自己的独立自主和自我价值。“我们是平等的，我们是自由的，我们可以得到我们想要的一切。”④

来自卡茨基尔山(Catskill Mountains)的小乡镇的凯普什虽出生在传统家庭，接受了严格教育，却一生沉醉于肉欲，不断体验着“性革命”。他为此也付出了代价——亲情的丧失、真爱的逝去、内心的惆怅与心灵的空虚。“我有一个四十二岁的憎恨我的儿子”⑤。在儿子肯尼的眼中，他的父亲一直都是“一个孤独的老色鬼。一个与很多年轻女孩有染的老头。一个在家里供养了一群放荡女人的大丑”⑥。在罗斯的笔下，凯普什是那个荒唐年代的先行者和始作俑者，也是牺牲

① Slack K. Liberalism Radicalized: The Sexual Revolution, Multiculturalism, and the Rise of Identity Politics[M]. Heritage Foundation, 2013. 66.

② Slack K. Liberalism Radicalized: The Sexual Revolution, Multiculturalism, and the Rise of Identity Politics[M]. Heritage Foundation, 2013. 67.

③ Slack K. Liberalism Radicalized: The Sexual Revolution, Multiculturalism, and the Rise of Identity Politics[M]. Heritage Foundation, 2013. 55.

④ Slack K. Liberalism Radicalized: The Sexual Revolution, Multiculturalism, and the Rise of Identity Politics[M]. Heritage Foundation, 2013. 52.

⑤ Slack K. Liberalism Radicalized: The Sexual Revolution, Multiculturalism, and the Rise of Identity Politics[M]. Heritage Foundation, 2013. 68.

⑥ Slack K. Liberalism Radicalized: The Sexual Revolution, Multiculturalism, and the Rise of Identity Politics[M]. Heritage Foundation, 2013. 83.

者和受难者。

在罗斯看来，美国20世纪60年代的性革命实际上是年轻一代人对于所处的高压沉闷的政治环境的宣泄，也是对于美国政府侵略他国行径的反抗与担忧，以及对自由生活的无限渴望。然而，在强大的政治统治者面前，他们的诉求无法得到满足，因此只能沉醉于性放纵中去排解心中的苦闷和彷徨，以荒诞的无序去对抗“有序、美德和理性的代理人”。然而，通过凯普什的视角，罗斯反思了过度的性泛滥所导致的严重后果：道德的沦丧、性疾病的蔓延、婚姻关系的瓦解、传统家庭观念的淡化、亲情的淡漠、下一代身心承受的创伤、犯罪率的上升以及整个社会的动荡。随着自己的不断衰老、挚友乔治的去世以及康秀拉的乳腺癌，面对着日益逼近的死亡，欲望教授凯普什陷入深深的自我反省，开始思考着性爱的意义、自我意识和欲望的限度。

第二节 多元文化背景下的家庭伦理冲突

伦理是指在处理人与人、人与社会相互关系时应遵循的道理和准则，是从概念角度对道德现象的哲学思考①。伦理最主要的体现是人与人的关系，家庭伦理是伦理关系中最普遍的一种。在犹太文化的潜意识里，家庭是孤寂心灵的栖息地，也是落魄灵魂避风的港湾。家庭关系一般表现为姻缘关系、血缘关系和伦理关系，包括夫妻关系、父母与子女的关系、兄弟姐妹关系等家庭内部关系，也包括个人小家庭和社会大家庭的关系。家庭伦理关乎着人类心灵深处最隐蔽、最深切的情感体验②。罗斯在其后期的扛鼎之作——“美国三部曲”(《美国牧歌》、《我嫁给了共产党人》和《人性的污秽》)中通过对主人公的道德拷问、欲望驱使下的伦理冲突，以及生存困境中的命运反思，向人们展现了美国主流文化境遇下犹太社会的家庭伦理，呈现了一幅生动鲜活的家庭伦理解剖图，同时也表现了罗斯本人对当代犹太家庭人与人之间关系及整个美国社会家庭关系状况的无限关注。

一、相互背叛的夫妻伦理

夫妻伦理涉及夫妻关系中的道德原则和行为规范，体现了对爱情的忠贞和对

① Deigh J. An Introduction to Ethics[M]. Cambridge: Cambridge University Press, 2010.

② 杨巧珍. 论菲利普·罗斯“美国三部曲”的伦理思想[D]. 广州：暨南大学，2012.

家庭的责任。和谐流畅、相互信任的夫妻关系对整个家庭关系的稳固至关重要。反之，欺骗、背叛、相互利用和抛弃则会导致美好家庭的解体，甚至个体的毁灭。罗斯的小说常常通过细致入微的描写，探讨夫妻伦理的各个方面，包括忠诚与背叛、支持与理解、平等与合作、责任与义务、个人自由与婚姻约束，以及沟通与信任等，揭示婚姻中道德的复杂性和挑战，反映了夫妻关系在不同背景和情景下的多样性和脆弱性。在罗斯的"美国三部曲"中，夫妻关系始终难以协调：要么分崩离析，要么苟延残喘，家庭成员之间始终存在着无法逾越的沟通屏障，心中积聚着难以名状的苦闷和凄凉①。夫妻之间或者感情基础薄弱，或者根本就是以利益为纽带，将对方当作是实现个人目标的工具和装饰。当面临各自利益冲突时，彼此间只能选择无情的背叛甚至陷害。通过这些描写，罗斯不仅揭示了婚姻中的伦理困境，也促使读者深刻思考婚姻关系中的道德和行为规范。

（一）"温柔"背叛之后的毁灭

《美国牧歌》(*American Pastoral*, 1997)描述了一个似乎只出现在童话故事里的"金童玉女"最终走向相互背叛的悲凉故事，让人们在哀叹中对传统的夫妻伦理道德提出质疑。小说主人公塞莫尔·利沃夫(Seymour Levov)是一个完美主义者，一生都在追寻着自己的"美国梦"——通过自身的勤劳智慧步入美国上层社会，过上令人羡慕的中产阶级生活。为此，他曾忤逆父亲的意愿，娶信奉天主教的新泽西小姐多恩·德威尔(Dawn Dwyer)为妻，并搬进了梦寐已久的"石头房子"。在他理想的"伊甸园"里，美丽贤惠的妻子像夏娃一样每日悠闲地操持家务，加上一个天使般的可爱女儿梅丽(Merry)在身边快乐地跑来跑去。他也早已为女儿憧憬好了无限光明的前途。然而，命运和他玩起了黑色幽默。生活在"田园牧歌"中的女儿梅丽竟然充当了"爆破手"，炸毁了当地邮局，粉碎了他苦心经营多年的美国梦。梅丽的长期逃亡给家人带来了无尽的苦难和折磨。多恩在面对女儿的激进行为时，表现出极度的心理创伤和逃避现实的倾向。她开始寻求整容手术，试图通过改变外貌来逃避内心的痛苦和现实的压力。最终，为了延续自己

① 李杨. 后现代时期美国南方文学对"南方神话"的解构[J]. 外国文学研究，2004(2)：23-29.

的“美国梦”，她选择离开丈夫，投身于美国正统白人沃库特(Bill Orcutt)的怀抱，开始了新的生活。多恩的背弃和再选择，也宣告了美国正统白人文化对犹太移民文化的胜利。

在这场家庭危机中，多恩未能与丈夫共同面对问题，而是选择了逃避和背弃，将他的田园牧歌梦彻底粉碎。作为妻子和母亲，她的逃避行为不仅破坏了婚姻关系，也是对家庭责任的背弃，这在伦理上是值得批评的。然而，我们可以因此对她进行谴责吗？这部小说引发了人们对夫妻伦理和个人选择的深刻思考。

文学伦理学批评重视文学的社会责任和道义，要求对文学文本进行客观的伦理阐述，而不是进行抽象的道德评价。它尤其强调要回到伦理现场，“在特定的伦理环境和伦理语境中分析文学作品，分析文学作品中人物的伦理选择过程及其结果”①。“有时要求批评家自己充当文学作品中某个人物的代理人！做人物的辩护律师！从而做到理解人物。”②让我们再次回到当时的伦理现场，感受一个背叛家庭的女人的伦理意识和伦理选择。多恩并非出身正统白人家庭，从小缺乏自信，没有归属感，她强烈地渴望获得认可，得到身份的确认。她凭借自身美貌，参加各种选美大赛，可惜只得了个“新泽西小姐”的称号。无奈之下，嫁给当时优秀阳光的“瑞典佬”利沃夫似乎是她最明智的选择。婚后人人羡慕、光彩照人的幸福生活也让她继续编织着自己的美国梦。然而后来一系列打击接踵而至，女儿梅丽扔下的炸弹使她成为人人憎恨的“爆破手”母亲，丈夫苦心经营的工厂也漂泊在动荡的时局中，之前人人称赞的“成功人士”一去不复返了。面临着巨大的社会舆论和内心忧患，多恩“抑郁”了。出院后她的第一个反应就是告别过去，重塑自我。她先是整容，改变外貌，然后离开丈夫视为“美国梦”之一的石头房子，最终抛弃所有的羁绊，义无反顾地投入乡绅沃库特的怀抱，满心期望可以在这个代表美国正统白人文化的“美国先生”那里重温自己的美国梦。作为妻子，面对女儿叛逆、丈夫事业陷入低谷、家庭遭受外来谴责与攻击的时刻，多恩没有做到和丈夫风雨同舟，共渡难关，维系家庭的正常秩序，反而临阵脱逃，背叛自己的丈夫，转投他人怀抱以求避身之所。这是一种肉体和精神的退却和屈服，这

① 聂珍钊．文学伦理学批评导论[M]．北京：北京大学出版社，2014：9.
② 聂珍钊．文学伦理学批评导论[M]．北京：北京大学出版社，2014：15.

种违背伦理道德的行为无论是在当时男权至上的美国社会，还是在提倡两性和谐发展的今日，都是要遭受道德谴责的。从多恩的身上可以看到一个彷徨恐惧而麻木的灵魂，同时也感受到当理性的道德感遭遇缺失安全的彷徨时，“大难临头各自逃”的自然本能属性暴露得一览无遗。然而，我们也应站在多恩的立场，考虑到她所处的情境和内心所处的挣扎，从而更好地理解个体在面对极端困境时的选择和行为。

女儿梅丽卷入恐怖主义活动，对她造成了巨大的心理创伤。作为母亲，多恩不仅要承受失去女儿的痛苦，还要面对社会的谴责和舆论的压力。这种心理创伤对多恩的情感和精神状态产生了深远的影响。她选择整容手术，试图通过改变外貌来逃避内心的痛苦和现实的压力。然而在家庭崩溃和个人痛苦的双重打击下，她对现有生活充满了不满和绝望，为了保护自己，追求个人的解脱和自由，她选择离开丈夫，开始了自己的新生活。通过多恩的视角，读者可以更深入地理解她的困境和选择，认识到在极端压力和痛苦下，人性的复杂性和多样性。

与此同时，当人们谴责多恩，对“瑞典佬”充满同情时，罗斯在小说的结尾却写道：“在多恩服用镇静剂，在医院进进出出的那几个月里……谢拉·萨尔孜(Sheila Salz)成了“瑞典佬”利沃夫的情妇。”①更让人难以置信的是，谢拉作为利沃夫的情妇兼梅丽的语言矫正老师，在梅丽制造爆炸事件后将其藏匿起来，直到数年之后，利沃夫找到女儿时才知道实情。假设一开始，谢拉就将梅丽交给她的父亲，就会避免之后五年的逃亡生涯，那么之后的一切悲剧就不会发生。这是一系列相互欺骗、背叛酝酿的家庭伦理悲剧。

“背叛”的伦理冲突在《我嫁给了共产党人》(*I Married to a Communist*)中尤为明显。男女主人公从一开始就是错配。艾拉(Ira Ringold)是一个无产阶级战士，竟然爱上一个结过三次婚的“资产阶级”默片女明星伊芙(Eve Frame)，这完全与自己的阶级、文化和社交充满矛盾。但因为“爱情”，确切地说应该是为了实现改造美国社会的政治理想，同时满足心理上的虚荣，他让她走进了自己的生活。而伊芙也有自己的算盘，她想隐瞒自己的犹太身份，希望通过广播名人艾拉继续自己闪耀的资产阶级生活。他们两个的结合一开始就注定以失败收场。这段不切

① 菲利普·罗斯. 美国牧歌[M]. 罗小云，译. 上海：上海译文出版社，2020：436.

实际的所谓的浪漫婚姻，在伊芙与前夫的女儿西尔菲德(Sylphid)的破坏和一系列闹剧催化作用下，陷入了一场在劫难逃的悲剧。艾拉一生除了信奉共产党，就是渴望有自己的儿子，但软弱而又神经质的伊芙，慑于女儿的恐吓和权威，竟然打掉了两人未出世的孩子。这让艾拉异常愤怒，之前两人之间隐藏的矛盾终于爆发。这个导火索也使艾拉没有禁受住帕梅拉(Pamela)的诱惑，与之产生感情，他希望与她私奔。可是后来自私而又势利的帕梅拉出卖了艾拉。她先是找到伊芙，随后又指控艾拉曾经威胁并侵犯了她。伊芙愤怒了，她无法忍受丈夫对婚姻的背叛，决定采取报复作为反击。在政客格兰特夫妇的怂恿教唆下，伊芙利用当时盛行的麦卡锡主义，“大义灭亲”，称丈夫艾拉是苏联间谍，一直秘密从事共产活动，危害美国的国家安全。

20世纪四五十年代，麦卡锡主义(McCarthyism)在美国十分盛行，人们长久生活在美苏争霸的冷战阴影中，美国当权派极力想要清除国内的“共产主义意识形态”，不断煽动民众反对共产主义和共产党，掀起了一波又一波所谓“揭露和清查美国政府中的共产党活动的浪潮”。在这种白色恐怖的笼罩下，为了自卫，人人都在检举揭发“共产党员”和“共产活动”，以表明对国家的“忠诚”。在当时美苏争霸的大背景及美国紧张而压抑的政治氛围下，伊芙的做法对艾拉及其整个家族来说简直就是灭顶之灾。在经受了被调查、严审、隔离、开除等一系列的厄运之后，艾拉视为精神导师的奥戴(Johnny O'Day)也抛弃了他。失去了名誉、地位、家庭和精神家园的艾拉迫于生活，只好再次回到以前曾工作过的矿场。妻子和精神导师的双重背叛使艾拉精神崩溃，他将一切根源归于软弱无助的妻子伊芙。他选择了同样的报复手段：他费尽脑汁，动用一切关系，滥用麦卡锡主义，揭露伊芙隐匿多年的犹太身份，使她失去影迷、工作、朋友，结束了她的“美国梦”。伊芙不堪重击，生活的窘迫和内心的孤独使她用酒精麻醉自己，女儿西尔菲德也离她远去，她最终孤独地死于异地他乡。而对于当初那个曾经深深迷恋着伊芙的艾拉，能亲眼看到她遭受痛苦，竟成了他生活的动力和精神支柱，当听到妻子过世的消息时，艾拉竟“发出咯咯疯小孩的笑声”。两年之后，他也终于安然死去。这是一个可怕狰狞的爱情故事。也是一个在可怕的历史阴霾笼罩下的家庭伦理悲剧。

(二)无奈背叛之后的终结

相比之下,《人性的污秽》中的夫妻之间则是一种没有硝烟的心灵背叛与博弈。科尔曼出身于黑人家庭。生活在一个对有色人种和少数族裔歧视还很严重的美国社会中,他深知想要在这个多数人的文化中成为体面中产阶级的概率微乎其微。于是,他利用自己肤色较浅,和白人相似的优势,抛弃了自己的黑人家庭,隐姓埋名以犹太人的身份挤进美国社会,娶了白人女孩爱丽丝(Iris Silk)为妻,后来成为雅典娜学院古典文学院的院长,成功跻身于美国主流社会。七十一岁那年,因在课堂上将两位逃课的黑人学生称为"幽灵"(spook)被指责为歧视黑人的种族主义者。在这种境地下,坦白自己的黑人身份可以帮他摆脱危机。然而,科尔曼宁肯选择背上种族歧视的恶名而放弃自己苦心得到的幸福生活,也不愿意坦白自己的真实身份。在聚光灯的道德拷问下,他百口莫辩,酝酿多年的美国梦也就此破碎。为了寻求一丝慰藉,弥补感情的缺失,他沉浸在和比自己小三十多岁的女清洁工福尼亚(Faunia Farley)的肉欲满足中,最终因车祸双双死于非命。

为了实现自身价值,科尔曼一直胆战心惊地与妻子爱丽丝相处着,生怕那个秘密被揭穿。如果说利沃夫和多恩、艾拉与伊芙之间多多少少还有一些爱情因子的话,那么科尔曼和妻子之间则毫无爱情可言。在大学期间,科尔曼爱上了斯蒂娜(Stina),但是当他们一起拜访过他的母亲之后,斯蒂娜痛苦地大叫一声"我做不到"之后便飞奔而去,科尔曼深受打击。后来他认识了黑人女孩埃丽(Ailie),在她面前丢掉了黑人身份的秘密,科尔曼如释重负,享受着童年般的快乐。然而在遇到爱丽丝之后,他感觉她会将一切提升到一个新的层面。相比埃丽,爱丽丝给予的更多,她会使他实现他一心向往的那种"规模宏大"的生活状态。再加上爱丽丝如黑人一样灌木般缠绕的头发,对他的身份也可起到掩护的作用。于是他抛弃旧爱,对爱丽丝展开追求。爱丽丝思想狂野紊乱、激进甚至疯狂,从小就渴望逃离令自己窒息的家庭环境。"犹太学者"科尔曼睿智的学者气息吸引了她,于是交往两年后他们结合了。对于这桩婚姻,科尔曼感觉自己是出自最愚蠢,但又非选不可的理由而选择的。当爱丽丝生下漂亮的双胞胎之后,他也曾想告诉她真相。但是当时爱丽丝得知自己好友的丈夫在外面有了情妇并且有了孩子时,感到异常愤恨，“亲密无间到哪里去了？……什么时候有了这么一个秘密？”①面对妻子的过激反应，科尔曼犹豫了，直到爱丽丝因心脏病身亡，他从未告诉她自己的真实身份。令人悲哀的是，科尔曼之前的情人斯蒂娜、埃丽，还有福尼亚都知道他的秘密，永远不知道秘密的却是那个与他共度一生的女人——他的妻子爱丽丝。那么夫妻间的那些亲密都到哪去了？什么时候开始有了秘密？夫妻间有了秘密而变得彼此陌生，因为各自利益而相互背叛，这不仅揭示了物欲横流的现实生活中普遍的情感状态，更重要的是揭示了造成悲剧命运的某种精神内核，这个内核就是欺瞒和背叛②。

二、叛逆的代际伦理

罗斯的小说非常善于以一种反叛的眼光来观察犹太传统文化的阴暗面。作为一名在美国犹太居民区成长的作家，罗斯深知如何将自身的体验赋予“代沟”主题以深刻的含义③。所以“父与子的代沟”母题在“美国三部曲”中表现得非常典型和突出。作为第三代、第四代的犹太孩子带着强烈的叛逆意识，他们反叛犹太传统、反叛美国社会、反叛深爱自己的父母。在“美国三部曲”中父辈与子辈的冲突贯穿整个叙事文本。

(一)激进的叛逆

《美国牧歌》中代际之间的关系是一个重要的主题，反映了不同代际之间在伦理观念和价值体系上的深刻分歧。父亲娄·利沃夫(Lou Levov)对儿子塞莫尔(Seymour Levov)寄予厚望，期望他能继承家族事业，娶一位信奉犹太教的女孩，维持家族的道德声誉。这种期望不仅反映了娄对美国梦的信仰，也表现了他对传统伦理观念的坚持。作为儿子，塞莫尔接管了家族的手套工厂，继承了父辈的价值观和伦理观念，努力过上符合传统道德标准的生活。他前半生只有两次忤逆了父亲的意愿，一次是不顾父亲的反对，与异族通婚，娶了信奉天主教的多恩

---

① 菲利普·罗斯. 人性的污秽[M]. 刘珠还，译. 上海：上海译文出版社，2019：238.

② Sanford P. The Comedy That “Hoits”：An Essay on the Fiction of Philip Roth [M]. Columbia：University of Missouri Press，1975.

③ 杨曦. 对罗斯后期小说的伦理解读[D]. 南昌：南昌大学，2009.

(Dawn Dwyer)为妻；一次是结婚后毅然搬进了姆洛克的旧石头房子。

梅丽(Merry)出生后，塞莫尔竭力为女儿提供优越舒适的环境，希望她能按照自己拟定的人生轨道顺利前行，以延续自己的美国梦。然而，事与愿违，梅丽是一个典型的反叛者。梅丽一出生就含着金钥匙，拥有富有的家庭，金色头发，修长的四肢和父母的宠爱。但是具有反叛精神的她却用口吃来对抗成功的父亲和漂亮的母亲给自己带来的巨大压力，以此获取更多的关注。梅丽的口吃有着一定的指代，即暗示了在美国主流文化和犹太传统文化的双重夹击下，在错综复杂的文化冲突中，年轻一代话语生存的艰难困境。目睹了美国侵越战争中越南老和尚自焚的画面，梅丽幼小的心灵留下了阴影，她提出疑问："其他人为什么站在一旁，只是观看？……他们的道德观在哪里？摄像的电视记者的道德又怎么样？"她发现"无法将自己的不满与社会沟通，也无法改变自己的处境。愈发陷入绝望之中"①。迷茫中的她制造爆炸，发泄愤怒，并开始逃亡生活，将犹太教和基督教的传统抛在脑后，最终成为耆那教徒。

《美国牧歌》中利沃夫那一代是实现美国梦的一代，而到了梅丽这一代，梦想都化为泡影。梅丽之所以有如此强烈的反叛意识和过激的行为，除了放弃犹太传统和父母的疏于管教外，异化了的时代应当承担一定的责任。梅丽其实只是家庭、宗教、社会冲突的牺牲品。她代表了年轻一代对父辈伦理观念的质疑与反抗。在20世纪60年代的政治动荡中，梅丽变得激进与迷失，最终参与了恐怖主义活动，炸毁了一座邮局，以一种极端的方式表达了对社会不公的愤怒和对父母生活方式的厌恶，反映了年轻一代在面对时代变革时对旧有价值体系的拒斥和反抗。

罗斯通过利沃夫家族的三代人，描绘了美国社会在不同历史时期中的伦理困境和价值冲突。娄的犹太传承、塞莫尔的务实继承，以及梅丽的激进反叛，共同构成了一个复杂的伦理图景，揭示了美国梦的破灭和家庭关系的脆弱性。塞莫尔的经历表明，虽然继承父辈的价值观在某些方面可以帮助他维系生活秩序，但当面对新一代的挑战时，这些价值观可能变得不合时宜。小说促使读者思考代际关系中的伦理传承与冲突，以及个人在社会变革中的身份认同和道德选择。

---

① 菲利普·罗斯. 人性的污秽[M]. 刘珠还，译. 上海：上海译文出版社，2019：195.

(二)偏执的叛逆

《我嫁给了共产党人》中，伊芙与女儿席西尔菲德之间的关系复杂而充满张力。伊芙是一位成功的广播女演员，生活在一个充满压力和社会期望的环境中。她的性格复杂，既有对名誉和社会地位的渴望，也有对生活的不安全感和对外界批评的敏感脆弱。伊芙几次失败的婚姻，造成了女儿的心灵创伤以及母女两人的情感疏离。西尔菲德是一位有才华的竖琴演奏者，她的个性与母亲格格不入。不同于迷失的梅丽，西尔菲德代表了一种“偏执的反叛者”，是个封闭的虐待狂。在一个充满矛盾的家庭中成长(母亲多次婚姻，父亲是同性恋)，她脾气暴躁、反叛、阴郁、霸道、诡计多端、为所欲为。在她看来，母亲为了激情及对男人的狂热而一次次抛弃她，在她每一个人生重要转折期都背叛她。母女之间的关系充满了控制与反抗、依赖与疏离的复杂情感。一方面，西尔菲德在某种程度上依赖母亲，特别是在事业和生活上的支持。而伊芙对席西尔菲德也寄予厚望，希望她能在音乐事业上取得成功，并因此获得社会的认可，借以满足自己的情感需求和社会期待。另一方面，西尔菲德也十分憎恨母亲，憎恨她的虚荣与软弱。她事事与母亲唱反调，对母亲的爱表现出极度的鄙视。面对母亲的“优雅”，她以“粗鄙”予以嘲讽和还击。在伊芙和艾拉的婚礼上，她身着不合时宜的希腊式服装，让母亲难堪。“穿着她那些衣服，头发上围着头巾。她是鬈发，所以戴着那种希腊式头巾，她以为很俏皮的，可是却让她的母亲发疯。她穿着松身衫，显得她体形庞大。薄衫上有希腊刺绣。吊坠耳环，一大串手镯，一走动就叮当作响，能听见她来了。绣花的衣服，大量的珠宝，穿的希腊式凉鞋是能在格林尼治村买到的。鞋带直绑到膝盖上，陷进肉里，留下勒痕，这也让伊芙难受”①。婚礼后她故意失踪四天，让母亲着急去报警。回来后吃晚餐时，又故意用难看的吃相来折磨母亲，逼得她发狂尖叫。“西尔菲德就侧起食指，知道吧，在空盘子上抹个遍，这样能蘸上所有的汤汁和残渣。再把手指上的东西舔个干净，接着又来一遍，又一遍，直到手指在盘子上擦得吱吱作响。”②在伊芙的苦苦哀求下，竟然对母亲大

① 菲利普·罗斯. 我嫁给了共产党人[M]. 魏立红，译. 南京：译林出版社，2011：98.
② 菲利普·罗斯. 我嫁给了共产党人[M]. 魏立红，译. 南京：译林出版社，2011：99.

打出手，用拳头猛击她的头，辱骂母亲，“你这个犹太母狗！”①。

后来，当她发现艾拉是第一个尊敬并真心地对待伊芙时，她视他为妨碍，因为他冒犯了她对母亲的支配权。但是为了自己的音乐事业，西尔菲德暂时将仇视隐藏起来，继续指使母亲和继父为自己效力。在她演奏期间，艾拉负责每周为她搬运重达八十磅的竖琴往返于家和演奏地点。这份体力活让被西尔菲德称为“野兽”的艾拉苦不堪言，以至于后来在垮掉住院时还抱怨“她和我结婚是为了让我给她女儿扛琴！那女人就为了这个和我结婚！为了拖那架该死的竖琴！”②。西尔菲德自在的途径就是仇恨她的母亲和弹奏竖琴。对于西尔菲德来说，竖琴就像是母亲，通过弹奏它来支配她。同时，她在音乐中寻找自由和自我表达，远离母亲对她生活的干预。“它看上去那么美丽，所有的音乐是如此甜美，是在小房间里文雅地演奏给文雅的人听，他们对此是毫不感兴趣。琴柱以金箔涂就——得戴着太阳眼镜去看。真是精美。它竖在那里，让你无时不想到它。它又是那么庞大，你永远无法把它搁起来。搁到哪里呢？它总是竖在那里嘲弄你。你永远无法摆脱它。就像我母亲。”③

得知伊芙怀了艾拉的孩子，西尔菲德异常愤怒，她无法容忍母亲的幸福生活。她威胁伊芙将孩子打掉，“如果你胆敢再一次，再试一次看看，我就把小白痴勒死在婴儿床里④”。软弱的伊芙只能用堕胎来躲避女儿的愤怒。出于内疚和爱，伊芙异常害怕西尔菲德，母女的关系由疏离转向畸形。在伊芙因为背叛艾拉而遭到其疯狂报复穷困潦倒时，西尔菲德感觉自己报复使命完成，毅然抛弃母亲，奔赴法国投靠父亲，导致伊芙对生活完全失去希望，落魄而死。

其实，西尔菲德的存在本身就是对伊芙价值观的强烈否定。出生在一个不健全的家庭，父亲的同性恋倾向，母亲的虚荣，使得从小缺爱和正确引导的她成为

① 菲利普·罗斯. 我嫁给了共产党人[M]. 魏立红，译. 南京：译林出版社，2011：99.

② 菲利普·罗斯. 我嫁给了共产党人[M]. 魏立红，译. 南京：译林出版社，2011：103.

③ 菲利普·罗斯. 我嫁给了共产党人[M]. 魏立红，译. 南京：译林出版社，2011：121.

④ 菲利普·罗斯. 我嫁给了共产党人[M]. 魏立红，译. 南京：译林出版社，2011：105.

一个固执冷漠而又狠毒的怪胎。她鄙夷母亲的价值观以及她所向往的理想生活，视母爱如草芥，不惜亲手毁灭。她的反抗不仅是对个人自由的追求，也是对那个年代无数人所做的虚无的美国梦的无情回击。这个极端自我主义的女孩在她生父身边的命运又能如何呢？以她偏执的个性，能和父亲安然共处吗？罗斯似乎对这个女孩的未来有些担心①。

（三）抵触"父权"的叛逆

在《人性的污秽》中，罗斯把科尔曼放在了"儿子"与"父亲"这两个角色的矛盾中来描摹，集中体现了犹太传统文化中的子对父的叛逆主题。小说中两对父子冲突都导致了父辈陷入悲剧性的精神困境②。一对是科尔曼与父亲的冲突：父亲一直主观地想成为他抵挡美国威胁的巨大屏障，而科尔曼却一直想摆脱父亲为他制订的人生计划。他不顾父亲的强烈反对，偷偷去学习拳击。按照父亲安排，科尔曼应该进霍华德大学学医，然后进霍华德的家和一位黑人女孩结婚成家，生儿育女，一代代继续下去。而他却从霍华德大学出逃，结交白人女孩。在被称为"黑鬼"，尤其是遭到白人女友的无情抛弃之后，科尔曼痛恨给自己黑人标签的霍华德，他极力地想要去除身上的有色标记。父子间的博弈和冲突以父亲的猝死戛然结束。父亲去世时，他以最原始、最深厚的感情痛哭流涕，他怀念那个曾为他遮风挡雨的伟大父亲。另一对父子矛盾是科尔曼与小儿子马克(Mark Silk)之间的冲突。马克是一个充满抱怨、蔑视一切的反叛者。他一直都在和父亲作对，认为父亲只疼爱两个优秀的哥哥和自己可爱的孪生妹妹，自己从来得不到父亲的认可，也不愿去为之努力。马克或许是科尔曼命中注定必须努力与之格斗的对象，父子俩一直处于硝烟弥漫的战争中③。"马克一辈子都和科尔曼闹别扭，每隔一阵就会完全不理他。"④ 20岁时，他在只剩两学期就将毕业的情况下从布兰迪

① 郑斯扬. 女性自我与道德发展：女性主义视角下的影片《幸福额度》[J]. 沈阳大学学报(社会科学版)，2012，14(2)：111-113.

② 傅勇. 菲利普·罗思与当代美国犹太文学[J]. 外国文学，1997(4)：26-33.

③ Baumgart M, Gottfried B. Understanding Philip Roth [M]. Columbia: University of South Carolina Press, 1990: 11.

④ 菲利普·罗斯. 人性的污秽[M]. 刘珠还，译. 上海：上海译文出版社，2019：74.

斯退学，使父亲恼怒异常。当得知父亲和清洁女工福尼亚(Faunia Farley)的往日恋情之后，他甚至挑拨妹妹和父亲的关系。马克原本聪明、睿智、博学、思维敏捷，但始终不能绕过对父亲的敌视而看清自己的出路，直到38岁时，才成为一名叙事诗人。马克本以为父亲会一直活着，让他恨下去、叛逆下去，达到心灵的放松和解脱，父亲突然死于车祸，他甚至遗憾没能享受到因为得知真相而憎恨父亲的权利。他们之间的冲突始终没有得到和解，最终以科尔曼的死亡宣告结束。作家欧文·豪曾把早期移民美国的家庭总结为“受挫的爱情，破裂的家庭，痛苦的婚姻，以及背叛的儿女们”①。

犹太传统文化很重视家庭伦理，家庭一直被视为个体体验人生的平台和繁衍生息的栖息地。美国犹太作家罗斯在“美国三部曲”中完整地呈现了多元文化背景下犹太社会家庭伦理关系的冲突，其根本原因是犹太传统文化遭遇美国主流文化的冲击而产生异化。两种文化的撞击导致犹太家庭关系，以及整个美国社会家庭关系的裂变。

第三节　反讽意味的社会公共伦理

“文坛常青树”菲利普·罗斯于2008年发表了《愤怒》(*Indignation*)，让读者再次领略到了其创作《再见，哥伦布》时的锐气。《愤怒》展现了一个普通美国青年在滚滚的历史洪流中追寻、彷徨、抗争、愤怒、最终毁灭的一生，为我们重现了20世纪50年代朝鲜战争时期的美国社会。这部小说几乎涵盖了罗斯经典作品的全部主题：历史、战争、死亡、家庭冲突、性爱、代沟、宗教、种族歧视、美国梦等，具有显著的“罗斯小说”的标签。②《愤怒》的故事发生在1951年，背景地是美国新泽西州的纽瓦克以及俄亥俄州的温斯堡学院。主人公马库斯·梅斯纳(Marcus Messner)是一名聪明且勤奋的犹太年轻人，他的父亲是一位过度保护他的屠夫。在父亲的偏执和控制欲越来越强之后，马库斯决定离开家，前往俄亥俄

① 欧文·豪. 父辈的世界[M]. 王海良，赵立行，译. 上海：三联书店，1995：169.

② 孟宪华，李汝成. “每个人被迫发出最后的吼声”——评菲利普·罗斯的新作《愤怒》[J]. 外国文学动态，2009(4).

州的温斯堡学院求学，以追求自由和独立。在温斯堡学院，马库斯遇到了各种挑战，包括宗教信仰的冲突、对学校严格规定的反感，以及与他所爱的女性奥利维亚·霍顿(Olivia Hutton)复杂而痛苦的关系。马库斯对这些压力的反应充满了愤怒和叛逆，最终导致了他与学校权威的冲突。作为对他行为的惩罚，温斯堡学院决定将马库斯暂时开除学籍。这个决定对马库斯的生活产生了毁灭性的影响，因为这不仅意味着他失去了在学院继续学习的机会，还直接导致了他被征召入伍，最终被派往朝鲜战场。在朝鲜战场，马库斯不幸受伤并最终死亡。马库斯的悲剧不仅是个人命运的失败，也象征了个体在面对社会权威和命运时的无力感。

《愤怒》的主人公马库斯无论是在家庭背景还是在年龄上都与罗斯早期所创作的《波特诺伊的怨诉》中的主人公波特诺伊非常相似。不同的是，波特诺伊抱怨的是犹太家庭和身份的束缚，而马库斯在抱怨父亲极端管教的同时，更是将满腔的愤怒直接指向社会。①在社会和家庭的压制和束缚下，马库斯爆发了"愤怒"，为了摆脱现状，他选择了逃离和回避，然而始终难逃厄运，尽管一步步小心谨慎，还是走向了死亡之巅。这是一部充满了悲剧色彩的作品。

一、顺从—压抑—逃离

马库斯·梅斯纳出生在一个典型的犹太传统家庭，父亲读书不多，经营着一家肉店，母亲受过高等教育，但婚后放弃了工作，和丈夫共同经营生意。他们三个人构成了典型的家庭三角关系。马库斯从小学习成绩优秀，经常为街坊邻居所称赞，是个模范儿子。父亲对他寄予了很高的期望，时时刻刻都表现出深度的关切和管束。少不更事的马库斯对于父亲的这种具有强烈犹太色彩的管教表现出忍让、顺从和适应的态度。他不喜欢在肉店工作，尤其是对掏出小鸡内脏这样的活感到恶心，但还是听从父亲的安排，从 6 岁起就一直在肉店给父亲当帮手。"我的工作不仅是拔鸡毛，还要清除内脏。在屁股处切开一个小口，伸手进去，抓住

① 李俊宇. 人生就是个悖论——析《愤怒》的悲剧性[J]. 常熟理工学院学报(哲学社会科学版)，2010(7).

内脏器官，把它们拉出来。我讨厌那部分工作。让人恶心作呕，但非干不可。那是我从父亲身上学到的，我很高兴从他身上学到这一点，即做你必须要做的事。”①上大学前，他每周到肉店工作16个小时。此时父子关系非常和谐融洽，“有生以来，我比以往更爱我的父亲，他也比以往更爱我”②。然而，马库斯19岁开始步入了成年阶段，个体独立意识萌生并日渐强烈。他试图摆脱父权，摆脱犹太传统。对于父亲的过分关切，他感到厌倦、压抑和彷徨，极力想要逃离父亲的视野，以便更好地融入美国的主流社会。面对思想日益成熟的儿子，加之肉店经营出现颓势，父亲认为自己的权威受到了极大的威胁，感到不安和恐惧。更严峻的是，当时美国发动了对朝鲜的战争。依据当时的美国法律，每个青年必须服兵役。战争夺去了许多年轻的生命，这让父亲倍感恐惧：上战场就意味着死亡的逼近，而马库斯是自己唯一的孩子，失去了马库斯，自己就失去了作为父亲的意义，这是他根本就无法接受的。另外，20世纪五六十年代的美国青年被称为“垮掉的一代”，他们挑战传统，酗酒、吸毒，用极端的方式证实自己的存在，这种趋势在当时已初见端倪③。父亲害怕儿子在这样的环境中学坏，迷失自我。尤其是听了一个水管工讲述他儿子沉溺于台球而放弃学业的经过后，他吓坏了，患了强迫症，患得患失，害怕儿子不能适应复杂的环境而被熏染；害怕儿子完全抛弃犹太传统，弃自己而去；害怕儿子被送往朝鲜，像自己的堂兄一样死在战场。于是，他加强了管制的力度，极力将儿子保护在自己的羽翼下。当马库斯未能按时回家时，他将他关在门外以示惩罚，他甚至阻止他参加任何社交活动。对此，马库斯郁闷彷徨过，但又无可奈何。为了躲避父亲近乎病态的担忧和看管，追求独立和自由、渴望实现自我价值的马库斯在大学二年级时选择逃离，转学到离纽瓦克500英里以外的俄亥俄州的瓦恩斯堡大学(Winesburg College)。马库斯“逃离纽瓦克”这一举动象征着成长。从本质上讲，年轻一代想要摆脱如影相随的家庭、种族、宗教甚至社会语境的束缚和限制，追求理想，实现抱负，然而，这一切始

① 菲利普·罗斯. 愤怒[M]. 张芸，译. 上海：上海译文出版社，2020：5.

② Roth Philip. Indignation[M]. New York：Houghton Mifflin Company，2008：5.

③ 李俊宇. 析菲利普·罗斯《愤怒》中的家庭三角关系[J]. 牡丹江师范学院学报(哲学社会科学版)，2010(2).

终受制于特定历史和血脉根基，无法逃离，无法躲避。正如书中所言，“历史就是舞台，每个人都在台上，历史终将把你抓住”。①

二、彷徨—愤怒—毁灭

马库斯的转学完全是为了逃离患有强迫症的父亲，呼吸新鲜自由的空气，但新的环境并没有改善他的处境，他终日处于彷徨之中。马库斯读大学二年级时，朝鲜战争也进入第二年。虽然远在平静安宁的校园，马库斯还是经常听到美国士兵阵亡、受伤、被俘虏的消息。“朝鲜战争”充当了暴力的符号，使马库斯不寒而栗，他时常想象到血迹斑斑、被掏空内脏的小鸡，以及周遭令人呕吐的血腥味。作为成年男子，马库斯面临着服兵役，送往战场的可能。对死亡的恐惧使他终日生活在彷徨和胆战心惊之中。他甚至因在图书馆里看到女生产生性冲动而呈现惶惶心态和负罪之感。这里，罗斯将朝鲜战场、纽瓦克以及瓦恩斯堡巧妙地编织在一起，凸显战争和死亡威胁给马库斯带来的恐惧之感②。按照美国当时的官方政策，某些特殊专业的学生或者成绩优异的在校学生，可以延期服兵役。于是，为了避免上战场，他努力学习，处处小心谨慎，避免触犯校规。同时，他还双管齐下，努力学好讨厌而又无聊的军事理论课，自愿参加后备军官训练队，希望走出校园时能成为中士，即使上了战场，也会获得比士兵更多的生存机会。然而，命运还是和他开了个黑色幽默式玩笑，朝鲜战争是无法逃避的，死亡也是③。麦卡锡主义盛行下的瓦恩斯堡大学与福柯笔下的梅特莱寄宿学校的管理体制相似，十分注重纪律和规训，让人充满了压抑和恐惧。每位学生的行动都在以男生训导主任考迪威为代表的监视范围内。马库斯想好好学习，扩展交友圈，逃离犹太文化的控制，融入美国社会，但刚入校就被安排在犹太学生宿舍。他痛苦地发现，自己根本无法抹去身份的烙印，同时，与室友的不和也让他难以安心学习，频繁地更换宿舍又招致了教导主任的偏见。最难以忍受的是，学校虽然对外

① Roth Philip. Indignation[M]. New York: Houghton Mifflin Company, 2008: 222.

② 朴玉. 承载历史真实的文学想象——论《愤怒》中的历史记忆书写[J]. 当代外国文学, 2014(4).

③ 宋江苓. 无法逃避的“战争”——析《愤怒》中的逃避主题[J]. 青年文学家, 2013(12).

声称是无宗派大学，却要求所有学生必须参加40次礼拜才能拿到学位，这与犹太信仰有着严重的冲突。马库斯虽然不属于传统的犹太教徒，但根本就不相信基督教的布道、圣歌和有关耶稣复活的传说。他每次被迫坐在教堂听布道或颂歌时，脑海里涌现的却是“二战”时的军歌，他总是“满腔的热血已经沸腾”①。“我不相信上帝，也不相信祈祷。……我依靠真实的东西，而不是想象出来的。祈祷在我看来十分荒谬。”②罗斯通过描写马库斯的心理活动，形象地展现了20世纪50年代美国年轻人被规训的历史。瓦恩斯堡大学强令学生参加礼拜仪式的规定，实际上是与美国核心价值观所宣扬的信仰自由相悖的，但仍被在校学生接受和遵守。校方也没有明确诸如“如果违反校规，将被开除并送往朝鲜战场”的规定，但这在无形之中已内化为年轻人难以摆脱的精神负担，从而形成了最为有效的自我约束和管理的方式，所以对校方许多看似荒谬、不合理的规定也就只能言听计从了③。当置身其中并受制于它时，“没人理解这些规章制度的本质，也没人质问它们的合理性”。“人们没有勇气，不敢保持自己的个性，不敢用自己的声音说话。”④对于校规，自我意识较强的马库斯曾表达过强烈不满，他甚至还和教导主任就此事辩论过，但以失败告终。在这样的“监狱制度”下，即使巧舌如簧的他也没有话语权，于是他只能选择沉默和遵从，但又无法忍受“在敌营扮演间谍的感觉”，于是，他偷偷找人顶替自己上教堂。他的做法既满足了统治阶层的规训心理，也实现了“沉默的一代”的反叛，颇具阿Q精神，只是他没想到这竟然为自己以后的丧生埋下了隐患。

虽然远离家庭，但家庭的禁锢并没有因此而松懈，只是这一次的权利由母亲行使。马库斯在瓦恩斯堡交过一个女友——奥利维娅，她也是他短暂一生中的唯一女友。在学校，奥利维娅充当了母亲和情人的双重角色，她既给了马库斯身体上的爱抚，也给予了他心理上的肯定。所以，马库斯深深地迷恋上了奥利维娅。

① Roth Philip. Indignation[M]. New York: Houghton Mifflin Company, 2008: 82.

② Roth Philip. Indignation[M]. New York: Houghton Mifflin Company, 2008: 93.

③ 朴玉. 承载历史真实的文学想象——论《愤怒》中的历史记忆书写[J]. 当代外国文学, 2014(4).

④ 詹姆斯·穆斯蒂施.《愤怒》: 朝鲜战争时期美国校园的缩影——菲利普·罗斯访谈录[J]. 孟宪华, 译. 译林, 2011(1).

得知此事后，母亲到学校来看望他，目的是要两人断绝关系，以此夺回对儿子的爱。“不要再和赫顿小姐(奥利维娅) 扯上关系……你来这儿，不是为了和一个曾拿剃刀割开双手手腕的女孩纠缠不清，自找麻烦”①。为了达到目的，她甚至以不与父亲离婚为条件，逼他与女友断绝关系。母亲的举动实际上是执行了父亲的意志，帮助其实现对儿子的远程遥控。在这场夺爱的较量中，弱小的奥利维娅根本就不是对手。马库斯最终向母亲妥协了，但他同时也失去了自信，内心异常孤独。显然，此时家庭和学校已完成了对其的联合围攻②。

处于战争、学校、家庭三重夹击之下，马库斯感到窒息。“抢短裤暴动”事件之后，校方在严肃整顿校纪的过程中查出他找人顶替自己上教堂的事。随后当学院院长考德威尔要求马库斯写书面检讨，同时承诺去教堂 80 次，作为一种教育和自我惩罚的方式时，长期处于压抑彷徨中的马科库斯终于爆发了，“起来，不愿做奴隶的人们”再次在耳边响起。他听从了内心的驱使，拍着院长的桌子，质疑学院的规章制度，甚至以不堪入耳的话激烈地表达了对权威的不信任。学院视马库斯的态度和行为为不尊重和叛逆的表现，并最终将他开除学籍，导致了其悲剧的命运。

温斯堡学院对马库斯的处理反映了当时社会对个人自由和权威的紧张关系。学院的决定既是对校规的维护，也是对一个试图挑战既定秩序的年轻人的惩罚。马库斯的愤怒和叛逆虽然是个人意志的表达，但在面对一个更为强大的体制时，最终显得无力和悲剧性。这一情节深刻地探讨了个人与权威、自由与控制之间的冲突，以及在社会压力下，个人命运如何被推向不可逆转的悲剧。马库斯的愤怒让他付出了沉重的代价。他的悲剧让读者在为其扼腕痛惜的同时也感到很愤怒：像他这样孝顺懂事、品学兼优的学生，仅仅是因为拒绝向黑暗的势力低头，花蕾一样的生命还没绽放就遭到了摧残。《愤怒》在很大程度上也是一个寓言：在与强大的历史车轮的碰撞中，个体生命是多么的微弱和无奈。悲剧还没有结束，马库斯战死后，父亲受到了沉重的打击。他控制和焦虑的对

---

① 菲利普·罗斯. 愤怒[M]. 张芸，译. 上海：上海译文出版社，2020：130.

② 罗小云. 沉默的悲剧：罗斯在《愤怒》中的历史重建[J]. 当代外国文学，2013(1) .

象消失了，强迫症也消失了，但他从此精神恍惚，在一次工作中不小心让尖刀刺入腹部而死。母亲虽然活到近一百岁，但终日都在煎熬中度过。“她没有一天不看饭厅餐具柜上的相架，里面是她英俊的儿子的高中毕业照，没有一天不在抽泣中大声质问已故的丈夫……你在哪里，亲爱的？马库斯，求求你，门没有锁——回家来吧！”①

《愤怒》是一个现代家庭悲剧的缩影。马库斯的遭遇在美国20世纪50年代“沉默的一代”中非常典型。在麦卡锡主义恐怖阴影的笼罩下，他们遭受着家庭的管制、学校的规训，腹背受敌，无法躲避，无路可走。罗斯从家庭、社会监管和年轻人的反抗两个方面展现了外部社会和个人内心的矛盾冲突，借此表现了犹太民族及其传统在现代美国社会的生存困境，表明了强烈的民族忧患意识。同时，罗斯以他独具匠心的文学想象，再现了历史的瞬间，让读者通过对主人公的悲惨境遇的关注和历史事实的参照，进行记忆重现和历史反思。

第四节　现实与虚构交织的政治伦理

政治伦理(political ethics)即政治活动中的道德规范、道德关系及其调节原则，涉及如何在政治环境中作出正当的、道德的选择，探讨权力运用、正义、公平、自由、平等等核心伦理问题。政治伦理属于上层建筑，具有保持或变更政治体制、主导政治文化、决定政治文明、稳定社会、协调社会矛盾等功能。这些功能的实现及其实现程度与政治人具有的政治道德品质密切相关。本质上讲，政治伦理是处理人与人之间关系的行为准则和价值理念。而人与人之间的交往关系包括多重内涵，并在实践中衍生出家庭关系、社会生产关系、政治交往关系等外在表现形式②。因此，由统治阶层所主导的政治伦理必然会对人与人之间的种关系产生深刻的影响。

已故的美国犹太裔作家罗斯一生著作等身，部部精品，发人深思。他与辛

---

① 菲利普·罗斯. 愤怒[M]. 张芸，译. 上海：上海译文出版社，2020：174.

② 王超. 当今全球政治伦理的困境与变革——基于历史唯物主义视角的思考[J]. 马克思主义研究，2019(1)：131.

格①、贝娄②、马拉默德③共同成为支撑美国犹太文学这座殿堂的四根支柱，曾于2001年被《时代》杂志评为当代"美国最优秀的小说家"——没有"之一"。罗斯的作品主题多样，常常涉及身份问题、生存状态、美国价值观以及欲望、疾病和死亡等，具有深刻的伦理道德取向。此外罗斯的不少小说也经常以虚实结合的形式涉及政治主题，提出有关政治伦理的问题并以此激发读者思考政治的伦理维度、政治制度中个人的责任，以及政治选择对个人生活和社会繁荣发展的影响等。在其代表作"美国三部曲"(《美国牧歌》《我嫁给了共产党人》《人性的污秽》)和《反美阴谋》中，罗斯巧妙将现实与虚构相结合，引领读者探讨了政治动荡时期个人的道德责任、身份和政治立场、民主价值观的侵蚀、历史事件对个人道德的影响，以及个人的政治偏见和政治牺牲品等内容，挑战读者批判性地审视权力、道德和政治活动的交融，大胆映射了以民主、自由、人权、法治为核心的西方资本主义政治伦理实际上具有的后天盲目性，霸权性和矛盾性。值得注意的是，罗斯在小说中并未直接反映他本人的信仰或政治立场。作为一位有道德感的作家，他致力于通过小说激发人们去思考，对社会、道德和人类行为进行批判性的审视。本节主要围绕罗斯的"美国三部曲"以及《反美阴谋》展开讨论，旨在引发读者进行政治伦理的深入思考。

一、《美国牧歌》——"美国梦"遭遇越南战争

《美国牧歌》(*American Pastoral*)出版于1997年，是罗斯创作的一部长篇小

① 艾萨克·巴什维斯·辛格(Isaac Bashevis Singer，1904—1991)，美国犹太作家，被称为20世纪"短篇小说大师"。辛格以写作小说和短篇故事闻名，并且主要用意第绪语(Yiddish)进行创作。他的作品通常探讨犹太人的生活、宗教信仰、民间传说，以及人性中的复杂性。辛格曾两次获得美国国家图书奖(1970，1974)，并于1978年获得诺贝尔文学奖。

② 索尔·贝娄(Saul Bellow，1915—2005)，美国犹太作家，是20世纪美国文学的重要作家之一。他以丰富的内心独白、哲学思考和对美国社会的深刻洞察闻名，是犹太裔美国文学的代表人物之一，被称为美国当代文学发言人。贝娄曾三次获得美国国家图书奖(1954，1965，1971)，1976年获得普利策小说奖，并于同年获得诺贝尔文学奖。

③ 伯纳德·马拉默德(Bernard Malamud，1914—1986)是美国著名的犹太裔作家，以其深刻的故事和对人性困境的敏锐描写闻名。马拉默德是20世纪美国文学的代表人物之一，他的作品经常探索道德、犹太身份、苦难和救赎等主题。马拉默德曾两次获得美国国家图书奖(1959，1967)，并于1967年获得普利策小说奖。

说，获得了美国普利策(Pulitzer Prize for Fiction)文学奖。这部小说由“乐园追忆”(Paradise Remembered)、“堕落”(The Fall)、“失乐园”(Paradise Lost)三部分构成，以作家内森·祖克曼(Nathan Zuckerman)的口吻讲述了他儿时的偶像犹太人塞莫尔·利沃夫(Seymour Levov)一家三代移民追寻美国梦并与美国主流文化融合碰撞的跌宕起伏的故事。带着向往已久的美国梦，继承家族企业的塞莫尔试图实现自己心中的“乐园”，但他理想中的田园式的乌托邦总是被残酷的历史政治洪流所淹没。《美国牧歌》探讨了越南战争和20世纪60年代的政治动荡对主人公“瑞典佬”家庭生活的影响，对政治暴力的伦理、社会动荡时期个人的责任以及美国梦的本质提出了质疑。

为了躲避战争和政治迫害，老利沃夫先生——利沃夫家族移民的第一代——于19世纪90年代从俄国来到了美国小城纽瓦克(Newark)，开始在新的希望之地追寻梦想。在先辈艰苦奋斗的基础上，利沃夫家族的第二代——娄·利沃夫和第三代——塞莫尔·利沃夫继续着美国梦的追寻。经历过美国反犹主义高涨期和经济大萧条(Great Depression)的娄·利沃夫是一名犹太文化的忠实守卫者。在双重历史文化背景的冲突和矛盾中，他梦想着建立一个理想王国，在其中既能恪守犹太传统，又能享受美国文明，做一个精神上的犹太人和物质上的美国人①。因此，在积累财富的过程中，他一直坚持着正统的犹太传统，坚守犹太教义，并以犹太的方式教育其子女，维持家族犹太传统的延续。相对于父亲，塞莫尔则属于中间派。一方面，生活在美国20世纪五六十年代的塞莫尔尽管较疏于犹太传统，但身上依然带着深刻的犹太传统印记：对父辈孝顺恭谨、对妻女呵护尽责、对公司尽职尽责、遭遇冲突时妥协退让。他从小就顺从父亲的权威，维护犹太家族的规范。“众人在这孩子身上看到的是希望的象征——是力量、决心和极力鼓起的勇气的化身。”②退伍后，塞莫尔听从父亲安排，继承家族企业纽瓦克女士手套厂，并通过自己的勤奋和聪慧，将公司发展成为国内最好的女士手套制造厂，成为典型的中产阶级，在一定程度上实现了期望已久的美国梦。唯一违背父亲意愿

① 崔化．历史观照下的美国梦与犹太身份文化变迁——菲利普·罗斯《美国牧歌》解读[J]．中国矿业大学学报，2010(4)：126.

② 菲利普·罗斯．美国牧歌[M]．罗小云，译．上海：上海译文出版社，2020：5.

的，就是娶了信奉天主教的新泽西小姐多恩·德威尔。另一方面，随着对美国社会生活的深入以及被美国主流文化的不断同化，塞莫尔又对犹太传统文化表现出疏远和隔离。面对美国田园牧歌的召唤以及异质文化对犹太文化的冲击，他心中的天平出现了倾斜。在犹太传统文化和美国主流文化相融合的过程中，他的犹太意识渐渐减弱，开始刻意地进行着新身份的建构。首先，“金发碧眼”，以及绰号“瑞典佬”已经使他在外形上有别于普通犹太人而具有白人的特征，祖克曼也曾说过，“他带着这绰号如同一本看不见的护照，越来越深地浸入一个美国人的生活中，直接进化成一个大个头的、平稳乐观的美国人……”①其次，和非犹太女孩多恩结婚后，塞莫尔不顾父亲的反对，搬离了犹太富人聚集地克尔大街，来到白人聚居地旧里姆洛克的石头房子居住。在他看来，这座石头房子，是美国身份的象征，给了他强大的安全感。之后，他拒绝和犹太社区联系，主动放弃了自己民族的宗教信仰——犹太教，以实现新身份的构建。然而，之后一系列的不幸接踵而来——女儿抛向邮局的炸弹以及随后的失踪、妻子多恩的背叛、情人谢拉的欺骗将他推入深渊，向往已久的美国梦被彻底击碎。

罗斯在《美国牧歌》中为读者呈现了美国犹太人砥砺奋进追逐梦想的辛酸历程，揭示了犹太人通过社会同化而实现身份构建的悖论式悲剧。尽管在其前半生，塞莫尔经过自己的不懈努力，“去犹太化”，迎合美国主流社会，完成了身份构建，在一定程度上实现了“物质富裕”和“精神自由”。然而，他的美国梦的实现是以摒弃犹太家庭文化传统为代价的，这必然造成犹太家庭结构的松散，破坏了原有犹太家庭文化的纯粹性，导致女儿梅丽“后同化”的反叛以及家庭生活秩序的混乱。同时，塞莫尔的同化努力在美国主流社会中固有的偏见和歧视中依然显得无力，因为在白人主流文化的主观“凝视”中，犹太文化、犹太人始终是低等卑劣的。值得关注的是，塞莫尔和梅丽的人生悲剧与20世纪60年代美国社会政治伦理环境有着紧密的联系。在由国家政治权力操纵的社会背景下，个体不论是认同还是反抗，都只是权力的牺牲品。梅丽的炸弹和之后的逃亡毁灭了父亲辛辛苦苦构筑的美国梦，而她自己的悲剧除了自身的叛逆性格外，当时美国的政

① 菲利普·罗斯. 美国牧歌[M]. 罗小云，译. 上海：上海译文出版社，2020：260.

治伦理环境负有不可推卸的责任。当时美国政府对外的军备竞赛和越南战争以及国内严重的贫富差距和种族歧视，导致国内的民权运动，反战运动轰轰烈烈，风起云涌。梅丽这一代人思想激进，他们愤世嫉俗，以吸毒、犯罪和各种极端运动来表达他们的反战、反社会、反家庭。回归当时的语境，梅丽等人的反叛也就不难理解了。当时美国社会充斥着政治批判和政治反抗，社会的价值体系和道德标准不断受到冲击。“美国失去了道德方向：爱国主义削弱，核心家庭瓦解，公共文化充斥淫秽和暴力，毒品和犯罪日益失控，父亲、教师、教士和国家的权威不断降低、公共秩序和个人纪律土崩瓦解。”①

20世纪50至70年代的美国正处于一个狂暴的时期，动荡、喧嚣。对外的越南战争②不断升级、国内的麦卡锡主义③盛行、地下气象员组织④实施的暴力事

---

① 莫里斯·迪根斯坦．伊甸园之门[M]．方晓光，译．南京：译林出版社，2007：2-9.

② 越南战争(Vietnam War，1955—1975)是冷战时期美国支持南越与共产主义的北越之间的军事冲突。20世纪50年代后期，美国开始向南越派遣军事顾问，并提供资金和武器支持南越政府。之后逐步加大军事投入，最终在1964年派遣大规模军队参战。尽管美国在战场上占优势，但战争陷入僵局。随着战争的持续和美军伤亡的增加，美国国内反战情绪高涨，学生运动、民权领袖以及公众广泛参与了反对战争的抗议活动。1973年，美国与北越签署巴黎和平协议，开始撤军。1975年，北越攻占南越首都西贡，战争以北越胜利和越南统一告终。这场战争深刻影响了美国社会、政治和外交政策。

③ 麦卡锡主义(McCarthyism)是指美国在20世纪50年代初的一段政治运动，以对共产主义的恐惧和对共产党员的迫害为特征。这一现象以美国参议员约瑟夫·麦卡锡(Joseph McCarthy)的名字命名，他在1950年至1954年主导了一系列对美国政府、军队、娱乐业和其他领域的广泛调查和指控，声称这些机构中存在大量的共产主义渗透者和间谍。1954年，麦卡锡因为对美国军队的调查而失去了广泛的公众支持和政治影响力，参议院通过了一项决议，谴责他的行为。尽管如此，麦卡锡主义对美国社会的影响深远，它在一定程度上引发了对政府过度权力的警惕，并且对美国的政治和文化产生了长期影响。

④ 地下气象员组织(The Weather Underground Organization，简称WUO或“Weather Underground”)是20世纪60年代末至70年代初在美国活跃的一个激进左翼组织。这个组织源于反对越南战争的学生抗议运动，最初是从“民主社会学生会”(Students for a Democratic Society, SDS)中分裂出来的一个激进派别。地下气象员以其激进的反政府立场和使用暴力手段闻名，曾在美国国内策划和实施了一系列爆炸事件，以此抗议美国政府的政策。WUO在当时引发了广泛的争议，并对美国左翼运动的激进化产生了深远影响。随着时间的推移，地下气象员的策略和目标逐渐发生变化。20世纪70年代中期，由于执法部门的强大压力和组织内部的意见分歧，地下气象员逐渐停止了暴力行动，并开始更多地关注社会正义和人权问题。1980年，随着几名成员向当局自首，地下气象员正式解散。

件，以及“水门事件”①的政治丑闻，加上轰轰烈烈的性解放运动②等，造成了社会的动荡不安，人们对国家和社会日益感到失望和迷惑③。1961 年至 1975 年，为了遏制共产主义，美国对越南发动了侵略战争，这场非正义战争也使美国深陷泥潭，面对北越(越南民主共和国)和南越(越南民族解放战线)的共同抗战，美军不堪消耗，加上国内巨大的舆论压力，最终撤出越南。美国在战争中制造了大量如“美莱村大屠杀”的惨绝人寰的暴行：无数村庄被炸、无辜平民被杀。这些暴行以各种照片或影像的形式呈现在国内的电视和报纸上，人们感到震惊、害怕，全国各地爆发大规模的抗议运动，强烈谴责和反对这场战争。随着战争的不断升级，1968 年美国黑人民权运动领袖马丁·路德·金遇刺身亡，使得整个社会矛盾空前尖锐，各种示威游行、罢工罢课的声势越来越大，风起云涌的政治运动此起彼伏。尤其是战后成长起来的这一代年轻人普遍都具有叛逆精神，他们反传统、反主流、放纵不羁、个性张扬。具体而言，他们分为两个运动阵营：嬉皮士④运动和暴力革命运动。前者依照犹太哲学家马尔库塞⑤

---

① 水门事件(Watergate Scandal)是指 1972 年美国共和党总统尼克松的竞选团队在水门办公大楼非法窃听民主党全国委员会的事件。事件被曝光后，尼克松政府试图掩盖真相，但随着调查的深入，证据表明尼克松知晓并参与了掩盖行动。最终，面对即将到来的弹劾，尼克松于 1974 年辞职，成为美国历史上首位辞职的总统。水门事件是美国历史上最著名的政治丑闻之一，严重损害了公众对政府的信任，并促使美国通过了一系列限制总统权力的法律改革。

② 美国的性解放运动(Sexual Revolution)是 20 世纪 60 年代至 70 年代发生的一场社会变革，旨在挑战和改变传统的性观念和道德规范。这场运动推动了对性别、性行为、婚姻和性取向的更开放态度，深刻影响了美国社会的文化和法律。

③ 王萍．历史与个人命运——从《美国牧歌》看美国六十年代的反叛文化[J]．时代文学(双月上半月)，2010(2)：85.

④ 嬉皮士(Hippies)是 20 世纪 60 年代和 70 年代初期在美国及其他国家出现的一个文化和社会运动群体。他们以反对主流社会的传统价值观、寻求个人自由和社会变革而闻名。嬉皮士运动与反文化、和平主义和反战运动紧密相关，是 60 年代反文化运动的重要组成部分。

⑤ 赫伯特·马尔库塞(Herbert Marcuse，1898—1979)是 20 世纪重要的德国裔美国哲学家和社会理论家，属于法兰克福学派的关键成员之一。他的思想在 20 世纪 60 年代的学生运动和反文化运动中产生了广泛影响，被视为“新左派”理论的主要代表人物之一。

的“大拒绝理论”①，以一种非暴力的方式对抗着主流文化。他们一边走上街头示威游行；一边自我放纵，吸毒滥交不工作，专心致志地当一个嬉皮士。后者则主张通过暴力革命来推翻现存秩序，建立一个新社会。在这样的驱使下，60年代末至70年代初，美国出现了很多地下革命组织，他们不断进行着一系列的暗杀、绑架、爆炸、抢劫等破坏行动，暴力充斥着整个社会。其中比较著名的就是极左派组织“地下气象员组织”(The Weather Underground Organization)。这个地下武装组织由美国大学生联合会的两个激进成员组织建立，其名字出自诺贝尔文学奖获得者鲍勃·迪伦的歌曲《地下思乡蓝调》(*Subterranean Homesick Blues*)的一句歌词：“你不需要气象员，我也知道风向哪个方向吹。”它的成员大多来自中产阶级家庭，且在家中备受宠溺。美国在越南战争中的暴行和国内极端的种族歧视使年轻的学生们对政府和家庭感到极度失望，他们认为，“美国已沦为一个无可救药的种族主义和恃强凌弱的帝国主义霸主”②。他们抗议美国政府的侵略霸权行径、痛恨资本主义的剥削制度、憎恶种族歧视，将自己看作代表穷人、黑人或越南人这些被害者的正义之士，决心“变沉默为行动，把自己享有的特权分给比他们不幸的人”③。他们崇尚暴力，意图通过用炸弹轰炸公共设施来炸醒民众意识，并以这种极端的恐怖形式表达自我，向政府“宣战”。20世纪60年代末至70年代中期，地下气象员们制造了多次的爆炸案、暴动和监狱骚乱，纽约警察总部、中央情报局、五角大楼以及一些美军基地都曾是他们的轰炸目标④。

塞莫尔的女儿梅丽正是生活在这狂暴喧嚣的政治氛围中，在反越战、反政府、反家庭的社会风气影响之下，成为一名激进的“气象员”分子，不断制造恐

① “大拒绝理论”(The Great Refusal)是他在其著作《单向度的人》(1964年)中提出的一个重要概念。这一理论涉及社会变革的可能性和必要性，特别是在面对压抑和单向度的现代资本主义社会时。大拒绝就是一种对现状的全面拒绝，拒绝接受现有的社会秩序、压抑性文化和意识形态。它强调需要一种根本性的社会变革，以解放被压抑的个体和集体的潜能。马尔库塞的大拒绝理论对20世纪60年代的反文化和学生运动产生了深远的影响。它为那些对传统社会规范和消费文化感到不满的年轻人提供了理论支持，激发了他们追求社会变革的动力。

② 莫里斯·迪根斯坦．伊甸园之门[M]．方晓光，译．南京：译林出版社，2007：2-9.

③ 莫里斯·迪根斯坦．伊甸园之门[M]．方晓光，译．南京：译林出版社，2007：2-9.

④ 王萍．历史与个人命运——从《美国牧歌》看美国六十年代的反叛文化[J]．时代文学(双月上半月)，2010(2)：84.

怖活动。少年时代的小梅丽一直都对身边人和物充满了怀疑和叛逆。她自卑、敏感，而帅气富有的“瑞典佬”父亲和美丽的“新泽西小姐”母亲使自惭形秽的她更加极端、反叛。十六岁的她就有着自己的政治立场：反对贫困、战争、不公平。她反对越战，反对贫富差距。在她看来，美国对越南的侵略行径不可容忍，以父亲为代表的资本家对贫苦工人的剥削也是不可饶恕的。带着拯救世界的幻想，她要通过暴力推翻父亲所代表的美国式成功和他所热爱的美国。她痛恨美国的对越战争，同情越南人民；仇视资本家的剥削制度，同情劳苦大众。“她常把北越称作越南民主共和国，谈起这个国家她带有很深的爱国热情，人们还以为她不是出生在纽瓦克的贝斯以色列，而是在河内的贝斯以色列。”①面对“资本家”父母，她经常抨击他们资产阶级生活的不道德，并以敌对和叛逆不断憎恨并斥责这种给她的家庭提供每一次成功机会的腐朽制。在极左分子的洗脑下，她秘密加入了“地下气象员组织”，成为一个伟大思想和崇高理想的“革命者”，信奉着气象员格言：“我们反对白鬼子的美国的一切美好和正统的东西。我们将掠夺、烧掉和摧毁。我们将给你们的母亲带来噩梦。”②于是，她把战争带回了家，炸毁了旧里姆洛克的邮局，炸死了受人尊敬的医生，中断了塞莫尔谱写已久的田园牧歌，“这女儿将他拉出向往许久的美国田园，抛入充满敌意的一方，抛入愤怒、暴力、反田园的绝望——抛入美国内在的狂暴”③。之后梅丽又完成了两次爆炸任务，害死了三个无辜的平民。逃亡了五年后，她得出结论，“美国绝不会出现消灭种族主义势力、反动派和贪婪的一场革命。城市游击战无力对抗有核力量的超级大国，它会阻止任何事情的发生以维护利润原则”④。于是她又去了古巴，“投奔用社会主义解放无产阶级、根除不平等的西尔菲德”⑤。最终，一次躲避联邦调查局的特工人员时，她又遇到一位信奉印度教的黑人女乞丐而成为耆那教徒，“她将犹太教和基督教的传统永远抛在脑后，发现阿西穆沙的最高道德教义：对革命

① 菲利普·罗斯. 美国牧歌[M]. 罗小云，译. 上海：上海译文出版社，2020：127.
② 菲利普·罗斯. 美国牧歌[M]. 罗小云，译. 上海：上海译文出版社，2020：317.
③ 菲利普·罗斯. 美国牧歌[M]. 罗小云，译. 上海：上海译文出版社，2020：107.
④ 菲利普·罗斯. 美国牧歌[M]. 罗小云，译. 上海：上海译文出版社，2020：327.
⑤ 菲利普·罗斯. 美国牧歌[M]. 罗小云，译. 上海：上海译文出版社，2020：328.

的完全敬畏和不伤害任何活物的责任感”①。

在这场政治风暴中，梅丽先是一个结巴，然后成了杀人犯，最终变为耆那教徒，过着苦行僧和自我否定式的非人生活——自我饥饿，营养不良，污秽不洁。“她戴口罩是为了在呼吸时不伤害空气中的微生物，不洗澡是因为尊重所有的生命形式，包括寄生虫。她不清洗，说是‘不伤害水’。天黑后，她不到处乱走，甚至在自己房间里也一样，害怕踩坏活物。”②“将自己置于孤独无援、肮脏贫穷的危险境地，她赢得了精神上和生理上的控制。”③当塞莫尔最后一次见到梅丽，强行扯掉她头上的面罩时，他悲痛欲绝地发现，“他的女儿是一团散发着人粪恶臭的污物。她身上是一切腐烂生物的气味，这不是天然而成的气味，是故意弄成的。她能办到，她办到了，这种对生命的敬畏是污秽的最终形式”④。梅丽的自我堕落彻底毁灭了利沃夫三代人所构筑的美国梦，“三代人啊，他们渐渐衰老，工作、存钱、成功。在美国到处都兴高采烈的三代人，逐渐融入一个民族的三代人。现在到了第四代，一切却化为泡影。他们的世界被彻底毁灭”⑤。而逐步摧毁梅丽的，正是20世纪60年代那个狂暴的政治气候。

《美国牧歌》中男主人公塞莫尔的家庭悲剧表明，牧歌式的田园在历史政治的风暴中，是一个“非常脆弱的生存形式”⑥。罗斯带着历史的眼光将个人放置在政治伦理环境中，将个人命运与历史政治活动联系起来，为读者多维度地展现了美国20世纪60年代的历史风暴及其对大众生活的影响。

二、《我嫁给了共产党人》——麦卡锡阴霾下的背叛

《我嫁给了共产党人》是“美国三部曲”的第二部，出版于1998年。小说通过叙述者内森·祖克曼与高中时的英语老师——90岁高龄的莫里·林戈尔德（Murray Ringold）六个晚上的交谈，以一种双重叠加的方式追忆了莫里的弟弟“铁

① 菲利普·罗斯. 美国牧歌[M]. 罗小云，译. 上海：上海译文出版社，2020：330.
② 菲利普·罗斯. 美国牧歌[M]. 罗小云，译. 上海：上海译文出版社，2020：201.
③ 菲利普·罗斯. 美国牧歌[M]. 罗小云，译. 上海：上海译文出版社，2020：310.
④ 菲利普·罗斯. 美国牧歌[M]. 罗小云，译. 上海：上海译文出版社，2020：334.
⑤ 菲利普·罗斯. 美国牧歌[M]. 罗小云，译. 上海：上海译文出版社，2020：297.
⑥ Powers, Elizabeth, “American Pastoral”[J]. World Literature Today 72. 1. 1998：136.

林”艾拉(Ira Ringold)传奇而悲剧的一生，揭露了20世纪50年代美国麦卡锡主义盛行时期的政治黑暗及其对普通人的亲情、友情、爱情生活带来的创伤①。从新历史主义角度看，罗斯采取视角下移的手法，用个人化的视角切入历史，将鲜活的犹太个体置于特定的历史语境中，以文学形式展示出真实的历史事件，还原出历史新鲜活泼、千姿百态的面貌②。

《我嫁给了共产党员》是一部在20世纪50年代美国盛行的麦卡锡主义时代背景下，由一系列背叛导致的莎士比亚式的悲剧，带着新泽西州的鲜明特点。男主人公艾拉出身于新泽西州纽瓦克一个贫穷的犹太家庭。他七岁时母亲去世，中学时就辍学。因无法忍受狂暴的父亲和恶毒的继母，他离家出走，四处漂泊。为了生存，他干过各种苦工。残酷的人生经历使他相信要生存，就得依靠暴力。他年少时曾因遭受到意大利黑手党欺辱，一怒之下将其杀害。“艾拉是个富有激情的人，粗野，饱经创伤，他有着为科温所遗漏的所有美国残暴一面的最直接资料”③。珍珠港事件后艾拉入伍，在部队里结识了信奉共产主义的约翰尼·奥戴(Johnny O'Day)并在其指引下成为一名共产党员。“二战”后他在唱片公司做搬运工，积极参加各种工会活动，因扮演林肯演讲而在当地备受欢迎。之后，在广播剧作家阿瑟·索科洛(Arthur Sokolow)的介绍下，艾拉来到纽约，开始从事广播剧事业，从肥皂剧的配角开始，最终以铁林的形象成为系列剧《自由勇敢者》的主角，一跃成为纽约炙手可热的广播明星。在一次宴会上，艾拉遇到了默片演员伊芙(Eve Frame)并被她的美丽以及身上的明星光环和英式优雅所吸引，同时，艾拉高大的外形以及“自由勇敢者”明星身份和英雄式气息也吸引着伊芙。两人之前坎坷的经历更加拉近了彼此的距离。对于艾拉而言，伊芙给予他久违的母性之爱，“这个人自七岁以后就没有了母亲，他一直渴望着她如今大量灌注在他身上的那种细致关怀”④。同时伊芙之前三次不幸的婚姻以及演员生活的艰辛也使

① 严宁，姜珊．“政治”语码系统的构建——《我嫁给了共产党人》的符号学阐释[J]．合肥工业大学学报，2014，12(6)：108.

② 江颖．历史与文本的交融：新历史主义视角下的《我嫁给了共产党人》[J]．宿州教育学院学报，2011，14(1)：9.

③ 菲利普·罗斯．我嫁给了共产党人[M]．魏立红，译．南京：译林出版社，2011：45.

④ 菲利普·罗斯．我嫁给了共产党人[M]．魏立红，译．南京：译林出版社，2011：50.

有着强烈英雄主义的艾拉爆发了强烈的保护欲。“他为她所经历的重重危险而爱她。艾拉被迷住了，而且有人需要他了。他个子大、有体格，所以他冒失闯了进去。使人哀怜的女子。有经历的美丽女子。穿着露肩裙的有灵魂的女子。还有谁能更加激活他的保护意识?”①然而，不同的社会阶层注定了他们的不相匹配。艾拉痛恨剥夺了劳苦大众平等权利的“可憎的社会体制以及整个可恶的愚昧无情的模式”，而伊芙沉湎于资产阶级贵族的那套矫饰，与艾拉整套道德标准正向对立。“那女人穿的是迪奥美得令人难以置信的衣服，拥有一千顶有小面纱的小帽子，以及蛇皮的鞋子和手袋，在置装上面花费不菲。而艾拉是花四十九元买一双鞋的人。他发现她的一张账单是用八百美元买的一件礼服。他甚至都搞不明白是什么意思。他走到她的衣橱前，看看那件衣服，要弄清楚怎么会这么贵”②。就连艾拉的哥哥莫里第一次见到伊芙时也觉得两人不合适。“不错，我也看出——我无法不看到——这婚姻绝不是灵魂的结合。他们两人可说毫无共通之处。……她在我们的客厅里，浏览我的书架，和她谈起梅雷迪思、狄更斯和萨克雷。像她这样背景和趣味的女子要我弟弟做什么?”③对于哥哥的劝阻，艾拉置之不理，“可是说到百老汇呢?好莱坞?格林尼治村?对于他，这些都是崭新的”。“在艾拉看来，伊芙·弗雷姆就是那个成功的世界……这正是他一生一世的爱情。”④除了阶级差异以外，两人的不和谐和矛盾之处也很多，伊芙虽也是犹太人，但她十分憎恨、讨厌犹太人，尤其是那些出身低微或贫穷的犹太人，而艾拉对于反犹主义正是深恶痛绝的，他不厌其烦地改造她，但无济于事。伊芙鄙视莫里一家人，甚至无法忍受看到他们。莫里一家到艾拉家里做客时，妻子多丽丝的“穿着言谈和样子都令她厌恶”。对此莫里也是很气愤，“你不想和犹太人联系在一起吗?可以。你不想让任何人知道你生来是犹太人，你想隐匿你来到这世上的出身吗?你想放下这问题，假装你是别的人吗?可以，你来对了国家。但是你不需要另外来憎恨犹太人。你不需要通过拳打别人的脸来打出自己的一条路来。仇恨犹太人而轻易

① 菲利普·罗斯. 我嫁给了共产党人[M]. 魏立红，译. 南京：译林出版社，2011：51.
② 菲利普·罗斯. 我嫁给了共产党人[M]. 魏立红，译. 南京：译林出版社，2011：74.
③ 菲利普·罗斯. 我嫁给了共产党人[M]. 魏立红，译. 南京：译林出版社，2011：53.
④ 菲利普·罗斯. 我嫁给了共产党人[M]. 魏立红，译. 南京：译林出版社，2011：54.

得来的满足是不必要的。不需要这样做，你仍旧可做个十足的非犹太人”①。最致命的是伊芙魔鬼化的女儿西尔菲德（Sylphid）的不断介入和破坏。西尔菲德从小就生活在一个不正常的家庭，父亲是同性恋，母亲带着她数次再婚，不幸的童年经历不但没有激发出她对温馨和谐家庭的渴望，反而扭曲了她的心灵，使她妖魔化。她性格叛逆、跋扈，喜欢贬低别人，充满怨恨，一身负能量，令人望而生畏。从小的漂泊生活使她极度憎恨母亲，将所有的积怨投掷在母亲的身上，视母亲为“感情上供自己任意践踏的地毯”，并以折磨虐待她为乐。而软弱并深爱女儿的伊芙在其面前永远都是逆来顺受，她仆人式的母爱泛滥使艾拉永远都是局外人。“她事事都怕，给不了理智贴切的爱——她的爱只是对爱的低劣模仿。”②在西尔菲德眼中，艾拉就是个障碍，“威胁着她对她明星妈妈的专制”。正如莫里所说，“那女儿是枚定时炸弹，艾拉。她满腹怨气，阴沉沉的，又恶毒——是个只狭隘关注展示自己，不然就不存在的人。她是固执的人，习惯要什么就得到什么，而你，艾拉·林戈尔德，妨碍了她”③。西尔菲德辱骂殴打自己的母亲，在其怀有艾拉非常渴望的孩子时逼迫她打掉，“他听到西尔菲德对她母亲说的是，‘如果你再来，再来这个，我就把这个小白痴掐死在他的小床里！’”。④ 内森和西尔菲德初次见面就发现“她是一位了不起的仇恨者”，“我从未遇到过西尔菲德这样的人：如此年轻，却如此敌意十足，如此明白世故，却又如此鲜明古怪，衣着拖沓俗丽，仿佛一位算命人”⑤。最终，西尔菲德成功了，在她的破坏下，艾拉终于对伊芙失去了信心，决定和她分手。起初，伊芙一直在竭力争取，希望艾拉在女儿问题上能妥协。她不停地给艾拉打电话、写信，甚至在他面前下跪乞求。但是，面对按摩女赫尔吉因喝醉酒说漏了和艾拉的奸情时，伊芙愤怒了，她感到

---

① 菲利普·罗斯. 我嫁给了共产党人[M]. 魏立红，译. 南京：译林出版社，2011：141.

② 菲利普·罗斯. 我嫁给了共产党人[M]. 魏立红，译. 南京：译林出版社，2011：221.

③ 菲利普·罗斯. 我嫁给了共产党人[M]. 魏立红，译. 南京：译林出版社，2011：76.

④ 菲利普·罗斯. 我嫁给了共产党人[M]. 魏立红，译. 南京：译林出版社，2011：105.

⑤ 菲利普·罗斯. 我嫁给了共产党人[M]. 魏立红，译. 南京：译林出版社，2011：116.

了丈夫的背叛，为了报复，她联系了《美国杂志》专栏作家和娱乐评论家布赖登·格兰特(Bryden Grant)夫妇，将艾拉共产党员的身份和盘托出，“将艾拉全盘交到了他最大的敌人手里”，“艾拉书桌里所有的东西都到了卡特里娜手里，又从她手里传到布赖登之手，从那里到了他的‘格兰特内幕’专栏中，然后到了纽约所有报纸的头版上”①。

此时的美国正处于20世纪40年代末到50年代中期以“麦卡锡主义”为代表的白色恐怖时期。“二战”后，英法等欧洲资本主义大国遭到重创，而东欧和亚洲不少社会主义国家的建立使得共产主义在世界各地成为一种公认的政治力量。于是以苏联为首的社会主义阵营和以美国为首的资本主义阵营开始形成对峙，冷战开始。美国一方面在国际上与苏联对抗，另一方面在国内清除“共产主义意识形态”。1949年，美国国内一名国务院高级官员在间谍案中被判作伪证罪，苏联试验了核弹。次年朝鲜战争爆发，这些都加剧了美国国内的紧张局势和对共产主义的恐惧，这种恐惧给美国的政治文化刻上了深深的烙印。1950年2月，共和党参议员约瑟夫·麦卡锡(Joseph McCarthy)在一次演讲中声称拥有一份在国务院工作的共产党员名单，继续在美国国内大肆营造“苏联间谍”和“共产党渗透”在美国国务院的红色恐慌(Red Scared)。为了在政府机构里挖出潜伏的“颠覆分子”和共产党员，麦卡锡带头通过“非美活动委员会”②等机构举行一系列调查和听证会，掀起了一波又一波“揭露和清查美国政府中的共产党活动的浪潮”，并以此来排除异己，为自己的政治上位扫清道路。麦卡锡调查领域涉及美国政治、教育和文化等各个层面，迫害的主要对象是公务员、娱乐界名人、学者、左翼政客和工会活动人士等。尽管缺乏充足的证据，但指控往往被赋予可信度，夸大了个人实际或假定的左翼协会和信仰所构成的威胁程度。许多人被列入黑名单而失去工作，甚至入狱。罗斯在《我嫁给了共产党人》中提到的“非美活动委员会”(HUAC，即 The House Un-American Activities Committee)就是参与反共调查中最有名、最活

① 菲利普·罗斯. 我嫁给了共产党人[M]. 魏立红，译. 南京：译林出版社，2011：232.

② 非美活动委员会(House Un-American Activities Committee，简称 HUAC)是美国国会下属的一个委员会，成立于1938年，主要负责调查和打击被认为是“非美国”的活动，包括共产主义、极端主义和其他被认为对美国政府和社会构成威胁的行为。

跃的政府机构，尤其是在好莱坞电影业调查中臭名昭著。1947 年，HUAC 要求电影行业的编剧、导演和其他工作人员举报任何已知或可疑的共产党员身份或与共产党有联系的人员，并轮番传唤他们作证，证明其对这些证词的支持。在被传唤的电影业证人中，有十名人员不合作，这“好莱坞十人”①因蔑视国会而被判入狱。同时，根据美国宪法第五修正案对保护的法律要求，在证实你与共产党的关系后，你不能拒绝“点名”与共产党有关系的同事。因此，正如演员拉里·帕克斯(Larry Parks)所说，许多人“在泥沼中爬行，成为一名线人”，或者像参议员一样，面临着成为“共产主义者”的选择。② 罗斯也借莫里之口指出，“麦卡锡主义是现在比比皆是的美国式缺乏思维能力在战后的首次繁荣……这个国家是这样开始的：道德耻辱是大众的娱乐。麦卡锡是演出的监制人，观点越混乱，指控越无耻，就越迷惑人，其全面乐趣就越有劲”③。

在这样浓厚的政治氛围下，伊芙对艾拉的“检举”无疑直接将他们的婚姻矛盾升级为严重的意识形态问题了。“一个女人就把她的丈夫和他们婚姻中的难题奉献给了狂热的反共产主义运动。”④于是，上了黑名单的艾拉被解雇了，被群起而攻之，曾经备受追捧的铁林成为人们避之不及的危险人物。为了生计，他只好重新回到矿石厂当苦工。“‘热铁’就结束了，《自由勇敢者》也结束了。还有艾拉日记里记录的其他三十个人。”⑤“他们夺走他的工作，他的家庭生活，他的名字，他的声誉……”⑥雪上加霜的是，西尔菲德的朋友帕梅拉(Pamela)为了使自己免

---

① “好莱坞十人”(Hollywood Ten)是指 1947 年被美国国会非美活动委员会(HUAC)传唤和审讯的十位好莱坞编剧和导演。他们因拒绝在听证会上提供有关共产党影响的信息而被列入黑名单，最终被控藐视国会。“好莱坞十人”事件成为了冷战时期反共运动中的一个重要象征。它反映了当时政治迫害和对个人权利的侵犯，许多人认为这是对言论自由和创作自由的严重威胁。

② https：//academic-accelerator. com/encyclopedia/zh-cn/mccarthyism.

③ 菲利普·罗斯. 我嫁给了共产党人[M]. 魏立红，译. 南京：译林出版社，2011：254.

④ 菲利普·罗斯. 我嫁给了共产党人[M]. 魏立红，译. 南京：译林出版社，2011：233.

⑤ 菲利普·罗斯. 我嫁给了共产党人[M]. 魏立红，译. 南京：译林出版社，2011：232.

⑥ 菲利普·罗斯. 我嫁给了共产党人[M]. 魏立红，译. 南京：译林出版社，2011：109.

受政治迫害，找到伊芙并骗她说艾拉曾诱奸过自己，此时的伊芙彻底疯狂了，她很快委托格兰特夫妇写了一本名为《我嫁给了共产党人》的书，痛斥着艾拉的罪行。这本畅销了几个月的书彻底使艾拉名声尽毁，精神崩溃，被送往精神病院。而此时艾拉的革命引路人——精神导师奥戴也彻底地抛弃了他。当莫里多方寻找奥戴，希望他能恢复绝望中的艾拉时，得到的回复是对艾拉义愤填膺的否定和仇视。

奥戴对艾拉的抛弃就像压在他身上的最后一根稻草，彻底扼杀了他的灵魂。如莫里所说，“这婚姻是个谎言，那政治党派也是个谎言”①。失去家庭和信仰的艾拉靠着仅存的对伊芙的仇恨活了下来，回到起点的他开始实施对伊芙的报复，在试图杀死她被莫里阻止后，他如法炮制，通过报纸公开表明自己不是共产党员，指责伊芙对自己的诬陷，并且将她所有的“黑历史”全部揭露出来，包括她出身于贫苦犹太家庭、16岁和第一任丈夫私奔等一系列不可告人的丑闻。而这对于一位演艺明星来说无疑是致命的打击。

从20世纪30年代开始，美国的新闻媒体就形成了一种“膻色腥”②的风气，即为了达到轰动效应，用哗众取宠、耸人听闻的方式(如煽情、色情描绘、血腥暴力等)进行新闻报道以吸引读者、观众或听众的注意力。战后这种风气更是愈演愈烈，媒体操纵风靡一时，“名人八卦”成为一种荒诞、残忍的表演和娱乐，也极大地助长了麦卡锡主义猖獗时的白色恐怖。在艾拉的助攻下，媒体八卦不断地曝光着伊芙不光彩的历史，正式拉开了她悲剧的序幕。“他们把伊芙撕成了碎片。”③“在曼哈顿，她开始被人排斥，开始失去朋友。人家不来参加她的晚会了。没人给她打电话，没人想和她讲话，没人再相信她。”④伊芙名声和事业尽毁，整

① 菲利普·罗斯. 我嫁给了共产党人[M]. 魏立红，译. 南京：译林出版社，2011：225.

② “膻色腥”(Sensationalism)的风气是指一种在特定历史时期或政治环境下出现的对某些问题或现象的过度敏感和反应，尤其是涉及政治、意识形态或社会道德等方面。这一词汇常用来形容社会上对某些问题过于激烈或极端的关注和反应，尤其是在政治迫害或社会动荡的背景下。这个术语通常带有负面的含义，暗示着对某些问题的不必要或过度的强调。

③ 菲利普·罗斯. 我嫁给了共产党人[M]. 魏立红，译. 南京：译林出版社，2011：272.

④ 菲利普·罗斯. 我嫁给了共产党人[M]. 魏立红，译. 南京：译林出版社，2011：276.

日沉沦于酒精中，而女儿西尔菲德也在母亲最需要自己陪伴时抛弃了她，投奔了父亲。穷困潦倒的伊芙不得不卖掉房子，几年后“死在曼哈顿一间酒店房间里，死于酒醉后的昏迷”①。得知伊芙的死讯时，艾拉也终于释然了，“伊芙去世让艾拉得到了最根本的满足，解放了这位挖沟人的享乐原则”②。他似乎也看到了自己年少时曾杀死的意大利人在自己周围溜达，“接着他就放声大笑起来，疯孩子那种咯咯的笑法。就让他们来杀了我吧”③。两年后，艾拉去世。

这是一部充满了背叛的政治小说。艾拉为了他的信仰失去了一切，遭受到了妻子和导师的背叛。他的悲剧固然和自身激进、极端的性格以及时运不佳有关，但美国20世纪四五十年代麦卡锡主义操纵下的黑暗政治是导致其悲惨命运强有力的幕后黑手。战后社会主义力量不断强大，美苏争霸，冷战全面开始。美国国内的政党之争依然如火如荼。为了击败当时在政坛上占据优势的社会民主党和自由主义政党左翼派，以麦卡锡为代表的共和党右翼保守主义势力利用当时的国际政治环境，大肆宣扬红色恐慌，激起大众对共产主义的仇视，并借机在政坛上开展了一系列的迫害左翼力量的恐怖运动，操纵国家机器对民主进步人士进行无端的政治迫害。《我嫁给了共产党人》中《美国杂志》专栏作家和娱乐评论家布赖登·格兰特之所以积极帮助伊芙揭发艾拉，迫害他及其家人，是因为他本人此时正计划着竞选众议院。艾拉被调查后，“格兰特最终十一次当选。在国会中是位要人”。“尼克松有阿尔杰·希斯，格兰特有铁人。为了在政界迅速取得显要地位，他们每人都有一位苏联间谍。”④美国历史学家米切尔·保罗·罗金(Michael Paul Region)基于精英冲突论，认为麦卡锡主义根源于社会精英之间的冲突，它的出现是美国政治结构和两党体系的运作惯例，是美国两党体制下的产物⑤。而

① 菲利普·罗斯. 我嫁给了共产党人[M]. 魏立红，译. 南京：译林出版社，2011：279.

② 菲利普·罗斯. 我嫁给了共产党人[M]. 魏立红，译. 南京：译林出版社，2011：279.

③ 菲利普·罗斯. 我嫁给了共产党人[M]. 魏立红，译. 南京：译林出版社，2011：280.

④ 菲利普·罗斯. 我嫁给了共产党人[M]. 魏立红，译. 南京：译林出版社，2011：246.

⑤ Rogin M P. The Intellectuals and McCarthy：The Radical Specter [M]. The MIT Press，1967.

当时的民主党人和杜鲁门总统出于党派政治的利益，极力避免“亲共”的罪名，对于“麦卡锡主义”不仅没有从体制上予以制止，反而表现得比麦卡锡更加“反共”，这也进一步助长了麦卡锡的气焰。所以说，艾拉的创伤不是个体的一曲独鸣，而是一曲合奏，这是那个时代人们的一个“集体性创伤”(collective trauma)体验。莫里也因为艾拉而遭受政治迫害。他多次被迫出席听证会要求自证清白，之后被莫名解雇，经过了六年的诉讼后才复职。内森也是因曾因一度和共产党员艾拉走得近而被误认为是他的侄子而失去了富布莱特奖学金。“那些年，成千上万的美国人毁了，为了信仰，毁于政治，毁于历史。”①

出身贫寒的艾拉是一名英勇无惧的共产主义战士，他仇视阶级压迫和种族歧视，向往自由平等的生活。他充满英雄主义，不擅长掩饰自己，本色行事。他“慷慨激昂的言辞”使得自己锋芒毕露，树敌过多，渐渐被“麦卡锡”关注，“美国军团已经因为艾拉的‘亲共情绪’开始注意艾拉。他的名字已上了某本天主教杂志，在一个名单里，记为‘结交共产党’的人”②。之后伊芙的背叛只是加速了他的悲剧的行程，在“麦卡锡”猖獗的年代，共产党员艾拉的悲剧是注定的，正如莫里所言，“无论怎样艾拉最终都会上黑名单。他口不择言，再加上他的背景，他逃不过去的…… 迫害赤色分子的人在活动中了。没人能长期骗过他们，哪怕是有四重身份。有没有她他们都会抓住你”③。

罗斯在《我嫁给了共产党人》中带领读者将目光投射到历史事件和政治立场对个人道德的影响，探讨了政治伦理下有关背叛的主题。在那个动荡时期，政治完全凌驾于一切，个人的道德责任感和民主价值观遭到严重的侵蚀，在政治“忠诚”掩护下“每个灵魂都是制造背叛的工厂”④。背叛也被赋予合理化：“这个国家在此之前何时有过如此不指责而且还奖赏背叛的时候？那些年比比皆是，可以违反，允许违反，任何美国人都可以。不但背叛的愉快取代了禁律，而且你不需

① 菲利普·罗斯. 我嫁给了共产党人[M]. 魏立红，译. 南京：译林出版社，2011：3.

② 菲利普·罗斯. 我嫁给了共产党人[M]. 魏立红，译. 南京：译林出版社，2011：158.

③ 菲利普·罗斯. 我嫁给了共产党人[M]. 魏立红，译. 南京：译林出版社，2011：223.

④ 菲利普·罗斯. 我嫁给了共产党人[M]. 魏立红，译. 南京：译林出版社，2011：234.

放弃道德地位就可以违反。显示爱国心而去背叛的同时还保留了贞洁——同时你感到一种满足，接近了性欲上的满足，其中模模糊糊地有愉快有软弱，有侵犯有羞耻；这是来自暗中破坏的乐趣。暗中损害你心爱的人，暗中破坏你的对手，暗中破坏朋友。背叛正属于这同一类荒谬、不正当、零碎无条理的乐趣”①。

三、《人性的污秽》——言论自由遭遇“政治正确”(Politically Correct)

《人性的污秽》是罗斯创作的“美国三部曲”的最后一部。该小说一经出版，便荣获福克纳奖(PEN /Faulkner Award)和美国全国犹太人作品奖(National Jewish Book Award)，被称为罗斯最优秀的小说之一。这部长篇小说弥漫着各种元素的冲突与碰撞，再现了现代大学在种族、身份、性别和表征政治等问题上的文化多元主义诉求②。同时，罗斯对美国社会的政治以及人性进行了深入地剖析，以一本书的容量，触及了美国社会几乎所有的痛点。

男主人公科尔曼原本有着黑人血统，但为了在美国社会更好地发展，他将其黑人身份隐藏，以犹太人的身份在美国一所大学任教并成为学院院长，度过了辉煌的一生，直到晚年在一次意外事件中被诬陷为歧视黑人的种族主义者，他的命运才发生转折。晚年的他与大学一位年轻的女清洁工发展为情人关系，两人最终在清洁工丈夫制造的车祸中殒命。造成科尔曼悲剧的直接导火索竟然只是一次偶然的“幽灵事件”。一次课堂上，科尔曼点名时，针对两名从未出现的学生，他随口一句“有人认识这两个人吗？他们究竟是实有其人，还只是幽灵？”③。事发当天，科尔曼便因那两位缺席的学生指控他犯有种族歧视罪而被新的院长传唤，他当即进行了自我辩护，“我用的是那个词最通常、最基本的含义：‘幽灵’或‘鬼魂’。我又不知道这两名学生会是什么肤色。我也许五十年前听说过‘幽灵’有时用作指称黑人，但现在早已忘得一干二净。否则，我绝不会使用它，因为我

① 菲利普·罗斯. 我嫁给了共产党人[M]. 魏立红，译. 南京：译林出版社，2011：236.

② “曾艳钰.“政治正确”之下的认同危机——《春季日语教程》和《人性的污秽》研究[J]. 当代外国文学，2012 (2)：79-87.

③ 菲利普·罗斯. 人性的污秽[M]. 刘珠还，译. 上海：上海译文出版社，2019：10.

一向对学生的情感呵护有加”①。然而此事并未结束，就是这句“他在雅典娜授课及担任行政职务的岁月中大声讲过不下几百万次，唯有这一次殃及他自己的话”②，却突然连累自己，割断自己与学院的一切联系，并且直接导致妻子猝死。“幽灵事件”不断发酵，科尔曼被莫名地扣上“种族歧视者”的标签，不断地被指控、调查，名誉扫地。“折磨人的无了无休的会议、听证、面谈，提交给院领导、教职员委员会、代表两名学生的黑人公益律师的文件和信件……指控、否认以及反指控，愚钝、愚昧和玩世不恭，粗俗，别有用心的误解，费力的、反复的辩白，控方的问题……”③毫无疑问，科尔曼无意间的一次口误竟违反了当时“政治正确”的原则，被别有用心之人加以利用，作为攻击他的武器。

“政治正确”(通常缩写为PC，即Politically Correct /Political Correctness)是一种术语，指言语态度公正，避免使用一些冒犯或损害社会中特定群体成员的用词，或施行歧视特殊群体的政治措施。判断“政治正确”的标准，取决于当下、当地的意识形态以及价值观，在不同时期、不同地域、不同群体的理解不尽相同，甚至完全相反。“政治正确”一词首次出现在20世纪30年代，当时它被用来描述专制政权(如纳粹德国和苏俄)对意识形态的教条性坚持④。当前，美国的“政治正确”说，指由美国政界(自由派政治家)、学术界和媒体于20世纪70年代所共同缔造的话语体系，其出发点旨在避免冒犯弱势群体(少数族裔、女性、同性恋者、跨性别人士、有不同宗教信仰或持不同政见者)并保护其权益。这被称为“狭义的政治正确”。简言之，“政治正确”的根本原则就是要体现一种自由主义思想，要促进宽容，避免在种族、阶级、性别、性倾向等问题上冒犯他人。“政治正确”作为20世纪60年代美国民权运动的成果从70年代才开始进入美国的主流话语体系，对女性、黑人、少数族裔等弱势群体权益的保护具有积极意义，体现了历史的进步⑤。比如，它促成了20世纪60年代《民权法》和《选举权利法》颁布，以及在此基础上制定的一系列“肯定性行动”(affirmative action)的法

① 菲利普·罗斯. 人性的污秽[M]. 刘珠还，译. 上海：上海译文出版社，2019：10.
② 菲利普·罗斯. 人性的污秽[M]. 刘珠还，译. 上海：上海译文出版社，2019：11.
③ 菲利普·罗斯. 人性的污秽[M]. 刘珠还，译. 上海：上海译文出版社，2019：16.
④ https：//en. wikipedia. org/wiki/Political_ correctness#Education.
⑤ 徐海娜 . 特朗普的“政治正确”：美国利益就是一切[J]. 当代世界，2017(5)：34.

律，这些法律给予少数族裔和弱势群体在招工、入学、企业竞争等方面"优先照顾"①。但是，经过几十年的发展，"政治正确"在维护少数群体权益的同时，也引发了一系列严重的社会问题。

首先，"政治正确"往往在种族歧视、非法移民、同性恋、非主流宗教等话题设置种种禁忌和限制，出现了矫枉过正，使大众在很多本可以正常言说的事情上变得噤若寒蝉，严重损害了美国社会的言论自由和政治生态。其次，"政治正确"也对美国社会传统道德形成挑战。道德是人们共同生活及其行为的准则和规范，是维护社会秩序的必需和根本。"政治正确"起初是为了尊重和保护弱势群体而提出，却渐渐被禁锢为不能反对弱势群体的一切观点和言行，继而被演化为要求承认所有人(尤其是弱势群体)的所有思想和行为都是平等、合理和受保护的，甚至是"弱者占理"，反而使一些处于强势群体的无辜者遭遇了"逆向歧视"，甚至"逆向迫害"。此外，判断"政治正确"的标准也经常被部分机会主义者们在毫无根据的情况下以极端的方式加以利用，完全与美国社会所标榜的民主自由相违背。他们"站在一个特定的政治立场上"，做出一些符合当前政治风气与生态、政治思想相关的言行，给自身加持着"道德光环"，借着维护"正义"打压迫害自己的对手。"政治正确"这一语词已在美国自由派和保守派的"文化战争"中扮演重要的角色，被认为是美国保守派用于论争的一种话语策略。很多美国人认为过分的政治正确已经对美国社会造成伤害②。

从20世纪70年代开始，随着种族隔离的废除和女权运动的发展，越来越多的黑人和其他少数族裔的学生和妇女进入了大学校园接受高等教育。面对大学校园内学生种族、性别、宗教等多元结构变化的趋势，不少学校制定了一系列的行为规范及语言规范(speech code)，要求人人使用"中立"和委婉用语，于是出现了一批在语言上歧视黑人、女性和同性恋的禁忌词。例如"Negro"(黑人)成为禁忌，被"African Americans"(非裔美国人)所替代。但这种规范也成为一把无形的双刃剑，很多教员和学生被这种"政治正确"的规范所绑架，不敢或尽量避免在

① https：//www. sss. tsinghua. edu. cn/info/1074/1982. htm.

② https：//zh. wikipedia. org/wiki/%E6%94%BF%E6%B2%BB%E6%AD%A3%E7%A2%BA.

公开场合谈论种族、性别等敏感话题以避免被贴“政治不正确”的标签。人们不仅在学术活动中必须小心翼翼地审视自己的研究和教学，在日常生活中也要谨慎地对待自己的一言一行，否则就容易触及雷区而被指责为具有歧视倾向①。

《人性的污秽》中的主人公就是在这样的背景下遭受到了不公的政治迫害而被毁灭的。20 世纪 90 年代，在“政治正确”的浪潮下，科尔曼因“spook”一词竟被贴上了“种族歧视”的标签，成了可怜的牺牲品，之后又因与年轻的女清洁工福尼亚之间的忘年恋而陷入丑闻，被指控为“欺压女性”。“幽灵事件”后，科尔曼的反对者们以此不断地抹黑攻击他，摧毁了“一个人以最强烈的责任感和奉献精神从事的学术生涯”，令他的生活土崩瓦解，从云端直坠地狱。妻子愤愤而终、同事朋友纷纷避之不及，满腹冤屈的科尔曼被迫辞职。其实，针对科尔曼的“种族歧视”的实质是学院的内部斗争。科尔曼担任雅典娜学院院长一职时，在年轻激进的院长皮尔斯·罗伯特(Peirce Robert)的大力支持下，他大胆革新，改革课程，力排众议，大胆提拔年轻优秀的副教授并引入竞争机制，使一个“遭受冷落、死气沉沉、犹如‘沉睡谷’似的学院”“告别了绅士田庄的形象”，变得朝气蓬勃，充满竞争氛围。然而同时，他的“质量革命”以及“高压手段”也树了不少敌人，给自己在学院的人际关系埋下了定时炸弹。刚刚担任雅典娜院长，科尔曼便雷厉风行地进行着一系列的改革，在人事上，他打压了一批资深却多年毫无建树的老教授，迫使他们提早退休，“迫使老朽中的老朽放弃他们近二三十年来因循守旧教授的课程，让他们改教一年级英语、简史、新生入学辅导，而这些课程都安排在夏天最炎热的时段里”②。他大量招募年轻有为的人才，为其创造发展空间，他着手从霍普金斯、耶鲁、康奈尔聘用研究生。他严肃学院纪律，取消了声名狼藉的“当年学者奖”，坚持召开不得人心的教职员会议，严格要求教职工考勤，并进一步“触犯众怒”。此外，他引入竞争机制，加大职称晋升难度，将教职工的考核成绩与加薪挂钩。“那种在几乎一瞬间将全院收拾得干干净净的推土机式的夸张手法和专制独裁的个性”使得他四面树敌。“加上科尔曼留下的以及他招

① 曾艳钰．“政治正确”之下的认同危机——《春季日语教程》和《人性的污秽》研究[J]．当代外国文学，2012(2)：83.

② 菲利普·罗斯．人性的污秽[M]．刘珠还，译．上海：上海译文出版社，2019：12.

募的年轻人开始成为年富力强的教师时，一股反对科尔曼院长的势头便出现了”①。加之新任校长海恩斯(Ernest W. Haines)对科尔曼的领导作风颇有微词，他在学院的处境已是岌岌可危了。“幽灵事件”只是一个扳倒他的契机。科尔曼很快被贴上“种族歧视”的标签，并遭受来自宣扬“政治正确”的同事们的一系列的攻击——出自冷漠、胆怯或者野心。“不仅被新院长，而且被学院的黑人学生小组，以及来自皮茨菲尔德的黑人积极分子小组所接受，并进行调查。”②甚至他曾经力排众议提拔的黑人赫伯特·基布尔(Herbert Keble)也出于个人利益而选择了“政治正确”，“我在这个问题上，不能站在你一边，科尔曼。我必须和他们站在一起”③。同事德芬妮·鲁斯(Delphine Roux)是一个极其矛盾的女性知识分子。她来自法国，为了摆脱传统家族环境的束缚，她只身来到美国，期待着通过个人特立独行的努力获取学术上的成功，能够衣锦还乡。德芬妮对科尔曼怀着某种被扭曲被压抑的欲望，同时对他的院长位置又觊觎已久。“幽灵事件”后，她刻意为科尔曼贴上种族主义的标签。此外，她凭着道德优越感，为被科尔曼“歧视”的“弱势学生”翠西·卡明斯(Tracy Cummings)长期旷课和课程不及格辩护，公开指责科尔曼对于这位学生过于苛刻和草率。

> 翠西出身于一个相当困难的家庭，她在十年级时和直系亲属分离后，就和亲戚住在一起。结果她不善于处理某种境况里的各种现实问题，这个缺点我承认。但她准备、愿意，并且能够改变自己的生活态度。在最近几周内我目睹在她身上诞生的东西是她对逃避现实严重性的反省。她不及格是因为她太害怕她的白人教授周身散发的种族主义气息，鼓不起勇气走进课堂。④

被迫辞职后，满腔悲愤的科尔曼遇到了身世悲苦的清洁工福尼亚，两人的忘年之恋给了彼此些许慰藉。科尔曼决定自我流放，远离尘世的纷争，安度晚年，“心平气和地接受那些不如自我放逐宏伟辉煌的东西，以及对自身力量压倒性的挑

① 菲利普·罗斯. 人性的污秽[M]. 刘珠还，译. 上海：上海译文出版社，2019：14.
② 菲利普·罗斯. 人性的污秽[M]. 刘珠还，译. 上海：上海译文出版社，2019：18.
③ 菲利普·罗斯. 人性的污秽[M]. 刘珠还，译. 上海：上海译文出版社，2019：23.
④ 菲利普·罗斯. 人性的污秽[M]. 刘珠还，译. 上海：上海译文出版社，2019：25.

战。与自己的失败以一种谦和的态度共处，重新以理性作为生活准则，抹去伤痛和愤怒”①。而此时德芬妮继续扮演维护“政治正确”的“英雄”，以性别歧视攻击科尔曼，而她则是在“刺杀魔鬼”，对科尔曼“吞噬弱者行为”进行复仇。“人人皆知你正在性欲上剥削一个受凌辱、没文化、比你小一半的女人。”②正如科尔曼的律师所言，他是在“一个没有人会费神将残忍用人道的修辞包裹起来的世界里作战”③。

《人性的污秽》的背景设在 1998 年，正值美国总统克林顿与白宫实习生莱文斯基的性丑闻震惊全美，由此引发的政治动荡和伦理争议余波不断的时期。罗斯有意让主人公科尔曼因与年轻女清洁工的恋情受到道德指控与克林顿与实习生的性爱丑闻受到弹劾同步发生，让这两件事形成鲜明的对照，以影射主人公科尔曼在所谓“政治正确”原则下所遭受的“政治迫害”。克林顿因性丑闻被弹劾的事件背后是美国的党派政治斗争。共和党大肆利用丑闻攻击克林顿和民主党，让民主党陷入尴尬的境地，以此在选举中获得更多的政治收益。如果克林顿被弹劾并被赶出白宫，共和党就有希望在 2000 年重新掌握政府。因此，这场总统性丑闻已经不是普通的伦理道德问题了，而是美国内部党同伐异的噱头，正如罗斯借着作家内森之口所言，“国会里、报纸上、网络中，随处可见满腔正义、哗众取宠、渴望指责、哀叹和惩罚的小爬虫，四处游说，唇枪舌剑，大肆说教：全都处于霍桑早在建国初期就指认为“迫害精神”的处心积虑的狂热之中……如果你没有经历过 1998，你是不会明白什么叫作伪道德的”④。和克林顿总统性丑闻事件相似，科尔曼和福尼亚不得体的恋情也被视为丑闻。在此之前，他的对手们已经给他打上了种族主义的标签并成功将他赶出雅典娜学院，但是为了谋取个人既得利益，他们继续揭露他的“丑闻”，为“维护女权”而战。代表人物则是来自法国的德芬妮(Delphine Roux)，她雄心勃勃，一心想顺应美国主流文化，在雅典娜的学术界获取成功。为此，她“努力做好本职工作，努力发表科研论文，一心想功成名就”；她施展自己的“法兰西风情”和男教员搞暧昧以便“调度”他们，也积极给自

① 菲利普·罗斯. 人性的污秽[M]. 刘珠还，译. 上海：上海译文出版社，2019：226.
② 菲利普·罗斯. 人性的污秽[M]. 刘珠还，译. 上海：上海译文出版社，2019：53.
③ 菲利普·罗斯. 人性的污秽[M]. 刘珠还，译. 上海：上海译文出版社，2019：108.
④ 菲利普·罗斯. 人性的污秽[M]. 刘珠还，译. 上海：上海译文出版社，2019：5.

己选队伍，想要加入学院的权威小帮派——“女性三人帮”，然而却不被接受和认可，“当某位大牌女性主义知识精英莅临时，德芬妮至少想受到邀请，但从来没有过。她可以去听演讲，但从未被邀请出席晚宴。可是发号施令的地狱三女巫却总是有份的”①。彷徨孤独中的她“陷入迷茫渴望的绝望境界”。她满怀报复欲望，要寻求机会上位，她利用性别优势，通过掌握话语权来操纵社会舆论，顺应主流意识，站在道德的制高点，打击迫害自己曾暗恋的老院长科尔曼，污蔑他是一个正在剥削和利用比自己年龄小一半的文盲女性的种族主义者和性别歧视者。在女权主义者眼中，科尔曼又一次违反了“政治正确”，“先是个种族主义者，现在又是个厌恶女性者”②。最终，她成功地迫使科尔曼退出雅典娜的舞台，自己成为雅典娜新的学术领袖。在德芬尼的身上，罗斯充分揭露了当代知识分子在争权夺利道路上的自私、虚伪、狡诈的丑恶面目。同时，科尔曼和福尼亚两个不被世俗所接纳的恋人也遭受着福尼亚的前夫——一位饱受战争创伤有着严重心理疾病的越南老兵莱斯特·法利(Lester Farley)的跟踪、监视和恐吓，并最终在其设计的一场车祸中沉入深深的湖底而丧生。

小说最后一章“净化仪式”中，在科尔曼的葬礼上，曾经与他断绝联系的孩子们出自维护自身名誉，联合起来为父亲平反，“恢复他们父亲的名誉，将雅典娜的日历翻回原处，将科尔曼送回他以前的地位与威望”③。出自愧疚或胁迫，曾经抛弃过科尔曼的黑人教授赫伯特·基布尔在悼词中对他所遭受的不公正的待遇表示同情，对于自己当时未能和他站在一起作出了合理的解释，也表示了歉意，同时对他的人格和一生进行了正面的评价。“科尔曼·西尔克在他为雅典娜学院服务期间，从来没有以任何偏离公正的方式对待过他的任何一个学生。从来没有。所谓的错误行为从未发生过，从未。”④他认为科尔曼就像霍桑、麦尔维尔和梭罗那样是一位“卓越的个人主义者”——“拒绝盲目接受习以为常的以及公认为真理的正统观念，并不时刻按大多数人的礼仪和情趣标准生活，遭到了朋友和邻居野蛮的践踏，以致孤立地度日直至死亡，被他们道德的愚昧剥夺了他道德的

① 菲利普·罗斯. 人性的污秽[M]. 刘珠还，译. 上海：上海译文出版社，2019：368.
② 菲利普·罗斯. 人性的污秽[M]. 刘珠还，译. 上海：上海译文出版社，2019：394.
③ 菲利普·罗斯. 人性的污秽[M]. 刘珠还，译. 上海：上海译文出版社，2019：416.
④ 菲利普·罗斯. 人性的污秽[M]. 刘珠还，译. 上海：上海译文出版社，2019：420.

权威。……是的，是我们，道德上愚昧不堪的吹毛求疵的社团，毫无廉耻地玷污了科尔曼·西尔克的好名声，并以此贬低了我们自己。"①在他的感召下，所有之前针对科尔曼的风头全都转向了，内森感觉"在场的所有的悼念者都难以抑制对科尔曼·西尔克所忍受的冤屈而感到的悲痛"，并对自己先前的行为表示忏悔。罗斯借内森之口采用了幽默的方式嘲讽了极端的"政治正确"驱使下美国大众失去理性思考能力、易受操控的特性，也表达了他对当今大多数美国人失去个人主义精神和地理人格的哀怨。

《人性的污秽》集中体现了身份政治为主导的意识形态的极端化对普通大众，尤其是对知识分子的政治文化理念和价值观的冲击，影射了其对美国传统文化所宣言的民主自由的改变和重构。长久以来，大多数美国白人，尤其是婴儿潮时期的美国白人，一直遵循着美国传统价值观并引以为傲，但是在20世纪末"政治正确"成为主流意识形态的文化环境中，人们不得不顺应美国文化多元化的驱使，渐渐失去了个人主义精神和独立人格②。主人公科尔曼为了个人的发展，不惜背弃了自己的种族身份，重新建构新的犹太身份，靠着自身的才华和不懈的努力，终于在事业上取得了辉煌的成就。然而在"政治正确"的伦理环境下，他被扣上种族主义者和性别歧视者的标签，最终功亏一篑，事业名誉一扫而尽，甚至付出了生命的代价，成为"政治正确"的牺牲品。罗斯在这部小说中集中探讨了"政治正确"是如何破坏民主制度并导致道德危机的，从而激发读者去思考政治的伦理维度，政治制度中个人的责任，以及意识形态对个人生活和社会发展的影响。

四、《反美阴谋》——政治操纵下的人性异化

《反美阴谋》(*The Plot Against America*，2004)是一部具有独创性、极具震撼的"反历史"小说。在这部小说中，罗斯巧妙地设计了两层叙述结构，即1940年到1942年虚构的美国历史的宏观叙述和在这虚构的历史语境下一家犹太人的悲惨经历的微观叙述。罗斯在一个虚构的"美国历史文本"中探讨了民主制度的脆

① 菲利普·罗斯. 人性的污秽[M]. 刘珠还，译. 上海：上海译文出版社，2019：421.

② 郝蕴志. 身份政治时代个人主义者生存抗争之殇——重读菲利普·罗斯的《人性的污秽》[J]. 淮阴师范学院学报，2019，41(5)：523-528.

弱性以及政治操纵、制造恐惧和滥用权力是如何破坏民主原则并导致道德危机和政治危机的，让读者看清了一个利用恐惧和分裂为自己谋利的政治领导人的道德表征以及其政治行为可能引发的严重后果，警示了历史可能性所带来的创伤并不亚于历史事实本身，从而激发读者去思考政治的伦理维度、政治制度中个人的责任、政治选择对个人生活和社会繁荣发展的影响等，进而批判性地审视权力、道德和政治参与的交叉点。

对于这部虚构历史小说的创作动机，罗斯曾作过解释。他曾读过研究罗斯福新政的历史学家施莱辛格①提到的关于共和党孤立主义者希望林德伯格②在 1940 年竞选总统的一句话，并为此进行了思考："如果他们选了林德伯格做总统将会如何?"因此，他大胆假设，从新历史主义的角度将林德伯格作为"小说中的政治领袖人物以使美国犹太人感到一种真正的反犹太威胁的压力"③，试图将文学话语、政治话语和历史话语糅合在一起，引导读者对虚实交织的历史中对社会体制问题以及政治操纵下的人性的异化进行深入思考。

罗斯对林德伯格政府的文本批判具有一定的历史根据，向读者再现了"二战"时期纳粹盛行的恐怖岁月中人们的内心煎熬。飞行英雄林德伯格于 1902 年出生在美国密歇根州底特律一个瑞典移民家庭，曾于 1927 年完成首次驾机不着陆

① 小阿瑟·施莱辛格(Arthur Schlesinger, Jr., 1917—2007)美国著名历史学家和政治评论家。曾任美国总统肯尼迪的白宫特别助理，以《杰克逊时代》和《肯尼迪在白宫的一千天》两次获得普利策奖。

② 查尔斯·奥古斯都·林德伯格(Charles Augustus Lindbergh, 1902—1974)，美国飞行员、作家、发明家、探险家与社会活动家。他于 1927 年驾驶单翼飞机圣路易斯精神号，从纽约市出发横跨大西洋飞至巴黎，成为历史上首位成功完成单人不着陆飞行横跨大西洋的人，并因此获得当时的美国总统卡尔文·柯立芝(Calvin Coolidge)颁发的飞行十字勋章和荣誉勋章。"二战"前，林德伯格数次奉美军之命飞往德国并于 1938 年接受纳粹德国党政军领袖赫尔曼·戈林(Hermann Wilhelm Göring)授予的荣誉勋章。"二战"初，林德伯格的不干涉主义立场和关于犹太人和种族的言论让一些人认为他是纳粹的同情者。他反对美国参战以及向英国提供援助的主张引起了广泛的争议，并对他的公众形象产生了负面影响。后在富兰克林·罗斯福(Franklin Roosevelt)总统的谴责下被迫从美国陆军航空局辞职。日本偷袭珍珠港以及随后德国对美国宣战之后，林德伯格公开支持美国的反法西斯战争并以平民顾问身份协助"二战"中的美军。1953 年，他出版自传《圣路易斯精神号》。这本书获得了 1954 年普利策奖。

③ Roth Philip. The Story Behind "The Plot Against America" [J]. New York Times Book Review, 2004, 109(38): 10.

飞越大西洋的壮举而闻名于世，并被称为“孤胆雄鹰”(Lone Eagle)。第二次世界大战中，林德伯格曾因坚持不干涉主义的中立主张而遭到各方面的批评。在欧洲反法西斯主义盛行时，林德伯格数次奉美军之命前往德国，并于 1938 年被授予德国荣誉勋章。德国发动第二次世界大战后，作为美国第一委员会中最有分量的成员，林德伯格主张美国和纳粹德国建立中立关系。1941 年 9 月 11 日在爱德华州迪莫伊的一个集会中，林德伯格强烈谴责三种势力正将美国推入战争深渊，那就是罗斯福政府、英国人和犹太人。他曾指责犹太人不太爱国，并实际控制着美国舆论工具和政府机构，呼吁美国不干涉德国在欧洲的战争。他的言论在美国引起了广泛的争议，许多人认为他是纳粹同情者。后来当罗斯福总统质问其对美国的忠诚时，他从美国陆军航空局辞职。1941 年 12 月 7 日“珍珠港事件”后，林德伯格以平民顾问身份协助“二战”中的美国，并曾亲自驾机参战，为世界反法西斯战争也作出过贡献，但他之前的反战活动和反犹言论也曾给美国的犹太人造成过极大的恐慌和伤害。罗斯笔下林德伯格的纳粹形象具有强烈的时代性①。

《反美阴谋》的故事发生在“二战”期间，美国飞行英雄查尔斯·A. 林德伯格在 1940 年的美国总统竞选中击败富兰克林·罗斯福而成为第 33 届美国总统。林德伯格的政治导向和一系列极端的政策使得居住在美国的所有犹太裔家庭生活在恐惧的阴霾中。在担任总统之前，林德伯格曾五次访德，接受过以元首名义颁发的勋章，并公开地表示对希特勒的崇敬，称德国是世界上最有趣的国家，其领袖为伟人，表达了对纳粹的接受和反犹思想。在总统竞选期间，飞行员林德伯格和他的同伴们驾着他的“圣路易斯精神号”单翼飞机在全国进行演讲，向民众鼓吹孤立主义，大力宣扬美国独立于欧洲战争的重要性，并以政治议题“选取林德伯格还是选取战争”诱导美国国民为其投票。“我竞选总统的意向，是防止美国参与另一场世界大战从而维护美国民主。你们的选择很简单，不是在查尔斯·A. 林德伯格与富兰克林·德拉诺·罗斯福之间，而是在林德伯格与战争之间”②。当林德伯格以压倒性优势击败罗斯福当选总统后，他采取了一系列极端的政治举

① 罗小云. 边缘生存的想像：罗斯的《反美阴谋》中的另类历史[J]. 外国语文，2012，28(5)：9-13.

② 菲利普·罗斯. 反美阴谋[M]. 陈安，译. 上海：上海译文出版社，2020：37.

措：与轴心国谈判签署《冰岛协定》和《夏威夷协定》，保证美国在欧洲战争中保持中立、不干涉德国在欧洲的侵略行为，不反对日本在亚洲的领土扩张；在国内，通过美国《吸收与同化局宅地法》迫使犹太人离开自己的生活聚集区，分散居住在各地，以此消解犹太人影响力和凝聚力。在政府亲德政策的影响下，犹太人在各方面遭到排挤和迫害。主人公小罗斯及其家人经历了美国反犹势力的高涨、局势的动荡、犹太人惨遭杀害以及幸福家庭的支离破碎。小说结尾处，时局失控，迫害犹太人的行动升级为动乱，流血冲突不断，林德伯格突然驾机失踪，骚乱动荡戛然而止。“林德伯格政策名声扫地，惠勒失去地位，罗斯福重返白宫，美国终于向轴心国宣战”①。虚构的历史和真实历史成功对接，美国重返历史轨迹②。

当林德伯格击败罗斯福当选为新一届美国总统，并使美国在国家意义上向纳粹靠近时，罗斯关注的焦点也从美国社会转向了犹太社群内部，尤其关注了犹太社群对林德伯格反犹政府和犹太身份的态度，大胆揭露了在美国化影响下犹太族群内部人性的异化最终导致犹太家庭以及犹太族群内部的分化。在虚实结合的历史文本中，罗斯主要聚焦了代表着犹太精英阶层的伊芙琳(Evelyn Bessner)及其丈夫本杰尔斯多夫对犹太身份的“背叛”，固守犹太身份最终被抛弃而成为“残肢”的堂兄埃尔文，以及年轻一代向往美国身份却被所谓的自由民主欺骗而陷入迷茫的哥哥桑迪等一众犹太人的异化过程，将犹太内部的分化充分暴露，从而引导读者从官方既定历史局限中窥视犹太社群的真实状况，以便对犹太民族的当下和未来进行更加深刻的反思③。

小罗斯的姨妈伊芙琳和丈夫本杰尔斯多夫代表着犹太精英阶层，面对主流文化，他们选择了美国身份，沦为“叛徒”，成为犹太人的“惊恐之源”。伊芙琳指责罗斯的父亲豪尔曼有着仇外恐惧，是一个“害怕自己影子的犹太人”，不肯融入美国社会。伊芙琳的丈夫本杰尔斯多夫是新泽西州的宗教领袖，被称为“摩西之子”。他将“发展美国理想”作为“犹太人的第一优先”，将“美国人的美国化”看

① 菲利普·罗斯. 反美阴谋[M]. 陈安，译. 上海：上海译文出版社，2020：434.

② 朴玉. 评菲利普·罗斯在《反美阴谋》中的历史书写策略[J]. 当代外国文学，2010(40)：85.

③ 范钇君.《反美阴谋》“或然历史”书写研究[D]. 上海师范大学，2021：38.

作维护民主制度的最佳手段。本杰尔斯多夫十分拥戴林德伯格。当林德伯格在纽瓦克为竞选总统进行演说时，他“站在前面”，“第一个跟他握手。……我在这里，是为了粉碎所有对美国犹太人之于美利坚合众国的纯粹忠诚的怀疑……我愿意查尔斯·林德伯格成为我们的总统，不是因为尽管我是个犹太人，而是因为我就是一个犹太人——一个美国犹太人”①。林德伯格成为总统之后，本杰尔斯多夫一方面为其“孤立主义”政策作宣传，为其与纳粹德国的亲密交往作辩解。“纳粹给林德伯格上校颁发了一枚勋章，是的，上校接受了他们的勋章，可这始终是悄悄利用他们的赞赏来更好地保护和维持我们的民主制度以及通过实力来保护我们的中立地位。”②另一方面，他担任美国吸收与同化局局长，作为特权阶层的犹太人，积极策划旨在分裂犹太家庭的政策方针，实施各种将犹太人分散消解的项目，从而背叛自己的种族，完全丧失自己的犹太性。他被埃尔文形容为林德伯格的狗，“他们穿过他的犹太大鼻子给套上了一个金环，于是他们现在可以把他牵到任何地方去”③。

罗斯的哥哥桑迪有着极高的绘画天赋，他深受林德伯格政府美国化的鼓吹，排斥自己的犹太身份，渴望融入美国社会，成为真正的美国人，并以此获得身份的认同。然而“美国化”的进程又充满了欺骗性，桑迪的“美国身份”无法被认可，却失去了犹太主体性，他为此也遭到犹太家族的唾弃，经受了极大的精神折磨。为了分化瓦解犹太社群和文化，林德伯格政府设立了“美国同化办公室”，鼓励犹太孩子去非犹太区生活，借以同化犹太年轻一代。桑迪被派往美国肯塔基州的一个农场去体验生活八周。在那里，每天新鲜的牛奶、鸡蛋、香肠等美国的高标准生活加深了他成为真正美国人的渴望。回到新泽西后他听候召唤为林德伯格政府工作，在姨妈伊芙琳及其丈夫的鼓动下作为“新兵征募官”的“老兵”向犹太青年宣传 OAA 计划的诸多好处，鼓励其报名参加，积极融入美国主流社会。对于父母对林德伯格政府的指责，桑迪无法理解也无法忍受，认为他们思想落后，固执守旧。他坚定地选择排斥自己的犹太身份，迎接主流文化，甘愿为林德伯格政

① 菲利普·罗斯. 反美阴谋[M]. 陈安，译. 上海：上海译文出版社，2020：44.
② 菲利普·罗斯. 反美阴谋[M]. 陈安，译. 上海：上海译文出版社，2020：47.
③ 菲利普·罗斯. 反美阴谋[M]. 陈安，译. 上海：上海译文出版社，2020：45.

府效力，导致犹太家庭内部开始分裂。最终，他遭受到双重文化的唾弃，在一个混乱的世界里失去了自我。

罗斯的堂兄埃尔文则在双重文化的冲突中丢失了自己的犹太身份，从而成为一个不受犹太社区和美国社会认可的“残体”。埃尔文从小父母双亡，寄住在叔叔家里，和桑迪、小罗斯一起长大。年轻的埃尔文热血、正义、有理想。随着德国在欧洲战场上对犹太人的杀戮和美国国内反犹情绪的高涨，怀着犹太情结，埃尔文不顾政府的“孤立政策”和家人的反对，加入加拿大军队远赴法国去参加反法西斯战争。埃尔文实际上是为犹太人参战，然而当他在战场上失去一条腿被送回国时，却没有受到犹太族群的认可和应有的尊重，反而受到家族以及整个社区的鄙夷和唾弃。蒙蒂伯伯甚至讽刺他应该待在加拿大，享受残疾军人更多的福利。伤口恢复后的他找不到工作，“因为没有人会去雇佣一个被视为伤残者、叛徒，或两者兼是的人”①。借着帮他解决工作问题，蒙蒂竟然直戳他的伤口，让他回忆被轧断腿的经过。当得知埃尔文是朝一个死去的德国士兵脑袋开了两枪吐了口唾沫，被不知哪方扔来的手榴弹炸断腿时，蒙蒂无情地总结了他荒谬的悲剧，“他啐唾沫，这就是他丢掉一条腿的故事”②。身心遭到重创的埃尔文为此十分悔恨自己的年轻鲁莽和无谓的牺牲，认为自己为了犹太人的利益而战，却遭到犹太家族的耻笑和指责。埃尔文整个人生观发生了变化，成为一个伤残痛苦的弃儿，整日和街头混混们一起沉醉于赌博游戏和种马扑克，对身边任何事情漠不关心。“他在战争中随他的腿一起失去的，看来还有他生活在我父母监护下时曾被灌输的一切嘉言懿行。他也不再对抗击法西斯主义显示任何兴趣，而两年前，没有任何人可以阻挡他去从军作战 。”“除了他自己的痛苦外，任何其他人的痛苦都不再压在他的心头让他忧虑。”③埃尔文好不容易才在蒙蒂的水果菜市场得到一份工作，但很快受到美国联邦调查局的调查，怀疑他是美国叛徒，正在跟一伙反美不满分子策划暗杀林德伯格总统的阴谋，这让犹太家族感到胆战心惊，打破了他们在局势极为不利的情形下想要保持的平静生活。蒙蒂为了自保清白立即解雇了

① 菲利普·罗斯. 反美阴谋[M]. 陈安，译. 上海：上海译文出版社，2020：180.
② 菲利普·罗斯. 反美阴谋[M]. 陈安，译. 上海：上海译文出版社，2020：186.
③ 菲利普·罗斯. 反美阴谋[M]. 陈安，译. 上海：上海译文出版社，2020：197.

埃尔文。罗斯的父亲豪尔曼最终也无法忍受埃尔文带来的耻辱和连累，想要抛弃他，“得了，对他的腿我都烦了，腻味了。……我受够这孩子了，联邦调查局质询我的孩子们。……这该停止了，现在就停止”①。迫于联邦政府官员的威胁，“埃尔文被赶出了我们家，在二十四小时内离开纽瓦克”。为了生存，埃尔文只好前往费城投奔赌博机器之王——叔夏的伯伯。对于犹太家族和犹太社区的冷酷无情，罗斯也予以讽刺——叔夏的伯伯这个干非法生意的人比新泽西的正经生意的人们更能容忍“叛徒”。和桑迪不同，埃尔文面对两种身份的充斥，坚定地选择了本族文化，保持犹太身份，最终却遭受了犹太家族的排斥和美国政府的调查，从而失去了自己的犹太身份和归属。犹太族群和美国社会双重抛弃使他丧失了主体身份，变成真正的“残体”②。

在纳粹政治操控下，美国犹太群体对自己的犹太身份的认知是不充足、不坚定的。长期生活在美国，远离战争的安逸生活，加上对美国身份的渴望渐渐动摇了他们对本族身份的守护信念。另外，美国的二、三代犹太移民在美国没有经历过真正意义上的大屠杀和反犹战争，他们只是怀着惊恐的心理远远地观望着德国在欧洲战场上对犹太人的大屠杀，同时在林德伯格反犹政策中恐惧地挣扎着，缺乏坚定的反抗精神。在政府“孤立”和“反犹”政策的导向下，为了自身利益，他们对于去参加反纳粹战争的犹太受害者也采取了疏离甚至唾弃的态度，进一步削弱了其犹太性，加剧了犹太族群内部的瓦解。罗斯在虚实结合的历史中大胆揭露了政治操纵下犹太族群内部的劣根性和人性的异化，带给读者极大的震撼。

第五节　生态伦理语境下的悲剧反思

罗斯在近 80 岁高龄时推出了第三十一部作品《复仇女神》(*Nemesis*) 。这是其封笔之作，也是其晚期作品的顶峰之作。英国《卫报》评论，《复仇女神》是罗斯继《凡人》之后又一部能够引发读者长久兴趣的杰作③。罗斯在接受《华尔街日

---

① 菲利普·罗斯. 反美阴谋[M]. 陈安，译. 上海：上海译文出版社，2020：211.

② 宋鹭．解读双重文化困境下《反美阴谋》中犹太裔的身份危机[J]. 安徽文学，2016(9)：58.

③ 唐敬伟. 命运所不能承受责任之重[J]. 作家杂志，2013(9)：31.

报》采访时，称《复仇女神》和他早先的 3 部小说，即《凡人》(*Everyman*，2007)、《愤怒》(*Indignation*，2008)、《羞辱》(*The Humbling*，2009) 一起，构成了其晚期作品的命运四部曲。这四部中篇小说集中探讨了人一生中所面临的沉重主题：生与死、爱与欲、疾病与衰老、婚姻与背叛、艺术与孤独、傲慢和愧疚，等等①。继"美国三部曲"之后，罗斯开始经常将作品的创作背景植根于当代美国庞杂的社会语境和历史洪流中，通过综合地分析和解读美国的复杂社会和历史风云，引领读者将关注的焦点从美国犹太人的精神困惑、生存困境转移到对整个人类的命运反思。基于弗洛伊德关于人类文明的理论，马尔库塞②提出了非压抑性条件下人类的生存状态，即人类的非压抑性生存。它倡导人类从压抑性生存状态解放出来，确立了新的人类自由形象③。这种生存理论使受压抑的人和自然摆脱异化，发挥了生命本能的机能，实现了人的本质总体性，即人和自然的双重解放。这种理论有助于帮助人类本体摆脱压抑，实现自由，畅想幸福，达到主体和客体即人类和社会、自然的和谐统一。《复仇女神》就是一部融合美国历史和个人命运的新现实主义作品，体现了作者强烈的人本主义关怀。

一、沉重道德枷锁下英雄的悲剧之路

《复仇女神》的背景设置在 1944 年犹太社区纽瓦克。主人公巴基·坎特尔(Bucky Cantor)23 岁，精力充沛，心地善良，是社区中学的一位体育老师兼运动指导员。他热爱本职工作，对孩子们极有责任心。1944 年夏天，可怕的小儿麻痹症(即脊髓灰质炎) 开始在这个城市滋生并蔓延，威胁着无数孩子的健康和生命。巴基从小就接受了祖父对他的关于爱和正直的熏陶，认为作为男子汉就应该扛起责任，努力去做力所能及的事情，自己应该帮助孩子们勇敢地去面对瘟疫，战胜困难。在瘟疫肆虐的日子里，他坚守自己的岗位，毅然带领孩子们锻炼身

① 陈红梅.《复仇女神》：菲利普·罗斯又出新作[J]. 外国文学动态，2011(4)：26.

② 赫伯特·马尔库塞(Herbert Marcuse，1898—1979)是德国裔美国哲学家和社会理论家，是法兰克福学派的代表性人物之一。他因其对批判理论的发展、对新左派的影响以及对资本主义社会的深刻批判而著名。马尔库塞的思想融合了马克思主义、弗洛伊德主义和存在主义，他的著作对 20 世纪 60 年代的社会运动和学生运动产生了重要影响。

③ 步蓬勃. 走向幸福：人与自然的双重解放——马尔库塞生态伦理思想研究[D]. 长春：东北师范大学，2014：119-120.

体，强健体魄。但他的努力似乎并未产生什么效果，感染的孩子越来越多，瘟疫就像可怕的海啸，肆意冲击着孩子们的健康且愈演愈烈。巴基的女朋友玛西亚(Marcia Steinberg)担心他的健康，请求他离开纽瓦克到她所在的印第安山的夏令营工作。巴基开始很犹豫，可是每天看着新闻报道里瘟疫感染人数的剧增，眼睁睁看着自己曾经健康快乐的学生因为疾病而丧生，他感到恐惧。短暂的思考后，他很快答应了玛西亚的邀请。然而，当心灵得到休憩、放松之后，夏令营的孩子很快让巴基时时刻刻想起自己那些感染了瘟疫而死去的学生，责任感和良知让他陷入深深的自责中。更糟糕的是，复仇女神似乎追随他而来。没过多久，夏令营中也出现了感染脊髓灰质炎的孩子。巴基开始怀疑是否由自己带来了病毒，于是他决定去医院检查。未料他的担心成为事实：检查结果表明巴基是病毒携带者。随后，感染病毒的巴基被送往医院接受治疗。自此，病魔不仅侵蚀着他的身体，也在吞噬着他的心：自己将病毒带给了心爱的孩子们，还在危难时刻抛弃了处于困境中的他们，还在原本无恙的地方传播着瘟疫，扼杀更多无辜的生命。生活在内疚、自责中的巴基陷入了深深的痛苦之中。病愈之后，留下了后遗症的巴基只能依靠双拐行走。最终，承载着道德叩问和心灵自我谴责的他无法面对自己，于是离开了心爱的女朋友，离开了从小生长的故乡，独自一人在异地孤独终老。

主人公巴基，与罗斯“命运四部曲”中的另一部，即《愤怒》中的主人公马库斯遭遇也有些许相似，他们都具有很多人性中的正能量：正直、热情、富有同情心等。不同的是，巴基和马库斯的生长背景不同：他没有一个极度并长久关注自己的父亲，也没有挣扎于传统和反叛之间的经历，反而受困于自己所设置的道德枷锁之中。在罗斯的笔下，巴基是一个极具责任心且近乎偏执的人物形象，很多评论家认为他是罗斯塑造的所有人物中的“高尚”代表。然而就是这样一个善良、有爱心、充满正能量的阳光男孩却遭受如此厄运，借用小说中一位父亲对上帝的质问：“正义的天平在哪里？……为什么悲剧总是发生在最无辜的人身上？”①

二、错置的责任感和偏执的良知造就的“悲剧式”英雄

小说英文名“Nemesis”(复仇女神) 来自古希腊神话故事。Nemesis 是一位专

① 菲利普·罗斯. 报应[M]. 胡怡君，译. 上海：上海译文出版社(Digital Lab)，2022：29.

司报复的女神，专对那些过分狂妄自大、对上帝不敬的人实施惩罚。那么惩罚巴基的复仇女神是谁呢？细读文本，在小说尾声，“我”(阿尼，Arnie Mesnikoff）告诉读者，真正的悲剧根源不是战争，不是瘟疫，而是巴基自身错置的责任感和偏执的良知。自从“那年夏天第一例小儿麻痹症发生在六月初”，病魔便夺走了无数孩子的生命，给家人带来了无尽的身心痛苦。对于孩子们无私的大爱、错置的责任感和偏执的良知使巴基迷失了自己的判断，他将一切归咎于上帝的残酷。正是由于他对上帝的怨恨和极度的狂妄招致了愤怒女神的降临，对他实施天罚，给他戴上了沉重的道德桎梏。整部小说也体现了希腊雅典悲剧(Attic tragedy）的核心主题：主人公往往具有坚强不屈的性格和英雄气概，却总是在与命运抗争的过程中遭遇失败，具有一定的宿命论色彩。但同时，也体现出将主人公对现实生活的热爱转为对生命价值的追求，即使无法逃离命运的安排和神的惩罚，也要有大无畏地为人类和文明而献身的精神。

在巴基的内心剖析中，我们感受到了邪恶对于个人身心的摧残以及个人的不懈抗争。小说探索的是责任与欲望、义务与向往之间的较量，是另一种对深邃人性的探索。巴基的人生悲剧，源于外部生活环境和自身的内在缺陷，即个人英雄主义，起决定性作用的则是后者。小说全书开篇就弥漫了一种“希腊戏剧式的不可避免的悲剧性”，似乎巴基一出生就注定会被笼罩在悲剧氛围和复仇女神的阴影之中。他呱呱坠地时母亲就因难产过世，很小的时候，父亲因偷窃服刑，将抚养他的责任丢给了祖父母。不幸的童年形成了他略显偏执的人格。由于父母关爱和责任的缺失，巴基从小就具备了坚强和责任感。再加上恪守犹太传统的祖父言传身教，对他不断进行着爱、正直和顽强等品质的熏陶，使他逐渐形成了坚定的“责任即宗教”的信念，“要像男人一样坚强，像犹太人一样有毅力”，并时刻“为一切正义而战”①。巴基10岁那年，祖父曾鼓励他独自一人打死一只大老鼠，并特意将他的名字由Ace改为Bucky(巴基）这个蕴含了顽强、勇敢、生机与坚韧意志的名字，以此来纪念他的勇敢行为。祖父的谆谆教诲和身体力行，使得巴基逐渐树立了坚强、果敢、诚实、正直、有责任感的人生信条。这些在他内心深处固化了的价值观支配着他的言行，促使他树立起高尚的情操和道德观。但是，这也

① Roth Philip. Nemesis[M]. New York：Vintage International，2010：173.

成为了日后他生命中无法承载的重负①。1941 年日本偷袭珍珠港时，巴基正在大学专修体育。怀揣着正义和爱国之心的他积极响应征兵以捍卫正义、保卫祖国。然而，因遗传了父亲的高度近视，体格强健的他未能如愿，故无法担负起这样的神圣使命。在他极为敬重的祖父眼中，巴基是一个具有高度责任感、随时可以为正义而献身的英勇战士。然而现实却是，在这场全世界范围内正义与邪恶的较量中，巴基只能置身事外，无法成为真正的英雄。因此潜意识里，巴基感到自己辜负了祖父的期望。看着同窗顺利入伍并奔赴战区，他陷入了深深的内疚和自责中，甚至不愿被人看见穿着便装走在大街上。大学毕业后，巴基在纽瓦克犹太社区的一所学校做了体育老师。无法跨入历史洪流的他决定将满腔热血投入到教学工作中去，教导孩子们如何拥有强健的体魄和坚强的意志，他成为了孩子们心中的完美英雄。当"小儿麻痹症"在纽瓦克不断蔓延时，巴基的责任感膨胀了：他责无旁贷地带领孩子们对抗这场看不见硝烟的战斗，他认为自己这次再也不能退缩了，他有责任帮助孩子们克服对瘟疫的恐惧，他应该带领孩子们加强锻炼，对抗瘟疫。在此期间，他曾经果断并成功地赶走了企图传播疾病的一群意大利男孩，成为犹太社区公认的英雄。然而复仇女神并未心慈手软，感染瘟疫的病例在不断增加，一时间人心惶惶，很多家长纷纷将孩子送往外地避难，或是禁止孩子在公共场合活动。眼睁睁看着自己最喜爱，同时也是身体状况最好的学生艾伦·迈克尔斯因瘟疫而倒下，紧接着其他的孩子也一个个地遭受病魔的折磨，巴基感受到从未有过的恐惧也变得无所适从。彷徨之时，巴基接受了女友玛西亚的召唤，逃往印第安山夏令营避难。然而，正如俄狄浦斯无法逃遁自己杀父娶母的悲剧命运，印第安山清新的空气和甜美的爱情只能让巴基获得短暂的休憩和安宁。不久，他便开始思念纽瓦克的学生，牵挂着他们的安危，同时开始内省和自责，认为自己抛弃了崇拜自己的学生，背叛了自己的信念，并陷入深深的愧疚中。然而，不幸仍然接踵而至：巴基被检查出是病毒携带者，之后罹患小儿麻痹症，最终落下了腿部残疾。至此，复仇女神似乎终于完成了自己的使命，报复的结果是巴基身心均被摧毁，终日生活在自责和悔恨之中。身心遭受重创的巴基觉得"唯

① 金万锋，邹云敏. 生命中难以承受之"耻"——论菲利普·罗斯新作《复仇女神》[M]. 长春工业大学学报，2011(2)：123.

一挽救一丝尊严的方式就是拒绝一切他曾经渴望的东西”，于是他决断地“抛弃”了自己深爱着的女友玛西亚，远离了关爱他的家人和朋友，带着无尽的悔恨与自责直到生命终结。

巴基因患小儿麻痹症使得身体留下残疾，然而真正打垮他的却是其精神世界的坍塌。纵观其一生的脉络，支撑他精神世界的脊柱是自小便开始构建的受难式英雄主义，即“我不下地狱，谁下地狱”的悲剧式的个人主宰中心论①。当然，这也与其祖父的教导和影响分不开。虽然巴基从小对英雄有着无限的崇敬和向往，但他所膜拜的英雄主义是一种耶稣受难式的英雄主义，这又与犹太文化自身宣扬的人类原罪和受难精神有关。犹太宗教认为，人类自诞生就要开始受难，并且主动地去承担责任，以此获得救赎②。在这样的精神教化下，受难式英雄主义者们苛刻地内省与自责，主动惩罚自己，甚至自我虐待。可是，这在一定程度上与生态伦理所宣扬的人本关怀，尤其是对自身的人本关怀相悖，超越了人的发展阶段，忽视了人自身的需要。人本主义③认为，人类世界由自然、人、社会三个部分构成，以人为本从根本上说就是要寻求人与自然、人与社会、人与人之间关系的总体性和谐发展。尽管，巴基的自我惩罚只是针对自己，但是在自我折磨的同时，其在客观上也伤害了那些真正关心爱护自己的亲人和朋友，破坏了人与人、人与社会之间关系的和谐发展。他过度的道德感压抑了人的本能和感官，禁锢了个体的自然属性，造成了文明的非人道，从而陷入悲观主义的牢笼。巴基因童年缺失亲人的关爱而一味固执地将偏执的责任感追加在自己身上，给自己戴上了道德的枷锁；上大学时因为视力差不能奔赴欧洲战场，他又极端地指责自己；瘟疫暴发时，他因爱情的召唤而逃离纽瓦克来到爱人玛西亚所在的印第安山时，又被自己的良心指责，给自己定了“背叛”的罪行；当得知自己是脊髓灰质炎携带者时，他彻底崩溃，觉得自己就是这场可怕的瘟疫的罪魁祸首。在双重道德的拷问

① 李俊宇. 后大屠杀语境下的沉思：“复仇女神”中的受难式英雄主义[J]. 常州理工学院学报，2013(1)：41.

② 金万锋，邹云敏. 生命中难以承受之“耻”——论菲利普·罗斯新作《复仇女神》[M]. 长春工业大学学报，2011(2)：123.

③ 人本主义(Humanism)是一种强调人类价值、理性和尊严的哲学和文化运动。它起源于文艺复兴时期，并在不同的历史时期和背景下有着不同的发展和表达。人本主义的核心思想围绕着对人类自身的重视和信任，强调人的能力、创造力和自由。

下，巴基被牢牢地钉在自设的良心耻辱柱上无法解脱，更无法释怀。他憎恨自己，以为唯有最大极限地惩罚自己，才能消解无限的愧疚感。这正如斯坦伯格医生所言：错置的责任感会消减人的意志，最终走向毁灭之途。

三、构建人与自然和谐统一的生态伦理

生态学的两大原则，即破除人类中心主义和实现人的自我需要。人的存在是基于自在与自为双重维度的展现。自在性即人的感性自然的规定性；自为性即人对自然性的内在超越性。人的自在性与自为性的辩证统一就体现在，人既要回归自然，回归人本身，又要超越自然规定性，实现自我创造。《复仇女神》中，主人公亲眼目睹心爱学生的离世，其悲痛之心可以理解，但其过分强调了自己的责任与负罪。他因过度强调自身的自为性而忽略了自在性，忽视了人的自我需要。于是，这导致了主人公单向度的发展，造成了他的悲剧收场。小说中还塑造了一位可与巴基比较的角色，即巴基的女友玛西亚。与罗斯以往作品中的女性不同，玛西亚是一位坚强、执着，却处处体现着人文关怀的女性形象。两人之间原本有着美好纯洁的爱情，当巴基因心爱的孩子们感染瘟疫而恐惧迷茫时，她请求他离开危险的疫区，和自己在一起，让时间和空间释放他沉重的负罪感。然而巴基却固执地要做一个受难式英雄，无情地将她抛开。然而，她依然希望巴基能从这场灾难中走出来，重拾两人昔日的美好。玛西亚在 1944 年 7 月给巴基留言："My man，my man…（我的男人，我的男人……）"①"My man"重复的 20 次是她发自肺腑爱的呼唤。这里"My man"也可以理解为"我的人类啊！"在这里，罗斯塑造了一个极其完美的女性形象，在她的身上体现了强烈的人文主义情怀。

小说中另一个体现人本关怀的典型形象是阿尼·梅斯尼科夫，巴基的学生，也是小说的第一人称叙述者。在瘟疫猖獗的时候，阿尼也未幸免于难，身心遭受侵害，但他却没有被病魔击垮。他没有过多地抱怨上帝，也没有一味地自卑逃避，没有脱离生活的正常轨迹，他积极地协调与自然（病魔）的关系，所以他生活得很精彩。通过玛西亚和阿尼，罗斯告诉我们：人的一生中可能会遭遇不可避免的磨难，但是如果能正确、积极地应对，生活依然是美好的。灾难对人类本身

---

① 菲利普·罗斯. 报应[M]. 胡怡君，译. 上海：上海译文出版社，2022：136.

就是磨难了，我们绝不能延续并人为地加重其负面影响。因此，人类应该在尊重自然、维持自身生存的基础上，合理地促进自然生命的再生，为人类生存与发展提供持续再生的空间。尤其在面临人类与自然伦理关系遭到破坏，产生危机的状况下，应该摒弃对抗和征服，做到理性面对，尊重自然，设法调整到与之和谐、协调的伦理关系；以人与自然和谐的生态伦理为终极追求，坦然地面对自然，凸显人类主体的人道性、尊严性、伦理性、道德性和文明性。这才是人类摆脱困境的唯一出路①。

罗斯借“复仇女神”(瘟疫) 警告人类，在无比强大的生态灾难语境中，人类个体要以宽怀平和的心态去面对，去协调，而不是一味地去仇视甚至对抗。《复仇女神》中的巴基妄图以个人的一己之力去对抗自然，并以过度的自责感和负罪感铺就了自己的悲剧之路。对此，德裔美籍哲学家和社会理论家马尔库塞在弗洛伊德文明理论的基础上，提出建立一种理性的文明和非理性的爱与协调一致的新的乌托邦，以实现“非压抑升华”。这种理论提倡人类道德视域应该超越传统的人类中心论的视域，放眼整个生态系统，建立起人与自然之间和谐统一的种间伦理，以维护人类社会的整体利益②。尤其是在当今这个存在着巨大生态问题的社会中，如何协调与自然的关系，如何合理利用自然服务于人类，便显得格外紧迫。美国生态文学作家雷切尔・卡森③曾在其专著中指出：“我们总是狂妄地谈论征服自然，那是我们自身不够成熟的表现。人类只是巨大宇宙中的微粒，自身能力的急剧膨胀，从某种意义上说或是自身的不幸，甚至会是悲剧，因为征服自然的最终代价就是埋葬自己。”④有着新现实主义风格的作品《复仇女神》通过缅怀历史，展现了主人公巴基的责任意识与个人欲望之间的冲突和对抗，犀利地探讨

① 步蓬勃. 走向幸福：人与自然的双重解放——马尔库塞生态伦理思想研究[D]. 长春：东北师范大学，2014：119-120.

② 聂珍钊，黄开红. 文学伦理学批评与游戏理论关系问题初探——聂珍钊教授访谈录[J]. 江西师范大学学报(哲学社会科学版)，2015(3)：55.

③ 雷切尔・卡森(Rachel Carson，1907—1964)是美国著名的海洋生物学家、生态学家和作家，她以对环境保护的贡献而闻名。卡森的工作在20世纪50年代和60年代对环保运动产生了深远的影响，她的著作推动了公众对环境问题的认识，并促使政府采取更严格的环境保护措施。

④ Linder Lear. Rachel Carson：Witness for Nature[M]. New York：Henry Holt & Company，1997：407.

了人类在面对重大不利的自然境况下其实是怎样的无力；在强大的自然灾害面前，应该如何去应对，以此表现了罗斯对人类命运的深刻思考与深切关注。某种程度上也可以说，《复仇女神》是一部在一定历史境遇下探析人类深度灵魂和深邃命运的道德寓言。① 借助《复仇女神》中的瘟疫，罗斯给了正处于现代生态灾难大语境中的人类一个警戒式的生态预言。

① 陈红梅.《复仇女神》：菲利普·罗斯又出新作[J]. 外国文学动态，2011(4)：26.

第五章

身份焦虑下的伦理困境

聂珍钊教授指出，“在文学文本中，所有伦理问题的产生往往都同伦理身份相关”①。身处美国文化为主流的大熔炉中，犹太移民们经常面临着身份认同的两难处境，是被美国主流社会同化，成为坚定的实用主义者，还是继承犹太文化传统，成为正宗的犹太人？这个困惑始终缠绕在心中，使得他们在自我身份建构的过程中，在美国人、犹太后裔这两种族裔身份之间摇摆不定，从而陷入到伦理困境中。

第一节　菲利普·罗斯的自传性伦理书写

作为一种常见的文学表现形式，自传性文学往往以传主的个人经历作为主线，在其亲身经历的真人真事的基础上，将事实与虚构交织在一起，运用小说的艺术写法和表达技巧经过虚构、想象、加工而成。“所有的小说都部分地是自传，任何自传都部分地是小说——伟大小说家的作品更是如此。”②从某种意义上讲，每部文学作品都带有一定的自传性，作者总是会自觉不自觉地将自身的人生阅

① Nie Zhenzhao. Introduction to Ethical Literary Criticism [M] . Beijing: Peking University Press, 2014: 263.

② Ruth Bernard Yeazell. Henry James [M]//Emory Elliot. Columbia Literary History of the United States. New York: Columbia University Press, 1988: 668.

历、独特气质以及人生思考融入创作。已故的美国籍犹太作家菲利普·罗斯尤其注重个体经验，其自传性书写特征极其明显。“祖克曼系列”、“凯普什系列”及“罗斯系列”都深深地打上了罗斯本人的人生标签。艾伦·库伯曾直接将罗斯 20 世纪 90 年代的作品归类为自传，认为这些作品中的全部插曲和一些关键的情节确实是从罗斯青年到中年的生活中来的，主要角色都是通过对他朋友、亲戚、情人和第一任妻子的虚构而来的①。尽管目前有罗斯作品自传的真实性还存在一定的争议，国外不少专家学者普遍认为“罗斯是非常具有自传性的小说家。它的角色不管是不是第一人称，总是表达他的观点、个性和个人经历”②。纵观罗斯一生近 30 部小说，不少虚构的作品一直在观照着他真实的人生。20 世纪 70 年代出版的《波特诺伊的怨诉》(1969)以及《我作为男人的一生》(1974)直接采用了第一人称进行叙事，开启了作家“真实生活”的序幕。80 年代的“祖克曼系列”，如《鬼作家》(1979)、《解放了的祖克曼》(1981)、《解剖课》(1983)、《反生活》(1986)等自传性书写已非常明显并形成体系。针对外界的质疑和指责，作为罗斯的“代言人”，祖克曼为其发出声音并进行辩护，成为罗斯最重要的“他我 ”(alter ego)。90 年代罗斯在其创作高峰期发表了《事实》(1988)、《欺骗》(1990)、《遗产》(1991)和《夏洛克在行动》(1993)四部非虚构“自传”体小说，继续以自我辩护的方式回应了对其早期作品的指责，创作了独特的“辩护文本”③。2000 年以后，在罗斯的扛鼎之作——有关美国梦与反乌托邦小说系列“美国三部曲”，以及晚期聚焦年老疾病的“老年四部曲”中，自传性书写开始模糊，但在《反美阴谋》(2004)中，罗斯采用“另类历史”(alternate history)的手法，以 7 岁小孩(小菲利普·罗斯)的口吻描述了主流文化对犹太人年轻一代的影响，探讨了美国的社会体制问题和人性的异化，具有明显自传性书写。正如罗斯本人所说：“我在创作生涯的初始阶段所受到的来自父辈的所有指责，使我的小说创作具有不同于大

① Cooper Alan. Philip Roth and the Jews[M]. New York: The State University of New York, 1996: 52.

② Siegel Ben. Introduction: Reading Philip Roth: Facts and Fancy, Fiction and Autobiography—A Brief Overview[M]//Jay L Halio, Ben Siegel. Turning up the Flame. Newark: Univesity of Delaware Press, 2004: 17-29.

③ 曾艳钰. 对应的“辩护文本”——菲利普·罗斯“自传”小说研究[J]. 外国文学, 2012(1): 55-63.

多数美国同行的方向和重点，那就是解释自己为什么这样写，为自己辩护。”①我国从事菲利普·罗斯创作流变研究的苏鑫教授认为，作为一名殿堂级的犹太裔作家，罗斯在作品中运用了元小说的叙述策略，融合了传统的自传和小说形式，实现了“三元合一”，即将现实，虚构和想象合为一体，是一种自传性元小说②。同时他指出，“菲利普·罗斯的创作具有非常明显的自传性书写特征，这是罗斯深陷犹太伦理冲突中自我辩护的书写策略，具有鲜明的个性和独特的审美价值，体现了他身为犹太裔美国作家对美国多元文化语境的深刻思考”③。对此笔者比较认同。罗斯运用了后现代主义的写作手法，将自己真实的生活经历加以想象，真实与虚构相互交织，建构新的小说世界。同时，罗斯的自传性元小说具有严肃的伦理道德指向，充满了对本族文化的继承和背离，刻画了反叛意识里的道德冲突以及主人公在多元文化背景下深陷身份焦虑中的伦理困境，是一种自传性伦理书写。本节主要对罗斯在其创作高峰时期完成的“自传三部曲”(《事实》、《欺骗》和《夏洛克在行动》)中的自传性伦理书写进行探讨。罗斯在这四部曲中具体化了自传性书写的道德伦理责任，这四部自传性作品实际上是罗斯在“宣称作家的美学和伦理责任”④。

一、跨越真实与虚构之间的“事实”书写——《事实——一个小说家的自传》

哈佛大学文学教授莱兰德·杜兰塔耶认为，罗斯在其自传性作品中有意识地模糊事实与小说的界限，将其归结为两条奇妙见解：“一是文学人物有自己独特的存在，二是创造性作家也没有超越自我的能力去塑造文学人物”。⑤“非虚构小说”《事实——一个小说家的自传》(以下简称《事实》)恰恰证实了这一特点。《事

① Roth Philip. Reading Myself and Others[M]. New York: Penguin, 1985: 134.

② 苏鑫. 当代美国犹太作家菲利普·罗斯创作流变研究[M]. 上海：上海三联书店，2015: 51.

③ 苏鑫. 菲利普·罗斯自传性书写的伦理困境[J]. 外国文学研究，2015(6): 117.

④ Gooblar David. The Major Phrases of Philip Roth[M]. New York: Continuum International Publishing Group, 2011: 112.

⑤ Leland de la Durantaye. How to Read Philip Roth, or the Ethics of Fiction and the Aesthetics of Fact[J]. The Cambridge Quaiterly, 2010, 39(4): 304.

实》(*The Facts: A Novelist's Autobiography*)出版于1988年，被认为是罗斯最接近自传的作品。在早期的自传性作品，如《波特诺伊的怨诉》《我作为男人的一生》等中，罗斯坚持作家创作的伦理自由不受社会和集体的约束，进行自我暴露式的自传性写作。其作品中大胆暴露犹太人的贪婪丑陋而招致犹太家族乃至整个犹太社区的道德谴责和讨伐。于是，陷入伦理困境中的罗斯通过自传性书写作为辩护文本来进行自我抗争。正如罗斯本人所说："我在创作生涯的初始阶段所受到的来自父辈的反犹指责，使我的小说创作具有不同于大多数美国同行的方向和重点，那就是解释自己为什么这样写，为自己辩护。"①《事实》由6个章节构成，以序幕中一封真实人物菲利普·罗斯写给其代理人内森·祖克曼的信为开头，以最后一章中祖克曼的回复结束，中间部分则构成了超文本的事实②。小说回忆了"罗斯"这个犹太青年作家的成长经历，主要涉及自己儿时传统的犹太家庭生活、大学和参军经历感受、与两位女友的感情纠葛、短暂不幸的婚姻，再到针对自己作品被犹太社区误解、遭遇评论家的抨击等一系列问题逐个作出回应。

在《事实》中，罗斯探讨了一个重要主题——如何对待"事实"和小说"虚构"，或者说是现实生活与文学创作之间的关系。对于"事实"，罗斯更注重内心对事实的看法和想象，"事实从不自行走到你的身边，它的组合全靠你自身经历所养成的想象力。对过去的回忆并非对事实的回忆，而是对你想象中的事实的回忆"③。但是罗斯将《事实》这部自传交给另一个自我——祖克曼来评判，这种形式上的审视其实是一种"内心审视"，即通过真实人物罗斯和其文学代理人物祖克曼的对话，真实地传达了罗斯此时的矛盾纠结。两个虚实人物之间不一致的对话，模糊了小说与自传、现实与虚构之间的界限，显示了罗斯后现代主义的充满悖论的自我表述以及一贯富有想象力和创造力的"罗斯式"独特的艺术风格。罗斯首先在序幕中给祖克曼的信中说明自己决心写自传及其原因，并且决定抛弃内森这个虚构人物，开始以自己的真实姓名写自己的"事实"故事。"要拿起冥思苦

---

① Roth Philip. Reading Myself and Ohthers[M]. New York: Penguin, 1985: 134.

② 曾艳钰．对应的"辩护文本"——菲利普·罗斯"自传"小说研究[J]．外国文学，2012(1): 56.

③ 菲利普·罗斯．事实——一个小说家的自传[M]．毛俊杰，译．上海：上海译文出版社，2020: 6.

想之后定了型的东西，榨干其中添加的水分，再让体验重新回到虚构前的原始真实。”①罗斯总结了自己的写作风格，即徘徊于“自我暴露的钟摆端，一端是梅勒型的积极暴露，另一端是塞林格型的与世隔绝”②。而此时的罗斯患上了“创作疲劳症”，陷入写作的枯竭状态。“我身陷无奈的混乱，再也无法弄懂曾是显而易见的东西。……我开始相信自己已无法东山再起，非但觉察不到重塑的可能，反而觉得正在一步步走向分崩离析……写自传是为了自我治疗……为了返回先前的生活，找回活力，让自己成为真正的自己。”③“燃料已耗尽，现在回来是为了嗜饮有魔力的血液……我不仅疲于制造那些虚构的自我传奇……视之为自己几近崩溃的自发治疗，而且把它当作一种慰藉。”④“甚至把它当作一种激励，让自己鼓起勇气走近八十六岁的老父亲。”这是“一名五十五岁男子对父母的渴望因自己的几近崩溃而获得爆发。……当本书叙述的事件发生时，我们大家都还在场，没人离世或濒临一去不复返的边缘，这算不算是一种安慰?”⑤此时的罗斯也再次回顾当初来自犹太社区和评论家的谴责，意识到自己绝对自由的文学审美化的表达与美国犹太人普遍的自我保护、自我隐瞒的伦理诉求之间的冲突，开始思考自传性写作遇到的伦理困境并将作家的自传性书写与他人的存在关联起来，观照作家的书写对他人可能造成的影响，“当艺术家在追寻自我创作的自由时，忽视了一些客观的伦理道德，导致了对他人的不负责任”⑥。

显然，处于自传性书写困境中的罗斯俨然意识到自己在书写自我、袒露自我的同时也应观照他人的伦理责任。“我在写作时向大家坦诚自己的私密情感，因此愈感忸怩不安。我回过头去，修改了与我交往人士的真名实姓，以及几个可作

① 菲利普·罗斯. 事实——一个小说家的自传[M]. 毛俊杰，译. 上海：上海译文出版社，2020：1.

② 菲利普·罗斯. 事实——一个小说家的自传[M]. 毛俊杰，译. 上海：上海译文出版社，2020：2.

③ 菲利普·罗斯. 事实——一个小说家的自传[M]. 毛俊杰，译. 上海：上海译文出版社，2020：3.

④ 菲利普·罗斯. 事实——一个小说家的自传[M]. 毛俊杰，译. 上海：上海译文出版社，2020：6.

⑤ 菲利普·罗斯. 事实——一个小说家的自传[M]. 毛俊杰，译. 上海：上海译文出版社，2020：7.

⑥ 苏鑫. 菲利普·罗斯自传性书写的伦理困境[J]. 外国文学研究，2015(6)：119.

识别的细节。这并不表示，我的修改可以保证完全的匿名，但至少可提供点滴的保护，以躲避陌生人的骚扰。”①通过《事实》这部小说，罗斯对于之前被世人冠以所谓“反犹主义”“自我憎恨”的作品作出了解释，首先源于前半生的人生旅程中自我意识的脱颖而出，其次是直面自己内心的脆弱，最后是对于美国60年代国内的动乱以及对外战争的抗议。同时，罗斯也坦诚地表达了自传性书写的感悟，即自传性书写的道德伦理考量：“我们在书写自我，暴露自我的同时也需要承担书写他人的伦理责任”②。他将自己的这部满怀“希望获得大家爱护的秘密激情”的自传寄给祖克曼来评判，宣告将告别“祖克曼”的虚构人生，开始“罗斯”的真实自传。在接下来的“安全的家园”“乔学院”“我梦想中的女孩”“都是一家人”四个章节中，他回忆了儿时父慈子孝的犹太式家庭生活，安逸，精彩；顺畅的童年；田园诗般的大学生活；以及之后不幸婚姻的重创和深陷“少数族裔小说家的良心危机”的审判遭遇。其笔调“充满了可爱的温柔”，其“和解的语气”与之前反叛犀利的笔墨大相径庭。这样的改弦易辙令祖克曼也难以相信，他对罗斯所坦白的事实提出了质疑，“你不是一个自传作家，而是一个人格化作家”③，建议罗斯继续坚持虚构的小说创作，“最好还是写有关我的故事，不要去准确地介绍自己的人生。我是你的许可，你的不检点，你透露信息的关键”④。他强调了小说与自传的区别以及道义与美学之间的冲突，“作家选择在小说中透露什么，基本上由审美动机决定；但对一名自传作家，我们要在道德上加以判断，因为相关动机主要是伦理的，而不是审美的”⑤。罗斯在《事实》中尽力书写自己好儿子的回归形象，表明与父辈、犹太社区和传统达成了妥协。这种近乎理想化的书写，祖克曼无法认同，“你在对你父母的少量评论中只有温柔，尊重，理解。这些美好的

① 菲利普·罗斯．事实——一个小说家的自传[M]．毛俊杰，译．上海：上海译文出版社，2020：8.

② 苏鑫．当代美国犹太作家菲利普·罗斯创作流变研究[M]．上海：上海三联书店，2015：91.

③ 菲利普·罗斯．事实——一个小说家的自传[M]．毛俊杰，译．上海：上海译文出版社，2020：174.

④ 菲利普·罗斯．事实——一个小说家的自传[M]．毛俊杰，译．上海：上海译文出版社，2020：173.

⑤ 菲利普·罗斯．事实——一个小说家的自传[M]．毛俊杰，译．上海：上海译文出版社，2020：175.

情感，我已不再相信，是你让我不再相信的”①。他认为罗斯借助《事实》期望以人们感觉温顺直率的语气讲述自己的故事，目的是使人接受信服，从而完成自我辩护，其效果远逊于之前辛辣讽刺的笔调。担心当事人的感受，“这不是你最有趣的写法”，“无须担心给人造成直接的痛苦”。依祖克曼之见，缺乏冲突和个性，意味着作家创造力和想象力的磨灭，“假如没有抗争，在我看来，那就不像是菲利普·罗斯，而几乎可以是任何人……它显得怪异，也缺乏逻辑”②。祖克曼肯定了罗斯以往“让本质上虚构的人物以狂躁的人格呈现在世人面前”的文学审美观，“你把事实从想象中剥离，掏空其中潜在的戏剧性能量，这就是它们所需要的。但为何要抹去为你服务多年的想象力？……世人的误读和攻击可以鞭策小说家深入自省，“你恨之入骨，却因此茁壮成长”③。“反对的声音其实是作家前行的动力！……没人理解我或知道我的真正价值——没人懂得实质层面的我！对小说家来说，这种困境是值得珍惜的。如果有什么可中断作家的文学生涯，那就是他的天敌的慈爱宽容。”④祖克曼不认可罗斯将“曾经是讽刺意味的造反”换成深厚的归属感的笔锋。罗斯之前小说中的代际关系本质上是年轻一代犹太人与犹太传统之间的对立关系，彼此间因固有的冲突是很难达成妥协的。年轻一代为了争取自由摆脱旧有束缚而进行的抗争被父辈认为是一种背叛和有悖伦理，“你浪漫童年中有些东西，你是不会允许自己露出马脚的，没有它。本书的其余部分便变得毫无意义。我相信作为小说家的你，但不能以同样方式相信作为传记作家的你。如我说过，高雅、公民、孝顺的良知禁止你在此讲你最擅长讲的。你的手被绑在背后，所以只能尝试用脚趾来书写”⑤。祖克曼也质疑了罗斯将“真实”自传

① 菲利普·罗斯．事实——一个小说家的自传[M]．毛俊杰，译．上海：上海译文出版社，2020：180.

② 菲利普·罗斯．事实——一个小说家的自传[M]．毛俊杰，译．上海：上海译文出版社，2020：177.

③ 菲利普·罗斯．事实——一个小说家的自传[M]．毛俊杰，译．上海：上海译文出版社，2020：178.

④ 菲利普·罗斯．事实——一个小说家的自传[M]．毛俊杰，译．上海：上海译文出版社，2020：179.

⑤ 菲利普·罗斯．事实——一个小说家的自传[M]．毛俊杰，译．上海：上海译文出版社，2020：181.

中前期“安全家园”的成功与后来所经历的不幸婚姻所进行莫名的接轨。“将这些田园诗般的生活加在一起，并不能与‘我梦想中的女孩’画上等号。”祖克曼认为他遗漏了某种自然的关联，即自己的写作动机。在信的结尾处，祖克曼再次发声，“把我留下，方能为你自我对抗的才华提供最佳的服务”①。显然，经过一番灵魂拷问，深陷犹豫纠结之中的罗斯在小说结尾处借祖克曼之口下定决心，继续自己“新一轮的真正苦恼”。通过内心审视和坦诚相对，罗斯坦然面对着作家应承担的美学和伦理责任。因此，罗斯的这种自传性书写正是通过袒露作家在创作自由与书写他人的责任之间作出伦理选择的艰难过程，表明自传创作根本无法获得真正的自传真实。罗斯以此来对抗跨越真实与虚构边界的后现代主义，揭示出他自传性作品的伦理考量②。

二、穿梭于虚实对话间的坦诚辩护——《欺骗》

继《事实》之后，罗斯继续自己的辩护文本，探索作家在美学和道德上的困境。《欺骗》(*Deception*, 1990)是罗斯唯一的一部对话体小说，其背景移到了伦敦，通过作家罗斯和情人、妻子等女性之间有关婚姻、家庭、性爱，以及对犹太人的看法等方面的对话，深入分析了女性细腻的内心世界，探讨了人们在爱情缺失下陷入枯燥家庭生活的困境。在这部小说中，通过虚实穿梭的爱情故事，罗斯表达了对深陷男权社会不能自已的女性受害者的深刻同情，也向那些误解他有男权沙文主义及厌恶女性主义倾向的人士展示自己的辩护文本，这既是他本人的真情流露，也是一部虚构文学。

《欺骗》中罗斯的情人是一位不知名的英国妇女，阅历丰富，大胆放纵，个性独立但又命运多舛。她来自捷克斯洛伐克，主修俄罗斯文学，曾移居在美国，来找罗斯的目的是想写书，回忆自己在美国的经历。她一开始就娓娓讲述了自己不幸的遭遇。罗斯则充当一名耐心的倾听者。她靠着自己的年轻美貌和名流富翁厮混，过了一段奢侈放纵的生活，曾一度患有精神疾病。之后嫁给一位阿拉伯

① 菲利普·罗斯．事实——一个小说家的自传[M]．毛俊杰，译．上海：上海译文出版社，2020：210.

② 苏鑫．美国犹太作家菲利普·罗斯的身份探寻与历史书写[M]．北京：中国社会科学出版社，2019：93.

人，并随之去了巴黎和科威特等地过了一段锦衣玉食的生活。然而好景不长，憧憬于幸福婚姻中的她突然在丈夫的默许下遭遇强奸，原来丈夫只是受雇娶她，目的是让她去美国当间谍，迫害犹太人。后来，她通过嫁给一个英国人威廉逃离了捷克斯洛伐克来到英国。之后又因坚持当导游而在深夜被丈夫赶出家门。倔强的她顽强地活了下来，不仅找了份工作，还与爱的人相恋，可惜自己成了第三者，整日与丈夫陷入无尽的争吵厌倦中。罗斯用了大量的笔墨讲述了无名女士的坎坷经历，中间也穿插了与其他女性之间的对话，不仅展示了在动荡不安的国际大环境下女性独立个体所遭受的种种磨难，而且也表达了对争取独立自由的新女性却沦为男权受害者的深深同情。一方面，罗斯以反讽的语调批判了女性所推崇的实用主义至上以及物质胜过尊严的消极价值观，并对其提出善意的忠告。他认为，此类人妄图通过婚姻依附男性改变个体现状从而给自己贴上"依附者"的标签，必将失去自我，遭受爱情的愚弄和"欺骗"。"只因为找不到另一份工作，而婚姻给了你物质保障，你就将就着不离，这有损你的尊严。……如果婚姻明显已经完了，为什么不抽身？我不再能理解……你知道，你还有尊严。"①另一方面，在男女主人公对话中，罗斯特意安排了一次模拟庭审，针对大众长期以来对他本人及其作品的指责，包括"性别歧视、敌对女性、对女性施暴、诽谤女性和横加引诱"等作了一次澄清和自辩，其语气也较之前诚恳多了。罗斯认为读者经常在误读他的作品，他笔下的人物设定完全基于自由写作的审美，而非个人偏见。"我不恨她们。……我不曾谩骂她们，不论在作品还是在生活中。"从对话中，可以感觉到，面对无端的责难，罗斯也深感无辜而有些抱怨，甚至以调侃的方式回应。"噢，你真是个优秀的姑娘！你真实聪明！你真实貌美！"但他明白自己该怎么做：继续伟大的写作，让世人去评论。"你们自诩的平权民主，其宗旨和目标与我写作的宗旨和目标不同。"②

在小说倒数第二章节，罗斯特意安排了和妻子的一次平等对话，一方面，这是对于之前不少读者对他歧视女性的偏见的再次回击。另一方面，通过有意模糊文学和生活之间的界限，罗斯也暴露了自己深陷作为一位真正作家的美学和伦理

① 菲利普·罗斯．欺骗[M]．王维东，译．上海：上海译文出版社，2020：127.

② 菲利普·罗斯．欺骗[M]．王维东，译．上海：上海译文出版社，2020：93.

责任的迷茫和焦虑。当妻子无意间发现他详细记录和情人们谈话的笔记本时，愤怒地质问他，罗斯一改往日的冷傲自负，而是不厌其烦地向其解释这完全是自己想象的成果，是纯粹的文学创作，展现了对于妻子的尊重和爱护。“你是用一种天真的、完全偏执的误读在质问我。”①“很遗憾，我工作室里唯一的女人，是我小说里的女人。有人陪再好不过，但那样没法工作……她是虚构的。”②“我在想象自己，在我的小说之外，和小说里的一个人物发生了恋情。如果托尔斯泰想象自己爱上安娜卡列尼娜，如果哈代想象自己爱上苔丝——我不过是跟着线索走。”③但是当妻子建议他将真实名字改一下，“或许你该好好想想。因为你写的是私通，所以还是把你的名字摘出去的好。可以把它变成内森，不是吗？如果有待出版的话。”罗斯表示拒绝，“换名字？不。这不是内森·祖克曼。小说是祖克曼。笔记本是我。”④他认为“这是玩乐，是游戏，是对我自己的模仿，用腹语术替自己说话。”⑤此时，身处自传性书写伦理困境中的罗斯，尽管有些焦虑，但在作家伦理和道德伦理冲突时，依然坚持做真正的良心作家。“无论如何，作为一个作家，我不能，也不是活在一个谨慎的世界；谨慎不适用于小说家。”“我以我的方式写我所写；我不会在为时已晚的情况下，却担心起人们会怎么误读或读错的问题。”⑥

值得一提的是，罗斯过去对于犹太人和犹太传统很少有直面的辩护，对于别人对自己的“反犹”“叛逆”或是嬉皮士似的回应，或是漠然视之。但在这部对话小说中，罗斯一反常态，直接捍卫犹太传统，不时为犹太人发声，流露出一种文化的回归态势。“你们又为什么试图削弱他们的存在感？在英国，每次我在公共场所，例如酒店、聚会、剧院，只要有人提到犹太人三个字，我都注意到声音会低下来。”“为什么在这里，人人都这么恨以色列……你能向我解释一下吗？我现在每回出门都要为这争吵。怒气冲天地回到家，整宿睡不着。我阴错阳差，跟地

① 菲利普·罗斯．欺骗[M]．王维东，译．上海：上海译文出版社，2020：157.
② 菲利普·罗斯．欺骗[M]．王维东，译．上海：上海译文出版社，2020：152.
③ 菲利普·罗斯．欺骗[M]．王维东，译．上海：上海译文出版社，2020：154.
④ 菲利普·罗斯．欺骗[M]．王维东，译．上海：上海译文出版社，2020：160.
⑤ 菲利普·罗斯．欺骗[M]．王维东，译．上海：上海译文出版社，2020：161.
⑥ 菲利普·罗斯．欺骗[M]．王维东，译．上海：上海译文出版社，2020：162.

球上最大的两个祸害——以色列和美国——成了盟友。”①“人们把对某类犹太人的看法，加到了所有犹太人身上。”“犹太人取得的成就和他们的人数不成比例，所以惹人注目。”②尤其是在小说结尾处，通过和情人交流自己的作品，罗斯再次坦诚地吐露了自己的心声，对以往的犹太书写进行了自我剖析和辩解。“我在纽约，在很长的路，不时停下脚步，发现自己在笑。我听到自己大声说：回家了。”“在街上转悠时，我确实看见了久违的东西，我渴望着的东西。”“那是什么？”“犹太人。”“我说的是有力量的犹太人。有欲望的犹太人。没有羞耻感的犹太人。爱抱怨，不怕招人烦的犹太人。吃饭时胳膊放在桌上，没教养的犹太人。不近人情的犹太人，他们心怀愤慨，口出狂言，不惧争吵，行止放肆。”③罗斯的这种一反常态，某种程度上表明：自传性伦理书写在经历了早期反传统，探索人生新大陆到遭遇困惑冲突开始探寻自我，最终走出迷茫，转向回归犹太传统。

三、《夏洛克在行动》——对民族本质论的质疑

《夏洛克在行动》(*Operation Shylock: A Confession*)出版于1993年，是菲利普·罗斯的第19部小说，是继《事实》(*The Facts: A Novelist's Autobiography*, 1988)、《欺骗》(*Deception*, 1990)、《遗产》(*Patrimony: A True Story*, 1991)之后，又一部以“罗斯”为主人公的经典之作，于1994年获得国际笔会/福克纳奖。

1967年第三次中东战争刺激了美国犹太人的“被屠杀恐惧”，同时以色列在这场战争中取得的胜利也引发了美国犹太人对以色列、对犹太人身份的强烈的情感认同，并激起了他们的族群自豪感。为了进一步增强在美犹太人和以色列犹太人的凝聚力和亲和力，促进流散地犹太人民族意识的复归和族群的认同，美国犹太人机构犹太联合募捐协会(UJA，即 United Jewich Appeal)提出“我们本是一体”的口号，并设立专门的项目和计划，鼓励人们到以色列游学交流，接受族群教育，找到族群归属。《夏洛克在行动》便是罗斯在以色列实地考察之后所创作的作品。

---

① 菲利普·罗斯．欺骗[M]．王维东，译．上海：上海译文出版社，2020：67-68.
② 菲利普·罗斯．欺骗[M]．王维东，译．上海：上海译文出版社，2020：90-91.
③ 菲利普·罗斯．欺骗[M]．王维东，译．上海：上海译文出版社，2020：178.

主人公菲利普·罗斯(以下简称罗斯)是一名成功的小说家，居住在纽约，正在从膝盖手术和安眠药(Halcion)引起的心理障碍中恢复过来。有一天，他突然获悉有人正以自己的名义在耶路撒冷参加对“二战”纳粹嫌犯约翰·德米扬鲁克的审讯。同时，“假罗斯”在以色列宣扬“流散主义”(diasporism)思想，号召从欧洲移民过来的犹太人离开动荡的以色列，回到祖先在欧洲的家园以免遭阿拉伯人的第二次“大屠杀”。于是正打算采访以色列作家阿哈龙·阿佩费尔德(Aharon Appelfeld)的罗斯立即前往以色列去揭露和阻止这场行动，结果却发现自己深陷泥潭。到达以色列后，在与冒充自己的假罗斯莫伊瑟·皮皮克(Moishe Pipik)面对面的对峙中，对方竟告诉罗斯，自己是他的忠实读者和崇拜者，他认为说服所有欧洲血统的以色列犹太人回到欧洲是他的使命，在他看来，欧洲是他们文化起源的地方。之后，罗斯被以色列情报机关摩萨德(the Mossad)绑架，并被要挟到雅典去执行被称为“夏洛克在行动”的秘密行动——收集有关“危及以色列安全的反犹太复国主义犹太分子”的情报。行动结束后，罗斯将这一切写入自己的小说中，和他联络的特工斯迈尔伯格(Smilesburger)劝他消掉这一部分，以免有关摩萨德的机密信息被泄露。于是罗斯便把自己此行除了“夏洛克在行动”的任务以外的所有经历记录在小说《夏洛克在行动》中。在五年的时间里，罗斯发现了许多威胁以色列的种族问题，并在这种普遍动荡的社会背景下展开了对影响种族本质论的权术的讨论。

在这部小说中，罗斯不仅到达了犹太人的祖籍——以色列，而且当他到达那里时，遇到了他的作品中最敏锐、最恶毒的读者：他自己。多年以来，罗斯一直通过自己的小说，对于世人对自己的诟病即自我仇恨、反犹主义进行着辩护。最终，在这部雄心勃勃的小说《夏洛克在行动》中，他让自己成为主角。伊莱恩·M. 考瓦尔(Elaine M. Kauvar)将这部小说列为罗斯的自传体“非虚构三部曲”(《事实》，1988；《遗产》，1991)的最后一部。考瓦尔认为，在这部小说中，罗斯探索并阐明了“自我塑造的价值”，这也与最近的后现代主义理论有很大关系①。哈罗德·布鲁姆(Harold Bloom)将《反生活》(*The Counterlife*，1987)与考瓦尔提到

① Kauvar Elaine M, Roth P. This Doubly Reflected Communication: Philip Roth's “Autobiographies”[J]. Contemporary Literature, 1995, 36(3): 412-446.

的“非虚构三部曲”组合成“四部曲”，暗示罗斯的自传体策略更像是一个虚构的游戏，而不是对自传体真实的尝试。罗斯所有的作品几乎都聚焦于身份危机，而这四部作品的共同之处在于，它们将罗斯对犹太人身份的关注提升到了一个虚构和自传体的高度。①。正如黛布拉·肖斯塔科(Dabra Shostak)所说，在这些作品中，罗斯揭示了他本人对以色列作为犹太人家园的象征力量如何在很大程度上给散居在外的犹太人带来身份危机的强烈兴趣②。

《夏洛克在行动》具有广阔的历史和文化背景，几乎涵盖了20世纪犹太人的所有历程，从欧洲遭遇大屠杀流散到美国到以色列国的建立和巴以冲突。罗斯对自己作为美国犹太作家面临的身份困境进行了回应和探讨，揭示了讲述犹太故事和讲述有关犹太人的故事如何界定了自己的职业生涯。他深知，讲一个犹太故事的难度由于犹太人不能讲反对犹太人的故事而变得更加复杂。在《夏洛克在行动》中，罗斯巧妙地应用了自传性和虚构性相结合的手法，从“大屠杀情节”入手，通过另一个分裂的自我——假罗斯莫伊舍·皮皮克和以色列特工斯迈尔伯格的视野，向读者展现了目前有关犹太民族未来出路的两种截然不同的政治观点：犹太流散主义和犹太复兴主义。同时，通过展示以色列复杂特殊的社会环境以及目前犹太人和阿拉伯人在中东的生存状况，探索了流散地犹太人和以色列犹太人的身份问题，并戏仿了莎士比亚戏剧《威尼斯商人》中因遭受种族歧视而复仇的犹太人商人“夏洛克”的形象，劝解当下“渴望复仇的夏洛克”们摆脱被压迫的历史重负，走出“夏洛克”的阴影，重建犹太身份。此外，罗斯结合几位阿拉伯人的视野，深入探讨了以色列犹太人和阿拉伯人的冲突根源、中东地区暴力形成的原因，提出了如何化解矛盾的构想，以极大的勇气展现了作家应有的道德感和责任感。值得注意的是，罗斯在探索犹太民族归属性的意义和重要性时，充分展现了毫不妥协的反民族本质主义情感，这与他之前的《反生活》(*The Counterlife*, 1986)完美契合。他呼吁读者们关注社会历史和文化对群体身份形成的干预，并

① Bloom Harold. Operation Roth: Review of Operation Shylock by Philip Roth[J]. New York Review of Books , 1993: 45-48.

② Shostak Debra. The Diaspora Jew and the “Instinct of Impersonation”: Philip Roth's *Operation Shylock* [J]. Contemporary Literature, 1997, 38(4): 726-754.

拥抱后现代主义的民族自我，承认自己的身份是一种“创造”①。

“民族本质论”②认为民族是由不可变的、根深蒂固的某种本质所决定，它决定着民族成员稳定的人格特征③。“民族社会建构论”④(Ethnicity Social Constructivism)或“反民族本质论”则与之相反，认为民族是由于政治、经济和社会等因素在历史情景中人为建构的，因此民族及其民族成员的属性都是可变的⑤。罗斯虽然意识到群体认同在主流社会文化环境中的重要性，但依然反对将每一个群体的总体形象固有为一组不变的本质。他在《夏洛克在行动》中尝试建立一种反本质主义的模式，认为占主导地位的叙述往往倾向于根据自我或他人的区别将积极或消极的价值归因于这些基本的“品质”，这种表征模式往往会触发困扰族群领域的暴力并使之合法化。对此，罗斯分别通过几位以色列和巴勒斯坦典型人物的视角展示了以色列犹太人真实的“身份转变”，即由“受害者”到“征服者”。正如“假罗斯”皮皮克所言，“犹太极权主义已经取代了褒犹主义，成了世界上犹太人最大的威胁……犹太人再次处于可怕的十字路口。因为以色列。因为以色列以及以色列危及我们所有人的方式……第二次世界大战结束以来，以色列已经变成犹太人生存的最大威胁……在被占领地上到处爆发以色列士兵和愤怒的阿拉伯暴民之间的冲突”⑥。对此，罗斯详尽描述了亲身参加的一次庭审，并展开了对当代犹太人身份问题以及当代威胁以色列的种族问题进行了讨论。

---

① Fishman Sylvia Barack. Success in Circuit Lies: Philip Roth's Recent Explorations of American Jewish Identity[J]. Jewish Social Studies, 1997, 3(3): 132-155.

② 民族本质论(Ethnonationalism or Essentialism in Ethnicity)是关于民族身份和民族特性的理论或观念，认为民族具有一种固有的、本质的特性或本质。这种观念强调民族的统一性和独特性，认为某些文化、语言、宗教或种族特征是构成民族身份的核心，且这些特征是持久的、不可改变的。

③ 高承海，万明钢. 改变民族内隐观可促进民族交往与民族关系[J]. 民族教育研究，2018, 29(4): 21-26.

④ 民族社会建构论(Ethnosocial Constructionism)是一种理论观点，认为民族身份和民族特性并非固定不变的内在本质，而是由社会、历史和文化互动建构出来的。这一理论强调，民族认同和特性是通过社会过程、权力关系、历史事件以及文化生产而逐步形成的。与民族本质论相对，社会建构论强调民族的动态性、变化性以及多样性。

⑤ Chao M M, Kung F Y H. An Essentialism Perspective on Intercultural Processes [J]. Asian Journal of Social Psychology, 2015, 18(2): 91-100.

⑥ 菲利普·罗斯. 夏洛克在行动[M]. 黄勇民，译. 上海：上海译文出版社，2020: 85.

这是“二战”时期的纳粹嫌犯约翰·德米扬鲁克的审讯。德米扬鲁克是一名乌克兰裔美国汽车工人。根据以色列警方搜集到的党卫军成员身份证和大屠杀幸存者(Holocaust survivors)的证词，此人涉嫌在1943年在特雷布林卡灭绝营(Treblinka Extermination Camp)看守期间担任杀戮机器的一部分，协助杀害2万多名犹太人，被称作“恐怖的伊万”(Ivan the Terrible)。因为证据不充分，这个案子持续了数十年，涉及四个国家，多届政府的法庭博弈。控辩双方此消彼长，时而看似铁证如山，时而迭出矛盾谜团，然而真相始终埋在故纸堆里。一个民族需要对应的历史语境，才能确立自己的身份。从这个意义上讲，罗斯将读者带到了那段大屠杀的悲惨回忆中，亲历烦冗漫长的审判和辩诉，感受一段历史如何塑造和决定一个有着创伤回忆的犹太民族。然而，另一方面，罗斯又带出了一个敏感而尖锐的问题，在政治浪潮和政治角力中，真相似乎被操纵和利用。第一次庭审期间，罗斯发现听审的观众大多是被老师安排过来“接受教育”的年轻学生。从他们的“漫不经心”“百无聊赖”的神情，审判人员的“端庄镇定”，以及被告“懒洋洋的哈气”和“漠然的反诌”，罗斯感受不到一丝对大屠杀的悲悯。“对他们来说，特雷布林卡集中营应该是遥远银河系里某处茫茫蛮荒，而在这个国家——早年幸存者和他们的家人在这里麇集——这实际上是一个欢庆的契机；我想，到了今天下午，这些少男少女可能连被告的名字都记不得了。”①“这场审判对他来说真的一点儿也不意外，一场由犹太人鼓噪起来的为了宣传而进行的审判，一场不公正的、谎言般的审判闹剧。”②罗斯在这里用犀利讽刺的语气质疑以色列法庭为清算“二战”中的集中营的罪行而进行的漫长审判的必要性。

这次法庭上的所见所闻促使像罗斯一样仍然可以置身事外的犹太人不得不重新审视他们的犹太身份③。在中东地区冲突日益激烈的今天，如何进行对前纳粹战犯的审判？如何处理以色列和波兰等其他欧洲国家的关系？如何面对并消解以色列和阿拉伯国家的矛盾冲突？犹太人的身份归属到底在哪里？这些问题仍然困扰着当今世上所有的犹太人。

---

① 菲利普·罗斯．夏洛克在行动[M]．黄勇民，译．上海：上海译文出版社，2020：153.

② 菲利普·罗斯．夏洛克在行动[M]．黄勇民，译．上海：上海译文出版社，2020：157.

③ 罗小云．《夏洛特行动》中内心探索的外化策略[J]．当代外国文学，2009(3)：95-96.

鼓吹流散主义的“假罗斯”皮皮克是一个终极同化者。为了“拯救”以色列，皮皮克试图彻底解除犹太人的身份认同和历史，将他们从所处的历史中解脱出来以解决他们的身份危机。他认为祖籍在欧洲的犹太后裔们应该返回到之前的欧洲家园，以拯救因他们狂热的军国主义而带来的毁灭。“现在该是他们返回欧洲的时候了，数百年来，一直到今天，欧洲一直是最正宗的犹太人家乡，它是拉比犹太教、哈西德犹太教、犹太现世主义和社会主义等的诞生地。当然也是犹太复国主义的诞生地。但是，犹太复国主义已经失去了它的历史功能。现在该是在欧洲流散运动中复兴我们的卓越精神和文化作用的时候了。”①皮皮克认为，和在欧洲国家遭遇的几年迫害和屠杀相比，犹太人更应该想着与之几千年的和谐辉煌。而且，欧洲人也会欢迎他们回来，把他们当作失散已久的家庭成员。“你知道接下来会发生什么……第一批犹太人什么时候回来？会有人群欢迎他们。人们会欢呼雀跃。人们会流泪。他们会高呼我们的犹太人回来了！我们的犹太人回来了！”②

大屠杀的幸存者——犹太作家阿哈龙·阿佩尔菲尔德（被罗斯称为“大屠杀小说最重要的编年史家”）面对长年战乱、犹太人未知的前景以及不完整的文化归属，一直以“流浪者”自居，试图在沉重的历史中找到自己的身份。“如果我否认我童年在大屠杀的经历，我的精神就会畸形……我过去是受害者，所以现在试图理解受害者。”③罗斯的大学同学，巴勒斯坦学者乔治·齐亚德（George Ziad）无疑是支持“假罗斯”的犹太流散主义思想的。他甚至认为以色列对于战后纳粹嫌疑分子反复而漫长的审判只是想要给自己贴上“受害者”的标签，试图通过自己身上的这种“迫害者”形象赢得全世界人的同情和支持，进而使得自己对阿拉伯人的迫害合法化。“犹太人成为征服者仅仅因为他们是受害者，这成了犹太人的官方策略，分分秒秒、时时刻刻、日日夜夜地向世界提醒这一点。”另外，以色列官方也想借此以保持和世界流散犹太人的某种联系，以获得某种利益。“德米扬鲁克来这里是为了维护那个作为这个国家生命线的神话。”④特别是有特权的、牢靠的美国犹太人的联系，“利用他们因为没有遭受苦难获得了成功而产生的负

① 菲利普·罗斯．夏洛克在行动[M]．黄勇民，译．上海：上海译文出版社，2020：56.
② 菲利普·罗斯．夏洛克在行动[M]．黄勇民，译．上海：上海译文出版社，2020：45.
③ 菲利普·罗斯．夏洛克在行动[M]．黄勇民，译．上海：上海译文出版社，2020：57.
④ 菲利普·罗斯．夏洛克在行动[M]．黄勇民，译．上海：上海译文出版社，2020：379.

罪感”，借以满足对于这片土地的历史索求。

由于历史上长久的漂泊经历和所遭受过的几次种族大屠杀，犹太人给世人的印象一直都是饱受创伤疾苦的受难者。自从被罗马帝国赶出耶路撒冷以来，犹太人便流落在世界各地，过着漂泊不定的生活，并不断遭受着栖息地反犹主义的歧视和迫害。两千多年来犹太“受难者”们一直都梦想着回到应许之地，建立犹太国家。19 世纪末，西奥多·赫兹尔①倡导的犹太复国主义（Zionism）不断兴起。流散在外的犹太人开始大批移居巴勒斯坦地区，但是因领土、政治和宗教等争端与当地阿拉伯人不断发生流血冲突，从未得到身心的安宁。“二战”期间德国纳粹的种族大屠杀使 600 多万犹太人失去生命，给犹太人带来了巨大的身心创伤，成为他们长久不能挥去的阴影。“二战”后在联合国的授权下，以色列于 1948 年建国，然而并没有得到周边阿拉伯国家的认可。几次中东战争后，以色列侵占了巴勒斯坦大片的领土，巴以冲突日益加剧并不断升级，犹太复国主义愈来愈与道德和人道主义相背驰。在阿拉伯人眼中，昔日的“受难者”正在演变为“侵略者”。“这是个军国主义国家，靠武力建国，靠武力维持，崇尚武力和镇压。”②2023 年 10 月 7 日，新一轮巴以冲突以一种出乎意料的方式突然爆发。截至 2024 年 8 月，以色列在加沙地带的军事行动造成的巴勒斯坦死亡人数已接近 4 万！加沙地带 85%的人口流离失所。以色列的轰炸持续进行并不断升级，每天都有无辜的生命在消失！③

巴以冲突日益加剧使两个民族之间充满仇恨。乔治·齐亚德（George Ziad）无疑是《夏洛克在行动》中最有活力的阿拉伯人。乔治是一个典型的“仇犹主义者”，他认为在过去的四十年里，大屠杀的幸存者深受大屠杀心态的毒害，试图“控

---

① 西奥多·赫茨尔（Theodor Herzl，1860—1904）是奥匈帝国时期的犹太记者、作家，也是现代政治犹太复国主义运动的创始人之一。赫茨尔被广泛认为是以色列的精神奠基人。他认为，犹太人作为一个民族，只有在自己的国家里才能安全和自由地生活。他的思想和行动推动了犹太人寻求建立一个独立的犹太国家的进程。赫茨尔最著名的著作是 1896 年出版的《犹太国》（*Der Judenstaat*），其中他提出了犹太人需要建立自己的国家，以解决反犹主义带来的问题。

② 菲利普·罗斯．夏洛克在行动[M]．黄勇民，译．上海：上海译文出版社，2020：803.

③ 黄泽民，新华网，“以色列在加沙地带军事行动致死超 4 万人”，2024 年 8 月 15 日。http：//www. news. cn/20240815/f18fdd6db2a84053ba850f502d84702d/c. html.

制”巴勒斯坦人，一直为“生存”而斗争。罗斯刚到耶路撒冷时无意间遇到乔治并询问他在以色列干什么时，乔治强调“在被占领区里”“仇恨”①着。“我是个被仇恨吞噬了的投掷石头的阿拉伯人。”②之后他不断缠着自己的大学同学罗斯，赞扬他在其小说中勇敢直视自己民族弊端的勇气。乔治认为正是《波特诺伊的怨诉》让罗斯成为“一个具有独立人格的犹太人”③。同时，他愤愤不平地诉说着以色列抢占巴勒斯坦领土的行径以及对巴勒斯坦人的迫害。“上个月，他们抓了一百个男孩，那些占领者把他们关押了十八天，把他们带到纳布鲁斯附近的一个集中营。…… 他们回来后脑子都坏了！聋了！瘸了！瘦极了！”④对此罗斯一直保持沉默。一方面，对于自己之前的作品因大胆犀利地暴露犹太人的丑恶而饱受批评界的诟病，罗斯也通过“他者”予以辩护。另一方面，对于以色列军队的侵略行径和对巴勒斯坦人的反人道主义恶行，作为犹太人，罗斯通过“他者”的义愤进行民族自我反省。通过乔治的焦虑不安和歇斯底里的叙述，罗斯试图让犹太读者们体会一下一位巴勒斯坦人对以色列人的怨恨。饱受战争创伤的阿拉伯人认为大屠杀彻底改变了犹太人的性格，毒害了他们的心态，使他们崇尚武力，以暴制暴。他们已经由“受害者”变为 “征服者”，然而依然利用“大屠杀进行自卫，并贪婪地吞并土地，将巴勒斯坦人赶出家园，轰炸贝鲁特平民……建立以色列军事扩张主义，将之与犹太人受害的记忆联系起来，使之从历史角度看是正义的；使之理性化……”⑤公审乌克兰人——德米杨鲁克也只是想“通过增强身为受害者这一观念，来巩固以色列权力政治的基石”⑥。

然而，乔治的歇斯底里和狂热迷乱，也让罗斯和读者感受到他狭隘的民族本质主义逻辑：在强烈谴责以色列犹太人的暴行时，他把所有以色列的犹太人极端地简化为一种单一的特征——野蛮、极权、黩武，而把所有巴勒斯坦人塑造成受害者，以达到自己的某种目的——拉拢罗斯支持犹太流散主义。罗斯认为：巴以

① 菲利普·罗斯．夏洛克在行动[M]．黄勇民，译．上海：上海译文出版社，2020：335.
② 菲利普·罗斯．夏洛克在行动[M]．黄勇民，译．上海：上海译文出版社，2020：337.
③ 菲利普·罗斯．夏洛克在行动[M]．黄勇民，译．上海：上海译文出版社，2020：340.
④ 菲利普·罗斯．夏洛克在行动[M]．黄勇民，译．上海：上海译文出版社，2020：338.
⑤ 菲利普·罗斯．夏洛克在行动[M]．黄勇民，译．上海：上海译文出版社，2020：374.
⑥ 菲利普·罗斯．夏洛克在行动[M]．黄勇民，译．上海：上海译文出版社，2020：377.

双方的冲突有着复杂深远的政治历史背景，深受当前国际政治局势的影响，不是单方面就能解决的事；暴力也不只属于犹太人。在以色列控制区内的市场里，“大约每隔几个月，警方反暴组就会在垃圾堆里或农产品装货箱里发现一个巴勒斯坦解放组织隐藏的爆炸装置……在被占领地上到处爆发以色列士兵和愤怒的阿拉伯暴民之间的冲突”①。与之形成对比的是乔治的妻子安娜，她可以完全将自己置身于民族本质论之外。当罗斯在乔治家里假冒皮皮克鼓吹犹太散居主义观点时，安娜直接谴责这种狂热。“当你读书、听音乐、选择朋友是因为他们的品质，而不是因为他们和你有共同的根源，这难道不是‘生活’吗？根源！一个洞穴人赖以生存的概念。巴勒斯坦人民、巴勒斯坦遗产的生存，真的是人类进化的‘必须’吗？难道那些神话比我儿子的生死更重要吗？”②毫无疑问，安娜对所有唤起种族本质神话的运动的否定，是对群体认同的主流观点的批判。“巴勒斯坦是个谎言！犹太复国主义是个谎言！流散主义是个谎言！”③在第八章里，罗斯准备最后一次出席德米扬鲁克的庭审时，遇到了以色列警察戴维·萨普斯尼克，他给罗斯看了克林霍夫的两本旅行日记并要求罗斯为这些日记写序，但遭到罗斯的拒绝。克林霍夫是一位热爱旅游的美籍犹太人，他在 1985 年 10 月的“阿基莱·劳伦号谋杀”中被四名巴勒斯坦劫持者残忍杀害。“英勇的巴勒斯坦自由战士朝坐在轮椅中毫无防备的犹太残疾人士头上开了一枪，然后把他扔进了地中海。”④罗斯在这里也是对安娜的反种族本质神话论的肯定。

当一个人的真实身份使他与自己的国家发生冲突，他将面临文化认同的冲突而陷入自我分裂或形成双重人格。同样，美籍犹太作家罗斯也面临着尴尬的身份问题，“什么最重要，国籍还是犹太人身份？”⑤作为流散在外、远离战争、享受文明生活的犹太人，罗斯也不例外。一方面，他可以置身事外，平静地面对不同立场，客观公正地看待犹太人的身份问题和巴以冲突。另一方面，身处故国以色列，主观的犹太精神又使他重新获取了犹太意识并开始重建犹太身份，试图设身

① 菲利普·罗斯．夏洛克在行动[M]．黄勇民，译．上海：上海译文出版社，2020：327.
② 菲利普·罗斯．夏洛克在行动[M]．黄勇民，译．上海：上海译文出版社，2020：161.
③ 菲利普·罗斯．夏洛克在行动[M]．黄勇民，译．上海：上海译文出版社，2020：162.
④ 菲利普·罗斯．夏洛克在行动[M]．黄勇民，译．上海：上海译文出版社，2020：826.
⑤ 菲利普·罗斯．夏洛克在行动[M]．黄勇民，译．上海：上海译文出版社，2020：794.

处地地去治愈犹太人曾遭受的文化创伤。鼓吹流散主义的皮皮克就是他的一个自我分裂。小说最后一章，罗斯想象着皮皮克因癌症死去，自己去他的墓地，想要获取有关他的资料。罗斯通过假想与皮皮克女友对话的形式坦白了皮皮克是自己内心曾经的一个声音。“他也许与我内心生活的碎片产生了共振。”①罗斯被以色列情报机构摩萨德秘密绑架时，他竟然开始阅读克林霍夫的日记以使自己平静，并开始为其作序。当被请求替摩萨德搜集情报时，他虽然一开始很抵触，但是身为犹太人的职责最终使他决定“作为一个忠诚的犹太人来从事和完成这次任务”。“能够为我的职业身份提供最大利好的最佳方法便是摆出一副自己只是一个好犹太人的姿态，响应身为犹太人的职责号召，受雇成为一名以色列间谍”②。

在《夏洛克在行动》中，罗斯将目前冲突不断的以色列设为写作背景，直面中东战乱给当代犹太人以及巴勒斯坦人带来的困惑和危机。同时，通过呈现以色列不同视野的犹太人和巴勒斯坦人对中东局势的真实想法，试图为巴以民族双方的对抗和互动提供一个积极的沟通平台。作为犹太作家，一方面，罗斯十分关注犹太人尤其是犹太幸存者们面临的一个更为重要的问题：在后大屠杀时代，如何看待“二战”中的“大屠杀”？在犹太民族沉重的历史文化记忆中，除了大屠杀，当代犹太人的命运与文化身份的内涵更为重要！如何开始自己的新生活，以及如何处理“二战”后与非犹太人尤其是阿拉伯人的关系？通过自己的反本质主义观点的呈现，罗斯告诫犹太民族摆脱历史的重负，从犹太民族的历史文化创伤中解脱出来。另一方面，对于散居在外的犹太人，罗斯以自己的亲身体验告诉读者：身份认同并不局限在固定的空间中，在保持现有身份的同时，你可以在以色列这个犹太人的国家中想象身份建构的可能性，或者说是反身份(counterlife)③。

罗斯的自传性伦理书写经过了早期坚持作家伦理自由，到中期意识到群体身份的伦理责任而陷入到困境中，再到年老时又受到疾病死亡的约束限制，最终将视野投放在更为宽广的时空中，将历史事件、民族记忆和当今政治交织在一起，

① 菲利普·罗斯．夏洛克在行动[M]．黄勇民，译．上海：上海译文出版社，2020：1114.

② 菲利普·罗斯．夏洛克在行动[M]．黄勇民，译．上海：上海译文出版社，2020：1061.

③ 苏鑫．菲利普·罗斯大屠杀书写的语境与特征[J]．中南大学学报，2014，20(5)：201.

着眼于当前的政治格局和民族矛盾，从现实主义角度探索着犹太民族的发展之路。随着自传性书写的日趋成熟，罗斯自如穿梭于现实和虚构中，怀揣着强烈的伦理道义职责，不断书写着自己的人生感悟、历史观念和民族情结。

第二节　犹太裔美国人的文化创伤

“创伤”(trauma)一词源自希腊语，最早属于病理学领域，本意是外力给人身体造成的物理性损伤。19 世纪后期受到现代心理学尤其是弗洛伊德心理分析的影响渐渐被应用到心理学当中，通用的定义为“对突发或灾难性事件的压倒性体验，对这些事件的反应通常是延迟的、不受控制地反复出现幻觉和其他侵入性现象”①。经过两次世界大战的阴霾，“创伤”又渗透到文学、哲学、历史学、文化研究、人类学、社会学等领域。其当代核心内涵为“它是人对自然灾难和战争、种族大屠杀、性侵犯等暴行的心理反应，影响受创主体的幻觉、梦境、思想和行为，产生遗忘、恐怖、麻木、抑郁、歇斯底里等非常态情感，使受创主体无力建构正常的个体和集体文化身份。”②

创伤作为一种文学理论始于 20 世纪最后 20 年美国心理学会对 PTSD，即创伤后应激障碍(post-traumatic stress disorder)的研究。该研究因其对战争幸存者、遭受虐待的儿童、灾难幸存者、难民或长期处于贫困或漂泊生活等人们的研究而渐渐引起社会的广泛关注，继而引起了人类学、文学、精神分析等其他领域的关注③。某种程度上说，无形的伤害，尤其是关乎精神世界，关乎民族文化的创伤对于主体的伤害强度更大、更深远。“当一个集体成员们感到他们经历了一件可怕的事情，在他们的群体意识上留下不可磨灭的痕迹，成为永久的记忆，并且以根本且无可逆转的方式改变了他们未来的身份时，文化创伤就发生了。”④众所周

① Caruth Cathy. Unclaimed Experience: Trauma, Narrative, and History[M]. Baltimore: The Jouns Hopkins University Press, 1996: 5.

② 陶家俊. 创伤[J]. 外国文学，2011(4): 116.

③ Van der Kolk, Bessel A, MeFarlane Alexander C. The Black Hole of Trauma—The Effects of Overwhelming Experience on Mind, Body and Society[M]. New York: The Gullford Press, 1996: 191.

④ Alexander Jeffery C. Trauma: A Social Theory[M]. Cambridge: Polity Press, 2012: 6.

知，在几千年的历史长河中，犹太民族和我们中华民族一样，一直都是一个多灾多难的民族，饱经着无数战争和迫害的创伤。在两千多年的反犹主义历史上，出于宗教、政治或经济原因，犹太人一直处于被驱逐、被流放、被排斥甚至被屠杀中。尤其是第二次世界大战期间，德国纳粹对犹太人惨绝人寰的种族大屠杀对犹太民族更加是致命的身心创伤。大约有600万犹太人在大屠杀中丧生，这对犹太民族来说简直是一场灭顶之灾。即使在战后很长一段时间，很多幸存者及其家人依然生活在恐惧之中，无法从灾难中恢复过来。“虽然战争结束了，但由于他们的记忆和恐惧，纳粹仍然控制着这个家庭。”①

作为一位犹太裔美国作家，基于其独特的文化背景，菲利普·罗斯一直怀着创伤情结，体验并感受着母族同胞的内心世界，深切观照着异族文化生活下犹太人的精神家园。20世纪，犹太民族背负着历史的创伤来到美国，带着挥之不去的大屠杀的梦魇，历经几代移民和美国文化的艰难融合，以及战后美国动荡不安的社会现实，这些都为罗斯的创伤叙事提供了丰富的养料，促使他的创作像不断翻转的万花筒一般为读者呈现出20世纪后半叶生活在美国这片标榜着民主自由的乐土上的形形色色犹太人的心灵创伤。本节主要围绕菲利普·罗斯的几部作品中的创伤叙事，探讨其作品中犹太裔美国人融入美国文化过程中所经受的文化创伤。

一、《再见，哥伦布》：无止漂泊中“流浪者”的身份困惑

犹太民族几千年民族演进史就是一部颠沛流离的漂流史。犹太人最早起源于地中海东岸的阿拉伯半岛，被称为闪米特人，后来为了生存几经迁徙到迦南(巴勒斯坦)，被当地人称为希伯来人。根据《创世纪》记录，这是遵循上帝的意愿行事，上帝对亚伯兰说：“你要离开本地、本族、父家，往我所要指示你的地方。”②之后，迫于饥荒，他们又迁徙到了埃及尼罗河畔的格栅，在那里繁衍生息几百年后，又因不堪埃及法老拉美尼斯二世的奴役迫害，在摩西的带领下逃出埃及，重返巴勒斯坦，之后也曾建立过强大的君主制国家，但也不断经历了本族内

① Roth John K. Holocaust Culture[M]. Pasadena: Salem Press, Inc. 2008: 437.

② 出自圣经《旧约·创世纪》: 12: 1.

讧，惨遭亚述、巴比伦帝国、波斯、罗马帝国的征服和奴役。其间犹太人也曾反抗过，公元前6世纪，耶路撒冷被毁灭，公元66年和132年，犹太人发动了两次反抗罗马人的犹太战争，但终究因失败而被驱逐。自此，失去港湾的犹太人便踏上了流散之路，开始在全世界范围内流浪，但依然保持着故土文化的特征，坚守着自己的“格栅”。犹太民族的流散史也为欧美文学“流散文学”提供了丰富的素材。

虽遗有“上帝选民”的荣光，却承受着家园被毁、无奈背井离乡的漂泊之苦，其间又饱受歧视、限制和隔离，乃至排斥、驱逐和灭绝，犹太民族被深深烙上了文化创伤的印记。“历史的受害”，家园的失去和长久异国他乡的颠沛流离造就了犹太民族流散无根的文化，继而产生了身份认同、精神焦虑、生存意义、价值所向、自我异化等一系列问题。① 此外，昔日“上帝选民”的优越感一直植根于犹太文化的潜意识中，然而现实中成为“被抛弃的一族”而四处飘荡，饱受磨难与痛苦。信仰与现实的深刻悖论折磨着犹太人的心灵，造就了犹太民族精神上的压抑和苦闷的集体潜意识，形成了一种独特的民族心理特征。由于其独特的民族历史和文化传统，犹太民族散离式地分布于世界各地异族文化的缝隙中，但又不见容于客居地的文化。这种尴尬的文化景观注定了犹太民族同化的被动性和冲突性以及同化过程中犹太主体始终处于怀疑和接受的复杂心理②。一方面，身处异国他乡的犹太父辈们恪守着和上帝的契约，坚持本民族的文化传统，坚守固有的精神寄托，竭力固化着自己的民族性。但同时，逐渐被同化的犹太子辈们厌恶束缚他们的犹太教规，怀揣着“美国梦”，渴望获得精神自由和世俗幸福，极度渴望融入主流文化，获得认可，获取新的民族身份，找到心灵的归宿。然而残酷的美国社会中巨大的阶级差异又使得他们止步不前。失落彷徨中，他们往往会因无法获取身份认同而迷失自我。这样的悖论必然会造成犹太民族自身苦闷绝望的精神状态。作为一名在美国生活的第二代犹太作家，菲利普·罗斯一直都怀着对母族的深爱和同情之心，审慎地关注着深受无根之痛创伤体验的犹太民族的内心世界，为读者展现了犹太民族无所依的精神荒原和异化中的身份焦虑。以《再见，

① 洪春梅．菲利普·罗斯小说创伤叙事研究[D]．天津：天津师范大学，2014：36.

② 洪春梅．菲利普·罗斯小说创伤叙事研究[D]．天津：天津师范大学，2014：42.

哥伦布》为代表的罗斯早期的不少作品通过塑造了一批受困于文化身份和身份认同的犹太人物形象，展现了犹太文化在美国文化大熔炉的融合状况。

中篇小说《再见，哥伦布》出自菲利普·罗斯出版的第一部作品集《再见，哥伦布》(罗斯成名作，获得美国国家图书奖，共包含 6 篇小说)。这部小说以纽瓦克的犹太青年尼尔·克鲁格曼(Neil Klugman)为第一人称讲述了他与回家度暑假的一名犹太女大学生布兰达·佩蒂姆金(Brenda Patimkin)相识、相恋，然而最终却因社会阶层的差异以及两人之间的互不信任而无奈分手的爱情悲剧。出身贫寒的图书管理员尼尔在游泳池与犹太新贵布兰达一见钟情，短暂接触后两人很快坠入爱河。热恋期间尼尔曾去过布兰达的家拜访过她的家人，目睹了犹太新贵富足享乐的生活。后来布兰达邀请尼尔在她家中度假，两人在肖特希尔斯如胶似漆，纵情玩乐。其间尼尔曾让布兰达使用子宫帽，但此事被布兰达的家人知晓后，引发了家人的强烈谴责以及两人的争吵。最终，尼尔被迫与布兰达分手，在犹太新年的第一天，搭上了回纽瓦克的列车。《再见，哥伦布》以伤感的爱情悲剧叙事刻画了流浪中的犹太民族在美国社会富足的物质生活诱惑下，在面对着犹太传统文化与美国主流文化相撞时，所经历的自我迷失、身份认同焦虑、双重身份之间的冲突，最终重新建构自我、坚守本族文化的决心。

在经历了长期的漂流、19 世纪末东欧反犹主义的迫害以及第二次世界大战中大屠杀的梦魇，成千上万苦难的犹太民族逃离故土，奔赴美国。受尽歧视迫害的犹太人视美国为新的希望之地，他们勤恳努力，希望扎下根来，结束漂泊不定的生活，渐渐融入美国主流社会，获得身份的认同，实现自己的“美国梦”。然而残酷的现实使他们经历着双重的文化打击。一方面，在美国被同化的过程中，犹太裔后代们的民族特性，即“犹太性”渐渐减弱了。他们深受美国主流文化的熏陶和驱使，渴望继承父辈遗产，实现自己的美国梦，对于一些犹太教传统观念和教义感到厌烦甚至憎恨。然而，他们又深知已深深融入自身血液的犹太母体文化需要他们对民族特性的继承和延续①。因此，他们一直彷徨于矛盾和内疚中，身心依然在漂泊。另一方面，与主流文化的格格不入使他们始终未被接受和认

① 朱娟辉．论《再见，哥伦布》中犹裔文化身份之流变[J]．长沙大学学报，2015(4)：14.

可，成为边缘人。内心害怕被“边缘化”，渴望被接纳，融入主流文化，同时又拒绝完全被同化，这种矛盾的心理造成了犹太移民后代们集体的身份困惑和焦虑。

在这部小说中，尼尔一直都是一位精神流浪者，他在物质成功和道德以及精神追求上始终犹豫不决，是否可以为实现“美国梦”而抛弃道德理想一直在折磨着他的灵魂。尼尔出身于贫穷的犹太传统家庭，犹太传统深深影响着他的道德观和价值观，然而，现实生活中他却时常背离犹太传统，充当一位“反叛者”。犹太人家庭观念都很强，尼尔因工作关系没有和父母一起住，也很少联系。少年时曾背离犹太宗教的教诲，为了看裸体游泳的表演而谎报自己的年龄。他很少去教堂，和布兰达母亲的交谈也暴露出他对犹太教的漫不经心。坚守犹太教义的佩蒂姆金夫人问他是否对圣约之子会(世界上历史最悠久，规模最大的犹太人服务机构)感兴趣，并说罗恩等婚礼结束就准备加入时，尼尔却故意推脱，他自己也承认“我只是犹太人而已”。为讨好布兰达的母亲，尼尔还假装自己是犹太教正统派，自己内心也觉得脸红。格拉迪斯(Gladys)姨妈犹太式的节俭刻板和对他的关心备至竟使他感到厌倦。最后一次和布兰达在旅馆见面，两人因子宫帽被布兰达家人发现而发生争吵时，他也曾抱怨说，“跟疯疯癫癫的姨母住在一起，我真是捡了大便宜”①。更为尤甚的是，在对待爱情和婚姻上他完全背弃了犹太传统所崇尚的谨慎和庄严，更多体现的是美国人的开放、随意和自由。犹太教禁止婚前性行为，认为这是犯罪。尼尔却和布兰达在她的家里发生性关系，并要求她戴子宫帽以逃避责任、获取自由。尼尔的种种行为，对于犹太教来说无疑都是离经叛道。然而对于美国文化，尼尔也是既渴望又排斥，表现出自卑和不屑。对于美国上流社会的富足生活，他是充满向往的。犹太一代移民基于多舛的命运从欧洲奔赴美国，最初，他们有着相同的种族身份。然而不同的家庭经济状况、对本族文化传承的差异，以及美国文化的冲击造成了美国犹太移民内部的分化和矛盾。第一次和布兰达约会时，尼尔就在车上发现“郊区的地面虽比纽瓦克只高了八十英

---

① 菲利普·罗斯．再见，哥伦布[M]．于理明，译．上海：上海译文出版社，2021：164.

尺，却让人感到好像更接近天空，夕阳变得更大、更低、更圆”①。第一次拜访女友家时，他就被布兰达一家富足的生活震撼了：宽敞的餐厅、宽大的观景窗、院子里的草坪以及运动器材之树，“我们没有在厨房里吃饭，相反，我们六个人——布兰达、我、罗恩、佩蒂姆金夫妇及布兰达的小妹朱莉围坐在餐厅的饭桌前”，“树下有两柄铁头球棒、一个高尔夫球、网球筒、棒球、篮球、棒球手套以及一眼就认出的骑手短鞭，还有篮球场……室内的我们在西屋空调持续的冷气中享用晚餐。一切都十分惬意”②。此时，尼尔就像图书馆那个黑人男孩向往画家更高作品中塔希提岛上土著居民的惬意生活一样对犹太新贵佩蒂姆金一家中产阶级的生活充满了艳羡。同时，出身卑微的他也感到些许的自卑，“与这些大人国巨人一起用餐，有好一阵子我感到仿佛肩膀被削掉四英寸，身高也矮了三英寸，除此之外，好像有谁移除了我的肋骨一样，我的前胸顺从地贴向我的后背”③。再次拜访布兰达家人时，尼尔依旧充满了好奇和向往。

> 肖特希尔斯又浮现在我眼前了：黄昏时刻，一片玫瑰色，宛如高更画中的溪流。”趁着布兰达一家人送罗恩去机场，“我”开始在房间里踱进踱出。书房里斜放的皮椅和全套《知识年鉴》，三幅佩蒂姆金家孩子的彩色肖像画，以及一家人的生活照片，这些无不体现了佩蒂姆金一家高品位的上流生活。豪华地下储藏室里吧台各类盛宴用的考究器皿……只有富翁的吧台上才会有这些东西……吧台后架子上的两打名贵酒，告诉顾客他们的品位多贵族……还有塞满了各种水果的冰箱……啊，佩蒂姆金！水果在他们冰箱里生长，运动器材从他们的树上落下！④

相比之下，格拉迪斯姨妈家的日子太寒酸了，每次买食物都要算计好，怕买多了浪费；每次孩子们吃完饭，姨妈都要检查一下看是否有剩下的饭菜；表妹不能参加学校夏令营，不能买自己心仪的鞋子，也没有布兰达那样一抽屉的运动衫。通

---

① 洪春梅．菲利普·罗斯小说创伤叙事研究[D]．天津：天津师范大学，2014：10.
② 洪春梅．菲利普·罗斯小说创伤叙事研究[D]．天津：天津师范大学，2014：25.
③ 洪春梅．菲利普·罗斯小说创伤叙事研究[D]．天津：天津师范大学，2014：26.
④ 洪春梅．菲利普·罗斯小说创伤叙事研究[D]．天津：天津师范大学，2014：45-51.

过尼尔的视觉，作者将纽瓦克普通犹太人的简朴生活和佩蒂姆金一家富裕的生活作了一个鲜明的比较：同是犹太人，物质生活上却形成两个鲜明的阶级。然而在和佩蒂姆金一家近距离接触时，尼尔感受到了美国犹太新贵的粗俗和虚伪以及在美国这片宣扬自由的国土上犹太人为了成功跻身美国主流社会而如何压抑内心的欲望和人性①。他一方面因渴望得到布兰达家人的接受和认可而时时忐忑不安，担心失去爱情。热恋中的尼尔经常和布兰达去游泳，尼尔时常感到一丝恐惧。

> 如果我在水里待得太久，回去时她可能早就走了。我懊悔没有把她的眼镜带走，这样她势必要等我送她回家……当我游到第五圈中途时，我又一次感到了一种不可名状的恐怖，一时间竟产生了自己就要消亡的念头。这次我一游回来就紧紧地搂着她，比我们俩想象的还要紧②。

然而，另一方面，他又对佩蒂姆金一家人市侩的行事作风充满鄙夷和嘲讽。佩蒂姆金一家积累了物质财富，却遭遇了“降临在无数美国中产头上的精神空虚”。佩蒂姆金先生高大健壮，举止粗鲁，讲话不注意语法，吃饭狼吞虎咽，不停打嗝。在事业上佩蒂姆金崇尚美国主流文化的实干精神，通过剥削和奸诈获取财富。尼尔第一次去佩蒂姆金厨卫水槽专卖店时，就看到他颐指气使地指挥工人们干活的情景，“雪茄在佩蒂姆金先生口中不断游走，六个黑人正在拼命地卸货，不断地把洗浴盆扔给对方——我的腹内随之翻江倒海”③。他还教导尼尔做生意需要点“小偷精神”。佩蒂姆金夫人尽管始终面带笑容，但“对我过于客气”，她的虚荣和势力让尼尔与之交谈时如坐针毡。布兰达和哥哥罗恩因厌弃自己具有犹太人特色的宽骨大鼻子而做了整形手术以迎合美国白人的审美。布兰达的妹妹朱莉高傲骄纵，因为尼尔和她打乒乓球时总赢，一直对他一副冷漠和歧视的样子。佩蒂姆金夫妇对子女们赤裸裸的物质控制也让尼尔不能认同。父母教育子女时也

---

① 杨博文.《再见，哥伦布》中身份的困惑与探寻[J]. 辽宁教育行政学院学报，2009(1)：136.

② 菲利普·罗斯. 再见，哥伦布[M]. 于理明，译. 上海：上海译文出版社，2021：64.

③ 菲利普·罗斯. 再见，哥伦布[M]. 于理明，译. 上海：上海译文出版社，2021：112.

总是以提供给子女丰厚的物质条件作为资本。在这个家庭，父母和子女之间的亲情是以纯粹的金钱来体现和衡量的。而实质上，在“大衣裙子”的诱惑下，孩子们也已规训于这个已经异化的物质“天堂”。尼尔和布兰达最后一次见面吵架时，布兰达埋怨说她没脸回家了，尼尔甚至嘲讽她，“你照样可以回家——你爸爸买了两件大衣、半打裙子在等着你呢”①。最终，由于布兰达对其家庭的物质依赖和对尼尔的犹豫，加上尼尔对两人关系前景的不自信，两人以分手收场。

作为一个精神流浪者，尼尔一直沉浸在犹太式的矛盾中，他厌恶纽瓦克单调局促的生活，渴望融入象征成功的犹太新贵佩蒂姆金一家，然而现实的种种格格不入又使他退缩。“我在大厅里待了一会儿，想偷偷溜出房间钻进车里，回纽瓦克的欲望一直折磨着我，在那儿我至少可以坐在巷子里自在地剥糖吃。”②尽管在儿子罗恩的婚礼上，佩蒂姆金也曾表示了对尼尔的认可。

> 他在我的背上拍了拍，“你们俩，你们需要什么？去痛痛快快地玩吧。”他对布兰达说，“你是我的宝贝……”然后他瞧着我，“我的小鹿无论想要什么，对我来说都是好的。做生意总是需要人手的”③。

尼尔深深地明白，自己很难融入。他也无法认同和接受佩蒂姆金家和当时的主流社会以物质为衡量的价值标准。他只能做一个观察者，不能投入其中。“他不愿去证实个人或社会的价值观，也不愿形成任何价值观……他所能做的只是用怀疑和讽刺的眼光去看待任何现存的价值观……”④在小说结尾处，面对图书馆玻璃镜中的自己，回想起这段恋情，感慨万千，“我知道今后很长一段时间，我不会像爱布兰达那样去爱任何人。和别人在一起时，我还会有同样的激情吗？我激起

① 菲利普·罗斯．再见，哥伦布[M]．于理明，译．上海：上海译文出版社，2021：115.

② 菲利普·罗斯．再见，哥伦布[M]．于理明，译．上海：上海译文出版社，2021：48.

③ 菲利普·罗斯．再见，哥伦布[M]．于理明，译．上海：上海译文出版社，2021：107.

④ Jones Judith P. Philip Roth[M]. New York：Fredrick Ungar Publishing Co. Inc.，1981：17.

我爱她的一切，还会激发对别人的欲望吗?”①尽管有万般不舍，尼尔最终对自我、主流文化和传统道德观念进行反思之后，在犹太新年的第一天回到纽瓦克，实现了犹太传统的回归。

《再见，哥伦布》通过主人公尼尔的精神世界的探索，反映了美国犹太人在文化融合过程中对犹太身份和犹太道德传统的内省，以及追求自由和理想生活时的矛盾，同时也体现了犹太特性在异化过程中所受的冲击。尼尔对犹太传统和道德戒律的背离反映了美国犹太人在双重文化的包围下对自我身份认定的困惑。作为一名犹太作家，罗斯突破传统犹太叙事，将敏锐的目光锁向犹太民族内部，用锋利的笔尖书写了犹太移民在美国文化融合过程中所产生的种种问题，反向地促进了犹太人对于个体与民族、犹太文化与美国文化之间的关系的思考②。

二、《解剖课》：大屠杀阴霾下的创伤书写

纵观欧洲历史，犹太人一直处于被歧视、侮辱、压迫和屠杀的暴行中。公元1095年的夏天，东征的十字军冲进莱茵兰地区的犹太人社区，杀死了他们能看到的所有犹太人，并且将犹太人的商铺洗劫一空。15世纪末期西班牙对犹太人展开了彻底驱逐，19世纪和20世纪沙皇俄国多次掀起反犹浪潮。而反犹主义的最高潮则公认是1933年至1945年的纳粹大屠杀，造成约600万犹太人死亡。犹太大屠杀——犹太民族的历史之殇，是人类历史上空前的一次大灾难，也给犹太人造成了极度的精神创伤。不仅如此，大屠杀“在过去的50年中被重新界定为对全人类都造成了精神创伤的事件。如今，这个创伤事件与其说寓于特定情境中，不如说是没有确定情境的……它生动地活在当代人的记忆中”③。

对于欧洲犹太人的大规模、有组织杀戮的大屠杀是犹太人遭遇自离散以来的最大创伤体验。对于经历过“二战”期间纳粹德国残害的犹太人来说，大屠杀已

① 菲利普·罗斯．再见，哥伦布[M]．于理明，译．上海：上海译文出版社，2021：166.

② 薛春霞．反叛背后的真实——从《再见，哥伦布》和《波特诺伊的怨诉》看罗斯的叛逆[J]．当代外国文学，2010(1)：159.

③ 杰弗里·亚历山大．社会生活的意义：一种文化社会学的视角[M]．周怡，等译．北京：北京大学出版社，2011：25.

成为挥之不去的梦魇。尽管很多人早已流散到世界各地并融入当地的文化当中，这段悲惨的经历依然驻留在他们的心灵深处，转化成为犹太人的集体记忆，并且沉积在他们民族集体意识之中，使他们在“二战”后几十年的“沉默疗伤”中无时无刻不在为这种创伤体验而产生各种心理焦虑。大屠杀成为他们心中的痛，他们被“定格在其创伤上”①。正如欧文·豪所说，美国犹太人的生活具有“自我矛盾性”：犹太人一方面在享受着社会、经济发展所带来的和平、安逸；另一方面又深深卷入到犹太大屠杀所带来的种种影响之中，他们无法将这两者统一协调起来②。同时，创伤记忆也成为第二代、第三代的犹太移民作家的心理遗产，为他们提供了真实的创作素材。“创伤记忆孕育了创伤文学，作家们运用集体创伤的成规，刻画和描绘了各个遭遇创伤的人物，并通过这些形象，指代着特定时代、特定人群‘每个人’的历史”③。作为一名二代犹太移民作家，罗斯的很多作品都充满浓烈的大屠杀后意识，大屠杀成为其作品中一个“隐形的在场”。从20世纪50年代出版的小说集《再见，哥伦布》中《信仰的卫士》和《狂热者艾利》到2010年的《复仇女神》，读者都可以看到大屠杀的踪迹。在罗斯有关大屠杀的作品中，“疼痛”和“恐惧”作为两个高频词无时不在，是所有主人公们所遭受的身体和精神的痛苦体验。由于反犹的恐惧深深地渗入到他们的血液中，他们经常寝食难安，时常预感到莫名的灾难将要来临，同时也总是受到癔症的困扰，总有极度的感觉性疼痛，大屠杀如同幽灵一般盘桓在他们的心头。招致这种肉体和精神的疼痛及大屠杀被罗斯从一个生理反应和创伤事件升华成了一个意象。

《解剖课》(*The Anatomy Lesson*)创作于20世纪80年代，是罗斯“被缚的祖克曼三部曲”中的最后一部。仅从文学意义上讲，这是一部关于心理和精神创伤之后引起无可名状的“疼痛”的书，是一部思考与解剖“痛苦”的小说。“疼痛”在这部小说中指代有大屠杀心理阴影的症状。罗斯专门在扉页处引用了医学博士詹姆斯·西里亚克斯④在《矫形外科学教科书》中的一句话作为题词，“正确诊断病痛

---

① 弗洛伊德．弗洛伊德文集(第四卷)．车文博，主编．长春：长春出版社，2004：12.

② 欧文·豪．父辈的世界[M]．王海良，赵立行，译．上海：上海三联书店，1995：70.

③ 王欣．美国南方创伤小说研究[M]．成都：四川大学出版社，2013：59.

④ 詹姆斯·西里亚克斯(James Cyriax)是一位英国骨科医生，被誉为“现代骨科医学之父”。他在20世纪中期对肌肉骨骼系统的诊断和治疗作出了开创性的贡献，并发展了一整套针对软组织损伤的诊断技术，被称为“西里亚克斯法”。

的主要障碍在于感受到疼痛的部位往往远离病灶所在”①。这部小说通过祖克曼莫名的疼痛和母亲去世前的表征，借以暗示大屠杀所带来的创伤影响在隔代传递。借助《解剖课》，罗斯想要给“二战”后居住在美国的犹太人“解剖”思想，找到他们抑郁、疼痛的根源并医治他们的创伤②。

渐入中年的主人公内森·祖克曼已成为知名的文学大师，不仅在美国文学界享有一席之位，而且其作品也产生了丰厚的经济回报，充分享受着资产阶级的生活和美国身份的自由，然而这些却都是以被犹太族群抛弃、被非犹太人误解为代价——族人的愤恨、批评家的指责、父亲的愤愤而终、弟弟的怨恨。这一切都使他遭受着良心上的谴责，陷入了更大的束缚之中。雪上加霜的是，他在父亲去世后突然感觉到一种无从诊断的疼痛——由肩颈蔓延到躯干，甚至连精神也备受折磨……疼痛分布在他的脖子、手臂、肩膀上，让他走不了几个街区就觉得疼痛难忍，甚至在一个地方站久了也受不了。每次写字，他都咬紧牙关，面露痛苦之色③。身体上的疼痛，引发了他创作灵感的丧失，他几乎失去了自我。同化的过程给祖克曼带来了精神异化的问题，他陷入到被迫害的幻想中，感觉自己被家人和犹太族群所抛弃、被非犹太人误解。“没有了父亲，没有了母亲，没有了家乡，他也不再是一个小说家，不再是谁的儿子，也不再是什么作家。所有曾激励过他的一切都已然消亡，没有留下任何东西可以索取，利用，扩大和重建。”④借助精神分析专家之口，祖克曼承认目前自己所遭受的身心痛苦正是自己的“精神酬报”，而“二级回报”没法弥补他的初级损失。

> 专家暗示说，获得回报的祖克曼并不是他所感知到的自己，而是那个扎根于心灵深处的小婴儿，那个正在赎罪的忏悔者，那个心怀愧疚的底层人——也许获得回报的是那个痛失双亲而悔恨不已的儿子，那个写了《卡诺夫斯基》的作者 。⑤

---

① 菲利普·罗斯. 解剖课[M]. 郭国良，高思飞，译. 上海：上海译文出版社，2013：扉页.

② 洪春梅. 菲利普·罗斯小说创伤叙事研究[D]. 天津：天津师范大学，2014：97.

③ 洪春梅. 菲利普·罗斯小说创伤叙事研究[D]. 天津：天津师范大学，2014：3-7.

④ 洪春梅. 菲利普·罗斯小说创伤叙事研究[D]. 天津：天津师范大学，2014：35.

⑤ 洪春梅. 菲利普·罗斯小说创伤叙事研究[D]. 天津：天津师范大学，2014：20.

植入了美国思维方式，祖克曼开始直面犹太文化的“劣根性”，并进行大胆的书写和揭露，然而他的作品却导致了犹太家庭的严重冲突以及批评家的严厉指责，给自己带来了无法磨灭的精神伤痛，从而使自己陷入了精神异化危机之中，并导致了自己身心衰弱和疼痛的症状。百无聊赖的他思绪万千，他迫切需要和解，和家人，和自己的族群。他开始回望曾经失败的婚姻和犹太家庭的关系，极度的恋旧情绪和战胜病痛的决心促使他返回母校芝加哥大学，攻读医学学位。

> 在他恶魔般的攻击行径大获全胜后，是屈服和忏悔。现在他的双亲已然离世，他可以昂然向前，让他们高兴了，从一个孝顺的被放逐者到一名犹太裔内科医生，终结所有的争执和丑闻。再过五年，他可以成为麻风病的住院医师，而所有人都会原谅他。①

同时，祖克曼也开始反省并忏悔由于自己以往的忽略和冷漠而导致的亲情隔阂，“他所从事的事业让他和自己的父亲、母亲、弟弟以及后来的三个妻子逐渐疏远——他对写作的热情投入远超过对他们的，他和他的作品建立起深厚的关系，却抛弃了帮助他获得写作灵感的人”②。祖克曼在芝加哥重逢了大学室友鲍比，感受到了犹太传统的力量和温情。鲍比是一位勤奋上进、善良尽职的犹太医生，然而年轻时却因腮腺炎而导致不育，注定了之后不幸的婚姻。此时鲍比也正面临着犹太传统和美国文化的冲击，“被桀骜不驯的十八岁儿子蔑视，负责照顾一个丧偶的七十二岁老爸”③。祖克曼在鲍比父亲弗雷特先生的身上找到了父亲的影子和母族文化的召唤，“祖克曼开始整晚地梦见母亲，有一些精神力量，有一些思维力量，可以在肉身死去之后仍旧存在，依附于那些思念着死者的人身上，母亲已经在此时此刻的芝加哥展现了她的力量”④。而在鲍比的叛逆养子格里高利的身上，他仿佛看到了自己的缩影，“一个低级的美国式小消费者”⑤。在镇痛剂

① 洪春梅．菲利普·罗斯小说创伤叙事研究[D]．天津：天津师范大学，2014：158.
② 洪春梅．菲利普·罗斯小说创伤叙事研究[D]．天津：天津师范大学，2014：201.
③ 洪春梅．菲利普·罗斯小说创伤叙事研究[D]．天津：天津师范大学，2014：182.
④ 洪春梅．菲利普·罗斯小说创伤叙事研究[D]．天津：天津师范大学，2014：199.
⑤ 洪春梅．菲利普·罗斯小说创伤叙事研究[D]．天津：天津师范大学，2014：182.

的催化下，祖克曼意识恍惚，甚至把弗雷特先生当成格里高利想要掐死他。“他要杀人——没有什么能比这次犯罪更让他感觉良好的了，终结否认，终结最沉重的有罪指责”①。此时，祖克曼潜意识里想要保留的是“犹太人”这三个字的基因。“现在开始，我将听从自己灵魂的召唤，我有我的愿望，而这些愿望务必要达成。”②祖克曼时时刻刻都处于犹太传统与美国现代“边缘空间”的焦虑中，经历着内外的放逐、身心的煎熬。为了和生活有更积极的联系，他信心百倍地决心重新建构自己作为犹太的身份，结束作家生涯，告别病人的身份，做一名内科医生；代替鲍比对其父亲行孝，尽一个犹太儿子的职责；杀死叛逆的儿子，维护犹太人的基因。但失去父母和亲人支持的祖克曼此时就像失去了生命的根基，身体的疼痛迫使他服用了大量的镇痛药以麻痹大脑神经，加上酒精的刺激，意识开始恍惚，出现幻觉，行为失控，以至于在墓地狠狠地摔了一跤，下巴砸在了墓碑上，摔掉门牙，下颚和脖子严重受伤。

在尾声“布拉格狂欢”中，身体康复的祖克曼和捷克斯洛伐克逃亡作家西索夫斯基(Sissovsky)通过交谈，回顾了“二战”期间犹太人惨遭纳粹德国的杀戮，了解到战后处于苏俄操控下的捷克国内极端的思想钳制，并受其托付，前往布拉格获取其父亲生前用意第绪语所写的有关纳粹和犹太人的小说手稿，方法是通过引诱其前妻奥尔佳(Olga)。祖克曼到达布拉格时，亲身感受了当时捷克极度严苛的政治环境，了解到被压抑的文化人如何放浪形骸的“狂欢”，面对随处可见的窃听器和秘密警察，却没人敢大声说话，极度疯癫的奥尔佳、“清清楚楚地知道大家应该成为怎样的人”的文化部部长……祖克曼时刻处于被监视中，从奥尔佳那儿获得的手稿也被警察没收，文化部长亲自押着他去回纽约的机场，然而登机前却被当作犹太复国主义特工而被拦下。祖克曼和布拉格的艺术家们一起，体验着极权主义社会的生活与艺术，诉说了那些道德沦丧的犹太艺术家们在特殊的社会环境中的苦苦挣扎，讲述了那些被放逐的犹太流亡艺术家的旅居生活。遭受着集权政治的钳制和监视，“知识分子被禁止离群索居，他们必须温顺，必须微笑，必须没有秘密”，他们只能通过身体的纵欲狂欢来表达想要挣脱束缚的精神诉求。

① 洪春梅．菲利普·罗斯小说创伤叙事研究[D]．天津：天津师范大学，2014：226.

② 洪春梅．菲利普·罗斯小说创伤叙事研究[D]．天津：天津师范大学，2014：202.

罗斯想要告诉读者：无论是“二战”中被纳粹德国奴役杀戮，还是战后被苏俄操控迫害，犹太人始终摆脱不了大屠杀的阴影！他们依然时刻生活在恐惧中，带着大屠杀的创伤，继续忍受着身体和精神的摧残。

《解剖课》无时无刻不在显露大屠杀的深刻影响。犹太幸存者在后大屠杀时代依然无法摆脱其阴霾。在罗斯看来，“衰老是一场屠杀”。父亲去世一年后，祖克曼的母亲得了脑瘤，丧失了一部分记忆。在她生命垂危之时，医生询问她是否能在纸上写下她自己的名字时，“她从医生手上接过笔，在纸上写下了一个词：不是她自己的名字‘萨尔玛’，而是‘纳粹大屠杀’，拼写得丝毫不差”①。“她的脑子里长了一颗柠檬一般大的瘤子，仿佛把所有记忆都从她的脑子里挤了出去，只剩下了这个单词。这个词无法被逐出脑子。这个词一定一直根深蒂固地盘桓在脑子里，而大脑本身却毫无察觉。”②母亲的丧礼结束后，祖克曼将这张写着“纳粹大屠杀”的纸条夹在自己的钱包里，“现在他再也无法把它扔掉了”③。另外，医生鲍比(Bobby)年老的父亲和祖克曼的母亲一样，也是大屠杀的幸存者，对于这场灾难，也是铭心刻骨。祖克曼在一个大雪天租车接弗雷特先生去其妻子的墓地时，他正独自在自家台阶上不停地扫雪。“弗雷特先生？”“嗯？你是谁？有什么事？”接着他径直问谁死了，尸体在哪里，仿佛此时他又回到了那段梦魇般的历史中。祖克曼此时也是不由得动容和感慨。

> 这位老人家在问，怎样野蛮的灾难夺去了他无法替代的至亲？这些属于另一段历史，那些犹太老人，一段不属于我们的历史，不属于我们的生命和关爱，而我们也不希望这是属于我们的，对我们来说将会是可怕的记忆，但是，正是因为这段历史，当他们的脸上露出这恐惧的神情时，你实在无法无动于衷。④

“大屠杀”的创伤记忆犹如“脑瘤”一样，深深地扎在所有犹太人的集体记忆中，

---

① 洪春梅．菲利普·罗斯小说创伤叙事研究[D]．天津：天津师范大学，2014：36.
② 洪春梅．菲利普·罗斯小说创伤叙事研究[D]．天津：天津师范大学，2014：37.
③ 洪春梅．菲利普·罗斯小说创伤叙事研究[D]．天津：天津师范大学，2014：50.
④ 洪春梅．菲利普·罗斯小说创伤叙事研究[D]．天津：天津师范大学，2014：216.

带着这个生命中无法承受之“重”，他们保持着自身独有的犹太性，在怀疑、认同、同化、颠覆中完成自己与美国文化的融合①。

三、《反生活》：后大屠杀时代的犹太性探索

犹太人经历了长达两千多年的颠沛流离和居无定所，希伯来《圣经》中“上帝选民”的观念依然未动摇，甚至得到了强化，成为犹太人的一种优越心理。经历了惨绝人寰的大屠杀后，尽管犹太人内部逐渐出现了分化，一部分人开始对上帝产生怀疑，甚至完全摒弃了宗教信仰，然而保持“犹太性”在犹太群体中得到了一致的认可和重视。一方面，“二战”中纳粹德国对犹太人采取种族灭绝政策的目的就是彻底根除犹太人的犹太性，使犹太意识、犹太精神、犹太文化彻底地毁灭，那么对纳粹德国最有力的反抗就是坚守犹太性。这种意识强化了犹太人的民族认同，唤醒了流散在世界各地不同阶层的犹太人在主观意识上的民族情怀，最终也促进了犹太复国主义的兴盛②。“一场突如其来的灾难过后，欧洲犹太人出现了意识形态的困顿与缺失，而犹太复国主义在很大程度上填补了这一思想真空。”③另一方面，当犹太民族面临着法西斯的血腥大屠杀时，西方的文明国家各自迫于国内严峻的政治经济危机、反犹主义的压力，以及对纳粹势力的恐惧等方面而任由其对犹太民族的血腥屠杀，也未对犹太难民提供有效的救助。这使一直对西方民主国家抱有幻想的犹太民族清醒地认识到，只能依靠自己来保护自己。这种意识一方面实现了犹太民族的空前团结，增强了犹太民族的凝聚力和意志力，坚固了犹太人心中的精神格栅。另一方面，过度地强化自我势必造成了犹太利益至上、极端的忧患意识、偏执的成就感以及隔断与外部非犹太人的关联等的民族特征。这种民族特征最终促进了犹太复国主义的全面兴盛。作为一位犹太作家，菲利普·罗斯的创作具有深切的“后大屠杀意识”，其作品经常植根于大屠杀这一历史事件的观照之下，书写了犹太民族的犹太性及其创伤记忆。《反生

---

① 洪春梅．菲利普·罗斯小说创伤叙事研究[D]．天津：天津师范大学，2014：41.

② 申劲松．维系与反思——菲利普·罗斯“朱克曼系列小说”研究[M]．北京：科学出版社，2018：15.

③ 张倩红．纳粹屠杀后犹太人社会心理的变化[M]//陈恒，耿相新，主编．纳粹屠犹：历史与记忆．郑州：大象出版社，2007：117.

活》集中探讨了第三代移民对犹太性的寻找和回归，并针对当代犹太人最为敏感、最关注的话题，如异族通婚、同化与反同化、极端的犹太复国主义，以及进一步追寻犹太人的归属等问题进行生动形象的文本呈现。在看似杂乱无章的结构和扑朔迷离的内容中，罗斯巧妙地利用“性”、“割礼”和“以色列”等特殊的种族文化符号，生动地展示了犹太裔美国人的文化身份创伤。

《反生活》以内森(Nathan Zuckerman)和弟弟亨利(Henry Zuckerman)离奇的生活经历为主线，讲述了兄弟俩在美国的巴塞尔、以色列、以色列飞往伦敦的航班上以及英国等几处场所的所见所闻。亨利是一个成功的牙科医生，物质生活富足，与妻子卡罗尔(Caroline)育有三个孩子，两人貌合神离。此外，他还与几个非犹太女性保持着长期的情人关系。不幸的是，亨利因心脏疾病服药治疗而丧失了性功能。他为此特别痛苦，因为性是他界定自己犹太人身份的表征。亨利告诉医生：“我受不了丧失性能力的打击……这可是我一生中面临最难解决的问题。”①为了恢复男性功能，亨利不顾家人反对冒险进行了心脏手术，然而却在手术时丧失生命。在亨利的葬礼上，哥哥内森遇到了亲戚格罗斯曼(Grossman)，后者莫名地表达了自己的担忧，“人人都在为以色列担忧，但你知道我的忧虑是什么吗？就在这儿，美国。这儿正在发生着糟糕的事情。我觉得就像是在1935年的波兰一样。不，不是反犹主义。那迟早回来的。不，是犯罪，是无法无天，是恐慌的人。金钱——什么都可以卖，只有那才算数”②。此时，格罗斯曼对当前美国社会物质至上的状况感到担忧，认为这就像大屠杀前波兰社会的状况，美国社会正在朝着糟糕的方向发展，犹太人在美国的命运与未来令人担忧，迟早会遭遇“反犹”。作为一个犹太人，格罗斯曼的忧心是很自然的。经历了长期的离散反犹、大屠杀等种种梦魇，生活在美国的犹太移民及其后代内心深处一直存在着一种恐惧心理，担心反犹的迫害经历再度发生。恐惧、焦虑成为大屠杀浩劫后犹太人的集体心理体验，仿佛大屠杀始终隐形在场，反犹的恐惧深深地植根于犹太人的心中。

① 菲利普·罗斯．反生活[M]．楚至大，张运霞，译．长沙：湖南人民出版社，1998：11.

② 菲利普·罗斯．反生活[M]．楚至大，张运霞，译．长沙：湖南人民出版社，1998：40.

离奇的是第二章里，亨利没有死，手术很顺利，但他对自己恢复的男子气概不满意。一天，在一阵抑郁中，亨利一时情急之下登上了去以色列的飞机。但此时，他从未将以色列当作犹太人的祖国，纯粹将其视作自己的康复之地。然而，在耶路撒冷游览时，亨利偶然聆听了东正教区域犹太小孩学习希伯来语的情景，他的内心情绪翻涌，身上的犹太情节油然而生，他突然意识到自己生活的根本恰恰在于自己是犹太人这一事实。

> 当我聆听他们的时候，内心激流涌动，我有了一种认识——在我生命的最深处，我生命的根本，我是他们，我一直都是他们……就在那时我开始意识到我的一切，我什么也不是，我从来就不是什么，我现在是个犹太人……其他什么都是表面的，其他什么都已被一扫而光……①

之后，亨利主动放弃了在美国的家庭、情人，以及优越的中产阶级生活，在以色列继续自己对"犹太性"的追寻。他以以色列极端右翼复国主义领袖李普曼(Lipman)作为自己的精神领袖，成为犹太复国主义的成员，拿起武器参加以色列的保卫战争。在卡罗尔的请求下，哥哥内森特意赶来以色列劝亨利回心转意。罗斯通过内森的所见所闻，为读者生动展现了后大屠杀时代生活在以色列的犹太人的思想、行为以及他们在犹太价值认知层面的矛盾。

对于那些牢记犹太上千年流散历史、坚守犹太戒规的犹太人来说，建立自己的祖国——以色列与自己的犹太身份休戚相关。然而，经历了长期大流散的犹太人已经不是以前希伯来的犹太人了，他们在漫长的漂泊中受到不同环境的影响，印上了客居地的烙印。从流散回归以色列的犹太人，一方面更加促使了以色列多元化的特征；另一方面，不同经历的群体间多元的碰撞也使得以色列充满冲突和融合。20世纪80年代，以色列内部分裂为三个派别的犹太人：宣扬和平解决争端的犹太人、崇尚武力的犹太复国主义者和倡导"忘记过去"的流散派。罗斯在《反生活》中对这几类犹太人一一进行了书写。记者舒基(Shuki)是一个具有民族

---

① 菲利普·罗斯．反生活[M]．楚至大，张运霞，译．长沙：湖南人民出版社，1998：60-61.

倾向的知识分子形象，弟弟在与阿拉伯人的战斗中丧生，父亲因突发心脏病去世，儿子即将参军而面临死亡。作为一个温和派，舒基反对极端的复国主义，崇尚理性，反对以暴抗暴。他对内森说“有理性的人从文明的观点出发，对暴力和流血深恶痛绝”①。然而在声势浩大的保卫以色列犹太人的战斗中，他的声音显得有些微弱。舒基也感受到了自己在故土上的尴尬和无奈。“我是一个被荒谬扭曲了的畸形人……政治上软弱无力，道德上四分五裂，连对人家发脾气都讨厌得要命。”②以李普曼为典型代表的极端的犹太复国主义者们视散居在美国的犹太人为“白种异教徒”，质疑他们的民族情感，认为他们身上的个体多元化会破坏犹太族群的凝聚力，从而导致其丧失犹太性。李普曼具有强烈的犹太民族意识，认为犹太人应该从散居地重回以色列，以武力实现民族统一，结束犹太人的“自我分裂”，对于这部分极端的犹太复国主义者，罗斯通过内森的感悟进行了一番警示，阐释了自己的观点。一方面，他认为李普曼的这种弥赛亚救赎梦想是非常危险的，是对犹太传统中“不断增殖的自我(self-proliferation)的思维方式的严重抹杀”③。这些宣扬重建以色列家园的极端分子们偏执的宗教情感和穷兵黩武已经破坏了犹太人的神圣家园，扭曲了犹太人的生存意识，对其他国家和人民也带来了无尽的灾难和伤痕。所以本质上这和“二战”中纳粹德国的法西斯行为如出一辙，同样的残暴。正如艾伦·金斯伯格所说，“以色列人的苦恼就在于他们是犹太人，纳粹理论和犹太人作为上帝选定的种族的问题之间有着惊人的如镜像般的相似之处”④。另一方面，在上千年的大流散中，犹太人渴望融入主流文化的同时，一直试图保留着自身的“犹太性”。这种既想融入实现社会同化又竭力保持独立性的少数族裔心理一直停留在犹太移民的内心世界。另外，外部环境中的反犹观念一直存在着，世人对于犹太人的偏见也难以消除，这使得流散于客居地的

① 菲利普·罗斯. 反生活[M]. 楚至大，张运霞，译. 长沙：湖南人民出版社，1998：86.

② 菲利普·罗斯. 反生活[M]. 楚至大，张运霞，译. 长沙：湖南人民出版社，1998：194.

③ 苏鑫. 美国犹太作家菲利普·罗斯的身份探寻与历史书写[M]. 北京：中国社会科学出版社，2019：126.

④ 艾伦·金斯伯格. 在以色列问题上的思考和再思考[M]//比尔·摩根，编，文楚安等译，金斯伯格文选——深思熟虑的散文. 成都：四川文艺出版社，2005：67.

犹太人永远保持自省，牢记自己的民族身份。

内森一开始对自己的“流散”生活比较乐观。流散使犹太民族从一个地区性的民族成为一个世界性的民族。散居在世界各地，给犹太人提供了更多可能的机会。在他看来，以色列现在是一个“犹太人畸形的家园”，“应许之地”如今已是一个充满欲望和战火的陌生家园。弟弟亨利只是暂时迷失了自我，留守以色列是他对于家园的自我想象，“我的弟弟，还没有认识，这艘船的目的地就是毁灭，而我无能为力”①。他告诫亨利，“纽瓦克厨房的餐桌恰好是你记起犹太意识的源泉……纽瓦克厨房的桌子正好是你作为犹太人的回忆，这才是伴随我们长大的环境。这是父亲”②。而对于宣扬民主自由文化包容的美国，内森始终怀着“理想主义”，心存感激，“问题是我想不起历史上有任何社会，达到美国那样宗教宽容制度化的水平，也没有一个地方像美国那样，将自己所宣称的梦想置于多元文化的中心……从长远看，作为一个犹太人，我在我的祖国可能比艾尔恰南先生和舒基及其子孙们在自己的祖国生活得更安全”③。然而，内森同时又感受到，随着时间的推移，生活在美国的第三代、第四代犹太人已渐渐被同化，身上的犹太基因也逐渐减退，他们既不信仰上帝，也不遵从犹太教的烦琐教规，对于异教徒也不再排斥，成为名副其实的“流浪者”了，这对于犹太人来说，也是一个无法逃避和解决的困惑。正如极端的犹太复国主义者们所说的，居住在散居地(美国)的犹太人试图逃避历史，正遭遇着“二次大屠杀”。罗斯对此也进行了大胆离奇的探索，他安排亨利和内森兄弟俩分别死去，象征着他们在流散地生活的不如意以及犹太民族性的丧失。两人的“复活”，双双奔赴以色列，指代他们渴望在“希望之乡”找到自己的民族之根，恢复自己的犹太性。亨利“复活”之后，在精神导师李普曼的误导下，充满了民族仇恨和复国情绪，找回了自己所谓的犹太身份，成为一名狂热的极端犹太复国主义者。而内森“复活”后的遭遇也很尴尬，甚至

① 菲利普·罗斯．反生活[M]．楚至大，张运霞，译．长沙：湖南人民出版社，1998：325.

② 菲利普·罗斯．反生活[M]．楚至大，张运霞，译．长沙：湖南人民出版社，1998：163.

③ 菲利普·罗斯．反生活[M]．楚至大，张运霞，译．长沙：湖南人民出版社，1998：61.

以婚姻的结束宣告失败。在《反生活》最后一章“基督世界”中，内森和妻子玛利亚飞往英国，准备定居。然而他在英国的一系列遭遇，逐渐激发了他心底潜在的犹太意识。玛利亚的姐姐萨拉的言语中充满了种族主义偏见，对于内森的彬彬有礼，她竟讽刺为“犹太人特有的偏执狂深藏不露”，甚至建议内森阅读一些英国文学中反犹色彩浓厚的书籍，“每翻五十页，你就可以找到一些公然的反犹言论。那不仅仅是一段作者的插话，而是所有读者与作者的共同意识”①。内森和玛利亚在伦敦一家餐馆为其庆祝生日时，遇到了一位老夫妇。老妇人是个种族主义分子。她指桑骂槐，“这个犹太人真让人恶心，他身上有一股臭味”②。在亲身感受到歧视和侮辱后，内森感到，无论是基督教世界还是犹太国的以色列，都不是他的“希望之乡”。内森刷新了对犹太历史的认知，心中的民族情结和犹太性被唤醒。之后，他不惜几次与玛利亚发生激烈的争执，坚持要为即将出生的孩子举行“割礼”，而最终两人也为此分道扬镳。

> 割礼可以让你(新生儿)清楚地感知到自己的所属，感知到自身的存在——感知到你是我(犹太人)的，不是别人的。除此之外别无他法：你通过我和我的历史进入犹太民族的历史③。

在犹太世界里，为新生儿举行“割礼”，是最重要的庆典仪式之一，“行割礼即代表与上帝立约。行过割礼的新生儿便被认为进入了犹太人的行列，成为犹太民族的一员。这样，割礼便在事实上成为犹太人身份的一种认定”④。同时，内森通过犹太传统的割礼仪式重新建构了美国个体犹太身份与民族历史的血脉传承关系。

《反生活》是一部后现代主义的实验小说，通过迷宫式的框架以及支离破碎、

① 菲利普·罗斯．反生活[M]．楚至大，张运霞，译．长沙：湖南人民出版社，1998：350.

② 菲利普·罗斯．反生活[M]．楚至大，张运霞，译．长沙：湖南人民出版社，1998：75.

③ 菲利普·罗斯．反生活[M]．楚至大，张运霞，译．长沙：湖南人民出版社，1998：323.

④ 徐新．犹太文化史[M]．北京：北京大学出版社，2006：227.

相互矛盾、虚实结合的故事情节，以更深入广泛的视野客观审视了后大屠杀时代犹太人寻找希望家园、追寻身份归属的探索过程中所经历的种种如“犹太散居地现象质疑”“犹太复国主义极端行为的影响”等问题，以及犹太人在宗教、道德、精神等层面上所遭遇的心路历程。罗斯提出了一系列一直困扰犹太人的严峻问题：在全球化背景下，什么地方才是犹太人的安全栖息之所？只有获取居住在“应允之地”以色列犹太人的复国主义认同，才是正统的犹太人吗？以色列国的建立是否会结束犹太人两千多年的流散史？抑或引发散居犹太人的身份危机？① 罗斯将读者带到世界不同的地方，通过聆听不同犹太人的心声，以更加开放的视角探讨了世界范围内犹太人的归属问题，也展示了自己热爱本民族，以及追求各民族相互包容、和睦相处、世界和平的精神格局。

四、《反美阴谋》：后“9·11”时代犹太创伤到美国民众创伤的升华

《反美阴谋》(*The Plot Against America*, 2004)是一部具有独创性的“反历史小说”，获得2005年美国历史学会奖，曾和《美国牧歌》和《人性的污秽》归为罗斯最有影响力的三部作品之一②。菲利普·罗斯在真实历史事件的基础上，为读者呈现了美国在“二战”期间一段虚构的历史，对犹太人身份创伤和多元文化融合等问题进行了严肃的探讨，从社会权力结构入手剖析操控普通人意识和生活的霸权话语③。在这部小说中，罗斯重新改写了1940年6月至1942年10月间的美国历史，以一个七岁男孩(小菲利普)的视角，想象了崇尚孤立主义(isolationism)的飞行英雄查尔斯·A. 林德伯格在1940年的美国总统竞选中击败富兰克林·罗斯福而成为第33届美国总统，从此所有居住在美国的犹太裔家庭都生活在恐惧的阴影中。在这部被称为后“9·11”时代的作品中，罗斯以另类历史的文学创作手法

---

① 孟宪华．追寻，僭越与迷失——菲利普·罗斯后期小说中犹太人生存状态研究[M]．北京：人民出版社，2015：107.

② Taylor Thompson B. Philip Roth：American Pastoral, The Human Stain, The Plot Against America [J]. CHOLCE, 2012(7)：1262.

③ 罗小云．边缘生存的想象：罗斯的《反美阴谋》中的另类历史[J]．外国文学，2012(5)：9.

为读者虚构了美国犹太人的另一种命运，重现了一段美国的黑暗历史，戏剧性地展示了笼罩于美国民众心中挥之不去的创伤和恐惧①。

罗斯笔下的林德伯格既是一位飞行英雄，更是一位激进的反犹主义者。他是一位勇敢坚毅的飞行家，1927年驾驶“圣路易精神号”首次完成了跨越大西洋(从长岛至巴黎)的直达单人飞行而闻名于世。他也是一位悲剧式的殉道英雄。1932年3月，林德伯格夫妇的第一个孩子不满两岁便被人绑架后残忍杀害。1935年2月审讯案件结束后，极度悲痛的林德伯格夫妇为保护新生儿免受伤害，迁居至英国。其间，他曾多次访问德国以了解其空军实力，并公开表示对希特勒的崇敬，还被空军元帅戈林授予印有纳粹党徽的十字架勋章。1939年林德伯格夫妇回到美国，被任命为航空兵团上校，致力于“阻止美国介入战争，不向英国和法国提供任何援助”的孤立主义活动，并公开在各大媒体网络上攻击罗斯福总统，“总统正在误导国家，他说是要保障和平，却在暗地里煽动并策划我国进入武装争夺”②。同时，大肆宣扬反犹言论的纳粹思想，声称“促使本国走向战争的最重要集团之中的一个集团”为犹太人，“我们不能允许其他种族与生俱来的欲念和偏见把我们的国家引向毁灭”③。“犹太人‘对这个国家的最严重的威胁在于他们在我们的电影、我们的报刊、我们的广播和我们的政府方面拥有很大的所有权和影响力’”④。在那个动荡的危机时代，凭借着年轻健美的体态和航空传奇，预示的新的生活方式，拥有“达到英雄高度的正常状态”以及向美国民众保证不会有战争的承诺，林德伯格以压倒性的优势获胜。然而，在其带领的反犹政府执政期间，他与希特勒秘密缔结和约，纵容法西斯侵略，并一步步将美国法西斯化。他的一系列反犹暴行导致了全国处于一种恐惧状态，使居住在纽瓦克的普通犹太大众经历了极端的恐怖岁月，几近分崩离析，也影响了罗斯的另一个自我“小菲利普”和他的家人。然而，就像林德伯格的总统任期开始时那样迅速，当这个飞行员在自己的飞机上起飞时，它就消失了。正是在1942年，罗斯福重新担任总统。

① 罗小云. 边缘生存的想象：罗斯的《反美阴谋》中的另类历史[J]. 外国文学，2012(5)：9.

② 菲利普·罗斯. 反美阴谋[M]. 陈安，译. 上海：上海译文出版社，2020：16.

③ 菲利普·罗斯. 反美阴谋[M]. 陈安，译. 上海：上海译文出版社，2020：17.

④ 菲利普·罗斯. 反美阴谋[M]. 陈安，译. 上海：上海译文出版社，2020：18.

小说以让历史回到熟悉的轨道而结束。

《反美阴谋》出版后不久便受到了文学评论界的极大关注，很多早期的评论家们认为《反美阴谋》是对当代美国政治的批判性反思。尽管罗斯曾经在《纽约时报》上说过，“把这本书当作是对当下美国的影射将是一个错误”。许多评论家和批评家发现，将罗斯想象的历史政治时代与21世纪美国政治之间的相似性忽视几乎是不可能的。不少评论家结合2004年的美国大选，认为这是罗斯针对布什政府上台的“政治讽喻”。加夫里尔·罗森菲尔德(Gavriel Rosenfeld)认为：罗斯毫不掩饰地描述了美国在一个不合格、幼稚、不称职的总统——乔·W. 布什的领导下成为一个法西斯国家的过程①。迈克·伍德(Michael Wood) 认为，《反美阴谋》会使人们联想到两件事情，其中之一就是“布什政府企图废除诸多公民自由并将专制权力集中到总统手中的阴谋”②。还有一些评论家将小说题目中的“阴谋”一词与2001年发生在纽约的“9·11”恐怖袭击事件相联系，如史蒂夫·G. 凯尔曼(Steve G. Kellman) 认为，罗斯为读者描绘的正是“饱受创伤的后‘9·11’世界”③。同时，有些批评家认为很难将小说里的情节和当前事件直接联系起来，特别是在林德伯格的孤立主义和布什的反恐战争之间作出重要区别，但承认之前的寓言解读也没有歧义。在《纽约杂志》(*New York Magazine*)的一篇评论中，基思·格森(Keith Gessen)将罗斯的隐喻逐字化：“1940”实际上是2001年；“林德伯格”当然是布什。怯懦的“美国第一委员会”④的反战谎言实际上就

① Gavriel D Rosenfeld. The World Hitler Never Made：Alternate History and the Memory of Nazism[M]. Cambridge：Cambridge University Press，2005：155-156.

② Wood Michael. Just Folks：Review of The Plot Against America[J]. London Review of Books，2004：3-6.

③ Kellman Steve G. It Is Happening Here：The Plot Against America and the Political Moment[J]. Philip Roth Studies，2008：113-123.

④ AFC，即 American Firster Committee，全称“美国第一委员会”，大战前期美国民间孤立主义组织，1940年9月由那鲁大学法学院小斯图亚特发起成立，西尔斯-罗巴克公司董事长伍德任全国委员会主席。成员包括霍梅尔、林德伯克等一批极端孤立主义分子，并得到中西部财团及国会孤立主义派的支持和资助。该组织通过报纸、电台等新闻媒介及群众集会等扩大政治影响，主张美国人应该准备为保卫美国而战，而不要卷入欧洲争端，并极力反对和阻挠罗斯福政府实施《租借法案》。1941年12月珍珠港事变后即解散。

是美国企业研究所①懦弱的亲战谎言；而信奉美国宪法、追求美国梦的“美国犹太人”，他们的权利和保护被一个充满敌意的政府和大部分漠不关心的民众慢慢剥夺，他们是阿拉伯美国人②。格森强调了美国政治和公众对非白人的怨恨，正是这个问题使罗斯的反历史小说更具预言性，它预测了特朗普时代的美国。正如马克·布雷斯南(Mark Bresnan)所言，从林德伯格的政治到全国范围内对犹太社区容忍的消亡，《反美阴谋》现在“不可能在唐纳德·特朗普的阴影之外阅读”，因为贯穿整部小说的“永恒的恐惧”在今天的美国现实中引起了巨大的共鸣③。虽然很难想象罗斯在写小说的时候能“预见到 2016 年美国大选的狂热”，但林德伯格、特朗普和他们所释放的美国却惊人地相似。在政治上，正如布雷斯南所指出的那样，“特朗普和林德伯格都有一种孤立主义精神，这种精神会渗入种族民族主义”④。对此，也有人持不同的见解。斯蒂芬妮认为罗斯在这部小说中探讨的不是大屠杀的可能性，而是关于这种可能性的现代主义假设，从而大胆挑战了当代美国人对大屠杀历史的同情认同模式。《反美阴谋》揭示了自 20 世纪 70 年代以来美国创伤修辞与美国自由主义交叉在一起，使得人们理解与后大屠杀的现实相关的因果关系和时间关系更加模糊。罗斯在叙事结构上以过去为背景，将两个关联事件——交替的历史，即 1940 年林德伯格当选总统和历史真实事件，即 1942 年林德伯格结束任期、罗斯福接任美国总统——相连接。林德伯格的失踪在没有任何有关美国自由主义价值观干预的情况下解决了冲突，而正是这种叙事结构使得小说缺乏政治力量⑤。评论家查尔斯·刘易斯(Charles Lewis)曾经对《反美阴谋》作出综合性评述：“关于美国孤立主义(isolationism)和例外论(exceptionalism)

① AEI，即 the American Enterprise Institute ，美国企业公共政策研究所，简称美国企业研究所，是一家位于华盛顿特区的中右翼智库，研究政府、政治、经济和社会福利。AEI 是一个独立的非营利组织，主要由基金会、企业和个人捐款支持。AEI 与乔治·W. 布什政府关系密切。AEI 的 20 多名职员曾在布什政府任职，布什总统曾 3 次向 AEI 发表演讲。

② Gessen Keith. His Jewish Problem[J]. New York Magazine, 2004(7).

③ Bresnan M. America First: Reading The Plot Against America in The Age of Trump[J]. LA Review of Books, 2016: 11.

④ Ward Maggie. Predicting Trump and Presenting Canada in Philip Roth's The Plot Against America[J]. Canadian Review of American Studies, 2018, 48 (S1) : 18.

⑤ Boese Stefanie. "Those Two Years": Alternate History and Autobiography in Philip Roth's The Plot Against America[J]. Studies in American Fiction, 2014, 41(2): 271-292.

的激烈辩论，国家认同(national identity)和种族差异(ethical difference)之间的复杂谈判，国家安全和公民权利之间的紧张关系，如何解释事件或如何行动的不确定性，甚至生活在历史上前所未有的时刻的感觉”都是“渗透在小说中的熟悉话题”。①

值得注意的是，还有不少批评家们将其分析集中在20世纪40年代美国发生法西斯统治的可能性如何揭示了美国自由主义价值观的脆弱以及美国国家政策的不稳定性。在罗斯看来，历史真相不是由行动、事件和结果来定义的，而是由任何时刻内在的各种可能性来定义的，这些可能性揭示了政治体的分裂意识。他将这一逻辑应用于1940年的总统选举，表明：将美国定义为与纳粹作战并击败纳粹的国家，忽视了20世纪40年代贯穿美国生活的法西斯主义和反犹太主义浪潮。《反美阴谋》告诉人们：“我们也可以多么轻易地失去自由”，并警告：美国也有可能成为“美国大屠杀”的同谋。② 因此，罗斯将他的虚构的交替历史作为真实的历史，除了考虑实际事件之外，还考虑了历史的可能性。他采用另类历史的手法，将历史和现实拼接在一起，其目的并不完全是对美国当下政治作一个倾向性的评论，而是为了挑战并补充美国真实的历史，给当下的美国社会面临的问题提供一些借鉴和警示。正如约翰·厄普代克(John Updike)所说，罗斯是“一位实用的现实主义理论家，在穿越现实主义边界之前狂热地试探着边缘地带”③。“林德伯格就任美国总统则实现了诗学目的，即将美国政治生活中某一潜在可能性的想象具体化了。”④在《反美阴谋》中，罗斯通过两层叙事结构——对1940年到1942年美国历史虚构的宏观叙述，以及对在这虚构的历史文本中的真实人

---

① Lewis Charles. Real Planes and Imaginary Towers：Philip Roth's The Plot Against America as 9/11 Prosthetic Screen Literature after 9/11[M]//Ann Keniston, Jeanne Follansbee Quinn. New York：Routledge, 2013：246-260.

② Jacobi M J. Rhetoric and Fascism in Jack London's The Iron Heel, Sinclair Lewis's It Can't Happen Here, and Philip Roth's The Plot Against America[J]. Philip Roth Studies, 2010, 6(1)：85-102. Cooper Alan. It Can Happen Here, or All in the Family Values：Family Surviving The Plot Against America[J]. Philip Roth：New Perspectives on an American Author, 2005：241-254.

③ Updike John . Recruiting Raw Nerves[J]. New Yorker, 1993：109.

④ Coetzee J M. What Philip Knew：Review of The Plot Against America[J]. The New York Review of Books, 2004：4-6.

物——小罗斯一家人经历的微观叙述，对美国真实的历史文本进行补充，充分展现了种族主义、美国信念的倒塌以及大屠杀阴影下犹太人所遭遇的个体创伤和家庭创伤，同时也暗示了当代美国霸权主义、强权政治对整个美国社会所造成创伤的可能性，并引发读者对美国民众当下的文明社会进行重新思考。

在虚构的宏观叙述中，罗斯讲了关于美国、犹太民族，以及林德伯格、温切尔等一些历史人物的故事并对这些人物进行了一些真实历史文本的观照。罗斯通过菲利普一家犹太人在一段虚构的历史中“好似真实发生过”的恐怖经历，再现了当时美国的潜在的反犹思想，借以提醒当代民众，美国潜在的种族歧视依然存在。崇尚“欧洲血统遗传”和反对“劣等血统的渗透”的林德伯格将美国生活中潜在的反犹主义具体直白化了。1940 年，代表共和党的林德伯格上台后，开始奉行孤立主义和反犹政策。对外，与希特勒签署了《冰岛协议》，同意美国在战争中保持中立，保障德国和美国之间的和平关系，不支持英法等同盟国的反法西斯战争。之后不久又与日本签署了《夏威夷协定》，承认日本在东亚的主权，不反对其在亚洲的领土扩张。对内，从美国社会权力机构入手，对普通人的意识形态加以操控，通过建立所谓的美国吸收与同化局(OAA, the Office of American Absorption)，“鼓励美国的宗教和种族少数派进一步融入美国大社会”，诱骗犹太青年们剥离母族文化，完全被美国化，从而瓦解分化犹太人赖以生存的家庭观念，使其走向迷失自我的茫茫深渊中。

林德伯格的政策引起了犹太人的强烈不满，作为犹太人代表之一的广播员沃尔特·温切尔(Walter Winchell)谴责其为“美国的希特勒”，在美国实施了“法西斯主义”。在遭到广播电台解雇后，他宣布自己将参加下一届总统竞选，然而最后却在一次政治集会中被暗杀。温切尔的死助长了美国国内反犹活动的气焰，犹太人的商店被打劫，房屋被焚毁，流血事件不断，许多无辜的犹太人在骚乱中丧生。在局势极其混乱的情况下，林德伯格突然在驾机飞往华盛顿的途中失踪，罗斯福重新执政。之后日本偷袭珍珠港，美国正式加入第二次世界大战。虚构的历史和真实的历史成功对接①。

① 邓媛．用历史照亮历史：从《反美阴谋》看菲利普·罗斯的历史文本观[J]．福建省外国语文学会，2012：4.

《反美阴谋》在建构宏观国家历史的同时，也描述了一个犹太家庭在这个历史文本中的遭遇。主人公小罗斯(7岁)一家居住在纽瓦克的犹太聚集区，过着宁静的生活，父亲赫尔曼在一家保险公司工作，母亲贝斯是一位善良的家庭主妇，哥哥桑迪从小就富有绘画天赋。然而，林德伯格上台后，一切美好和宁静都被打破。在政府的亲德政策影响下，国内犹太人在各方面遭到排挤。父亲被迫失业；母亲迫于局势外出打工，以便筹钱举家迁往加拿大；哥哥被人政治利用，参加Just Folks项目并成为其代言人，与父母反目；堂兄埃尔文憎恨纳粹，去加拿大参战，在前线失去一条腿，从此一蹶不振；邻居被排犹暴徒残忍杀害；小罗斯在动荡的时局中充满恐惧，失去安全感。

宏大的国家历史和具体的家庭经历这两条线相互穿插，反映了历史的真实。不过，《反美阴谋》的重点并没有集中在林德伯格的总统生涯或“二战”事件的描述上，而是集中在这段时间内美国发生的事情对罗斯家庭以及自己童年所造成的影响和伤害上。通过小罗斯一家人经历的悲惨遭遇，罗斯重点探讨的是反犹背景下犹太人的恐惧——不被认可、不被接受的恐惧；被驱逐、被遣散的恐惧；是丧失家园、颠沛流离的恐惧；对死亡以及大屠杀的恐惧——以及社会体制的问题和人性的异化。《反美阴谋》中的恐惧贯穿了整部小说。小说一开始，“我”就因为是犹太人而感到恐惧。

> 恐惧主宰了记忆，一种永久的恐惧。当然，没有一个孩子的童年是不和恐惧沾边的。然而，假如林德伯格没有当选总统，或者我不是犹太人的后代，我可能就没那么恐慌。①

林德伯格上台后，一切都变了——美国将走向法西斯主义！这是一种精神上的震颤，不仅仅是对小罗斯家族的威胁，也是对所有犹太人的威胁。这种恐惧在罗斯的梦中冲破了他的意识。在林德伯格竞选总统的过程中，菲利普曾做过一个梦，梦见自己从床上摔到地板上。在林德伯格当选美国总统的那天晚上，罗斯又一次遭受打击。林德伯格竞选总统成功后，坚持奉行“孤立主义”政策以及“欧洲血统

① 菲利普·罗斯. 反美阴谋[M]. 陈安，译. 上海：上海译文出版社，2020：1.

遗传”，他警告要反对“外来种族的稀释”和防止“劣等血统的渗透”。

尽管生活在美国的第三代犹太移民们在美国文化的熏陶下，“美国情节”早已建立。

> 我们三代人已经有自己的祖国了。每天早晨我在学校对着国旗背诵效忠誓词。在集会活动中我和我的同学们歌唱祖国的奇迹。我热衷于庆祝国庆日，并且从不质疑我对七月四日烟火，感恩节火鸡和扫墓节连续两场棒球赛的喜好。我们的祖国就是美国……在这邻近地区已几乎没有人说话会带口音。①

然而林德伯格执政后，一切都变了。当菲利普一家离开居住的纽瓦克（Newark）威夸伊克（Weequahic）的犹太社区，他们感到自己依然作为他者生活在别人的国家。20 世纪 40 年代初期，在非犹太人居住地联合郡：

> 大学和专科学校不公开的配额把招收犹太学生的名额压到最低，大公司不受质疑地歧视犹太人，不给予重要的升迁，而在数以千计的社会团体和公共机构中，犹太人也受到种种严格的限制。②

父亲赫尔曼迫于对犹太人不利的工作环境而放弃了唯一的晋升机会。当赫尔曼带着全家去华盛顿旅行时，每当他公开发表个人看法时，总是被污蔑为“聒噪的犹太佬”。当结束一天的旅程回到宾馆时，他们的行李竟然被工作人员打包放置在酒店前台。经理解释说他们预订的房间是预留给别的客人的。菲利普一家拒绝被赶走并据理力争，最后经理竟然报了警。而警察也一直维护酒店并威胁菲利普一家离开，“我认为你应该按她说的做，罗斯。在我失去耐心之前离开这儿③。华盛顿之旅使菲利普一家人真切而残酷地意识到美国的种族歧视和犹太人面临的身

---

① Roth Philip. The Plot Against America[M]. Boston and New York: Houghton Mifflin, 2004: 5-8.

② 菲利普·罗斯. 反美阴谋[M]. 陈安，译. 上海：上海译文出版社，2020：11.

③ 菲利普·罗斯. 反美阴谋[M]. 陈安，译. 上海：上海译文出版社，2020：71.

份危机。平等公共空间的准入权毫无疑问地强化了犹太人与美国主流社会之间的疏离感①。

面对着残酷的现实，小罗斯开始渐渐意识到自己的美国人身份并没有被认可，美国拒绝拥抱自己。无法融入异质文化使他因犹太身份而愈发恐惧和焦虑，进而迷失了自我，对于"我是谁"这一身份问题感到极其困惑。小罗斯的哥哥桑迪富有绘画天赋，有理想有抱负。然而在美国化的进程中因受林德伯格政府"美国同化办公室"的欺骗而极力想融入美国生活，却陷入双重文化的困境。他选择强势主体文化，排斥自己的犹太身份，然而由于美国化进程的欺骗性，桑迪无法成为真正的美国人，也无法摆脱自己的犹太身份，最终他在混乱的世界里形成了一个扭曲的自我。堂哥埃尔文在美国反犹情绪高涨时，带着强烈的犹太意识，不顾家人反对赴加拿大参加反法西斯战争，想要为犹太人而战。然而，他在战争中失去了一条腿，回国后，他因私自参加战争招致联邦调查局的调查，被怀疑是间谍，在策划一宗反美阴谋，而这也给颤颤巍巍想要维持平静生活的犹太家族带来了伤害。最终，他遭受到美国政府和犹太家族的双重抛弃，丧失了主体身份，从一个热血青年变成了一个不被犹太家族和美国社会认可的"残体"②。播音员沃尔特·温切尔是"美国仅次于艾伯特·爱因斯坦的最有名的犹太人"。他曾批判过林德伯格的"亲纳粹哲学"，指出"林德伯格的总统候选资格是对美国民主制度从未有过的最严重威胁"③。温切尔宣布竞选总统以抵抗林德伯格政府的纳粹主义，进而"成为法西斯分子和反犹分子的头号敌人"。他将犹太族群阐释为"上帝选定的种族"，是抵抗极权统治的希望，因而赢得了很多犹太人的支持。然而他最终却在一次演讲中被反犹分子杀害。温切尔的遇刺揭露了美国民主自由虚假的外衣。"温切尔的竞选运动就是为了揭开罗斯小说中 20 世纪 40 年代美国的面具，充分暴露其法西斯主义、种族主义和反犹主义的本质"④。因此，"人人生而平

① 王丽霞．空间与种族——论《反美阴谋》中犹太人的生存空间[J]．西南科技大学学报，2018，35(5)：37.

② 宋鹭．解读双重文化困境下《反美阴谋》中犹太裔的身份危机[J]．安徽文学，2016(9).

③ 利普·罗斯. 反美阴谋[M]．陈安，译．上海：上海译文出版社，2020：23.

④ Kaplan Brett Ashley. Just Folks Homesteading：Roth's Doubled Plots Against America[C]//Shostak D. Philip Roth：American Pastoral，The Human Stain，The Plot Against America. London & New York：Continuum，2011：127.

等，自由民主”的美国只存在于乌托邦。带着心灵创伤，赫尔曼一家渴望美国成为自己的祖国，接纳自己，害怕被疏离和抛弃。然而残酷的事实使他们始终处于边缘状态，处处受排挤和迫害。远离欧洲战场的他们带着昔日的心灵创伤，目睹着大屠杀中同胞们被残酷地杀害，惶恐地关注着战争局势，经历着巨大的精神煎熬。

很多学者也经常将美国在“9·11”和“二战”期间的情况进行对比，发现两者之间的美国有很多相似之处。首先，“珍珠港事件”和“9·11”事件①虽然发生的具体原因不同，但都是在美国本土上遭受的一次突袭，造成了重大的人员伤亡。珍珠港事件中，日本帝国海军对位于夏威夷的美国珍珠港海军基地发动了突然袭击。这场袭击摧毁了美国大量的海军舰艇和飞机，导致2400多人死亡；“9·11”事件中，恐怖组织基地发动了针对美国的系列恐怖袭击，劫持四架民航客机，分别撞击了纽约的世贸中心双子塔和五角大楼，造成近3000人死亡。这两次事件都给美国带来了巨大的心理冲击，打破了国家的安全感。在珍珠港事件之前，美国大陆几乎未曾遭遇如此大规模的袭击。同样，在“9·11”事件之前，美国本土也未曾遭遇如此大规模的恐怖袭击。两次袭击都引发了美国民众的巨大震惊和愤怒，导致了社会的恐慌和政府的强烈反应。其次，它们都是美国历史上的关键转折点，并对美国的国家战略和发展产生了重大的影响。“二战”初期，美国政府出于国家利益的考虑一直奉行置身事外的中立政策，通过《中立法》对日德采取绥靖政策，坚持孤立主义，冷眼观看欧洲战局，充当“和平缔造者”。同时，美国对日本实施了一系列的经济制裁和贸易限制，从经济上遏制日本的侵略扩张。“珍珠港事件”爆发后，美国政府才意识到法西斯政治侵略扩张的严重性，从孤立主义政策转向积极干预全球事务，并呼吁民众义无反顾地参加“二战”，反对法西斯，成为“二战”后国际秩序的主要建立者之一。“二战”之后，美国的国力

① “9·11”事件，又称“911”“9·11”恐怖袭击事件，是2001年9月11日发生在美国纽约世界贸易中心的一系列恐怖袭击事件。2001年9月11日上午(美国东部时间)，两架被恐怖分子劫持的民航客机分别撞向美国纽约世界贸易中心一号楼和二号楼，两座建筑在遭到攻击后相继倒塌，世界贸易中心其余5座建筑物也因受震而坍塌损毁；9时许，另一架被劫持的客机撞向位于美国华盛顿的美国国防部五角大楼，五角大楼局部结构损坏并坍塌。这次事件导致近3000人死亡，数千人受伤。许多消防员、警察和急救人员在救援行动中不幸遇难。

大增，成为世界上政治经济最强大的国家，开始建立国际秩序，实行“国际主义”霸权政策，为了国家利益，肆意干涉他国内政，充当“国际警察”。关于“9·11”事件的根源人们莫衷一是。美国思想界普遍认为这是一场“文明冲突”，即伊斯兰文明和西方文明的冲突。通过向美国宣战，信奉伊斯兰教的基地组织试图攻击西方文明中的世俗政体、物质享受主义等。由新泽西州前州长托马斯·基恩和前国会议员李·汉弥尔顿完成的《9·11 报告》①指出：冷战后美国人民并未享受到预期的和平生活，反而成为“被羡慕、妒忌和攻击的目标”，来自各方面的威胁无法提防，这实际是一种不对称战争。对于美国人来说，像阿富汗这些藏匿基地组织的国家只存在于遥远的东方，然而基地组织的全球化程度更高，其成员近在咫尺，随时可以在美国领土发起恐怖袭击②。显然，这份报告将美国人的悲剧归结为来自外部的威胁。但英国广播公司 BBC、法国《世界报》却指出问题的症结在于美国的中东政策。某种程度上说，“9·11”是中东的阿拉伯人民对美国意识形态战争“倒行逆施”积怨已久导致的后果。在巴以长期的军事冲突中，以色列人强占巴勒斯坦国土，肆意挑衅并对巴勒斯坦人大肆杀戮，美国却坚持“离强合弱”的基本国策，一直对其持偏袒态度，甚至纵容其恶行，使得中东地区势力平衡并保持内斗，进而控制中东的石油资源。美国的“不公”“制造”出很多仇恨美国的狂热激进分子。坚持信仰的阿拉伯“圣战者”们仇视美国政府的霸权政治和以此换来的物质文明，制造了“9·11”恐怖袭击事件，重创了美国政府，也给美国民众带来了无尽灾难，在人们的集体记忆中留下深深的创伤烙印。

“9·11”之后，布什政府发动了反恐战争，出兵阿富汗并扶植了亲美的临时政府，但却因此陷入了战争泥潭，愈反愈恐。阿富汗战争持续了近二十年，成为越战的翻版，无数阿富汗人民失去家园，沦为难民，甚至失去生命，恐怖主义却越来越猖獗。最终，被美国列为“境外恐怖组织”的塔利班于 2021 年 8 月宣称控

---

① 《9·11 报告》全称为《国家委员会关于恐怖袭击的报告：2001 年 9 月 11 日的报告》(*The 9/11 Commission Report*)，是由美国政府设立的国家独立调查委员会编写的一份详尽报告。报告的目的在于调查和分析 2001 年 9 月 11 日恐怖袭击的发生原因、过程，以及美国政府在防止和应对恐怖袭击中的应对措施。

② Kean Thomas H, Lee H Hamilton. The 9/11 Report[M]. New York: St. Martin's Press, 2004: 486-487.

制阿富汗总统府。2003 年美国以反恐为由发动伊拉克战争，绞死伊拉克前总统萨达姆，并建立傀儡政府。然而随着新政府军和恐怖组织在交战中的节节败退，形成了一个拥有广袤地域的极端恐怖组织——“伊斯兰国”(ISIS)。该组织不停地制造爆炸袭击、人质劫持及屠杀事件，犯下了反人类的滔天大罪。伊拉克和阿富汗都是美国反恐战争的牺牲品。美国以反恐为幌子，继续在世界各地执行霸权主义政策，为了国家利益，不断地将自认为正确的价值观强加给别国，最终获取的不是教化落后群体的胜利，而是可能遭受的猛烈的反噬。正如《9·11 报告》所说，美国还不够安全，在面临重大问题时，美国仍缺乏危机感。美国本土仍面临持续和不断演变的恐怖主义威胁。“美国找不到明确的敌人，国内对恐怖主义侦察、阻止和反应的能力仍有限和缓慢。”除了恐怖主义，美国仍然面临着各种新的安全危机，比如族群冲突、枪击案、警察暴力、少数族裔被袭击。因此，《反美阴谋》重建历史的创作具有极大的现实意义。

《反美阴谋》通过改变历史的叙事方式，反映了美国社会在面对极端主义、种族主义和反犹太主义崛起时的创伤与深层恐惧以及这种创伤如何影响美国人的心理、家庭关系以及社会结构。小说通过改变历史的叙事方式，探讨了如果民主制度遭到破坏，社会将如何瓦解以及普通人将如何受到伤害。小说中的创伤折射了美国社会的内部分裂。这种分裂揭露了现实中美国社会在面对种族、宗教和政治分歧时的脆弱性。通过小罗斯一家人的不幸遭遇，罗斯对美国的自由民主价值观提出质疑，并提醒读者历史可能带来的创伤：美国最大的危险更多地来自内部，源于其固有的国家利益至上的政治考量、国内种族矛盾、文化冲突以及关键时刻突变的人性①。

第三节　身份焦虑与异化

关于身份认同，陶家俊教授曾定义为“某一文化主体在强势与弱势文化之间进行的集体身份选择，由此产生了强烈的思想震荡和巨大的精神磨难，其显著特

① 罗小云．边缘生存的想像：罗斯的《反美阴谋》中的另类历史[J]．外国文学，2012(5)：9.

征可以概括为一种焦虑与希冀、痛苦与喜悦并存的主体体验”①。狭义地讲，身份认同就是指某一文化群主体对其成员身份或文化归属的认同。作为一位犹太裔美国作家，罗斯一直致力于犹太群体的身份探寻。在早期作品如《再见，哥伦布》中，罗斯打破了之前犹太作家对犹太人塑造的正面形象，客观地揭露了犹太教义中的陈腐和虚伪，以及犹太人的人性弱点，重赋犹太人作为“人”的真实与自我。罗斯的这种对犹太性的逆向认知触怒了犹太族群有关民族身份共同体的美好想象，因此不断招致了尖锐的批评和指责。他曾因发表了《再见，哥伦布》被称为反犹主义者，又因为《波特诺伊的怨诉》而饱受“色情作家”的非议。这让他陷入身为作家和犹太后裔的两难处境。对此，罗斯也进行了反思，他认为，作家就应该具备担负起反映现实的责任和担当，而真正的犹太作家应该从本质上深入挖掘犹太生活的意义。同时，他也进行了反省，体悟到犹太身份本身的复杂多元和容易失落等特性。之后他开始有意识地对犹太民族身份进行探寻和建构，但依然以内省和批判的书写方式来叙述犹太民族的传统文化和伦理道德。② 进入暮年，经历了美国的瞬息万变，历经沧桑的罗斯将视野瞄准了美国多变的政治历史文化，在其作品中通过再现或者虚构政治历史的方式来描述美国发生的重大历史事件给犹太人以及普通个体的精神意识和现实生活带来的灾难，其中饱含着罗斯对犹太民族历史遭遇的同情以及对其未来走向的深切关注和思考。

在晚期创作的“美国三部曲”，即《美国牧歌》(1997 年)，《我嫁给了共产党人》(1998 年)，《人性的污秽》(2000 年)，罗斯延续了前中期小说中对于美国犹太人身份问题的关注，也进行了一些视野上的超越。首先，在族性上，罗斯由之前的对犹太人身份的关切延伸到对其他族裔即美国黑人身份及生存困境的关注。其次，在创作上，罗斯突破了之前犹太群体生存的狭小领域，将视野扩展到了整个美国复杂的政治、历史，以及多元的文化大背景中，多维度地体现了文化身份的复杂性③。“美国三部曲”是罗斯在长达半个世纪的创作中最重要的作品，也是

① 陶家俊．身份认同导论[J]．外国文学，2004(2)．

② 梅盼．菲利普·罗斯“美国三部曲”的身份认同[J]．江南大学学报，2015(6)：10.

③ 武晓燕．菲利普·罗斯“美国三部曲”的“美国身份”解读[J]．暨南大学学报，2011：6.

“奠定了他作为创作美国悲剧最重要作家的地位”的作品①。

“美国三部曲”讲的是少数族裔的美国人在美国试图通过个人奋斗追寻和实现“美国梦”而最终梦想破灭的辛酸故事。故事中的三个主人公，即两位犹太裔和一位非裔美国人，尽管在法律上拥有美国国籍，但在血缘本质上却不属于真正的美国人。因此，他们时常被主流文化所排挤，身份的不被认可势必使他们陷入彷徨和身份焦虑中。在《独立宣言》和美国梦的光环照耀下，处于身份困境中的主人公们顽强地建构着各自的身份，在面临不同的身份危机时，艰难地选择着各自不同的身份建构之路。他们艰辛的身份建构之旅淋漓尽致地展现了少数族裔在美国的身份认同困境。

一、塞莫尔·利沃夫：身份逾越下的迷失

《美国牧歌》是菲利普·罗斯“美国三部曲”的第一部，是罗斯“迄今为止最有思想深度、最优秀的作品”，堪称罗斯创作生涯的巅峰之作②，获得1998年的普利策奖。这部小说以越南战争和尼克松的水门事件为社会背景，讲述了从美国大萧条时期到20世纪末一个成功犹太裔企业家塞莫尔·利沃夫“美国梦”破灭的悲情故事。主人公塞莫尔是美国犹太第二代移民，他年轻时就继承了家族企业——纽瓦克女士皮件公司，事业蒸蒸日上，渐渐已融入美国社会，实现了美国梦——如愿迎娶了天主教出身的白人“新泽西小姐”——美女多恩，育有美丽的女儿梅丽，一家住在理想的石头房子里，过着人人羡慕的富裕生活。然而在越南战争时期，女儿梅丽因极端反战，在邮局附近投掷了一枚炸弹，制造了惨案，在逃亡过程中，又炸死了三个无辜者。五年之后再见到女儿时，她已成为耆那教（Jainism）信徒。他的老父亲娄·利沃夫也因此气绝身亡，使得塞莫尔多年努力建构的田园牧歌式的美好生活遭到毁灭性打击。之后当尼克松水门事件曝光后，事业衰败的塞莫尔又悲愤地发现美丽的妻子抛弃了自己，转身投入白人富豪沃库特的怀抱。最终，疾病交加的塞莫尔倒下了，他的美国梦彻底破灭③。

① 林兰芳．身份认同的困境及背后的政治批判——析菲利普·罗斯“美国三部曲”[J]．菏泽学院学报，2019(8)：112.

② 王守仁．新编美国文学史(第四卷)[M]．上海：上海外语教育出版社，2002：264.

③ 梅盼．菲利普·罗斯“美国三部曲”的身份认同[J]．江南大学学报，2015(6)：10.

在这部小说中，罗斯通过一个普通的犹太家庭，给读者呈现了一个家庭悲剧、时代悲剧和种族悲剧，也展示了一出伦理悲剧。作为第三代爱尔兰犹太移民，赛莫尔·利沃夫曾在美国身份和犹太传统之间徘徊犹豫过。他不断以自我的努力探索美国主流文化与犹太传统之间的沟通与交流，通过身份的逾越试图以自我的同化融入世俗物质的美国社会。凭借着父辈的财富积累，加上不断的自我奋斗，塞莫尔成为经济独立的成功者，并且靠着自身优势，很快为自己创造了新的身份——成功的美国人。他高大英俊、金发碧眼，被称为"瑞典佬"。"一个老式的美国绰号、一个将他神化的名字……他带着这绰号如同看不见的护照，越来越深地浸入美国人的生活，直接进化成一个大个头的、平稳乐观的美国人。"①"瑞典佬"不仅仅是一个称呼，更是一种从犹太教转向基督教的宗教身份的转变，他正以虚假的自我去实现异质文化氛围下的同化。他是人人羡慕的"棒球明星"、海军陆战队教官、成功企业家，拥有着美貌的白人妻子和可爱的女儿，过着富足的生活。在他身上，人们看到的是希望的象征——是力量、决心和极力鼓起的勇气，他充分享受着美国文明的物质繁荣，以及美国式的成功和幸福。塞莫尔感觉到犹太文化与美国文化在自己身上的完美结合。他认为"生活在美国就如同生活在自己体内一样，住在美国就是住在世界上最好的地方，一个人如果没有全部的美国情感，他就会感到孤独"②。因此他的乐趣就是美国人的乐趣，他幸福的价值观就是美国人幸福的价值观。他觉得自己是移民文化和主流文化融合的很好范例。可悲的是心爱的女儿梅丽亲手粉碎了父亲的梦想。梅丽自出生后就一直不快乐，始终处于抑郁焦虑中。生活在物质富足的家庭以及父母的疼爱之下，她却憎恨着"资本家"父母；她没有像父母希望的那样，游刃于上流社会，却因极端反战而扔下炸弹，伤害无辜，使得全家处于不断被谴责的煎熬中，之后又自我毁灭，成为印度极端教徒，继续刺痛着父母的心，亲手毁灭了父亲的乌托邦幻想。"这女儿和这十年的岁月将他独有的乌托邦思想炸得粉碎，而瘟疫四起的美国渗入"瑞典佬"的城堡，传染了每一个人。这女儿将他拉出向往许久的美国田园，

① 菲利普·罗斯．美国牧歌[M]．罗小云，译．南京：译林出版社，2004：198.
② 菲利普·罗斯．美国牧歌[M]．罗小云，译．南京：译林出版社，2004：267.

抛入充满敌意的一方，抛入愤怒、暴力、反田园的绝望——抛入美国内在的狂暴。”①“梅丽并不是罗斯文学创作中的一个有缺陷的混合型人物，而是那一代美国人中一个有症状的突然转向自毁的典型形象”②。

塞莫尔在美国身份与犹太传统之间充满犹疑与抵抗。一方面，他遵循着犹太父辈的传统教义和处世哲学。另一方面，他又艳羡美国的主流文化并乐于陶醉其中。尽管塞莫尔已经极力开拓两种文化相融合的道路，却仍难以达到两全双赢的目标，最终沦陷在身份混乱的困境之中③。他在梦想与现实、历史与政治的交融中，以及自我与社会的冲突中，进行着伦理身份的逾越，毕业后加入美国海军陆战队，迎娶天主教徒妻子和搬往白人聚集区旧里姆洛克。对利沃夫来说，这些做法是他彻底脱离犹太身份、顺利完成同化的必经之路，也是他塑造美国新身份的必要之举。然而这违背了伦理的禁忌，身份的迷失终将导致危机，乌托邦式的田园梦想终将破灭，他依然逃脱不掉不可避免的悲剧性命运。塞莫尔的悲剧事实再次说明，尽管犹太人表面上似乎已经习惯并适应美国的异族文化生活，并且生存了下来，但在精神层面始终都没有、也无法真正融入美国白人社会。不论生活在哪里，被同化的程度如何，他们总是处于边缘，是客居他乡的“局外人”。“你可以通过给犹太人一个安全的居住地来结束对一个犹太人的驱逐，但是，这并不能结束一个真正意义上的驱逐，因为这个世界仍然是被割裂的、无序的。一个犹太人始终处于被驱逐的境况，无论是在耶路撒冷还是在新泽西州都一样。从这个意义上说，在美国的犹太人并不被认为像在家里一样自由自在。”④

二、艾拉·林格：理想与现实身份分裂后的毁灭

“美国三部曲”之二《我嫁给了共产党人》通过两位老人的交叉回忆，以“二

---

① 菲利普·罗斯．美国牧歌［M］．罗小云，译．南京：译林出版社，2004：81.

② Safer Elaine. Mocking the Age: the Later Novels of Philip Roth［M］. Albany: State University of New York Press, 2006: 83.

③ 张潇月．笔下美国犹太人的生存困境——以“美国三部曲”为例［D］．济南：山东师范大学，2017：7.

④ 刘洪一．走向文化诗学——美国犹太小说研究［M］．北京：北京大学出版社，2002：70.

战”后麦卡锡主义盛行为社会背景，叙述了主人公艾拉·林戈尔德(Ira Ringold)从事业腾达到挫败的传奇而悲壮的一生。艾拉做过挖沟工人、侍者、矿工和广播明星。与知名影星伊芙(Eve Frame)结婚后，他迅速跻身于美国资产阶级上流社会。但在妻子与前夫所生的女儿的问题上，两人产生分歧和隔阂，最终导致婚姻的破裂。后来伊芙受人利用，在一份捏造的文件上签字，发表了回忆录《我嫁给了共产党人》，污蔑艾拉是苏联间谍。在麦卡锡主义盛行的时代，艾拉因此被列入政治黑名单，从此开始了梦魇般的生活。这部小说从比较敏感的政治层面入手，凸显了个人理想与现实生活错位后身份的分裂，涵盖了有关选择、家庭背叛和身份危机下复仇的故事。

艾拉·林戈尔德的一生充满了传奇色彩。他出生于美国新泽西州纽瓦克市一个贫穷的犹太单亲家庭。父亲和继母对他们两兄弟的粗野对待和放任自流造就了他固执粗暴、冲动易怒的性格。中学退学后，艾拉离家在纽瓦克挖沟做苦力为生，后来因冲动打死人逃往边远小镇苏塞克斯镇，以挖矿为生。“二战”爆发后，艾拉入伍，结识了工会领袖，共产党员强尼·欧戴，并开始接触共产主义思想。在奥戴的引领下，艾拉很快便树立了实现社会公平、捍卫劳动权益、建立没有剥削与压迫的崇高理想信念。退伍后，因其高大威仪的外形神似林肯总统，艾拉获得了去纽约演出的机会。他通过扮演林肯四处演讲，迅速成为家喻户晓的广播明星，不久便结识了知名女星伊芙并与之结婚，成功跻身于美国资产阶级上流社会。其实与伊芙的结婚正是艾拉人生选择的错误，也是他悲剧人生的开始。两个人精神世界本就载着不同的人生追求。伊芙也来自贫苦的犹太家庭，但她轻视底层人民，甚至蔑视犹太人，她的理想是跻身美国上流社会过上资产阶级生活。而艾拉是一个理想主义者，出身底层的他深谙底层民众的疾苦，立志全身心投入捍卫无产阶级权益的伟大事业。但在婚姻上却选择了资产阶级坚实推崇者伊芙·弗雷姆，婚姻的选择暗示艾拉对资产阶级主流价值观的渴望。然而共产主义理想与资产阶级社会现实在本质上是反向的，艾拉面临着抉择。婚后生活也并不是想象中的惬意，两人在阶级、文化、社交圈等领域存在巨大差异。正如艾拉的哥哥莫里所说，“那女人与政治，特别是共产主义，毫无接触。她知晓维多利亚时期小说的复杂情节，能娓娓道出特罗洛普人的名字，却全然不明白社会以及日常的种种事情”①。对于艾拉来说“那场婚姻、那个女人、那栋漂亮的房子，那些书籍、唱片、挂在墙上的画，她生活圈里头一票有成就的人物，那些光彩、有趣且高水准的人物，全都是他从未了解的世界”②。为了坚持自己的共产主义信念，艾拉在婚后依然保留着他的共产主义理想“小木屋”，每当与伊芙发生争端时，小木屋都是他的避难所和发泄场所。三观的不同导致两人关系剑拔弩张，再加上艾拉与伊芙的女儿西尔菲德(Sylphid)之间的激烈矛盾以及伊芙始终将感情砝码朝向女儿的态度，导致两人彻底决裂。其实，艾拉此时也处于理想和现实身份的困境中，一方面，他坚持自己的共产主义理想信念；另一方面，他的内心无法抗拒资产阶级带给他的世俗名誉和物质诱惑。徘徊于理想信念和现实物质生活中，艾拉无从选择，陷入身份混乱的困境，最终在危机四伏中渐渐走向身份的分裂。雪上加霜的是，在20世纪50年代美国反共的政治背景下，对艾拉心灰意冷的伊芙公开艾拉共产党员的身份使他一夜之间失去了在纽约拥有的一切。走投无路的艾拉最终只好重返苏塞克斯镇上的小屋，并在此孤独凄凉地了却残生。

在其传奇的一生中，艾拉一直试图通过空间的不断变迁而变换自我身份，进而寻求身份的认同，然而依旧使自己陷入身份困境和危机中。他出生的纽瓦克是一个少数民族聚集区，充斥着贫穷和暴力。残酷暴虐的生存环境造就了艾拉最原始和未经修正的自我。为了生存和尊严，他变得过激和好斗，曾经用铲子活活打死了一个反犹分子。日本偷袭珍珠港后，艾拉入伍，进入军队封闭落后、混杂易斗的环境中，原始粗暴的性格更甚。在精神导师奥戴的指引下，艾拉树立了实现社会公平、人人平等的崇高信念，也萌生了新的身份意识。退伍后，为了压制自己体内的原始暴力，寻求文明的约束，同时也为了摆脱之前卑微的底层身份，获得新的身份认同，加上机缘巧合，艾拉去纽约发展并很快在广播界获得成功。他终于摆脱了昔日被人轻视排斥、卑微的犹太下层阶级，成为人人艳羡的广播明星。为了稳固和延续这一新的身份，艾拉与外表光鲜的演员伊芙结婚，组建完整的家庭，同时也完成新的身份建构。然而不幸的是，理想信念和现实生活的冲突，使他陷入身份困境和危机中，以对方为身份建构道具而建立的“虚弱之家”

① 菲利普·罗斯．我嫁给了共产党人[M]．魏立红，译．南京：译林出版社，2011：74.

② 菲利普·罗斯．我嫁给了共产党人[M]．魏立红，译．南京：译林出版社，2011：74.

也经受不住时间的洗礼和现实的考验，最终，辛辛苦苦建构的一切全部都烟消云散了①。

三、科尔曼·西尔克：种族歧视语境下的身份伪装

《人性的污秽》是罗斯继《夏洛克在行动》(*Operation Shylock*, 1993)之后第二次获得“笔会/福克纳小说奖”(PEN/Faulkner Award)的一部著作。这部小说以20世纪90年代的美国社会为背景，叙述了非裔美国人科尔曼·西尔克在遭受种族歧视迫害时为了实现美国梦而伪装成犹太人进而获得事业成功却最终因被指控歧视黑人而走向自我毁灭的故事，淋漓尽致地展示了少数族裔在美国的身份认同困境和生存危机。《人性的污秽》具有时代标签，将人物置于特定的历史政治、道德文化语境之中，将个人命运和公共话语紧密关联，为读者塑造了一个无法摆脱个人命运的当代俄狄浦斯形象②。

科尔曼的成长历程在本质上其实是一个自我身份否定与肯定、解构与建构的过程。首先，来自父亲的代际创伤使科尔曼从小就有了种族身份的困惑，使他在残酷的现实生活中产生了种族身份危机，进而导致了他最终的人生悲剧。陶佳俊认为，“代际创伤”特指家族隐秘的创伤在后代心理空间中的重复表演，造成作为创伤的间接而非直接承受者的后代自我心理的分裂③。具体地说，如果一个孩子亲眼目睹了父母所遭受的创伤，他们心灵深处也会很痛苦，且这种创伤会在他们心里留下永远的阴影，即“代际创伤”。“终于他看清了父亲所必须承受的一切，他也看清了父亲的无助”④。

科尔曼·西尔克出生于传统的黑人家庭，却天生肤色较浅接近白人。他从小就显示出超人的学习才能，并且是学校的拳击手、短跑冠军以及全能优秀学生。但是在当时美国严重的种族歧视背景之下，年少时的科尔曼通过耳濡目染父亲的

---

① 梅盼．菲利普·罗斯“美国三部曲”的身份认同[D]．苏州：江南大学，2015：28.

② 袁雪生．身份隐喻背后的生存悖论——读菲利普·罗斯的权力与话语[J]．外国文学研究，2007 (6)：104-110.

③ 黄丽娟，陶家俊．生命中不能承受之痛——托尼·莫里森的小说《宠儿》中的黑人代际间创伤研究[J]．外国文学研究，2011(2)：100-105.

④ 菲利普·罗斯. 人性的污秽[M]. 刘珠还，译. 上海：上海译文出版社，2019：140.

遭遇就已经意识到美国社会巨大的种族差异性。科尔曼的父亲曾经是一名接受过高等教育的大学生，参加过“一战”，退伍后和科尔曼的母亲结婚，之后便一直辛勤努力工作，希望通过个人努力过上美好生活。科尔曼先生有学识、有修养，注重孩子的高雅教育，努力使一家人得到了“模范黑人家庭”的称号。然而，作为有色人种，他依然受到各种磨难和不公正的待遇，生活也并不顺利，一直都在社会的底层苦苦挣扎，压抑地活着。作为父亲创伤的目击者，他可以感受到父亲的痛苦和无奈。

> 他知道，他父亲在滨州铁路公司工作，不得不在餐车里忍受侮辱和公司的歧视……他常看见父亲因为工作不顺心，下班后回家尽可能找事做以免发脾气。对那些不顺心的事，如果他想继续干下去，就只能逆来顺受，并忍气吞声地说：“是，先生。”①

父亲的创伤经历对年少的科尔曼产生了深刻的影响。首先，他一直压抑古板地活着，满是规则和局限。在父亲的言传身教下，他知道如果想在一个白人主导的社会中生存下去，他一定要“小心翼翼”②。其次，父亲一直严格遵循美国主流文化的标准，以一个符合主流意识的“传统模范黑人”的形象塑造自己并教育他的子女。父亲经常教导他：“每当一个白人跟你打交道时，不论他的意图有多善良，他总会以为你存在着智力低下的问题。即使不直接用言词，他也会用面部表情，用语气，以他的不耐烦，甚至相反——以他的忍耐力，以他美妙的人道的表现——跟你说话，仿佛你是个白痴，而倘若你不是，他就会非常惊讶。”③言下之意，父亲给儿子灌输了黑人的愚笨、粗鲁和低级。父亲的这种谨小慎微直接导致了科尔曼对黑人群体和黑人文化的否定。

“不，科尔曼必须急流勇退，如果他为了爱好这项运动而从事拳击的话，他可以练习，但不在纽瓦克男生俱乐部，那个俱乐部在西尔克先生的眼里是专供贫

① 菲利普·罗斯. 人性的污秽[M]. 刘珠还，译. 上海：上海译文出版社，2019：137.

② 黄婷婷. 代际创伤与《人性的污秽》中主人公科尔曼·西尔克的种族身份危机[J]. 开封教育学院学报，2017(3)：36.

③ 菲利普·罗斯. 人性的污秽[M]. 刘珠还，译. 上海：上海译文出版社，2019：137.

民窟孩子、文盲及将与贫民区或监狱众生结缘的无赖消遣的地方……”①

在父亲代际创伤的影响下，科尔曼开始怀疑自己的身份，特别是种族身份。他开始追问自己：为什么黑人要表现得像个白痴？自己以后是不是也会像父亲那样去生活？这为他之后的身份伪装和身份危机埋下了根源。

进入霍华德大学后不久，没有了父兄的庇护，他就开始亲身体验到由于他的黑人身份所带来的不公正对待和歧视——在华盛顿市中心的沃尔沃买热狗遭拒绝，出门被人叫作黑鬼。年轻的科尔曼清楚地感知到，无论自身成绩多么优秀，拳击场上表现多么完美，“在种族隔离的南方他只不过是另一个黑鬼，在种族隔离的南方不存在个体身份，绝不允许这类细微的差别存在，其撞击力是可怕的。黑鬼——指的是他”②。父亲的猝死使科尔曼更加清晰地认识到黑人种族在美国社会的艰难处境，甚至动摇了他对黑人身份的认同。与白人姑娘的恋爱失败更加坚定了他的想法。他开始重新思考并对自己进行定位，确定身份的重新建构。“他重新充电，自由自在地想当什么就当什么，自由自在地追求更高的目标，他骨子里有信心当独特的我，自由到他父亲无从想象的地步，自由得如同他父亲不自由一般。不仅摆脱了他父亲，而且摆脱了他父亲忍受的一切。”③“对某些人来说，种族身份是一种足以在世人面前加以炫耀的自豪标志。对另外一些人来说，种族身份是一种尽量予以忘却、回避或逃脱的污点。”④黑人身份对科尔曼而言，就是一种污点，是无情埋没他远大抱负的污点。于是，他背弃了家人的教导，逃离了霍华德大学，逃离了他的黑人身份，抹去了种族印记⑤。

通过重新建构犹太人的身份，“犹太人”科尔曼在事业家庭，社会地位等方面都取得了巨大的成功，却在晚年时因违反了“政治正确性”而被冠以“种族主义者”的罪名而名誉扫地，之后又因与年轻的白人女清洁工福尼亚的情人关系而遭

① 菲利普·罗斯. 人性的污秽[M]. 刘珠还，译. 上海：上海译文出版社，2019：129.

② 菲利普·罗斯. 人性的污秽[M]. 刘珠还，译. 上海：上海译文出版社，2019：136.

③ 菲利普·罗斯. 人性的污秽[M]. 刘珠还，译. 上海：上海译文出版社，2019：144.

④ 朱振武，等. 美国小说本土化的多元因素[M]. 上海：上海外语教育出版社，2006：177.

⑤ 李昊宇. 菲利普·罗斯小说《人性的污秽》中的身份危机[J]. 安徽文学，2009(4)：51.

到他人的迫害，最终两人在福尼亚前夫的蓄意谋划中丧生①。科尔曼·西尔克希望跨越种族界限，以白人的身份得到主流文化的认可，然而最终越界给他带来的只是身份上的模糊与混乱，他自己也化身为一个矛盾体的存在，以悲剧的命运结束了自己的一生②。通过对少数族裔同化历程以及悲剧性结局的描写，罗斯暗示了他本人对同化思想的否定，以及对认同单一美国身份做法的否定，犹太后裔利沃夫以及黑人科尔曼，他们抛弃既定身份和文化传统，一味追求美国社会所认可的身份，竭尽所能地希望融入美国主流社会，但最终被残酷的社会现实所毁灭，成为既没有美国梦也没有民族根的边缘人。可以说民族身份的丧失、对美国身份的盲目追求是他们悲剧人生的重要原因③。某种程度上讲，《人性的污秽》是"犹太移民对美国文化的进入，是一种包含融合与冲突双重关系性质的文化接触和文化适应"。

第四节　伦理身份的探寻

作为出生和生活在美国的第三代犹太移民，罗斯的创作背景必然会融入美国多元与民主文化。同时，作为一位犹太裔作家，罗斯又有着难以割舍的犹太族裔情怀。当传统的犹太文明与美国多元的现代文化相碰撞时，饱经忧患的犹太群体面临着困惑，"在多重文化中该如何确立自己的文化身份?"而这正是犹太作家罗斯文学创作的源泉。族裔身份问题、美国人身份价值观隐含的危机、罗斯的小说始终将人的身份存在作为关注的焦点，在他的自传性叙述中，我们可以很明显地感触到美国异族文化语境中犹太人民族身份的探寻。

一、《再见，哥伦布》中主人公的身份建构

犹太作家菲利普·罗斯从他的早期作品开始就一直在思考着犹太民族自我身份定义问题。在美国这个多元文化并存的大熔炉里，犹太族群渐渐发现，现实生

---

① 梅盼．菲利普·罗斯"美国三部曲"的身份认同[D]．苏州：江南大学，2015：10.

② 周蕾．黑白混血儿的越界悲剧——从身份认同的角度解读《人性的污秽》[J]．湖南工程学院学报，2013(12)：58.

③ 梅盼．菲利普·罗斯"美国三部曲"的身份认同[D]．苏州：江南大学，2015：15.

活中美国人所标榜的核心价值观与美国独立之初所宣扬的自由、民主并不一致，甚至背道而驰。历史上，犹太人一直处于一种漂泊、流浪、散居的生活状态。“无根的民族”“泛家园化”已经成为犹太人的文化身份标签。作为少数族裔，“病态的不安感”和“无根的漂泊感”油然而生，致使流淌着犹太血液的“美国人”身份的稳定感失落。因此，族裔身份问题，美国人身份价值观隐含的危机，使得罗斯的小说始终将人的身份存在作为关注的焦点。依罗斯之见，犹太族裔身份困境的原因，与自身的历史流散迁移，坚守的“精神格托”，及其所处的社会文化语境和政治环境有着极其重要的关系①。

在其成名之作《再见，哥伦布》中，罗斯塑造了一位处于传统的犹太文化和美国现代文明的双重文化夹击中的犹太青年尼尔。介于美国人和犹太人两种身份之间，纠结于到底做一个犹太人还是做一个美国人，尼尔经历了从开始的身份焦虑到身份困境，到最终在反思后达成自我认知，回归犹太身份的身份建构的心路历程。这部小说的背后也是第三代犹太移民作家菲利普·罗斯本人的身份困惑与探寻的历程。徘徊于两种文化之间，两种身份的冲突不断困扰着犹太群体，使其丧失了归属感。

首先，在宗教文化上，尽管犹太群体信奉的犹太教与美国主流信仰的基督教有着同源关系，但是在历史洪流中，两个教派渐渐产生了冲突。犹太教遵从《圣经》的摩西五经，即旧约，基督教则信奉新约，认为犹太教徒已不是上帝的选民，与上帝重新签约的基督教徒才是上帝的选民。随着基督教被统治者确立为国教，犹太教则受到排挤和打压。在《再见，哥伦布》小说集中另一部小说《犹太人的改宗》中，罗斯叙述了一个有关耶稣身份的故事，为读者展现了两个教派的大相径庭。犹太男孩奥兹问宾拉拉比，耶稣到底是人还是上帝？宾德尔不假思索地回答：“耶稣是人，像你我这样实际存在的人。”奥兹感到很疑惑，“新约说他真正的父亲是上帝”②。既然上帝神通广大，能够开天辟地，创造万物，“他为什么不能使女人不交合就生孩子呢？”③犹太教认为耶稣是普通人，是真实的历史人物。

---

① 曲佩慧．寻找真我：菲利普·罗斯小说中的身份问题[D]．长春：吉林大学，2013：2.

② 菲利普·罗斯．再见，哥伦布[M]．俞理明，张迪，译．上海：上海译文出版社，2021：169.

③ 菲利普·罗斯．再见，哥伦布[M]．俞理明，张迪，译．上海：上海译文出版社，2021：171.

而基督教却宣扬耶稣是上帝的儿子和化身。对此，宾拉拉比也无法给出令人信服的解释，只好强权压制，以奥慈公然挑衅犹太传统信仰为由，对其罚站叫家长。而奥慈的母亲竟认为儿子调皮捣蛋，随手就打了一巴掌。事态愈演愈烈，后来奥慈竟跑到楼顶上以死相逼，要求周围所有人，包括宾拉拉比、母亲、同学、犹太教堂看门的老头，甚至是赶来救他的消防员都改信基督教。这部小说以幽默的笔调严肃反映了信奉新教文化的美国身份和犹太身份的激烈冲突。面对两种宗教文化的冲突，犹太男孩无所适从，身份选择带来的困惑使犹太男孩身心皆伤①。

其次，在价值观念上，犹太传统价值观念与美国社会主流所推崇的实用主义伦理之间也有着不可调和的矛盾。犹太人奉行勤俭节约，提倡通过努力奋斗、合法劳动获取成功，注重责任和奉献精神，宣扬人生的最终目标是“是同道德、精神和责任联系在一起的”②。犹太人对于成功的概念加了一些道德和精神的成分，认为“成功是学会如何用物质财富创造美好的事物；利用自己的影响、财富和力量去实现道德的完善；为改善精神世界和物质世界而进行的人道主义战斗获得的胜利；为人类救赎而进行的不懈努力”③。相比之下，美国人将道德、精神皆抛之脑后，他们对成功的看法是片面物质的，“美国梦”的实质就是物质财富的成功，将金钱名誉凌驾于道德理想的追求之上。《再见，哥伦布》中，主人公尼尔在物质成功和道德、精神的追求之间徘徊不定。要实现“美国梦”是否就可以抛弃理想道德？尼尔陷入困境中。作为第一代犹太移民的后代，一方面，尼尔受到身边父母及老师朋友的犹太宗教文化和价值观念的影响。另一方面，处于两种文化交融中成长起来的他对某些传统守旧的犹太文化也无法完全认同，同时对美国主流文化也充满好奇和向往。游走于两种文化之间，尼尔很难作出抉择，找不到自己的归属。因此产生了身份焦虑，对自身的身份也产生了怀疑和迷茫④。在纽瓦克公共图书馆工作的尼尔渴望实现“美国梦”的物质成功，同时也有道德精神

① 胡凌.《再见，哥伦布》中文化身份认同的困惑[J]. 温州职业技术学院学报，2015(9)：77.

② 胡浩. 论犹太教的现世价值[J]. 宗教学研究，2014(3)：256-260.

③ 杰克·罗森. 犹太成功的秘密[M]. 徐新，译. 南京：南京出版社，2008：32.

④ 方俊丽. 浅析《再见，哥伦布》中尼尔的身份焦虑与建构[J]. 漯河职业技术学院学报，2015(5)：76.

的追求。然而是否为实现“美国梦”而放弃道德理想，这一直在困扰着他。作为犹太移民的后裔，尼尔远离父母，和姨妈一家在美国新泽西州的下层犹太人集聚地纽瓦克过着简朴的生活。姨妈、姨夫和他的父母一样，受犹太传统宗教思想道德和价值观念的影响，一直恪守着正统的犹太文化。姨妈格拉迪斯照顾家人，任劳任怨，崇尚俭朴。在与富家女布兰达·佩蒂姆金交往后，尼尔目睹了佩蒂姆金家富裕的物质生活，感受到了另一种高品质生活方式。他们拥有私人篮球场、草坪、各种电器，还有佣人。他们享用着西式餐点，餐桌上还摆放着不同的银器……这种“奢侈”的物质生活是尼尔不曾经历和十分向往的。尼尔渴望拥有这样的物质享受，渴望加入这个群体，成为真正的美国人。然而相处一段时间，佩蒂姆金一家的粗俗、傲慢、压抑、虚伪和冷漠令尼尔感受到彼此之间价值观的格格不入。在自我身份的建构之路上，尼尔感到迷茫。他一直都是一个精神流浪者，他厌恶唾弃纽瓦克单调刻板的生活方式，但又和象征成功犹太人的佩蒂姆金家的生活格格不入。他想和布兰达结婚，但不想为此成为佩蒂姆金家的一员，放弃自己的犹太信仰。在尼尔看来，表面上，佩蒂姆金一家人是追求“美国梦”，融入美国上层社会的典型成功代表。但这其实是以为迎合美国主流文化而抛弃自己的犹太之根为代价的。他们的美好幸福生活是一种假象，他们根本就没有实现真我。为此，在建构自我身份的路程中，尼尔陷入身份的焦虑和困惑中，在物质成功和道德、精神的追求上摇摆不定，是否要牺牲道德理想而实现“美国梦”成了困扰他的难题。为了维持他们的爱情，他没有放弃布兰达，同时又让其使用子宫帽，这既表达了他对代表主流文化和道德权威的布兰达父母的反抗和厌恶，又是他规避传统道德谴责的借口，同时他希望通过这种方式能将布兰达紧紧地抓住①。其间，尼尔不断地对两人的关系进行反思，此时的尼尔对布兰达及其一家富裕的生活已经没有了当初的迷恋和向往。后来布兰达使用的子宫帽被其母亲发现，引发了父母对尼尔的强烈指责，最终导致两人分手。离开布兰达之后，尼尔对自我身份进行了深深地反思，“是什么促使我将追求与执着变成爱情，然后又将它变回来？是什么把得到变回失去，又把失去的——天知道有没有这种可

① 程海萍．子宫帽的悖论意象——评菲利普·罗斯的《再见，哥伦布》[J]．牡丹江大学学报，2011(3)：50.

能——变成得到呢？我敢肯定我爱过布兰达，尽管站在这儿，我知道我再也不会爱她了"①。尼尔最终放弃了和布兰达的爱情。诚然，爱情失败，但从此他将做回真我，追随本心。最终，尼尔在第二天太阳升起的时候回到纽瓦克，回归到了属于自己的犹太世界②。

二、《反生活》中欲望主体的犹太身份认同

罗斯在后期的作品《反生活》中，一改往日的尖酸刻薄，对犹太生活进行温情脉脉的描写，开始探寻犹太人自身身份认可和回归这一深刻主题。内容上也更为深入，他已将笔触深入到对第三代移民对自己犹太身份的寻找和回归。通过多角度的探索，引导读者对当代犹太问题进行思考。罗斯的作品也对当代犹太人最敏感、最关注的问题进行了揭示，如"犹太复国主义极端行为的影响"和"犹太散居地现象质疑"等。

全书以内森·祖克曼和亨利·祖克曼两兄弟的生活经历和奇特的遭遇为主线。故事情节离奇而令人震撼。第一章围绕着弟弟亨利展开。他是牙科医生，家庭生活美满幸福，但因心脏不适，做外科手术时不幸身亡。第二章情节有了改变，讲述亨利没有死，回到他的故土以色列做康复治疗，还亲眼看到许多散居国外又重新后回到祖国的学生们在复国主义者李普曼的指引下重新学习犹太文化的场景。震惊之余，亨利决定放弃美国优越的生活，留在以色列报效祖国。哥哥内森赶来劝他改变主意，但无济于事。第三章内森劝说弟弟无果后准备回府，却在飞往伦敦的飞机上被卷入一场劫机阴谋而招来麻烦。第四章的情节又令人不可思议。哥哥内森死于心脏手术，弟弟亨利又反过来参加葬礼。之后在哥哥家里发现一部手稿，内容涉及很多他自己的隐私。出于对自身的保护，亨利偷偷带走了手稿中涉及自己的前两章，将名为"基督世界"的最后一章留在那里。在最后一章"基督世界"中，内森也没有死，而是跟随新婚妻子玛丽亚返回她的故乡英国并准备定居在那里，但是在那里又无法忍受犹太人被歧视的境遇，最终两人分道扬

---

① 菲利普·罗斯．再见，哥伦布［M］．俞理明，译．上海：上海译文出版社，2021：166.

② 陶杰．论菲利普·罗斯小说中美国犹太人的身份困境［D］．济南：山东师范大学，2018.6.

镰。在这本书中，罗斯塑造了舒基和李普曼两个典型的人物形象。舒基是位犹太知识分子，他性格温和，渴望融入阿拉伯国家，对犹太复国主义持强烈的反对态度。在他的身上，我们感受到了一个普通犹太知识分子的形象。虽然他们致力于自我欲望和利益的追求，但是在内心深处，仍怀着深深的犹太情结和犹太身份意识。李普曼却是一个与舒基完全不同的人物，他激进极端，一心向往犹太复国。执着地要求学生必须用希伯来语书写他们的名字，强烈而明显的犹太意识在他身上暴露无遗。有一次，内森问一个带美国口音的犹太女学生："你是美国人吗?"女孩回答得非常肯定："我是犹太人，我生来就是犹太人!"强烈的犹太身份意识和归属感在此体现无遗。

在这部作品中，罗斯已经不再过多地去抨击犹太文化，他将重点放在了犹太人身份的丧失与回归。内森和亨利的"死去"，一方面是对他们目前生活的否定，另一方面也预示着犹太身份的丧失。而随后的"复活"，又将笔触伸到犹太身份回归这一主题，亨利最终找回了梦寐以求的身份，积极参加犹太复国主义运动。19 世纪 30 年代后期大量犹太人移居美国，在美国社会文化大环境的熏陶下，经历了几代人的努力，他们大多已经融入美国社会，过着平静幸福的生活。在美国这个兼容并蓄且开放的国度，现在的犹太人已经不再为种族歧视而担忧，更多的人开始关注在美国大文化背景中，犹太自身的民族性在被同化、被影响，同时也在日益丧失。渴求身份回归是人们探讨的热点。不少第三代美国犹太人主张去故国以色列或其他地方追寻"希望之乡"(the Promised Land，直译为"应许之地"，是上帝赐给犹太人的生息之地，现也引申为犹太人的前程或安身立命的地方)，寻找自己的民族之根。亨利的行为就是典型的一例。这部小说也揭示了犹太问题的复杂性，其中不乏尖锐的矛盾冲突，如中东问题。犹太人内部错综复杂的立场与观点让我们感受到了犹太人渴望寻求"希望之乡"的强烈梦想。

罗斯的创作充满了动态的过程，随时代变迁而不断推进，最初揭示第二代犹太移民精神压抑和生存困境，随后又探索本民族文化之根丧失的根源，最后回到追寻犹太人的归属问题。从多个角度描写了美国犹太人近半个世纪的心路历程。在人物的内心深处，欲望支配着选择的向度。

三、《遗产》中犹太文化的回归与升华

1991年，享誉美国文坛的犹太作家菲利普·罗斯出版了《遗产——一个真实的故事》(*The Patrimony*: *A True Story*)。该书出版不久便问鼎“全美书评人大奖”，成为非虚构类作品的当代经典。《遗产》以写实的手法记录了菲利普·罗斯和父亲赫曼·罗斯在一起度过的最后一段岁月，再现了一对犹太父子的真挚情感。《遗产》在继承以往犹太小说“父与子”母题的基础之上，对其进行了升华，同时也在创作上对以往的作品进行了超越。在早期和中期作品中，罗斯往往通过犹太家庭中父亲与儿子的矛盾冲突表现在同化过程中犹太传统文化和与美国主流文化碰撞所产生的犹太新文化之间的抑制与抵抗、压迫与反击。无论是在《波特诺伊的怨诉》、“祖克曼系列”，还是“美国三部曲”中，我们都能感受到这种“父与子”的冲突与对抗。《遗产》中，罗斯一改常态，将血浓于水的父子关系进行了回温和升华，对“犹太性”的救赎观进行了继承和深化，表明他重回犹太身份以及重拾犹太文化传统的趋势。

(一)家庭的回归——“父与子”关系的回温与升华

罗斯在《遗产》中主要采用倒叙和插叙的叙述方式讲述了他父亲赫曼·罗斯晚年与脑肿瘤抗争的短短一年多的生命历程。在父亲生病之前，罗斯和他一直处于一种紧张而疏远的关系，这体现了两代人的隔阂和两种价值观的不同。但是赫曼被确诊为脑瘤后，父子俩在死亡的笼罩之下，共同经历病痛和磨难的过程中，他们之间的关系逐渐趋于缓和并开始回温。一场生离死别之后，罗斯理解了父亲，接受了父亲，也完成了犹太身份的民族性回归的心路历程。

父亲生病期间，罗斯悉心照顾，两人在共同经历生死的过程中建立了一种相互依存、彼此接纳、完美和谐的“父与子”关系。赫曼在生病期间非常听儿子的话，依赖儿子，他喜欢和儿子唠家常，愿意听儿子给他讲身边发生的新鲜事。在自己病情的问题上需要作出重大决定的时候，他总是把这个权利交给儿子。罗斯送给父亲小礼物时，要求父亲先闭上眼睛，“他居然真像个期待礼物的小孩子一样听我的话，尽管脸上并没有露出那种非常憧憬的表情”。此时的父亲早已不再威严和不可亲近，儿子也不再是毕恭毕敬、唯命是从。这一幕让我们感受到一个

慈祥可爱的父亲形象以及他们之间和谐亲密的关系。在父亲生病期间，罗斯自己也遭遇病痛，紧急做了一场心脏搭桥手术，为了不让年迈的父亲担心，他一直隐瞒，骗他说去参加一个文学研讨会。在住院的时时刻刻，罗斯没有为自己的性命担忧，却一直都在为父亲祈祷，“别死。在我恢复力气以前别死。在我能办事情以前别死。在我自身难保的时候别死”①。后来父亲得知此事时，“他一看到我就伤心地哭了，”“爸爸——我现在很好，你看我就知道了。”“我在那儿就好了。”父亲反复地说着，先是带着颤音，然后是带着愤怒，“他是想在医院里陪在我身边”②。淳朴简单的几句对白，父子情深，让人不禁潸然泪下。死亡的威胁和共赴生死的经历让罗斯有了一种完全人性的感情体验；曾经压抑、对立的犹太“父与子”关系变成了相互理解、相互依赖的美好温情。最感人的一幕是一次赫曼在家中大便失禁，他觉得很羞愧但又无奈，罗斯告诉父亲不会告诉任何人，并拿着工具默默细致地帮父亲换了干净的衣服，清理“战场”，并把所有脏衣服拿去洗衣房。此时的无声抵过千言万语，这种关爱充满了人性的关怀，它使两人之前所有的争吵和矛盾烟消云散。

《遗产》中升华了的“父与子”关系表明：随着犹太传统文化与美国主流文化的交合、异化，逐渐产生了新时代背景下的犹太新文化。犹太新文化又对传统文化产生了影响和辐射，最终达到了新旧犹太文化的完美融合。同时，正如文中所述，“这是1988年，我55岁，他快87岁了。‘照我说的做’，我对他说——他就做了。一个时代结束了，另一个黎明开始了”③。罗斯也想借此表明：犹太新文化经受住了历史的考验，能够顺应历史发展的潮流，对犹太传统文化中腐朽落后的方面也给予了修正和完善。

（二）“救赎”与“自我救赎”母题的回归与升华

《遗产》拓展延伸了犹太文化救赎母题的内涵，重现了犹太人负罪和赎罪的生命价值观，同时也将此主题升华到了一定的高度，让我们对犹太传统的生命价

① 菲利普·罗斯．遗产[M]．彭伦，译．上海译文出版社，2011：191.
② 菲利普·罗斯．遗产[M]．彭伦，译．上海译文出版社，2011：193.
③ 菲利普·罗斯．遗产[M]．彭伦，译．上海译文出版社，2011：61.

值观有了新的认识。《遗产》中罗斯对身患重病的父亲的拯救就能被视为一种救赎，赫曼·罗斯在疾病中的苦苦挣扎则可视为一种自我救赎。只是，罗斯在这里告别了“弥赛亚的虚妄拯救”，主张正确地理解负罪、赎罪的文化传统，在实际生活中端正态度，积极主动地发挥主观能动性，以乐观的态度顽强地去面对生活的不幸，以积极的“抗争”取代被动消极的“救赎”。小说中罗斯和父亲两人肩并肩，共同面对疾病和死亡，他们都从虚妄的救赎者变成了勇敢的抗争者。罗斯通过日常生活的点滴琐碎对此进行细致的描写，从多个角度刻画了父亲面对疾病的折磨，不屈不挠、勇敢抗争的“自我救赎”观。小说一开始就告诉我们，父亲因脑部肿瘤干扰了吞咽器官，导致食物被吸进器官，他似乎也意识到了问题的严重性，但“我”打电话问他吃饭是否很困难时，他总是以一种举重若轻的顽强态度对抗病魔：“我只是不能喝甜的饮料。”“只不过是因为食物太烫了。”“没有困难，我很好。”①

赫曼·罗斯的一生充满了坎坷和颠沛。他从小随父母迁到美国生活，上到八年级就被迫出去工作贴补家用，后来在一家保险公司找到了一份工作。推销保险特别是生命险“是世界上最难卖的东西。你知道为何？因为顾客赚钱的唯一办法就是他死”②。但他吃苦耐劳、镇定坚强，不仅在公司站稳了脚跟，而且还升职做了经理，退休时还拿到了丰厚的养老金。不仅如此，生活在异族文化中，为了生存、活下去，赫曼这辈人本身有着自己的犹太信仰，但他们能与非犹太教的人和谐相处，采取了温和忍让的策略；对于种族歧视，以“息事宁人”处之。《遗产》中，父亲为了能在美国立足，使自己更好地融入美国社会，在从事艰辛工作的同时，基本上不去犹太教堂做仪式，这固然有无暇顾及的因素，但主要还是想要积极主动地与非犹太教的人交流合作，以扩展自己的事业圈。同时，父亲也很注重犹太内部的团结，尤其是家庭和社区的团结合作。在《遗产》中，罗斯曾介绍说，父亲加入了所在社区的家庭机构，定期去“犹太人联邦广场”参与活动。当某个家庭遇到困难时，机构会给予帮助。这也体现了犹太文化中“个人的力量是单薄的，人多力量大”的思想。这些无不表明：为了生存，今日的犹太人已经

① 菲利普·罗斯．遗产[M]．彭伦，译．上海译文出版社，2011：187.

② 菲利普·罗斯．遗产[M]．彭伦，译．上海译文出版社，2011：170.

摒弃了以往消极被动的“受难”，积极主动地以坚韧、英勇的品质顽强地进行着抗争，进行着自我救赎。

《遗产》中，父亲留给罗斯的一个重要遗产是节俭，另一个就是坚韧。小说中，父亲的坚韧体现在他对生命的执着和对死亡的不惧上。面对死神的逼近，尽管要遭受无比巨大的痛苦，甚至羞辱，他都没有放弃对生命的追求。让人最震撼的莫过于父亲手术后大便失禁的情景了，罗斯在此进行了场景特写，“到处是屎，防滑垫上粘着屎，抽水马桶边上有屎，马桶前的地上一坨屎，冲淋房的玻璃壁上溅着屎，他扔在过道的衣服上凝着屎。他正拿着擦身子的浴巾角上也粘着屎。在这间平时是我用的小洗手间里，他尽了最大的努力想独自解决自己的问题，可由于他几近失明……”①待罗斯平静地打扫了烂摊子后，“我踮着脚尖回到他安睡的卧室，他还有呼吸，还活着，还与我在一起——这个永远是我父亲的老人，又挺过了一个挫折。想到他在我上来以前勇敢而可怜地想着自己清洗这个烂摊子的努力，想到他为此而羞愧，觉得自己丢脸，我就感到难过。”②在照顾父亲的过程中，罗斯学到了“面对考验的时候，无助绝望的念头就抛在了脑后，反而激起一种蔑视挑战与听天由命交织的情绪，正如他学会面对因为衰老而产生的羞辱感”③。面对疾病折磨的父亲，回顾父亲走过的岁月，罗斯在《遗产》中真实地再现祖辈和父辈作为老一代的犹太移民风雨漂泊的心路历程，其中有着背井离乡的孤苦、心酸，也有为求生存的隐忍、坚韧和面对疾病、死亡的不畏、抗争。尽管最终父亲还是走了，但他其实没死，他的“犹太精神”存活了下来并将永远流传下去。

(三)犹太身份的回归与继承

从《遗产》中记录的回忆片段可以看出罗斯在年轻时曾一度和父亲有隔阂，自母亲去世，父亲步入疾病缠身的晚年后，父子俩重新审视对方，关系再度亲近，罗斯甚至像母亲一样照顾父亲直到他离世。这种父子关系的转变潜移默化地

---

① 菲利普·罗斯．遗产[M]．彭伦，译．上海译文出版社，2011：141.
② 菲利普·罗斯．遗产[M]．彭伦，译．上海译文出版社，2011：144.
③ 菲利普·罗斯．遗产[M]．彭伦，译．上海译文出版社，2011：123.

感召着罗斯，唤醒了他的民族身份意识，使他渐渐地回归到民族之根并再次确定了自己的犹太身份，这体现了犹太文化强大的精神感召力量。“他就是本族语，没有诗意，富有表现力，直截了当，既具有本族语的一切显著局限，也具有一切的持久力。”①在经历了困惑、背弃、迷失、确认第一系列艰难的心路历程，罗斯最终完成了自身犹太身份的回归与超越。

罗斯对于自身犹太身份的回归主要通过一些象征性的物品和事件来实现的，比如经文护符匣、剃须刀和父亲留下的遗产。《遗产》第三章，罗斯父亲的经文护符匣进行了写实描写。经文护符匣是存放圣经摘录的两个小皮盒子，是犹太教徒的神圣之物。正统的犹太教徒在周末祷告时，一般用皮带把它系在身上，“一只在额头，一只在左臂”，表示自己的虔诚。对于父亲之前每次祷告随身携带经文护符匣，罗斯一直都是不屑的。但是当年迈的父亲失望地认为子孙们已经淡忘了经文护符匣的意义而将其丢弃在希伯来青年会的更衣室里时，罗斯无法理解，“虽然不会用它来做祷告，可我会很珍惜它们。特别是当他去世以后”②。此时的他已不再漠视犹太教，而是很想通过珍藏经文护符匣来守住犹太传统的宗教文化，作为一个犹太人的儿子。

罗斯的家里珍藏着一个看似普通的剃须杯，上面刻着祖父山德尔的名字，它见证着罗斯家三代人的奋斗史，也联系着一家三代人的骨肉情，是罗斯的传家宝。父亲告诉罗斯他从小就想得到它，罗斯也自七岁起到祖父去世，都对它想入非非。离开纽瓦克时，父亲将剃须杯用包装纸一圈一圈缠起，“就像一个个 DNA 螺旋体”，郑重地交给罗斯保管，“由父亲交给儿子”③，这代表了一种血脉和文化的传承。这个传家宝凝聚了一股家族和民族的力量，浓缩了难以抵抗的民族情感价值，时时刻刻在提醒着罗斯自己的犹太血脉。

罗斯对于自己犹太身份的回归也体现在对于父亲留下的遗产的态度转变上。父亲生前尊重罗斯的意见，把自己的积蓄留给了罗斯的哥哥。当父子两人一起看遗嘱时，罗斯通过大量的心理活动描写，表达自己矛盾的内心。当初是自己主动

---

① 菲利普·罗斯．遗产[M]．彭伦，译．上海译文出版社，2011：149.
② 菲利普·罗斯．遗产[M]．彭伦，译．上海译文出版社，2011：73.
③ 菲利普·罗斯．遗产[M]．彭伦，译．上海译文出版社，2011：93.

要求放弃继承遗产的，如今却无法接受，“把我排除在继承人之外，……我有种被抛弃的感觉。”①此时的罗斯强烈地想要拥有父亲的遗产，迫切地想要从父亲那里继承点什么，即犹太传统、犹太精神。遗产是每个父辈留给子辈最后的礼物，象征着一种文化的传承、身份的传递。父亲立遗嘱时，很想给罗斯留一份，可是他坚决拒绝，“我不需要这笔钱”②。当时的罗斯正当盛年，性格叛逆，他极力拒绝父亲给予的馈赠，急切地想要抛弃传统文化，融入异族文化，拒绝承载犹太民族的苦难历史和传统，借以获得美国社会的认可和接受。然而步入不惑之年的罗斯开始正式并试图回归自己的民族身份，“我发现自己很想从我这个执拗顽强的父亲历经艰辛困苦一辈子积攒下来的财产中分得一份”。“这是他必须给我的，也是他想给我的，按照传统习惯也应该给我”，“因为我是他的儿子”。③ 罗斯此刻有一种强烈的归属感，作为一个犹太人的儿子，他想要，也理所应当去继承。

由此可见，犹太民族在几千年的文化传承中形成了深厚的民族情感沉淀，即使二代、三代移民们摒弃了传统的生活和思维模式，但是他们内心深处流淌着的犹太血液使得他们自觉不自觉地和本民族的传统和文化保持着千丝万缕的联系，有着无法割舍的情愫，他们的精神实质永远也无法被改变。《遗产》主人公菲利普·罗斯通过写实的手法，在与父亲相濡以沫的日子里，对犹太传统的道德观、价值观和宗教观予以认同并继承了父辈们宝贵的精神遗产，实现了对本民族文化的回归，同时也实现了对犹太文化的飞跃式认识。

第五节　伦理拷问与伦理抉择

《鬼作家》是菲利普·罗斯“祖克曼系列”小说的第一篇。这篇小说使用了叙述、倒叙、回忆、幻想、内心独白、潜台词等多种艺术手法，几乎囊括了美国犹太文学中的全部传统主题，诸如犹太人在美国社会中的同化与特殊身份问题、犹太人遭受迫害和歧视问题、犹太家庭伦理问题、犹太神圣的家族问题、婚姻同化

① 菲利普·罗斯．遗产[M]．彭伦，译．上海译文出版社，2011：80.
② 菲利普·罗斯．遗产[M]．彭伦，译．上海译文出版社，2011：80.
③ 菲利普·罗斯．遗产[M]．彭伦，译．上海译文出版社，2011：81.

问题、个人奋斗与成功问题等。这部小说可以称得上是当代美国犹太文学中具有典型意义的不朽之作①。

菲利普·罗斯在《鬼作家》中探讨了主人公深陷伦理困境，如何用理性意志控制自由意志，作出伦理抉择，为我们诠释了一个现代的斯芬克斯之谜，即怎样做一个真正的理性作家和一个理性的人。人类完成了第一次生物性选择之后，便进行了第二次选择，即伦理选择——夏娃和亚当偷吃禁果以及斯芬克斯之谜的破解。这次伦理选择使人类真正从兽性中解放出来，成为与野兽相区别的存在。从伦理意义上讲，人体本身具有人性因子(human factor)和兽性因子(animal factor)。兽性因子体现为自由意志(又称自然意志，即 natural will)，表现形式为人的不同欲望，如性欲、食欲等人的基本生理需求和心理动态；人性因子是理性的意志体现，是人的伦理自觉。在很多文学作品中，基于某种伦理环境，人类的自由意志和理性意志常常构成了相互对立的两种力量，从而影响着人的伦理行为②。

一、“真实作家”还是“犹太卫士”——“我”(内森)的伦理抉择

文学伦理学批评注重对人物伦理身份的分析，因为“几乎所有伦理问题的产生往往都同伦理身份相关”③。在《鬼作家》中，菲利普·罗斯为读者展现主人公内森·祖克曼徘徊于犹太身份和真实作家身份之间探索和抉择的艰难历程。在该小说中罗斯采用并修改了“成长小说”的传统，“使他可以提出关于当代艺术的一些重要问题，并可以关注现代的、受过大学教育的艺术家的成长之路。”

作为一个在文坛上崭露头角的犹太青年作家，内森(Nathan Zuckerman)感到“我在很大程度上仍是我家的犹太后裔”。小说一开始，“我”(内森)就已经踏上了寻找精神导师之旅，拜访当时早已隐匿山庄、远离尘嚣，却蜚声文坛多年的犹

---

① 陆凡．菲利普·罗斯新著《鬼作家》评介[J]．现代美国文学研究，1980(1)：32.

② 聂珍钊．文学伦理学批评：伦理选择与斯芬克斯因子[J]．外国文学研究，2011(6)：8，15.

③ 聂珍钊．文学伦理学批评：基本理论与术语[J]．外国文学研究，2010(1)：12-22.

太作家洛诺夫，“充当他精神上的儿子，祈求得到他道义上的赞助”①。而这源于内森和家人的争执和隔阂，“我”和父亲之间的问题起因于“我的雄心最大的一篇小说”——《高等教育》。在这部小说中，内森谈及了自己家族的丑事，暴露了犹太人的贪婪和丑恶。这激起了包括父亲在内的整个家族的愤怒和恐慌，他们纷纷出来劝解、干涉以保护家族荣誉。依父亲之见，犹太民族在历史长河中屡受迫害、歧视和凌辱。作为一个犹太作家，理性上，内森应该捍卫犹太民族的利益，描写犹太人正面的价值观，譬如犹太人中不乏有科学家、教授、律师等为人类作出贡献，有着牺牲精神的人物的高贵品质等，而尽量避免暴露犹太人的贪财和不义。这从道义上讲，也是符合伦理规范的。在这股来自本民族的、压制作家声音的力量面前，内森必须作一个选择：是屈从理性意志，担负起对犹太人的责任，维护犹太宗教观，还是听从自己的自由意志，担负起作为一个严肃作家的责任。

徘徊于自由意志和理性意志之间，内森坚持遵照自己的意志行事，坚持“艺术家对自己的同胞、对自己所生活的社会、对真理和正义的事业，负有一定的责任。”②劝阻无果，父亲便求助于本市最受尊敬的犹太法官利奥波德·瓦普特（Leopold Wapner）。“大家读的不是艺术——他们读的是人。”③瓦普特法官以书信形式向内森提出了十个问题来质问他，并推荐他去看百老汇演的《安妮·弗兰克的日记》。作为第二代移民，内森对犹太人的“神圣家族”没有父辈那么浓厚的情愫，桀骜不驯的内森渴望进入文学主流，成为严肃作家，反映真实生活。他拒绝回信，也没有向父亲再作解释，“我不要别人管我”④。去掉宗教文化观照下的神化形象，对自我民族形象的真实还原，在父亲看来意味着他的儿子在内心深处对本民族宗教传统的叛逆，也就不再是纯粹的犹太人。“二十年来我们无话不谈，如今却快有五个星期没有说话了，我也就到别的地方去找父辈的支持了。”⑤内森的这种做法，坚持了自己的自由意志，但同时又破坏了代际伦理，造成了家庭的

① 菲利普·罗斯．鬼作家[M]．董乐山，译．上海：上海译文出版社，2019：11.
② 菲利普·罗斯．鬼作家[M]．董乐山，译．上海：上海译文出版社，2019：126.
③ 菲利普·罗斯．鬼作家[M]．董乐山，译．上海：上海译文出版社，2019：115.
④ 菲利普·罗斯．鬼作家[M]．董乐山，译．上海：上海译文出版社，2019：136.
⑤ 菲利普·罗斯．鬼作家[M]．董乐山，译．上海：上海译文出版社，2019：11.

不和谐，使自己处于孤立无援的精神荒原中。

在小说第二章“内森·代达罗斯”中，那天夜里寄宿在洛诺夫的书房里，“我”开始写信向父亲解释自己。但是一想到洛诺夫赞扬自己的“发自膝盖后部直达头顶上面的声音”时，“我”又一气之下把信撕了。“乔伊斯、福楼拜、托马斯·沃尔夫，不是都被那些自认为在他们作品中受到诽谤的人斥为出卖朋友和不讲道理吗？……文学史的一半也是小说家惹怒同胞、家庭、朋友的历史”①。我此刻所坚持的就是自己肩上的责任。“如果我没有魄力面对这种不可解决的冲突而继续写下去，那么就谈不上是个作家了。”②然而，寄宿在精神导师洛诺夫塌下，内森也受到了其小说主人公（“常常是那些离开家没有家人惦念，但是又必须毫不迟疑地赶回去”）的感染，内心复燃起对基本上已美国化的本家家族的血缘感情。一方面，从洛诺夫等一批文学前辈们的作品中，内森体会到，自己身上的割礼已经刻在了灵魂深处，犹太身份早已根深蒂固，无法也不能割舍。但另一方面，他又无法做到仅仅为了迎合家人和本民族而置一个社会作家的艺术责任于不顾。所以说，身为犹太人的儿子，内森的潜意识里还是无法忽视发生在自己同胞身上的悲剧。他既想做一个合格的儿子，也想做一个严肃的作家，反映生活的真实，为此他饱受煎熬。

第二天与洛诺夫共用早餐时，内森不断地想象着自己回到新泽西州，向家人宣告：“我们要结婚了。”“这么快？内森，她是犹太人吗？”“是的，她是犹太人。”“那么她是谁？”“安妮·弗兰克。”③这里，和虚构的符合父亲眼中民族形象的安妮结婚表明内森渴望和犹太传统保持和谐关系。他并不想抛弃犹太传统，只是想在两者间保持平衡。通过对艾米身份的虚构，将她想象成大屠杀中幸存下来的安妮，内森希望通过和这位“受难式”的犹太作家结合，担当起对自己同胞的责任，并被犹太社区所接受，从而以此回顾自己文学生涯的源头，重新确定自己和过去的关系，理解艺术是如何来自生活，同时修正自己对父亲的看法以及自己道德上的偏差。显然，内森坚持自我意志的做法被家人认定是反犹太的、“自我憎恨”

① 菲利普·罗斯. 鬼作家[M]. 董乐山，译. 上海：上海译文出版社，2019：138.
② 菲利普·罗斯. 鬼作家[M]. 董乐山，译. 上海：上海译文出版社，2019：138.
③ 菲利普·罗斯. 鬼作家[M]. 董乐山，译. 上海：上海译文出版社，2019：199.

的。事实上作为一个受到现代高等教育的知识青年，内森接受了以现代理性为核心的教育观，这必然打破了传统以犹太教为核心的家庭教育，与父辈所崇尚的以宗教为核心的世界观和价值观产生了很大的差异，这也是他与父亲之间矛盾不可调和的根本原因。在经历了一场多重人格斗争之后，内森体会到了个体在自由意志的艺术追求与家庭社区责任之间矛盾永恒存在的意义①。

和内森一样，罗斯本人也曾经历过作家身份和犹太民族性之间的冲突以及事实与虚构的冲突。不论是在写作上还是在看待犹太文化上，他均采取了取精华、弃糟粕的客观态度。罗斯本人曾坦言，“我的生活就是从我生活的真实情节里伪造自传、虚构历史、捏造一个亦真亦幻的存在”。

二、“理性意志”还是“自由意志”——“我”的精神父亲E. L. 洛诺夫的伦理抉择

内森为了坚持自己的艺术责任、去拥抱艺术的世界，而不惜与自己的犹太家庭和犹太传统分离，从而使自己处于孤立无援的境地。于是他只好另觅他处，去找父辈的支持。同时，作为一个作家，他还面临着其他的束缚和不解——多种文学影响之间的冲突。带着这些困惑和不解，他拜访了洛诺夫，希望在自己的精神导师那里能一并找到答案。然而，长期离群索居的洛诺夫本人不管是在文学创作还是在家庭生活中同样也陷入难以抉择的困境。罗斯通过“我”的精神父亲 E. L. 洛诺夫向读者展现了人的理性意志和自由意志之间的对抗与制约。

（一）“现实模仿艺术”还是“艺术展示现实”

长期与妻子住在远离尘嚣的大自然中，虽然呼吸到了足够的氧气，但其创造力因缺乏生活的灵动，再加上各种外力的制约而逐渐枯竭退化。对于他来说，写作变成了一种文字游戏——“我把句子颠来倒去。那就是我的生活”②。关于艺术与生活的关系，洛诺夫展现的是一种消极遁世的创作模式，因为他的创作几乎完

① Stade George. Roths Complaint: Review of Zuckerman Unbound, by Philip Roth[J]. New York Times, 1981.

② 菲利普·罗斯. 鬼作家[M]. 董乐山，译. 上海：上海译文出版社，2021：64.

全是在与生活隔离的状态中进行的。与外界接触的唯一机会是一周两次到雅典娜学院教授写作课。“到学校里去是我一星期中生活的高潮。”①除了每日对于文字的颠来倒去，洛诺夫觉得自己三十年来的作品全都是想象的产物，是完全脱离了生活创作出来的。他的艺术信仰就是拒绝生活。然而，对此他也感到了倦怠。几十年来，在这种完全脱离生活、不断重复的模式中，他又无所适从。“这已成了例行公事，要是不这么做，就会感到闷得慌，有一种白白浪费的感觉。”②洛诺夫的创作模式证实了文学艺术和真实生活的完全脱节，艺术不是来自现实，而是取代现实。然而，对于文学创作和生活两者之间的关系，洛诺夫显得非常矛盾。一方面，对于祖克曼目前被家人和族人孤立的境况，他认为真正的作家也会感到高处不胜寒，而平常人所拥有的乐趣则是其成功的代价。可是另一方面，他又建议祖克曼不要只是活在艺术中——“如果你的生活里只有阅读、写作和赏雪，你就会和我一样，三十年所有作品都只是幻想。”③对此祖克曼起初也是认可的，觉得应该将文学创作和现实生活严格分裂对立起来。所以当内森向洛诺夫讲述自己写作以前经历的种种时，洛诺夫也曾带着自憎自嫌的口气说，“我真希望，什么事情我也能知道那么多。我写了三十年的幻想故事，我却什么也没有遇到”④。这使得内森当时很费解，“他不是得到了天赋，他不是得到了艺术吗?”⑤后来，内森终于意识到：现实生活与艺术创作之间应该是一种相辅相成的关系，真正的文学作品是它们交融的产物圈⑥。

因此，对于“现实模仿艺术”还是“艺术展示现实”，洛诺夫始终处于一种伦理困境中。为了坚持自己的艺术信仰，他几十年来始终实践着“在隔离现实中创作”，“我知道我是谁，我知道我是什么样的人，什么样的作家，我有我自己的那种勇气”。⑦ 然而，脱离了现实的创作早已失去了艺术的魅力，他只能每日在

---

① 菲利普·罗斯. 鬼作家[M]. 董乐山，译. 上海：上海译文出版社，2021：24.

② 菲利普·罗斯. 鬼作家[M]. 董乐山，译. 上海：上海译文出版社，2021：21.

③ 菲利普·罗斯. 鬼作家[M]. 董乐山，译. 上海：上海译文出版社，2021：37.

④ 菲利普·罗斯. 鬼作家[M]. 董乐山，译. 上海：上海译文出版社，2021：19.

⑤ 菲利普·罗斯. 鬼作家[M]. 董乐山，译. 上海：上海译文出版社，2021：19.

⑥ 王丽霞.《鬼作家》——一位犹太青年艺术家的画像[J]. 江苏科技大学学报，2012(6)：47.

⑦ 菲利普·罗斯. 鬼作家[M]. 董乐山，译. 上海：上海译文出版社，2011：41.

不断的文字苛求中度日，创作力也逐渐枯竭。正如洛诺夫本人评价内森作品时所说的那样，“打破常规的个人生活也许比在树林里散步、惊走麋鹿更有好处。他的作品里有动荡的成分，这应该加以培养，但不是在树林里。他不应该窒息那显然是他才华的气质。”①同时也借此表达了洛诺夫本人对自己目前想象力范围的不满。

（二）“回归家庭”还是“放纵身心”

在生活中，洛诺夫也面临着严重的家庭伦理抉择，是选择侍奉自己三十年，但早已没有了爱情的糟糠之妻霍普（Hope），还是选择才华横溢、与自己有着心灵沟通的精神恋人艾米（Amy Bellette）？是听从理性意志，维持家庭稳定，继续沉闷的婚姻，担负起责任，还是坚持自由意志，为艺术疯狂，开始一段不伦之恋？文学大师洛诺夫有些困惑。

妻子霍普是一个典型的贤妻良母，出身于新英格兰的名门，嫁给犹太作家洛诺夫后，尽心伺候，为其生了三个子女。之后又随丈夫隐居在远离尘嚣的荒野，过着离群索居的生活。三十年间，她一直压抑着自己的情绪去迎合洛诺夫的生活，努力做着温柔的妻子、忠实的伴侣、慈祥的母亲，成为男权社会的“天使”和婚姻制度的“奴隶”。三十年的岁月沧桑，使得昔日的名媛成为“一个瘦小的女人，灰色的眼睛很温柔，一头柔软的白发，苍白的皮肤上横七竖八地布满了细密的皱纹”的苍老妇人。无情岁月的流逝使洛诺夫对于绝对顺从的妻子早已失去了往日的激情和浪漫，仅存的只有习惯和沉闷，而维系两人关系的不是彼此的诚挚情感和心灵相通，而是法律效力。在洛诺夫整日将句子颠三倒四的时候，妻子被排除在自己的世界之外，已经被“物化”，视为没有功能、没有感情的“物”，一个隐形人。尽管霍普曾多次恭顺而委婉地提示过他：“他的生活不仅是读书、写作、看雪，他的生活还有她和子女。”②他依然将她逐出了自己的生活圈子，在每周星期天和妻子到山上散步时，他不时地看表以示自己的繁忙，“总是因为失去了那么多的大好光阴而感到可惜”③；他可以未经妻子同意便将艾米带回家照顾，

① 菲利普·罗斯．鬼作家[M]．董乐山，译．上海：上海译文出版社，2011：39.

② 菲利普·罗斯．鬼作家[M]．董乐山，译．上海：上海译文出版社，2011：39.

③ 菲利普·罗斯．鬼作家[M]．董乐山，译．上海：上海译文出版社，2011：21.

睡在女儿贝基的床上，弹着女儿的钢琴；在妻子的眼皮底下堂而皇之地在深夜进入情人艾米的房间促膝交谈，展示暧昧。当委屈、孤独、寂寞的霍普愤怒地“将一只玻璃杯子摔向墙，连带把一个碟子摔成两半”，借此证明自己个体的存在。“赶我走吧，我宁可单身生活，单身死去，也不愿再尝一分钟你的勇敢！在生活中的这许多失望面前，我再也经受不住品德的考验了！我一秒钟也不能再忍受有一个对自己不抱任何幻想的、忠诚的、体面的丈夫了。……你要了她吧，你就不会这么痛苦了，一切就不会这么凄惨了。把我赶出去吧！请你马上就这么办，免得你的好心和明智把我们俩都拖死！”①洛诺夫极其冷静地看了一下摔破的碟子说“她可以把它粘上”，然后“把碟子放在长长的木柜上，让她以后修补”。第二天，他只需嘴里哼着“我蓝色的天堂”，假扮小丑就能马上使“霍普更快乐”。男权意识强烈的他认为妻子只属于厨房，“这地方看上去的确像是个不声不响什么都能粘补、什么都能做的主妇的大本营，只是她不知道怎样才能使她丈夫快乐②。她的喜怒哀乐全由他操控，她是他的附属品”。

然而在年轻富有魅力的艾米面前，洛诺夫则充满了温情。艾米在十六岁时写信向他求助并成为他的学生，青春少女的独特魅力和对文学的默契共鸣以及彼此间的相互欣赏使得两个孤独的心灵渐渐靠近，甚至越过了婚姻道德的界限。她有着“深邃沉静的大眼睛，温柔聪颖的目光”。他很欣赏她的才华，第一次向祖克曼介绍艾米时，洛诺夫就情不自禁地表达对她的欣赏，“她的散文文体很杰出，是我读过的最好的学生作品。十分清澈，十分幽默，极有见识。她看到的东西，都能抓住。钢琴弹得很好，能够把肖邦的曲子弹得很动人。我一天工作完毕以后就盼着那个。”③更重要的是，两人有着相似的身份：逃离了反犹大屠杀的犹太人。就像内森所说的那样，洛诺夫是一个“成功逃脱的犹太人”。“从俄国和反犹大屠杀中逃脱，从清洗中逃脱，从巴勒斯坦和故国逃脱，从布鲁克林和亲戚那儿逃脱，从纽约逃脱出来。”④而在内森的想象中，艾米则是一个在“二战”中饱受摧残，在大屠杀中幸免于难，成功逃离但又隐姓埋名的“犹太圣女”。相似的经历

① 菲利普·罗斯．鬼作家[M]．董乐山，译．上海：上海译文出版社，2011：51.
② 菲利普·罗斯．鬼作家[M]．董乐山，译．上海：上海译文出版社，2011：56.
③ 菲利普·罗斯．鬼作家[M]．董乐山，译．上海：上海译文出版社，2011：34.
④ 菲利普·罗斯．鬼作家[M]．董乐山，译．上海：上海译文出版社，2011：61.

使得两人更加惺惺相惜，共建了只属于彼此的世界，容不得他人逾越。艾米工作完离开时，对时间一向吝啬的洛诺夫可以一直在门阶上站着，看着她擦清汽车的前窗和后窗，道一句“慢慢开”。和妻子散步都在看表，但却可以在深夜上了床接到艾米的电话后，立马驾车几个小时赶到纽约的旅馆，耐心倾听并安慰艾米受伤的灵魂，直到第二天“上午九十点钟”。时间耗在妻子那里就是荒废，在艾米那里却似乎成了永恒。对于艾米邀请他离开枯燥的妻子和自己在佛罗伦萨郊外的别墅里过美好的生活，洛诺夫也曾犹豫动摇过。他心里很清楚“我们之所以成为动物，不是仅仅因为我们有高尚的目标，而且也因为我们卑贱的需要和欲望”①。然而，对于自己的私有财产——妻子霍普，洛诺夫无法抛弃，他割舍不下，一方面，他早已习惯了这种崇拜他、贴心照顾他、听从他的发号施令、任凭自己“不要生活”的妻子。霍普是他的“物”，他有权利享有，也有责任保护。“留下我怎么生活?”另一方面，作为内森崇拜的精神导师，洛诺夫深受本族文化规范的教导和影响，他不能践踏家庭伦理，冲破审慎、明智、道德的壁垒。“你不能在三十五年以后把一个女人赶出去，只是因为你在喝早餐的鲜果汁的时候看到一张新面孔。”②“我们过去是谁，以后也是谁。别做梦了。……你要你的良心背着一具死尸吗?”③最终洛诺夫还是告别了感性的冲动，使得这段不伦之恋戛然而止，做到了理性回归。

因此，文学大师洛诺夫其实是一个矛盾而分裂的人。在文学创作中，他可以听从自己的自由意志的驱使，执着地抛开生活，在幻想中“为艺术疯狂”。然而在现实生活中，理性意志又迫使他“回归现实”。他最终还是“打开大门”，目送艾米离去，去追那个“逃走的妻子”。

三、“犹太圣徒”还是“污点凡人”——艾米的抉择

《鬼作家》中艾米的“犹太圣徒”身份其实是内森内心的幻想。内森的想象源于瓦普特法官给他的一封意欲唤醒他犹太良知的劝诫信(信中建议他去看《安

① 菲利普·罗斯．鬼作家[M]．董乐山，译．上海：上海译文出版社，2011：25.

② 菲利普·罗斯．鬼作家[M]．董乐山，译．上海：上海译文出版社，2011：88.

③ 菲利普·罗斯．鬼作家[M]．董乐山，译．上海：上海译文出版社，2011：149-150.

妮·弗兰克的日记》的戏剧）以及当晚借宿在洛诺夫家中时偷听到艾米和洛诺夫暧昧的对白。内森据此发挥了想象力，虚构了这个《安妮日记》的续篇，将洛诺夫的学生兼秘密情人想象成在“二战”中遭受了大屠杀的“犹太圣徒”安妮·弗兰克。通过这样的虚构，内森对有着犹太教传统伦理取向的受难意识进行了解构，以此瓦解了传统意义上安妮所具有的象征意义，去掉了她头上的“圣徒”光环，将之还原为一个活生生的、有着七情六欲的世俗女人①。

此时，艾米就是安妮·弗兰克，她在犹太大屠杀中历经种种磨难，顽强地活了过来。为了忘却痛苦的过去，她改名为艾米·贝莱特，一直生活在英国。后来在洛诺夫的帮助下来到美国生活。之后她偶然看到了父亲出版了她在被德军关押时在密室里写的《安妮·弗兰克的日记》，又专程赶到纽约去看了根据日记改编的戏剧。结果是她歇斯底里地哭着给洛诺夫打电话寻求帮助。然而，艾米或是安妮应该怎么办呢？是立刻给父亲打电话，告诉他自己还活着，然后亲人团聚，告别离散之苦，还是继续这么隐姓埋名下去？此刻她面临着抉择。在剧院里，她被周围的氛围震撼了，“这些女人吓坏了我……在那里的女人都哭了，我周围的每一个人都泪流满面”②。在犹太宗教文化中，受难和崇高往往联系在一起，承载着同样的内涵，这也使通过以受难来获取高尚道德的文化理念在犹太人的心中根深蒂固。《安妮日记》戏剧性地展现了安妮在危险艰苦的境况中所表现的坚强、乐观和善良的高贵品质，人们对此十分赞赏和钦佩，甚至视她为犹太民族的优秀典范。安妮深深地意识到：她已经逐渐从一个无辜遭受迫害的女孩转变成了犹太人心目中的宗教圣徒形象，“他们为我哭泣，为我祈祷。我成了从被害的犹太人身上剥夺的千百万年生命的化身……我已成了一个圣徒”③。如果宣布自己幸免于难，会不会使她的日记在世人的眼中丧失一部分力量？艾米犹豫了，只好在深夜给洛诺夫打电话以寻找精神上的寄托。最终，为了维护“安妮”在人们心中的犹太殉难者的崇高形象，她还是决定“死去”，不让父亲知道她还活着，“这样可以帮助人类改进自己”。“要是大家知道，《安妮日记》是一个活着的作家写的作

① Pinsker S. Critical Essays on Philip Roth[M]. Boston, Mass: G. K. Hall, 1982.

② Pinsker S. Critical Essays on Philip Roth[M]. Boston, Mass: G. K. Hall, 1982: 156.

③ Pinsker S. Critical Essays on Philip Roth[M]. Boston, Mass: G. K. Hall, 1982: 187.

品，它就永远不会有更大的意义。”①她悲哀地觉得，“我就知道，我永远也不能见到他了，对谁来说，我都已经死了”②。

墨守成规的宗教伦理道德感迫使她与家庭伦理决绝。“圣徒”安妮为了维护自身的光辉形象，继续充当着“鬼作家”，狠心地拒绝与同样也在集中营中饱受折磨的父亲相认，使得亲人永远无法团聚。同时她又诱惑年龄上可以做自己父亲的老师洛诺夫，使得洛诺夫的妻子霍普无法忍受而愤然离家出走，破坏了家庭伦理，成为可恶的第三者。“罗斯大胆地续写了《安妮日记》，把千千万万人心目中的受难式英雄变成了涉足婚外恋的罪人，安妮的形象被彻底颠覆了。”③作出抉择之后的“安妮”告别了犹太殉难者和道德圣徒的形象，成为一个破坏他人家庭生活的世俗人。“我想到我们一起到什么地方玩儿。我想到下午在博物馆里，出来后在河边喝咖啡。我想到一起在晚上听音乐。我想到给你做饭。我想到穿着漂亮的睡衣上床。唉，安尼，他们的安妮·弗兰克是他们的安妮·弗兰克，我要做你的安妮·弗兰克。我想最后做我自己。”④当深情告白被洛诺夫无情拒绝后，她的道德良知也使其内心饱受煎熬。在洛诺夫妻子霍普的吵闹中，她最终驾车离开了他的家，像一个继续逃离的安妮·弗兰克一样踏进寒冷的风雪之中……

文学伦理学批评强调：在解读和阐述文学作品时，要回到历史的伦理现场，站在主人公的伦理立场上，分析作品中影响人物决策的伦理因素，用伦理的观点对其从历史的角度作出道德评价。在罗斯的带领下，我们来到了“奇特想象”的伦理现场，“结识”了三位作家——初出茅庐的犹太青年作家内森·祖克曼、当时享誉文坛的犹太作家洛诺夫以及经历了大屠杀的犹太女孩艾米，“目睹”了他们挣扎在伦理困境中，最终无奈地作出抉择。内森的身上体现了罗斯本人的自我冲突的多个方面，担当着“他我”的角色。无论是在宗教上与本族人的分歧中，还是在现实与艺术之间的茫然与徘徊中，在内森的内心深处，常常有两种相悖的声音并存，使他倍感困惑。于是他求助于“心灵导师”洛诺夫。然而此时的文学

① Pinsker S. Critical Essays on Philip Roth[M]. Boston, Mass: G. K. Hall, 1982: 110.

② Pinsker S. Critical Essays on Philip Roth[M]. Boston, Mass: G. K. Hall, 1982: 157.

③ 黄铁池. 不断翻转的万花筒——菲利普·罗斯创作手法流变初探[J]. 上海师范大学学报(哲学社会科学版), 2009(1): 55.

④ 菲利普·罗斯. 鬼作家[M]. 董乐山, 译. 上海: 上海译文出版社, 2011: 192.

大师洛诺夫正深陷于生活与艺术的漩涡中苦苦挣扎，再加上年轻富有魅力的女学生艾米的诱惑，使他面临着严峻的家庭伦理道德考验。他最终的理性抉择，体现了万般的矛盾和无奈。徘徊于受难的"犹太圣徒"安妮和世俗凡人之间，艾米在心灵煎熬之后选择了前者，甘当"鬼作家"，同时最终也选择退出，试图摆脱第三者的不光彩角色。身上流淌的血液使内森无法对自己的家人以及犹太文化完全地无视和背离，于是他爱上了艾米这个虚构的受难犹太圣徒。

受难的安妮是善良、坚强、纯真的化身，是符合内森父亲对自我民族形象认同的。内森想象着和艾米结婚生子，体现了他处于现代文明与犹太文化之间对自我定位的困惑。他试图通过安妮这个物化的圣徒形象来缓解和改善两者之间的关系。然而，内森对艾米的爱意仅限于意念中，最终他始终未向艾米表露爱意，而痴迷于洛诺夫的艾米也对他毫无感觉，最终两人还是各奔东西。这表明了内森的努力改变最终以失败告终，而处于夹缝中的他必须在困惑中作出抉择以对自我定位。通过这些主人公内心的矛盾、困惑、不确定性和无奈，罗斯为我们很好地诠释了当代人类的生存状态。

第六节　道德质疑与语境反思

在"美国三部曲"中，罗斯将主人公放在特定的社会历史大环境中，让读者对其伦理观进行评价。罗斯作品中所体现的伦理观念表明其强烈的社会责任感和道德使命感，突破了种族和环境的局限，演绎了犹太文化在异化过程中的发展与嬗变，刻画了作为他者的犹太人在异国漂泊、受难以及陷入难以实现自我救赎的困境的同时，也在诠释整个社会的伦理环境和人类的生存困境。

一、《美国牧歌》中对于"道德"之普遍性的伦理质疑

鲍曼①对于后现代伦理学特征曾表明：道德不能被普遍化！这个陈述不必赞同道德相对主义！②他强调后现代伦理学需要接受道德的多样性和复杂性，避免

① 齐格蒙特·鲍曼(Zygmunt Bauman，1925—2017)是20世纪后期和21世纪初期波兰著名社会学家，他的研究涵盖了后现代性、全球化、消费社会和伦理学等领域。他对后现代伦理学的探讨尤其具有影响力。

② Bauman Zygmunt. Postmodern Ethics[M]. Oxford: Blackwell Publishers, 1993.

将单一的道德标准应用于所有情境。正如聂珍钊教授所言，文学的伦理学批评更注重回到历史的伦理现场，站在当时的伦理立场上解读和阐释文学作品，寻找文学产生的客观伦理原因，分析作品中导致社会事件和影响人物命运的伦理因素，从历史的角度作出道德评价①。就算是在同一社会环境里，基于不同的视角和立场，人们对于同一现象也会持不同的态度。所以，在罗斯后期的作品中，我们看到，他极少直接将传统伦理道德准则强加在读者头上，而是将小说中的主人公放在所处的社会历史大环境中，让读者自己去感受、去评判。罗斯真正关注的是造成这些伦理道德问题的根源。

普利策获奖小说——“美国三部曲”之一《美国牧歌》(1997)讲述了生活在20世纪50年代至70年代生活在美国的第二代、三代犹太人倾其毕生的精力来实现“美国梦”：被美国社会同化，跻身上流社会。然而这终究是南柯一梦，梦醒时已伤痕累累。在这部小说中，罗斯为我们塑造了一个致力于遵守并维护传统道德的捍卫者形象：“瑞典佬”、犹太人塞莫尔。他在大学时代就是受人吹捧艳羡的棒球明星，服役时又被称为“战斗英雄”，之后继承父亲衣钵，经营着大型手套制造厂，之后又迎娶了美丽的新泽西小姐多恩，居住在梦寐以求的石头房子里，拥有了可爱的女儿梅丽。一切似乎都在顺畅而合乎逻辑的轨道上进行着，突然一天，愤怒的梅丽投下一颗炸弹，之后一系列的连锁打击，使塞莫尔的美梦转为梦魇，尤其是妻子多恩的背叛和离弃，给他致命一击。这部小说一方面对传统的家庭伦理道德提出了质疑，同时也对人们传统意义上道德之普遍性提出了质疑。在塞莫尔的内心深处，人们对于“善”“恶”“正义”“道德”“幸福”等有一个普遍的评判标准，这个标准是不可动摇的。于是，服完兵役后，他放弃自己的理想，遵从父亲的安排，继承家族企业，在计划好了的轨道上履行自己的义务和职责，唯一一次忤逆传统的事情，就是不顾父亲的强烈反对，娶了信奉天主教的多恩为妻。作为一名传统的道德卫士，塞莫尔一直严于律己，尽力地扮演着各种角色：孝顺父辈的优秀儿子、疼爱妻子的模范丈夫，以及保护女儿的慈父。然而他并没有因为自己的德行而摆脱命运的捉弄。先是遭受女儿梅丽的伦理反叛，继而背负公共伦理道德的质疑，最终遭受妻子多恩的无情背叛。在这里，人们不免义愤填膺，

① 聂珍钊．文学伦理学批评的理论与实践[M]．北京：北京大学出版社，2016.

纷纷指责梅丽、多恩的伦理背叛。以罗斯之见，这里有个人因素，但美国主流社会应该承担全责。

妻子多恩并非出身正统白人家庭，缺乏自信心。因此她年轻时不断参加选美，想以此获得荣誉，得到身份的确认。但她只得了“新泽西小姐”的称号。于是，她只好依附“瑞典佬”寻找安全感。然而后来女儿扔下炸弹逃亡，丈夫的工厂也在风雨中摇摇欲坠，她受到来自社会舆论的强大压力，安全隐患袭来，感觉生活受到威胁。于是她选择抛弃一切，投入乡绅沃库特的怀抱，希冀这个代表正统白人文化的“美国先生”带她回到原来的生活轨道，重温浪漫的美国梦。

20世纪60年代的诸多社会事件改变了美国的发展轨道，并以这样或那样的方式塑造着美国人的思维方式。随着美国在越战的泥潭中越陷越深，年轻的美国人开始怀疑西方传统的物质主义及其文化政治准则。梅丽从小就身处犹太文化和美国文化两种文化的夹缝中，从精神生活到宗教信仰她都深感迷茫，没有归属感。尤其是发生在她家大石头房子外面的事情极大地震撼着她幼小无助的心灵。电视上佛教僧侣的自焚让她感到恐惧，这个十三岁的女孩显然是无法理解的——她问父亲：“有没有谁在乎？有没有人有良知？”①这个小女孩儿很快变成了充满正义感的愤青，她对美国政府充满了愤怒，对在越南的非正义战争充满了愤怒。她偏执地认为，父亲的成功都是建立在对美国穷人的剥削之上的，甚至是对其他国家穷人的剥削之上的。她的愤怒不是针对父亲，而是父亲所代表的理想化的美国式成功。因此，只是为了方便，她从父亲下手。最终，梅丽以一种极端的方式打破了父亲田园般的美国梦。

由此，《美国牧歌》确实在一定程度上对传统伦理观提出了质疑，但这并不表示罗斯主张摆脱一切伦理道德束缚的自由主义态度。赛莫尔、多恩和梅丽都是被动地被美国社会所驱使，成为时代的受害者，他们都被时代愚弄了。

二、《我嫁给了共产党人》和《人性的污秽》中对于历史阴霾的伦理环境反思

《我嫁给了共产党人》(1999)为我们讲述了一对原本相爱的和谐夫妻，却最

---

① 菲利普·罗斯. 美国牧歌[M]. 罗小云，译. 南京：译林出版社，2004：154.

终相互背叛、有违家庭伦理的悲凉故事。男主人公艾拉(Ira Ringold)，是一名知名广播电台主持，同时也是一位坚定的无产阶级战士。妻子伊芙(Eve Frame)，一位有过三次失败婚姻、一心向往中产阶级生活的默片女明星。缘于爱的牵引，两个原本并无任何交集的人走到了一起。然而，在婚姻中，仅仅脆弱的爱是远远不够的。于是隐瞒、伤害、误解、背叛、仇恨、报复使得一切的美好昙花一现。伊芙变态的女儿西尔菲德无休的介入破坏使得两人感情不断出现裂痕。后来，在“麦卡锡主义”盛行的疯狂时代，在投机政客格兰特夫妇的利诱下，伊芙口述并出版了《我嫁给了共产党人》，“揭露”艾拉为苏联间谍，一直秘密从事共产活动，危害了美国的国家安全。在当时美苏争霸大背景下美国紧张而压抑的政治氛围中，这种污蔑对艾拉及其整个家族来说简直就是灭顶之灾。艾拉因此遭受毁灭性打击，失去了名誉、地位、工作、家庭和精神家园。为了维持生活，他回到以前生活的矿石厂，苟延残喘。喘息之际，艾拉疯狂地实施着对妻子的报复。最终夫妻两人玉石俱焚，双双悲惨死去。这是一个夫妻之间缺乏信任、相互背叛、感情龟裂的故事。对于艾拉、伊芙，甚至西尔菲德，罗斯并没有直接对其行为道德作出评判，而是通过当时他们所处的社会历史环境，让读者来剖析他们的心理。我们不难发现，艾拉和伊芙的婚姻一开始就存在许多不单纯的因子，信仰共产主义的艾拉娶伊芙很大程度上是为了实现改造美国社会的政治理想，同时满足心理上的虚荣；而伊芙也想借助广播名人艾拉的光环来继续闪耀自己的资产阶级生活，同时隐瞒犹太身份。因此他们竟有了交点，但之后还是会朝着各自的方向渐行渐远。短暂的甜蜜之后便是残酷的现实，再加上“妖女”西尔菲德(Sylphid)的极端干涉，尤其是伊芙竟然慑于女儿的要挟而打掉唯一可以牵系两人感情的孩子，终于他们的婚姻走向终点。于是艾拉背叛了妻子，有了情人，伊芙愤怒了，想要还击，于是被人利用，口述了《我嫁给了共产党人》，污蔑丈夫。那这本书怎会有如此的威力，竟然可以毁灭一个强大的艾拉呢？回到美国20世纪四五十年代的历史语境中，当时麦卡锡主义盛行，人们长久地生活在美苏争霸的冷战阴影中，美国当权派极力地想要清除国内的“共产主义意识形态”，不断煽动公众反对共产主义和共产党。为此出现了很多荒唐现象，大规模的“忠诚调查”之后，又在参议院掀起了一波又一波所谓“揭露和清查美国政府中的共产党活动的浪潮”。在这种白色恐怖的笼罩下，为了自卫，人人都在检举和揭发“共产党员”和“共产活动”，以表明对国家的“忠诚”。所以我们就不难理解艾拉的不幸遭遇以及之后的疯狂之举了。悲悯之时，罗斯告诉我们，不能一味地去指责伊芙的无情软弱，或者艾拉的极端。他们的种种背叛充分体现了在麦卡锡时代疯狂的大环境下，小人物的悲惨命运遭遇。伊芙和艾拉都只不过是这个时代的牺牲品，他们被这个时代背叛了。

《人性的污秽》(2000)是“美国三部曲”的最后一部，也被认为是最有思想深度的小说。小说讲述了黑人出身的科尔曼，受美国梦的驱使，假扮犹太人而跻身美国上流社会，但最终却因“歧视黑人”而淹没在当时盛行的种族解放运动洪流中的悲凉故事。凭着犹太人的身份，科尔曼立足于主流文化中，经过多年奋斗，最终成为人人敬仰的雅典娜学院院长兼教授。然而就是一句有口无心的“spook”一词，使他一下坠入深渊，在当时“政治正确性”的原则下，他充当了可怜的牺牲品，成为人人指责的“种族歧视者”。于是，他被解雇，同事、朋友纷纷躲避他，而且还遭受了妻子的突然离世及儿女们的无端指责和离弃。之后与清洁女工福尼亚的一段不伦之恋又将他们逼到了风口浪尖上，成为众矢之的。让我们回到当时的社会语境中，感受一下主人公经历的伦理选择和之后遭遇的道德谴责。在20世纪四五十年代的美国，作为一个非裔美国人，想要被主流社会同化、获得认可、享有公平机遇、追求幸福、实现美国梦，这些对于年轻而优秀的科尔曼来说，简直是天方夜谭。就读霍华德大学时，他在华盛顿市中心的沃尔沃买热狗时遭到拒绝，出门被人叫作黑鬼。深爱的女友斯蒂娜在去过他家后痛苦地说了一句“对不起，我做不到”，接着就飞奔而去。“大口喘着气，痛哭流涕”，“从此便杳无音讯”。① 这些都深深地刺痛着科尔曼，他选择了艾丽丝——一个思维紊乱、未经驯化、不相信犹太教的犹太人——作为他重新起步的载体，从而“步入正途”。“艾丽丝将一切提升到一个新的高度，使他得以重返他一心向往的那种规模宏大的人生……作为迄今为止尚无人知晓的最无共通之处的美国自有史以来便遭人嫌弃的两样东西的混合物，他现在终成正果”②。就这样，科尔曼和爱丽丝平静而幸福地生活了几十年，育有四个儿女，事业有成。然而，正如母亲所预言的

① 菲利普·罗斯. 人性的污秽[M]. 刘珠还，译. 上海：上海译文出版社，2019：166.

② 菲利普·罗斯. 人性的污秽[M]. 刘珠还，译. 上海：上海译文出版社，2019：181.

那样，“你无路可逃，你一切逃跑的企图只会将你带回你起步的地方”。就像希腊神话里的俄狄浦斯一样，科尔曼终究难逃命运的追讨。“幽灵”事件使他功亏一篑。一时间，他失去了一切，权威、地位、亲情、友情，昔日里“个个喜欢他的下属们，竟然成为一股反对他的势头”，“他们对他所用的词汇(即 spook 一词)并没有依照他本人坚持的原意加以界定，却偏要当作种族歧视的贬义词加以阐述”，对于他遭遇的被指控、审问、调查、失势、解雇，他们竟感到幸灾乐祸。此时，我们不免为科尔曼不平，这是一个怎样的雅典娜？这是那个标榜自由平等的国度吗？罗斯让我们对此感到疑惑，难道黑人在美国的地位竟上升到如此之高，以至于言语的冒犯都可以让一个德高望重的大学教授失去一切？美国的种族歧视完全根除了吗？答案当然是否定的。在当时的美国，种族歧视依旧存在。黑人在住房、就业、选举、教育等很多方面依然处于不平等的劣势。“spook”事件后，雅典娜学院的新院长以及其他同事们同情并支持了那两个“被言语侮辱”的黑人学生，难道他们都存有强烈的正义感吗？他们或是利用此事迎合上位，或是因科尔曼之前的“质量改革”触及自身利益而进行报复。总之，为了表明“政治正确性”，在利益面前，人人都迷失了正义的双眼，人人都患有“政治迫害症”，处处显露的都是人性的污秽！彷徨、郁闷、无助中的科尔曼与学院的女清洁工福尼亚因偶然结识，两人都将对方当作救命稻草，陷入了疯狂的热恋中。他们之间最初纯属原始的肉欲，但之后的相处竟使得 71 岁的教授和一个 34 岁几乎是文盲的清洁工摆脱一切，真心相爱了。但是，世俗不会放过他们，生活在一个处处标榜道德伦理的现代社会中，他们追求自由相爱，超越自我，但无法逃避世俗的目光和迫害。科尔曼被诬陷为道德败坏、欺凌无知女子的伪君子，“人人皆知，你正在性欲上剥削一个受凌辱、没文化、比你小一半的女人”①。1998 年克林顿和莱温斯基的性丑闻遭到美国媒体的疯狂炒作，表明迫害精神在文明程度如此之高的美国依旧盛行。这使得雅典娜的继任者们可以挥舞着正义之剑，将科尔曼押上道德法庭，借助所谓的“道义”去吞噬他，使自己成为维护正义的审判者。其实，从道德的角度考虑，他们并没有犯错，科尔曼妻子病逝，福尼亚已离婚，两人只是平等地相爱，也没有妨碍任何人。虽然年龄差距大，但爱情是不受年龄牵绊

① 菲利普·罗斯. 人性的污秽[M]. 刘珠还，译. 上海：上海译文出版社，2019：51.

的，他们有选择彼此的权利。然而，科尔曼最终还是难逃神谕，两人在福尼亚前夫莱斯特制造的车祸下，跌入了冰冷的湖水中，双双殒命。其实科尔曼的悲剧并非全是他自身的问题，美国当时整个社会语境应当担负责任。他既是政治的牺牲品，也是社会的受害者。也许只有清凉的湖水，才能彻底洗尽人性的污秽。

不难看出，罗斯的小说创作有着严肃的伦理道德指向，他的作品中所体现的伦理观念表明其强烈的社会责任感和道德使命感。它突破了种族和环境的局限，演绎了犹太文化在异化过程中的发展与嬗变，在刻画犹太人在他者的国度里流浪、漂泊、受难以及陷入难以实现自我救赎的困境的同时，也诠释了整个社会的伦理环境和人类的生存困境。恰如文学评论家索罗塔洛夫所说：“罗斯属于犹太道德主义者的行列，但他却以犹太性的独特思维方式和浑厚的犹太道德经验迈向人类内心世界普遍存在的两难境地。”①在长期的创作生涯中，罗斯试图以独特的伦理观带领人们走出长久以往的精神荒原。

① Theodore Solotaroff. Philip Roth and the Jewish Moralists [J]. Chicago Review, 1959, 13 (4): 87-99.

第六章

疼痛书写的困境与伦理反思

在文学中，疼痛经常被用来象征精神上的困扰、社会问题或心理创伤。这种隐喻化处理虽然增加了疼痛的象征意义，但也使得疼痛的具体身体体验被抽象化处理，无法全面反映个体的真实感受①。疾病和身体疼痛在文化中的隐喻化过程，不仅扭曲了对疾病的理解，而且对患者的心理负担产生了影响。苏珊·桑塔格认为，“我们应直面疾病和疼痛的具体经验，而不是将其过度象征化”②。大卫·莫里斯在他的著作《疼痛文化》(*The Culture of Pain*, 1991)中批评了西方文化和文学对身体疼痛的忽视和抽象化，倡导对疼痛的具体体验进行更为真实和细腻的描绘③。罗斯是深刻探讨身体疼痛的作家之一。他的作品《诺沃特尼的痛苦》(*Novotny's Pain*, 1962)和《解剖课》(*The Anatomy Lesson*, 1983)被认为是以身体疼痛为主题的文学经典。《诺沃特尼的痛苦》于1962年发表在《纽约客》杂志上，主

① 伊莱恩·斯卡里(Elaine Scarry)、苏珊·桑塔格(Susan Sontag)和大卫·莫里斯(David Morris)在探讨疼痛和疾病时，都关注了隐喻化处理对痛苦体验的影响。斯卡里探讨了痛苦在社会和政治权力结构中的作用。她指出，“痛苦的隐喻化处理可能掩盖其真实体验，使痛苦成为权力动态的一部分，而不是个体的具体感受”(277)。桑塔格提出，隐喻不仅影响了社会对疾病的认知，还可能加剧患者的困扰和社会污名化，使疼痛的具体身体经验被社会文化的框架所掩盖。莫里斯在《疼痛的文化》中讨论了文化隐喻和社会规范如何影响痛苦的表现和体验。

② Sontag Susan. Illness as Metaphor[M]. New York: University Farrar, Straus and Giroux, 1978: 21.

③ Morris David B. The Culture of Pain[M]. California: University of California Press, 1991.

人公诺沃特尼在服兵役期间遭受“身体右侧，臀部正上方的疼痛”①。他的身体疼痛被视为个体在面对“既定任务、规则和标准”以及被灌输的“羞耻感”和“责任心”时，对外部压力和不安的内在化表现。《诺沃特尼的痛苦》中的疼痛既是生理上的折磨，也是精神上的挑战，并且是自我认知的重要契机。1980 年，罗斯修改了 1962 年《诺沃特尼的痛苦》的部分内容②，修订后的语言与“海德格尔和萨特对狂喜意识的某些方面产生了共鸣”。他在将近二十年后对这部作品的修订不仅是对它的重新审视和改进，也表现了他对疼痛书写的持续追求和创新尝试。三年后，《解剖课》出版，与诺沃特尼的症状相似，主人公内森·祖克曼也被一种“无缘由、无名称又无法治愈的幽灵一般的疼痛所击倒”③。故事围绕着他的医学诊断和自我诊断展开，他为“痛苦”而书写，且因书写给自己带来了不尽的痛。罗斯疼痛书写策略不仅使读者关注情节的进展，还深刻引发读者对身体疼痛与自由选择及伦理责任关系的思考。

第一节　疼痛诊治的医学困境

文学研究领域长期以来展现出与医学领域对话的巨大潜力。医学知识为理解虚构作品提供支撑，“某些文学作品中的情节、结构、主题和时空关联等，都需要借助医学知识才能更好地解读”④。同样，文学通过生动的叙事和丰富的语言，展现了医生在面对生死抉择时的内心挣扎、病人在治疗过程中经历的痛苦和希望，以及医疗环境中的权力关系和道德挑战。弗兰克·阿瑟运用“后现代”和“后

① Roth P. Novotny's Pain[J]. New Yorker, 1962(10): 46-56.

② 该故事最早发表于 1962 年 10 月 27 日的《纽约客》杂志(第 46—56 页)，之后在 1969 年杰罗姆·查林(Jerome Charyn)编的《当代小说选集：单一声音》中重印(第 194—214 页)，并于 1980 年修订为《诺沃特尼的痛苦》，收录在西尔维斯特和奥菲诺斯(Sylvester and Orphanos)的《菲利普·罗斯文集》(*A Philip Roth Reader*)中。本书主要引用了 1962 年最初版本的内容。

③ Roth P. The Anatomy Lesson[M]. Toronto: Collins Publisher, 1983.

④ 毛亚斌．危机的病理：托马斯·曼早期作品中的疾病话语[M]．北京：北京师范大学出版集团，2019：4.

殖民”理论，从修辞学的角度捕捉疾病叙事对医学的“反写”效果，反思了医疗领域的专业化和专门化下紧张的医患关系①。19世纪和20世纪初期医学现代化过程中制定的一系列标准和规范，虽然提高了诊疗的一致性和效率，但也有其局限性，特别是在处理复杂疾病和个体身体疼痛需求时。这种“标准化的诊断”和“正常与异常的定义”主要关注生物医学模型②，忽视了患者的主观体验和个体差异。在人文医学领域，自传性病理学和疾病回忆录因叙事视角单一(即作者自身的视角)，缺乏多元化的视角和声音，无法与读者形成共鸣。安吉拉·伍兹(Angela Woods)呼吁“对特定类型疾病叙事的批判性方法的重视，以超越医学自传和民族志的限制”③。罗斯以文学形式再现了“医学凝视”(clinical gaze)下医患之间不对等权力关系④，通过对“无缘由、无名称又无法治愈的幽灵一般的疾病”诊断过程的分析，呈现了医生和病人之间的认同悖论。

在《诺沃特尼的痛苦》中，诺沃特尼在入伍后感到身体右侧、臀部正上方疼痛。然而，当他寻求医疗帮助时却被医生拒绝，并被告知：“医生只给体温在100华氏度以上的人看病。”随着疼痛的持续加剧，他被迫再次一瘸一拐地前往就医，医生们“在他的大腿和小腿上扎了一针，问他是否有感觉”。随后，医生给诺沃特尼的疼痛部位拍了X光片，并向他保证没有发现任何受伤或疾病的迹象。在《解剖课》中，祖克曼自从18个月前疼痛开始以来，先后接受了“三个骨科医生、两个神经科医生、一个物理治疗师、一个风湿病学家、一个放射科医生、一

① Frank Arthur W. The Wounded Storyteller: Body, Illness & Ethics [M]. Chicago: University of Chicago Press, 2013: 13.

② 这些分类标准包括世界卫生组织(WHO)国际疾病分类(ICD)和美国精神病学协会(APA)发布的精神疾病诊断与统计手册(DSM)等，ICD提供了一个全球标准，用于记录、报告和分析疾病和健康状况。DSM用于分类和诊断精神障碍，标准化了心理健康领域的诊断过程。

③ Woods Angela. The Limits of Narrative: Provocations for the Medical Humanities [J]. Medical Humanities, 2011: 73-78.

④ 米歇尔·福柯(Michel Foucault)在《诊所的诞生》(*The Birth of the Clinic*, 2002)中引入“医学凝视”(clinical gaze)的概念，描述了在现代医学实践中，医生通过多层次的观察，包括身体的外在表现、内部器官的状态，以及通过各种医学仪器和技术手段获得的详细数据来记录和分析病人的身体和症状，从而形成对疾病的认识和诊断(Foucault, 47)。

个整骨医生、一个针灸师和一个精神分析师”①的诊断和治疗。然而，尽管经历了这些专业的诊治，祖克曼的疼痛症状并未得到缓解。经过放射科医生用X光片对祖克曼的“胸部、背部、颈部、头盖骨、肩膀和手臂”进行彻底检查后，医生认为祖克曼所描述的疼痛是虚构的，是“他自己的创造”②。

结合身体疼痛的主观特质和医生与患者的权力关系，读者可以从以下几个方面对医患之间的认同悖论进行解读。首先，神经医学和现代医学设备可以有效地收集关于身体外在的“第三人称数据”，但这些手段并不足以解释“第一人称数据”，也就是疼痛的个人体验。托马斯·内格尔(Thomas Nagel)认为，疼痛基本上是第一人称体验，体验它的个人直接感受到它，包括身体感觉和情绪反应，只有个人才能完全理解③。经验的主观特征对于理解疼痛等现象至关重要。任何移除或忽略主观视角的尝试都会导致不完整的理解。在小说中，医生对病人的疼痛诊断主要依赖体温测量和X光影像等医疗设备，忽视了病人的主观感受(即“第一人称数据”)。这种做法导致医生在定义、诊断和治疗时与患者的心理感受和需求严重脱节，从而加剧了病人和医生之间的信任危机。

其次，医生的冷漠态度和缺乏同情心对医患关系产生了显著的负面影响，不仅阻碍了有效沟通，还暴露了医学界在医患互动中的深层次问题。医患之间的不平等等级制度以及对模糊性的低容忍度被认为是医学界最严重的弊病之一。这种状况导致了沟通障碍、团队协作不良、医疗事故频发，并且抑制了真正的同理心。罗斯通过诺沃特尼遭受质疑的经历揭示了这一现象。在故事中，诺沃特尼不断重复自己难以忍受的持续疼痛，却未得到同情，反而遭到质疑和嘲弄。医生问诺沃特尼：“当你和女朋友亲热时，你的背会不会疼?”诺沃特尼回答说，“有时有，有时没有。”这种侵犯隐私的质疑直接揭示了在医患权力不对等的情况下，患者面临的艰难境遇。对于诺沃特尼来说，疼痛具有明确的存在性，是无法否认的；然而，对于医生而言，患者的主观表述被视为不可靠，这种对“听到的痛苦”的怀疑态度导致了进一步的冷漠。当他质疑这一诊断时，上校医生回应道：

① Roth P. The Anatomy Lesson[M]. Toronto: Collins Publisher, 1983: 15.
② Roth P. The Anatomy Lesson[M]. Toronto: Collins Publisher, 1983: 28.
③ Nagel, Thomas. The View from Nowhere[M]. Oxford: Oxford University Press, 1989: 39.

“只有经过训练的医生才能决定诺沃特尼是否疼痛。”最终，诺沃特尼被诊断为“怯懦”，并被告知要“像个男子汉一样回去工作”①。福柯指出，医学诊断不仅包括生物学上的解释，还蕴含了道德判断。这种道德化的疾病解释可能会加剧患者的污名化(stigmatization)。类似的情况也发生在中年的祖克曼身上。第一位神经科专家在查看他的 X 光照片后，讽刺地希望自己的脊椎能展现出“那么美丽的形态”。精神分析专家则谈及疾病的“魅力”和“生病的回报”，将病人的疼痛视作精神上的“酬报”。这种冷漠和无能削弱了医生在患者心中的权威，从而促使患者倾向于自我诊断。诺沃特尼和祖克曼的经历清楚地揭示了在缺乏共情的医学文化中，患者的疼痛诉说往往得不到应有的重视和认可。罗斯通过解剖医生的诊断过程，揭示了医患关系中的不对等权力结构。在医学凝视下，医生在观察和诊断过程中处于权威地位，而患者则通常是被动接受者。医生对客观数据的过度依赖以及对患者主观体验的忽视，不仅使得医生难以真正理解患者的痛苦，还加剧了沟通障碍。这种权力不对等的关系阻碍了医生与患者之间的共情。

医患之间关于身体疼痛的认知悖论不仅受到医学文化中权力关系的影响，还深受神经医学认识论的制约。早期的神经医学理论普遍受到将“疼痛的内在情感体验”与“身体的外在损伤”相联系的束缚。例如，1979 年国际疼痛研究协会(IASP)定义疼痛为“与实际或潜在组织损伤相关的不愉快的感官和情感体验”②。这一定义强调了疼痛与身体伤害之间的直接关系，未能充分考虑疼痛的复杂性和多维性。然而，随着现代医学和人文研究对疼痛理解的深入，2020 年国际疼痛研究协会(IASP)修订并扩展了对疼痛的定义。新定义不再强调疼痛与身体伤害之间的直接关系，而是明确指出疼痛是一种个人化的经历，受到生物、心理和社会因素的综合影响。这一修订反映了对疼痛理解的进步，承认了疼痛的主观性和多重影响因素。在新定义颁布之前，大卫·莫里斯等文学评论家早已认识到身体疼痛的复杂特质。在他的著作《疼痛文化》(*The Culture of Pain*, 1991)中，莫里斯指出：“疼痛不仅仅是一个简单的神经信号传递过程，而是一个复杂的现象，出

① Roth P. Novotny's Pain[J]. New Yorker, 1962(10): 50-51.

② 国际疼痛学会(IASP)1979 年对疼痛的定义和 2020 年修订后的疼痛定义见其官方网站：https://www.iasp-pain.org/publications/iasp-news/iasp-announces-revised-definition-of-pain/。

现在身体、思想和文化的交汇处，并深深嵌入在我们的生活和个人经历中。”①

第二节 疼痛书写的哲学困境

托马斯·阿奎那(Thomas Aquinas)在其《神学大全》(*Summa Theologica*, 1274)②中清晰地区分了精神痛苦和身体痛苦。他认为，精神痛苦主要源于心灵或灵魂的痛苦，如忧虑、悲伤和绝望。这种痛苦涉及道德和精神层面的困扰，往往与人的内心状态、情感和信仰紧密相关。因此，精神痛苦被视为更高层次的痛苦，因为它涉及人的理性和灵魂，能够对个人的道德和精神成长产生深远影响。与此相对，身体的疼痛被视为次要的痛苦，主要来源于身体的病痛和创伤，如疾病、受伤和疲劳。身体痛苦仅涉及物质层面的感受，缺乏精神和道德上的深度③。此外，受笛卡儿(René Descartes)心物二元论(Mind-Body Dualism)的哲学传统和犹太和基督教“精神—身体”二元论观念的影响，文学作品中更多的偏向精神痛苦的书写。身体痛苦在文学中常常被边缘化或简化处理，缺乏深度和复杂性的描写。正如弗吉尼亚·伍尔夫(Virginia Woolf)在《论生病》(*On Being Ill*, 1930)中所述，“文学尽其所能地坚持它只关心心灵；认为身体只是一张透亮的玻璃，灵魂可以直接、清晰地透过它观看，除了欲望和贪婪等一两个激情之外，身体是虚无的、可忽略的、不存在的”④。尽管如此，不同文学流派的作家，如艾米丽·狄金森(Emily Dickinson)、阿尔方斯·都德(Alphonse Daudet)和玛格丽特·埃德森(Margaret Edson)等作家一直在试图传达身体疼痛的特殊性，同时也引起

① Morris David B. The Culture of Pain[M]. Oakland: University of California Press, 1991: 3.

② 《神学大全》分三个部分(编者称之为“集”)。第一集为上帝论，第二集为伦理学，第三集为教理神学，另有“补编”。其中，第一集主要是理论哲学，第二集主要是实践哲学，第三集和补编主要是教理神学和信仰真理。

③ Henning Hans, Max Henning. Reflections on the Nature of Spirituality: Evolutionary Context, Biological Mechanisms, and Future Directions[J]. Journal for the Study of Spirituality, 2021(11): 174-181.

④ Woolf Virginia. On Being Ill: With Notes from Sick Rooms by Julia Stephen[M]. Connecticut: Wesleyan University Press, 2012: 4.

人们对这个主题本身所带来的挑战的关注。罗斯巧妙地将生理疼痛与精神分析因素交织在一起，构建了一个模糊而不稳定的疼痛概念，以应对哲学二元论的影响和疼痛书写的困境。在一次采访中，罗斯叙述了他的写作动机，“当我写《解剖课》时，我列了一个关于疾病的小说清单和疾病名称。名单很短，其中有《癌症病房》(*Cancer Ward*)和《魔山》(*The Magic Mountain*)。如果要扩展它，还可以加入《马龙之死》(*Malone Dies*)。关于这种痛苦的文学作品并不多。真是令人惊讶，不是吗?”①。然而，不同于《癌症病房》和《魔山》等作品聚焦于具体疾病所带来的痛苦，《诺沃特尼的痛苦》和《解剖课》的主人公被一种无法命名和诊断的神秘的疼痛所折磨。根据心理学家卡尔·荣格(Carl Jung)的理论，疾病的神秘性不仅仅是身体上的病痛，更是无意识心理动态和潜意识冲突的体现。身体疾病可以作为心理冲突的象征，个体能够在自我认知和内心成长的过程中不断发展。罗斯通过主人公对疼痛的认知变化和自我诊断模糊了身体疼痛和心理痛苦的边界。

在朝鲜战争初期，当芝加哥夜校学习电视摄影的年轻人诺沃特尼被征召入伍时，他几乎立刻病倒。尽管如此，他依旧坚守着“爱国主义和献身精神”，决心“咬紧牙关”，穿上军装、扛起武器去完成“别人让他做的事”②。入伍时，他曾发誓“无论他们让他做什么，他都会照做，不管有多怨恨”③。早期，他被灌输的“责任感”和“羞耻心”让他对这场战争有着错误的认知，他以为只有服从命令，就能赢得战争，并“有可能毫发无损地活着回来”。和许多被征召入伍的年轻人一样，诺沃特尼并不清楚这场发生在别国领土上的战争为何被解释为“为了自由而战”，他更想“让他自己过自己的生活”。当他目睹从战场返回的伤残士兵后，真实感受了这场战争的残酷和荒谬，他开始质疑军队一直灌输给他的责任感和自我牺牲的光荣感的真实性，先前被掩盖或压抑的对死亡可能性的潜在焦虑被重新唤起。“诺沃特尼右边的那个人在基础训练中扔下了一枚手榴弹，把他的双脚炸飞了。过道尽头躺着一个男人，他被自己军队的卡车撞倒，箱子里装满了

① Roth P. Conversations with Philip Roth[M]. Jackson: University Press of Mississippi, 1992: 140.

② Roth P. Novotny's Pain[J]. New Yorker, 1962(10): 46.

③ Roth P. Novotny's Pain[J]. New Yorker, 1962(10): 48.

弹药。”①

由美国发起的这场不义战争给参战双方带来的灾难以及美国民众的反战情绪在罗斯的另一部小说《愤怒》(*Indignation*, 2008)中也得到了进一步的论证。在这部小说中，男主角马库斯的父亲在得知亲戚的孩子亚伯和戴夫在战争中丧命后，因极度担心自己的儿子会被征兵入伍，几乎精神崩溃。他绝望地感叹：“一点小的推进就是四千人伤亡的代价。四千像你们一样的年轻人，死亡、残废。”②这种情感刻画不仅展示了诺沃特尼的个人疼痛和马库斯的牺牲，更是战争背景下无数家庭痛苦的缩影。通过这些人物的遭遇，罗斯揭示了美国发动的侵略战争对人类精神和肉体的双重摧残。疼痛的复杂性和难以捉摸的本质，以及在医学凝视下医生和患者对疼痛认同的悖论，在读者和角色之间激发了对“自我解释的权力”的认识论冲动。诺沃特尼和祖克曼从一开始接受医学凝视的被动忍受者，逐渐转变为主动的探寻者。他们不再仅仅依赖医生的判断，而是通过自我诊断和治疗积极探索自身的痛苦，开启了对抗医学凝视的自我发现之旅。

诺沃特尼前往医院的图书馆，在书架上找到一本医学百科全书，查阅了椎间盘突出的症状，发现自己的许多症状与书中所描述的完全一致：“他读到的症状之一是一种刺痛感，从腿后部一直延伸到脚，这是由于椎间盘突出对神经的压力造成的。第二天早上，他醒来时感到一种刺痛感，这种刺痛感从他的右腿后部一直延伸到他的脚。”③诺沃特尼将阅读到的疼痛症状赋予自己，可以被视为一种内化和认同的过程。弗洛伊德认为，内化(introjection)是个体将外部世界的某些元素吸收为自己心理结构的一部分。诺沃特尼的行为正是这种内化的表现，他通过内化疼痛来认同疾病，反映了他对自身健康的焦虑。在随后的叙述中，这一点得到了进一步证实。诺沃特尼回到图书馆，坐在书架之间的地板上，躲避他人的视线。他仔细阅读一本心理学书籍，他被一个欧洲女人“幻想怀孕，肿胀起来，然后，九个月后，她有阵痛——但没有孩子”的故事深深吸引并与之产生共鸣④。从故事情节中可以推测，诺沃特尼读到的是弗洛伊德的精神分析案例《朵拉：一

① Roth P. Novotny's Pain[J]. New Yorker, 1962(10): 49.

② Roth P. Indignation[M]. London: Vintage, 2009: 218.

③ Roth P. Novotny's Pain[J]. New Yorker, 1962(10): 52.

④ Roth P. Novotny's Pain[J]. New Yorker, 1962(10): 53.

个青春期女性的精神分析片段》(*Dora*：*An Analysis of a Case of Hysteria*，1905)。弗洛伊德的这部经典案例研究探讨了朵拉的心理冲突和症状，朵拉幻想怀孕并经历阵痛却没有孩子的情节，象征着某种未能实现的愿望或渴望，而这种未能实现的愿望和压抑的渴望会在潜意识中以各种方式表达出来，在心理学中被视为一种应对焦虑的防御机制①。诺沃特尼对疼痛的内化和自我诊断是一种象征性的行为，旨在表达内心的冲突和焦虑，以应对内心深处未满足的需求和渴望。这也解释了为什么在他与女友会面后，"发现几个星期没有困扰他的疼痛又回来了"。他担心"会把身体的一部分留在战场上，或者装在盒子里回到女友安妮身边，再也无法体验婚姻的幸福，无法从事自己喜欢的电视摄影工作，也无法照顾年迈的母亲"②。诺沃特尼的疼痛不仅是身体上的，也是心理上的，反映了他对未来的不确定性和对失去自我控制的恐惧。他的自我诊断和对疼痛的关注，是试图通过理解和掌控自身的痛苦，来应对这些深层次的焦虑和恐惧。这一行为不仅揭示了个体在面对极端压力时的心理机制，也反映了战争对个体心理和生理的双重摧残。

与偷偷躲在医院图书馆里通过精神分析来解释自己疼痛的诺沃特尼不同，在罗斯的《解剖课》中，中年的祖克曼采用了更为多样化的自我诊断和治疗方法。祖克曼认为："对每种疼痛和痛苦作弗洛伊德式的个性化处理，是自从用蚂蟥吸血治病以来上天赋予这些家伙的最粗陋的武器。"③他明确表示，"不愿意因为任何平庸、浪漫、聪明、诗意、学究或精神分析的理由让自己成为一个受到痛苦折磨的人"④。这表明，罗斯对弗洛伊德理论的接受在这个阶段已经发生了显著的转变。祖克曼意识到，精神分析学说并不能解决他面临的实际危机，因此他开始寻求其他方法来应对自己的痛苦。祖克曼正在探索一种"构想自我的新方式"，以便"赋予自我虚构转变的新可能性"⑤。这一转变不仅反映了罗斯对精神分析理

① Freud Sigmund. Bruchstück einer Hysterie-analyse[M]. Göttingen：V&R University Press，2020：79.

② Roth P. Novotny's Pain[J]，New Yorker，1962(10)：48.

③ Roth P. The Anatomy Lesson[M]. Toronto：Collins Publisher，1983：23.

④ Roth P. The Anatomy Lesson[M]. Toronto：Collins Publisher，1983：149.

⑤ Gooblar David. The Major Phases of Philip Roth[M]. London：Continuum，2011：98.

论的批判性反思，也显示了他对角色成长和心理探寻的深化。对于作家祖克曼而言，“痛苦呈现出一种悖论：既是他创作的动力，也给他带来了不断的痛苦”①。正如祖克曼所言：“如果不是他父亲古板易怒、思想狭隘，也许他根本不会成为一名作家。父亲是一个敬畏犹太教鬼神的第一代美国移民，而儿子则是一心想要赶走这些鬼神的第二代美国移民：这就是一切的真相。”②写作是祖克曼表达被父亲的犹太传统压抑的痛苦的一种方式。通过书写，祖克曼得以释放被压抑的情感，并反抗父亲和传统带来的束缚。然而，这种自我表达的过程并没有完全让他解脱，反而给他带来了新的痛苦。在他出版了《卡诺夫斯基》(*Karnofsky*)之后，书中所描绘的内容引发了家庭和犹太族群的批评。这本书挑战了犹太社区的传统观念和道德规范，进一步加剧了祖克曼的内心冲突。对于犹太父亲而言，维护犹太族群的荣誉和利益是不可推卸的责任。他无法容忍儿子对“犹太人的各种嘲弄”，因为犹太教的核心之一就是对伦理责任的坚持。祖克曼通过书写来表达自己的自由意志和内心的痛苦，但这种自由也带来了深刻的内心冲突。尽管书写是他反抗父亲和传统束缚的一种方式，但这种自我表达同时也引发了新的心理困扰。父亲在临终时对他的咒骂和兄弟对他的指责，仿佛是一把无形的剑，深深刺入他的内心，让他感到强烈的内疚和不安。

由于书写所带来的痛苦，祖克曼尝试从文学中寻求解脱。他相信“伟大的文学作品通过描绘我们共同的命运，成为苦难的解药”③。在这种信念的驱动下，祖克曼二十四年来首次翻开《牛津17世纪诗歌集》，阅读了形而上学诗人乔治·赫伯特(George Herbert)的诗作《衣领》。他期望赫伯特的诗歌能够像一种文学“项圈”一样提供保护，缓解他神秘的痛苦。此外，祖克曼还在墙上贴了一些格言，例如卡尔·马克思的名言：“精神痛苦的唯一解药是身体上的痛苦。”④然而，这些文学和理论上的尝试未能奏效。赫伯特的形而上学诗歌和理论格言虽然具有深刻的思想性，却未能满足他实际生活中的精神需求，哲学思考并没有真正帮助他解决内心的痛苦。在经历了无果的探索之后，祖克曼转向了性、酒精和止痛药。

① Jurecic A. Illness as Narrative[M]. Pittsburgh: University of Pittsburgh Press, 2012: 43.
② Roth P. The Anatomy Lesson[M]. Toronto: Collins Publisher, 1983: 33.
③ Roth P. The Anatomy Lesson[M]. Toronto: Collins Publisher, 1983: 8.
④ Roth P. The Anatomy Lesson[M]. Toronto: Collins Publisher, 1983: 18.

尽管这些手段在短期内似乎能够缓解他的痛苦，但它们终究只是暂时的逃避，并未从根本上解决问题。最终，祖克曼不得不放弃让自己痛苦的作家身份，转向医生这个新的角色。这一角色的转变，体现了存在论和认识论的深刻变革。从被动的疼痛患者转变为主动的痛苦观察者，使他能够以更加客观的方式分析和解决痛苦。这种转变不仅突破了主观经验的局限，还提升了他对他人痛苦的共情能力。

无论是青年诺沃特尼通过精神分析进行自我诊断，还是中年祖克曼采用更为激进和多元的方式应对疼痛，神秘的疼痛始终是推动情节发展的核心动力。菲利普·罗斯将身体疼痛的意象与心理折磨(如羞耻、责任、内疚等)交织在一起，巧妙地模糊了这些痛苦形式之间的界限，从而挑战了阿奎那等传统哲学二元论对身体疼痛书写的影响和偏见。这种叙述手法不仅引导读者关注情节的进展，也深入探讨了身体疼痛与自由选择、伦理责任等复杂问题之间的关系。

第三节　疼痛接受的言语困境

在语言哲学领域，从路德维希·维特根斯坦(Ludwig Wittgenstein)的“私人语言论”到瓦尔特·本雅明(Walter Benjamin)的“语言的限度论”①，疼痛被视为“无声”特质，身体疼痛在书写和阅读中的复杂性成为疼痛书写的又一难题。弗吉尼亚·伍尔夫(Virginia Woolf)在其著作《论生病》(*On Being Ill*，1967)中探讨了身体疼痛在语言表达中的困难。她写道，“英语可以表达哈姆雷特的思想和李尔王的悲剧，但却没有词语来表达颤抖或头痛。当最普通的女学生坠入爱河时，莎士比亚或济慈为她表达心声，但让一个受害者试图向医生描述他头痛的感觉，语言就

---

① 路德维希·维特根斯坦(Ludwig Wittgenstein)在其哲学著作中提到了“私人语言论”(Private Language Argument)，这可以用于理解疼痛的无声特质。维特根斯坦认为，某些体验是私人的，无法完全通过公共语言传达。疼痛作为一种个人体验，正符合这种私人语言的概念，表现出对语言的抵制。(Wittgenstein，L.，1953)瓦尔特·班雅明(Walter Benjamin)在其关于语言哲学的讨论中提到，语言有其限度，某些体验和感受超出了语言的表达能力。疼痛作为一种极端的个人体验，常常处于语言的边缘，难以被充分描述和传达。Benjamin W. Reflections：Essays，Aphorisms，Autobiographical Writings[M]. London：Harcourt Brace Jovanovich，1978.

会立刻枯竭”①。伊莱恩·斯卡里(Elaine Scarry)在其著作中将文学叙事中的“疼痛无声”归因于身体疼痛的“不可分享性”(unsharability)。她认为，“疼痛的这种不可分享性主要源于其高度主观性，这使得书写者和阅读者之间难以建立共鸣”②。具体而言，对于正在经历疼痛的人来说，每一次的疼痛都是独特且全新的体验，无论是身体上的还是心理上的，都具有强烈的个体性。每个人对疼痛的感知和描述都是独一无二的。然而，对于读者或听众而言，疼痛描述往往缺乏足够的原创性和新鲜感，使得读者或听众难以真正感同身受。

将疼痛书写置于自传背景下，通过病人自传或回忆录等文学形式被视为解决作者与读者在疼痛体验中无法共鸣的一种有效方式。这些个人叙述被认为能够提供独特的视角，使疼痛的表达更具真实性和深度，从而增加对疼痛体验的理解。然而，许多创作疼痛回忆录的作家表示，他们面临的问题并非如何找到描述痛苦的语言，而是如何找到听众，以及听众会如何解读这些描述。阿尔方斯·都德(Alphonse Daude)进一步指出，“个人的痛苦故事，即使是那些富有创意的个人故事，也常常被听众扁平化、概括化，最终简化为平庸的叙述” ③。尽管身体疼痛的书写与接受面临诸多困难，常使许多作家对其望而却步，罗斯等作家通过其独特的叙事策略成功解决了疼痛书写与阅读的困境。他在《诺沃特尼的痛苦》和《解剖课》的疼痛叙事策略与弗兰克·阿瑟(Frank Arthur)提出的探究性疾病叙事理论相契合④。探究性叙事通过回忆录、宣言和自我神话等方面为病人提供了重新审视自我和疾病关系的机会。这种叙事方式赋予了病人以主动权，使他们能够以自己的方式讲述和解释自己的经历，在叙述过程中找到自身痛苦的意义和价

① Woolf Virginia. On Being Ill: With Notes from Sick Rooms by Julia Stephen [M]. Connecticut: Wesleyan University Press, 2012: 194.

② Scarry E. The Body in Pain: The Making and Unmaking of the World[M]. New York: Oxford University Press, 1985: 4.

③ Daudet Alphonse. In the Land of Pain[M]. New York: Borzoi/ Knopf, 2002.

④ 在《受伤的叙述者：身体、疾病与伦理》(*The Wounded Storyteller: Body, Illness and Ethics*, 2013)中，弗兰克·阿瑟(Frank Arthur W.)论述了三种疾病叙事类型：归还叙事(Restitution Narrative)、混乱叙事(Chaos Narrative)和探究性叙事(Quest Narrative)。探究性疾病叙事讲述的是寻找不同于常态的病态生活方式。随着病人逐渐意识到自己的人生目标，“疾病是一种旅程”的概念便出现了。见 Frank Arthur W. The Wounded Storyteller : *Body, Illness & Ethics* , 2013, p. 117.

值。罗斯的作品不仅深刻展现了疼痛的复杂性和深度，还在一定程度上突破了疼痛“不可分享性”的限制，为疼痛书写提供了新的视角和表达方式。

弗兰克笔下的回忆录(memoir)不仅仅是疾病故事的记录文学形式，而是一种探究性疾病叙事中常用的叙事策略。回忆录通过将小说中的疼痛故事与作者生活中的真实疼痛体验相融合，模糊了虚构与非虚构的界限，并在叙事中融入了深刻的个人色彩。这种方式不仅增强了叙事的真实性和可信度，还拉近了作者与读者之间的距离，从而更容易引发读者的共情和情感共鸣。医学和生物伦理学家佩莱格里诺(Pellegrino)认为，“文学与医学在本质上都是道德事业，两者都不能仅仅停留在观察上。要做到真实，他们必须充满感情——带着同情”①。罗斯通过将自己的真实经历融入诺沃特尼和祖克曼的疼痛故事中，拉近了作者与读者之间的距离，促使读者对疼痛的共情和理解更加深刻。诺沃特尼因背部疼痛不得不提前退伍，这与罗斯在军队服役期间的经历相似。罗斯在一次采访中透露，他在服兵役期间因训练背部受伤，最终不得不出院回家。祖克曼因出版小说《卡尔诺夫斯基》而遭到之前支持他的犹太作家米尔顿·阿佩尔(Milton Appel)的强烈批评，这与罗斯出版《波特诺伊的怨诉》(1969)后引发的欧文·豪(Irving Howe)等犹太作家群体的争议和批评相呼应。评论家欧文·豪从最初对罗斯的支持转向批评，指责“罗斯的创造性视野被粗俗深深玷污了”，称他是“1969年动荡的美国堕落文化的典型代表”②。罗斯在书写中所面临的压力与痛苦，与其作品中祖克曼的经历相似。在接受《伦敦周日时报》采访时，罗斯表达了书写带来的痛苦与无奈：“写作是每天的挫折，更不用说羞辱了。”③罗斯通过将真实经历与虚构元素巧妙融合，采用自我指涉的叙事手法，创造了具有独特艺术张力的文学作品。这种叙述模式使事实与虚构交织，形成了独特的文学美感，并提供了多层次的解读空间，促使读者深入思考作品的真实意图和面貌，从而有效地避免了传统疼痛自传书写被平庸化的风险。尽管读者可能会将小说内容与作者的真实生活联系起来，罗斯

---

① Pellegrino Edmund D. To Look Feelingly—The Affinities of Medicine and Literature[J]. Literature and Medicine, 1982(1): 19.

② Howe Irving. Philip Roth Reconsidered, in Critical Essays on Philip Roth[M]. Boston: G. K. Hall & Co, 1982: 243.

③ Roth P. Reading Myself and Others[M]. London: Vintage, 2001: 121.

通过“夸张讽刺、扭曲变形、滑稽模仿”①的方式对这些元素进行颠覆和再创作，建立了一个复杂且富有表现力的文学空间。这种作家生活经历的再现方式和表达内容之间的关系，为作品增添了艺术张力，也成为罗斯作品成功的关键因素。

罗斯的疼痛“宣言”(manifesto)是探究性疾病叙事的一个重要策略，强调个人痛苦与社会问题之间的联系。叙事者通过揭示自己的经历，展示社会如何影响和加剧了他们的痛苦，从而唤起社会的关注和反思：“分享痛苦经历和真理是他们的责任，以唤醒社会对疾病和苦难的关注和同情”②。菲利普·罗斯的疼痛书写展现了鲜明的宣言特征。他将人物的疼痛体验放置于其文化和社会背景中进行深刻反思。通过探讨人物的文化身份、历史背景以及社会环境，罗斯不仅深化了对疼痛经历的理解，还赋予其超越个体层面的普遍性和深刻的社会意义。正如罗斯所言，他的书写目的是“让痛苦得到应有的重视，同时准确地描绘出它对理性、尊严、成熟、独立——对所有这些作为人的资格——所造成的破坏”③。疼痛“宣言”体现了罗斯对社会伦理责任的深刻关注。正如 Frank 所述，“叙事者的经历不仅仅是个人的痛苦，更是社会的一部分。社会在压抑关于苦难的真相，而这个真相必须被说出来”④。罗斯通过描绘人物的痛苦经历，揭示了社会对疾病和痛苦的处理方式及其带来的影响。他的作品不仅记录了个体的痛苦，更对社会现状进行了批判性审视。这种揭露不仅旨在唤起社会对个体痛苦的关注，也旨在促使社会对隐藏和忽视的苦难真相进行反思。在《诺沃特尼的疼痛》中，主人公诺沃特尼的疼痛不仅仅是个体的身体感受，而是对美国发动的这场不义战争的控诉。叙事通过诺沃特尼的意识和身体反应来聚焦故事，特别是开篇段落中反复使用“咬牙切齿”来描述他不得不忍受的“从背部一直到臀部之间的疼痛”，这几乎是“屁股上的痛”⑤。故事的结局是他在上校的咒骂中离开了部队。诺沃特尼对疼痛的

---

① Roth P. Reading Myself and Others[M]. London: Vintage, 2001: 144.

② Frank Arthur W. The Wounded Storyteller: Body, Illness & Ethics[M]. Chicago: University of Chicago Press, 2013: 121.

③ Roth P. Reading Myself and Others[M]. London: Vintage, 2001: 140.

④ Frank Arthur W. The Wounded Storyteller: Body, Illness & Ethics[M]. Chicago: University of Chicago Press, 2013: 121.

⑤ “屁股上的痛”这一隐喻在美国文化中具有特定的意义，通常用来描述一种持续不断的麻烦或困扰，就像身体上的疼痛一样令人烦恼和难以忽视。这一表达不仅是对生理疼痛的描述，更是一种情感和心理上的困扰。通过这种隐喻，罗斯在他的叙事中进一步深化了对诺沃特尼疼痛体验的描写，使其具有更广泛的文化和社会意义。

感知及对意识的主观体验与萨特对主观痛苦的探索产生了共鸣，并显示了感知自我的能力："没有人比他自己更了解他。不管别人怎么称呼他，都没有真正的意义"。在摆脱这场不义的战争后，他过上了自己渴望的生活："他娶了罗斯·安妮(Rose Anne)，受雇于芝加哥一家教育频道担任电视摄影师，并能够照顾他的母亲。"诺沃特尼在满足社会期望和尊重真实自我之间选择了后者，为自己辩护，并寻求鼓励真实表达的社群或个人支持。最终他成为"他自己、他的照顾者故事中的英雄"。

而祖克曼的"疼痛宣言"则传达了对犹太纪律和权威的控诉与反抗。祖克曼直言："我无法和纪律、权威之类的东西相处。我不想被一条白线束缚，因为我必定会越线。"①这一宣言不仅象征着对外部限制的反叛，更是其内心对自由与真实表达的渴望。在《高等教育》和《卡尔诺夫斯基》中，祖克曼对犹太家庭进行了大量负面描写，违反了犹太教义中禁止诽谤(loshon hora②)的规定，因而遭到家庭和犹太写作群体的强烈谴责。他的弟弟亨利甚至指责祖克曼的《卡尔诺夫斯基》是导致他们父亲突发冠心病的罪魁祸首。犹太作家米尔顿·阿佩尔认为，祖克曼在《高等教育》中对犹太人的描写是"任性且庸俗的想象力，忽视了社会准确性和现实主义小说的原则"③。作为作家，祖克曼致力于追求真实与自由的文学表达。他认为，文学创作的本质在于揭示真相，无论这些真相多么不堪或多具争议性。他坚信，作家的责任在于展示人性的多面性和社会问题，这种职业伦理要求他保持独立性和诚实，拒绝妥协与自我审查。祖克曼无法接受阿佩尔及其代表的犹太作家群体和一些犹太读者对其作品的片面、主观解读，这种解读歪曲了他的创作意图，完全是出于个人利益。"你们把我的罪称为'扭曲'，然后扭曲我的书来显示它是多么扭曲！你们颠倒我的心意，又说我颠倒！"④

罗斯通过祖克曼这一角色，运用叙事力量打破文化禁忌和沉默，推动对话、

① Roth P. The Anatomy Lesson[M]. Toronto: Collins Publisher, 1983: 141.

② "loshon hora"是防止外部群体对犹太人的迫害而制定的一项法律，旨在促进社区内部的团结，避免可能导致内部和外部问题的纷争。随着时间的推移，这一规定被严格解释为禁止所有对犹太人行为的批评。

③ Roth P. The Anatomy Lesson[M]. Toronto: Collins Publisher, 1983: 147.

④ Roth P. The Anatomy Lesson[M]. Toronto: Collins Publisher, 1983: 124.

反思与变革。然而，这种“疼痛宣言”以祖克曼难以治愈的痛苦为代价，其创作对父母和种族造成了不可弥补的伤害，他无意识地选择了痛苦来折磨自己。这种自我施加的痛苦可以视为作者的牺牲，类似于弗兰克的自我神话(automythology)概念。“自我神话的主要隐喻是凤凰，从自己身体之火的灰烬中重塑自己。”①在《解剖课》的最后一章“尸体”，描述了祖克曼极度思念已经失去的父母并渴望赎罪的场景：“在半夜三点的黑暗中，他头脑清醒地躺着，知道一切并非如此。生命结束了，但又没有结束。有一些精神力量，有一些思维力量，可以在肉身死去之后仍旧存在，依附于那些思念着死者的人身上，母亲已经在此时此刻的芝加哥展现了她的力量。”②祖克曼“去墓地里做一个儿子的替身，他大声呼喊，手掌撑在地上，双膝跪地，一英寸一英寸地向前滑动，……他开始朝最不需取悦的父亲爬去”。在墓碑前，他陷入了疯癫状态，脸朝前，径直倒在保罗叔叔的墓碑上，最终昏迷不醒③。经历了这次“涅槃”之后，祖克曼获得了新的身份，选择成为一名医生。他的疼痛有所缓解，逐渐戒掉了酒精和止痛药。他渴望“开展一个戒毒项目，为他的病人树立他成功戒毒的榜样”④。在探究性叙事中，个体必须经历“剥离”过程，这不仅是对过往生活的放弃，更是自我重构的前奏。旧有的完整性，包括先前的身份、价值观和生活方式，只有在剥离之后，个体才能真正面对并接受新的现实⑤。

身体疼痛的书写长期以来受到医学认识论、哲学二元论和读者接受论的制约，因此在文学创作中常常被边缘化。然而，菲利普·罗斯通过其对神秘身体疼痛的深入探讨，在《诺沃特尼的痛苦》和《解剖课》两部作品中突破了这一局限。罗斯在这些作品中，通过描绘主人公在医学凝视下的医学诊断与自我诊断，展现了疼痛不仅仅是对外部压力和社会期望的内在化反应，并且是自我认知和身份构建的一个重要过程。尽管罗斯的主人公们在探索疼痛的过程中经历了极大的痛

---

① Frank Arthur W. The Wounded Storyteller: Body, Illness & Ethics[M]. Chicago: University of Chicago Press, 2013: 122.

② Roth P. The Anatomy Lesson[M]. Toronto: Collins Publisher, 1983: 171.

③ Roth P. The Anatomy Lesson[M]. Toronto: Collins Publisher, 1983: 196.

④ Roth P. The Anatomy Lesson[M]. Toronto: Collins Publisher, 1983: 188.

⑤ Roth P. The Anatomy Lesson[M]. Toronto: Collins Publisher, 1983: 171.

苦，但他们始终对未来保持着坚定的信心。这种信心不仅体现在对新生的期待上，还体现在对自我重构和社会变革的坚定信念上。正如荣格所言，“痛苦如同一把钥匙，通过它，人们不仅可以打开自己的内心最深处，同时也可以打开世界”①。

① Junger Ernst. Der Kampf als Inneres Erlebnis：Samtliche Werke[M]. Stuttgart：Klett-Cotta, 1980：145.

结　语

菲利普·罗斯的文学世界如同一面多棱镜，折射出犹太文化传统与美国现代社会在伦理道德领域的剧烈碰撞与深刻交融。近年来，国内外对菲利普·罗斯(Philip Roth)的伦理思想的研究取得了诸多重要成果，但仍然存在一些值得关注的盲点和不足。就国内研究而言，学者们主要集中于罗斯创作生涯中的某些代表性作品，尤其是“美国三部曲”(American Trilogy)，但在历时性(diachronic)与共时性(synchronic)结合的系统研究方面仍显不足，未能形成全面而深入的学术阐释。本研究在充分借鉴前人研究成果的基础上，运用文学伦理学批评方法，对菲利普·罗斯不同时期的代表性作品进行了系统梳理与深入解读。研究通过几条核心伦理主线——包括家庭伦理、政治伦理、人际伦理及性爱伦理——将罗斯不同阶段的创作进行纵向比较，揭示其文学叙事中伦理观念的发展轨迹与嬗变。研究特别关注伦理身份与伦理意识的建构，剖析少数族裔在美国伦理环境中的困境、适应与抗争，进而探讨罗斯如何通过其小说呈现并反思美国社会在不同历史时期的伦理价值体系及其变迁。该书的学术贡献主要体现在四个方面。

首先，本书对菲利普·罗斯小说中的伦理表征进行了系统而深入的分析，重点探讨了道德危机背景下的性爱伦理、家庭伦理冲突以及政治伦理问题。这一研究不仅关注伦理现象本身，还结合社会历史背景考察伦理观念的嬗变及其对个体身份认同的影响。在性爱伦理方面，本书分析了《波特诺伊的怨诉》、《欲望教授》和《垂死的肉身》等作品，探讨罗斯如何通过主人公的性困惑、放纵与衰败，揭示个体欲望与社会道德规范之间的张力。研究指出，这些作品中的性爱描写不仅关涉个人心理与情感层面的挣扎，同时也是对美国现代社会性观念变革的反映，尤其是在犹太文化背景下，性的表达往往涉及更深层的伦理焦虑和身份认同问题。罗斯的小说在表现性的自由与禁忌时，既挑战了传统犹太伦理观念，也反映了20世纪美国社会对性的日益开放的态度。在家庭伦理方面，本书选取《再见，哥伦布》、《鬼作家》、《解剖课》和《美国牧歌》等作品进行细致解读，揭示个体在面临家庭与社会、传统与现代、父辈与子辈等矛盾时的伦理冲突。研究表明，罗斯的小说不仅呈现了犹太移民社会内部的道德张力，还刻画了身份认同在代际传承中的复杂演变。书中指出，罗斯笔下的主人公往往面临家庭期望与个人自由之间的矛盾，在背叛与回归、抗争与和解之间寻找伦理出路。这种冲突不仅映射了犹太文化在美国社会中的适应与调整，也映照了更广泛的美国社会价值体系的变迁。此外，本书还重点分析了罗斯作品中的政治伦理问题，尤其是在《美国牧歌》、《人性的污秽》和《我嫁给了共产党人》中，阐释了如何通过战争、政治迫害和意识形态冲突塑造个体的伦理困境。研究指出，罗斯通过这些作品展现了美国社会在不同历史时期的政治紧张关系，以及政治环境如何影响个体的道德选择与身份认同。从越战时期的反战抗议，到麦卡锡主义时期的政治清洗，再到种族与身份政治的复杂博弈，这些小说不仅表现了美国政治文化的剧烈动荡，也突出了个体在意识形态斗争中的脆弱与抗争。这些分析不仅深化了对罗斯小说伦理维度的理解，也揭示了其作品如何折射时代变迁中的道德危机，并为当代社会伦理反思提供了重要启示。

其次，本书深入探讨了菲利普·罗斯作品中的伦理指向，强调其小说如何通过对社会道德价值观的深刻反思，展现个体在伦理困境中的挣扎与选择。罗斯的作品不仅质疑传统伦理观念，还通过塑造复杂多面的角色，让读者在特定的社会历史语境中考察道德冲突，从而进行独立思考，而非接受某种固定的道德训诫。研究指出，罗斯的“美国三部曲”——《美国牧歌》、《我嫁给了共产党人》和《人性的污秽》——在对美国社会道德体系进行批判性审视的同时，并未采取说教式的道德立场，而是通过人物的伦理抉择展现道德观念的流变与冲突。这些作品探讨了美国社会在战后不同历史阶段的伦理危机，如政治迫害、身份歧视以及意识形态斗争，揭示了个体在时代洪流中的道德焦虑。罗斯让其小说人物在真实而复杂的社会背景中经历伦理挑战，以此引导读者在文本阅读过程中思考道德的多重性以及现实世界中的伦理困境。此外，本书还强调，尽管罗斯的小说深受犹太文化影响，其伦理关怀却远远超越族群界限，展现出更为广泛的人类生存困境。例如，他在“命运四部曲”——《复仇女神》、《凡人》、《愤怒》和《羞辱》中——探讨了生死、欲望、婚姻、背叛、艺术与孤独等永恒主题。这些作品中的主人公不仅面临个人情感与道德责任的矛盾，还在社会伦理的约束与个体自由之间挣扎，展现了罗斯强烈的人本主义关怀。研究指出，罗斯通过对人生终极问题的哲学式探讨，使其小说超越了民族性，从而成为对整个人类境遇的深刻反思。该研究成果进一步突出了罗斯如何通过伦理叙述促使读者关注个体的道德困境，并在更宏观的层面上反思整个社会的伦理环境。罗斯的作品不仅是一种文学叙述，更是一种伦理思考的实践，它促使读者在复杂的历史背景与道德张力之间寻找答案，从而深化对现代社会伦理问题的理解。

再次，本书系统梳理了菲利普·罗斯伦理叙事的发展轨迹，揭示了“欲望”这一主题在其小说中的核心地位，并探讨其如何成为伦理冲突的催化剂。研究指出，罗斯的伦理思想以欲望为中心，通过不同历史时期的叙事变化，展现了个体自由与社会道德规范之间的持续博弈。从“凯普什三部曲”——《欲望教授》《乳房》《垂死的肉身》——到“美国三部曲”，再到《反生活》，罗斯不仅书写了个体在性欲、权力和伦理之间的挣扎，还借此探讨了犹太身份认同、文化传承及社会道德规范的互动与冲突。书中强调，罗斯对性爱的描写并非单纯的情色叙述，而是对特定历史文化背景下个体伦理困境的深入剖析，尤其是在20世纪60年代美国性解放运动的语境下，这些描写成为性与社会准则冲突的象征。此外，本书通过文本细读，分析了罗斯作品中欲望主体的伦理意识、困惑与选择，并通过对其欲望叙事的系统梳理，进一步深化了对其伦理观念的理解，揭示了罗斯如何在个体欲望、社会伦理与文化身份之间建立动态对话。他的作品不仅探讨了人类最原始的欲望冲动，更在伦理层面上呈现了现代社会如何塑造、规训甚至颠覆个体的道德选择，从而凸显了欲望在罗斯伦理叙事中的核心地位。

最后，该书深入分析了罗斯的伦理观如何影响其创作，并通过考察其自传性作品，探讨了现实经验与文学创作之间的关系。罗斯的写作深受个人生活经历、美国犹太文化及社会背景的影响，书中通过研究《事实》、《欺骗》、《遗产》和《夏洛克在行动》等非虚构作品，揭示了他如何在“真实与虚构”及“艺术与生活”之间进行伦理思考。通过这些作品，罗斯不仅探讨了个体身份的构建与辩护，也批判了美国社会的道德规范，尤其是对犹太身份认同、个人自由以及社会责任等问题的反思。作者指出，罗斯的小说创作不仅是对个人身份的自我辩护，也是对美国社会道德规范的批判性反思。他通过虚构与非虚构作品的交替写作，反映对社会政治环境、伦理冲突以及个人情感的复杂回应。书中强调，罗斯的自传性作品不仅仅是对其个人经历的再现，更是其伦理观念与创作哲学的集中体现。本研究通过回溯罗斯的创作生涯，结合自传、访谈等资料，进一步阐释了他的伦理观如何塑造其文学叙事。这展示了罗斯在文学创作中如何通过伦理道德的冲突与反思，揭示个体与社会、欲望与道德、真实与虚构之间的微妙关系，为罗斯研究提供了更为全面的伦理学视角。通过这种分析，读者可以更深入地理解罗斯作品中的伦理维度，以及这些维度如何反映作者对美国社会和文化的深刻批判与反思。

本研究虽然在菲利普·罗斯作品的伦理分析方面取得了较为深入的研究成果，但也存在一些不足之处，尤其是在文本分析的广度和深度上。首先，由于罗斯的作品数量庞大，涵盖了多个历史时期和主题，这常常导致研究者在文本分析过程中面临难以兼顾各个作品的挑战。特别是当涉及罗斯的 30 多部作品时，如何在有限的篇幅内合理地平衡对每一部作品的分析，避免分析过于局部或泛化，是本研究中的一大难题。尽管本研究尝试通过精选 17 部与伦理主题相关的代表性作品，建立一个中型的英文文本语料库，并通过对语言特征的频率、分布规律和语境特征的检索分析来支持研究结论，但由于技术和方法上的局限性，本研究尚未能够在基于语料库的文学伦理学研究领域取得突破。其次，尽管本研究通过伦理叙事的关键词检索(如性爱、衰老、疾病和死亡)对文本进行了系统分析，试图从语言数据的角度验证基于直觉判断和理性分析的文学评论的合理性，但本研究依然存在一定的偏差，尤其是在对不同译本文本差异的考量上。由于翻译过程中可能出现的偏差以及对原文本的不同理解，某些伦理议题的阐释可能会受到译文的局限，从而影响研究结论的准确性和全面性。未来的研究可以通过进一步深化文本分析方法，尤其是借助更先进的 AI 技术和自然语言处理工具来弥补上述不足。随着 AI 技术的不断进步，未来可能会出现更加精细化的文本分析方法，如情感分析、语境分析和更为复杂的语义网络分析等，这将有助于更全面、准确地把握罗斯作品中的伦理特征和语言表达。

参 考 文 献

中文文献

艾伦· 金斯伯格:《在以色列问题上的思考和再思考》,比尔·摩根,文楚安,等译,成都:四川文艺出版社,2005 年。

步蓬勃:《走向幸福:人与自然的双重解放——马尔库塞生态伦理思想研究》,硕士学位论文,东北师范大学,2014 年。

曾艳钰:《对应的"辩护文本"——菲利普·罗斯"自传"小说研究》,《外国文学》,2012 年,第 1 期,第 55-63 页。

曾艳钰:《政治正确之下的认同危机——〈春季日语教程〉和〈人性的污秽〉研究》,《当代外国文学》,2012 年,第 2 期,第 83 页。

陈平原:《中国小说叙事模式的转变》,台北:台北久大文化股份有限公司,1995 年。

陈广兴:《身体的变形与戏仿:论菲利普·罗斯的〈乳房〉》,《国外文学》,2009 年,第 2 期,第 98 页。

陈红梅:《菲利普· 罗斯:在自传和自撰之间》,《国外文学》,2015 年,第 2 期,第 80-82 页。

陈红梅:《〈复仇女神〉:菲利普·罗斯又出新作》,《外国文学动态》,2011

年，第4期，第26页。

程海萍：《子宫帽的悖论意象——评菲利普·罗斯的〈再见，哥伦布〉》，《牡丹江大学学报》，2011年，第3期，第50页。

崔化：《历史观照下的美国梦与犹太身份文化变迁——菲利普·罗斯〈美国牧歌〉解读》，《中国矿业大学学报》，2010年，第4期，第126页。

杜明业：《〈垂死的肉身〉中性爱书写的伦理拷问》，重庆工商大学学报，2015年，第5期，第94页。

范钇君：《〈反美阴谋〉"或然历史"书写研究》，博士学位论文，上海师范大学，2021年。

方俊丽：《浅析〈再见，哥伦布〉中尼尔的身份焦虑与建构》，漯河职业技术学院学报，2015年，第5期，第76页。

菲利普·罗斯：《解剖课》，郭国良、高思飞译，上海：上海译文出版社，2013年。

菲利普·罗斯：《垂死的肉身》，吴其尧译，上海：上海译文出版社，2019年。

菲利普·罗斯：《反生活》，楚至大、张运霞译，长沙：湖南人民出版社，1998年。

菲利普·罗斯：《鬼作家》，董乐山译，上海：上海译文出版社，2019年。

菲利普·罗斯：《美国牧歌》，罗小云译，南京：译林出版社，2004年。

菲利普·罗斯：《欺骗》，王维东译，上海：上海译文出版社，2020年。

菲利普·罗斯：《乳房》，姜向明译，上海：上海译文出版社，2019年。

菲利普·罗斯：《事实——一个小说家的自传》，毛俊杰译，上海：上海译文出版社，2020年。

菲利普·罗斯：《夏洛克行动》，黄勇民译，上海：上海译文出版社，2020年。

菲利普·罗斯：《遗产》，彭伦译，上海：上海译文出版社，2011年。

菲利普·罗斯：《欲望教授》，张廷佺译，上海：上海译文出版社，2011年。

菲利普·罗斯：《再见，哥伦布》，俞理明译，上海：上海译文出版社，2021年。

菲利普·罗斯：《解剖课》，郭国良、高思飞译．上海：上海译文出版社，2013。

菲利普·罗斯：《报应》，胡怡君译，上海：上海译文出版社，2022年。

菲利普·罗斯：《反美阴谋》，陈安译，上海：上海译文出版社，2020年。

菲利普·罗斯：《愤怒》，张芸译，上海：上海译文出版社，2020年。

菲利普·罗斯：《人性的污秽》，刘珠还译，上海：上海译文出版社，2019年。

菲利普·罗斯：《我嫁给了共产党人》，魏立红译，南京：译林出版社，2011年。

弗洛伊德：《弗洛伊德文集(第四卷)》，车文博编，长春：长春出版社，2004年。

傅勇：《菲利普· 罗思与当代美国犹太文学》，《外国文学》，1997年，第4期，第26-33页。

高承海 、万明钢：《改变民族内隐观可促进民族交往与民族关系》，《民族教育研究》，2018年，第4期，第21-26页。

耿鑫鑫：《从心理学视角解读〈乳房〉主人公大卫· 凯普什对异化的无效抗争》，硕士学位论文，中国矿业大学，2014年。

韩存远：《当代英美文艺伦理研究的价值论转向——审美价值与伦理价值关系之辨》，《哲学动态》，2019年，第7期，第120-126页。

韩存远：《英美文学伦理批评的当代新变及其镜鉴》，《文学评论》，2021年，第4期，第86-94页。

洪春梅：《菲利普·罗斯小说创伤叙事研究》，博士学位论文，天津师范大学，2014年。

胡浩：《论犹太教的现世价值》，《宗教学研究》，2014年，第3期，第256-260页。

胡凌：《〈再见，哥伦布〉中文化身份认同的困惑》，《温州职业技术学院学报》，2015年，第9期，第77页。

黄丽娟、陶家俊：《生命中不能承受之痛——托尼·莫里森的小说〈宠儿〉中的黑人代际间创伤研究》，《外国文学研究》，2011年，第2期，第100-105页。

黄铁池:《不断翻转的万花筒——菲利普·罗斯创作手法流变初探》,《上海师范大学学报(哲学社会科学版)》, 2009年, 第1期, 第56-63页。

黄铁池:《追寻"希望之乡"——菲利普·罗斯后现代实验小说〈反生活〉解读》,《外国文学研究》, 2007年, 第6期, 第99-100页。

黄婷婷:《代际创伤与〈人性的污秽〉中主人公科尔曼·希尔克的种族身份危机》,《开封教育学院学报》, 2017年, 第3期, 第36-38页。

江颖:《历史与文本的交融:新历史主义视角下的〈我嫁给了共产党人〉》,《宿州教育学院学报》, 2011年, 第1期, 第9-10页。

杰弗里· 亚历山大:《社会生活的意义:一种文化社会学的视角》, 周怡等译 北京:北京大学出版社, 2011年。

杰克·罗森:《犹太成功的秘密》, 徐新译, 南京:南京出版社, 2008年。

金明:《菲利普· 罗斯作品中的后现代主义色彩》,《当代外国文学》, 2002年, 第1期, 第149-153页。

金万锋、邹云敏:《生命中难以承受之"耻"——论菲利普·罗斯新作〈复仇女神〉》, 长春:长春工业大学学报, 2011年, 第2期, 第123页。

金万锋:《越界之旅——菲利普· 罗斯后期小说研究》, 北京:北京大学出版社, 2015年。

李春梅:《信仰 欺骗 选择——〈信仰的卫士〉的文学伦理学解读》,《文艺争鸣》, 2016年, 第1期, 第182页。

李德山 、秀绍萍:《欲望探析》,《山西师大学报》, 1992年, 第7期, 第37-39页。

李昊宇:《菲利普·罗斯小说〈人性的污秽〉中的身份危机》,《安徽文学》, 2009年, 第4期, 第51-52页。

李杰:《CiteSpace:科技文本挖掘及可视化》, 北京:首都经济贸易大学出版社, 2016年。

李俊宇:《存在, 伦理, 身份——论菲利普·罗斯创作中的身体叙事》,《当代外语研究》, 2015年, 第6期, 第56页。

李俊宇:《后大屠杀语境下的沉思:"复仇女神"中的受难式英雄主义》,《常州理工学院学报》, 2013年, 第1期, 第41-43页。

李俊宇：《人生就是个悖论——析〈愤怒〉的悲剧性》，常熟理工学院学报（哲学社会科学版），2010年，第7期，第73-76页。

李俊宇：《析菲利普·罗斯〈愤怒〉中的家庭三角关系》，《牡丹江师范学院学报（哲学社会科学版）》，2010年，第2期，第3-4页。

李杨：《后现代时期美国南方文学对"南方神话"的解构》，《外国文学研究》，2004年，第2期，第23-29页。

林兰芳：《身份认同的困境及背后的政治批判——析菲利普·罗斯"美国三部曲"》，《菏泽学院学报》，2019年，第8期，第112页。

刘洪一：《走向文化诗学——美国犹太小说研究》，北京：北京大学出版社，2002年。

刘兮颖：《贝娄与犹太伦理》，《外国文学研究》，2010年，第3期，第114-122页。

陆凡：《菲利普·罗斯新著〈鬼作家〉评介》，《现代美国文学研究》，1980年，第1期，第32页。

罗小云：《〈夏洛特行动〉中内心探索的外化策略》，《当代外国文学》，2009年，第3期，第95-96页。

罗小云：《边缘生存的想象：罗斯的〈反美阴谋〉中的另类历史》，《外国文学》，2012年，第5期，第9-13页。

罗小云：《沉默的悲剧：罗斯在〈愤怒〉中的历史重建》，《当代外国文学》，2013年，第1期，第12-19页。

罗小云：《虚构与现实：菲利普·罗斯小说的自传性》，《英语研究》，2012年，第3期，第28页。

马克·C. 卡恩斯、约翰·A. 加勒迪：《美国通史》，吴金平等译，济南：山东画报出版社，2008年。

毛亚斌：《危机的病理：托马斯·曼早期作品中的疾病话语》，北京：北京师范大学出版集团，2019年。

梅盼：《菲利普·罗斯"美国三部曲"的身份认同》，硕士学位论文，江南大学，2015年。

孟宪华、李汝成：《"每个人被迫发出最后的吼声"——评菲利普·罗斯的新作〈愤怒〉》，《外国文学动态》，2009年，第4期，第25-27页。

孟宪华：《追寻，僭越与迷失——菲利普·罗斯后期小说中犹太人生存状态研究》，北京：人民出版社2015年。

莫里斯·迪根斯坦：《伊甸园之门》，方晓光译，南京：译林出版社，2007年。

聂珍钊、王永：《文学伦理学批评与脑文本：聂珍钊与王永的学术对话》，《外国文学》，2019年，第4期，第166-167页。

聂珍钊、黄开红：《文学伦理学批评与游戏理论关系问题初探——聂珍钊教授访谈录》，《江西师范大学学报(哲学社会科学版)》，2015年，第3期，第55-61页。

聂珍钊：《文学伦理学批评导论》，北京：北京大学出版社，2014年。

聂珍钊：《文学伦理学批评的价值选择与理论建构》，《中国社会科学》，2020年，第10期，第71-92页。

聂珍钊：《文学伦理学批评的理论与实践》，北京：北京大学出版社，2016年。

聂珍钊：《文学伦理学批评理论研究》，北京：北京大学出版社，2020年。

聂珍钊：《文学伦理学批评：基本理论与术语》，《外国文学研究》，2010年，第1期，第12- 22页。

聂珍钊：《文学伦理学批评：伦理选择与斯芬克斯因子》，《外国文学研究》，2011年，第6期，第1-13页。

欧文·豪：《父辈的世界》，王海良、赵立行译，上海：上海三联书店，1995年。

朴玉：《承载历史真实的文学想象——论〈愤怒〉中的历史记忆书写》，《当代外国文学》，2014年，第4期，第12-19页。

朴玉：《评菲利普·罗斯在〈反美阴谋〉中的历史书写策略》，《当代外国文学》，2010年，第4期，第83-91页。

朴玉：《承载历史真实的文学想象——论〈愤怒〉中的历史记忆书写》，《当代外国文学》，2014年，第4期，第12-19页。

乔传代：《菲利普·罗斯小说欲望主体从自然属性到社会属性的嬗变》，《重庆交通大学学报(社会科学版)》，2014 年，第 5 期，第 71-73 页。

乔传代、杨贤玉：《理性意志还是自由意志：〈鬼作家〉的伦理拷问与伦理抉择》，《理论界》，2017 年，第 4 期，第 82-89 页。

乔传代、杨贤玉：《困惑，冲突和回归——菲利普·罗斯小说欲望主题的转向》，《河南科技大学学报(社会科学版)》，2014 年，第 6 期，第 50-54 页。

乔传代：《伦理拷问与道德冲突——菲利普·罗斯〈人性的污秽〉社会伦理观解读》，《沈阳大学学报(社会科学版)》，2015 年，第 6 期，第 821-824 页。

乔传代：《〈涉足荒野〉他者视野下的救赎与成长》，《电影文学》，2016 年，第 9 期，第 151-153 页。

乔传代：《生存悖论下的欲望反思——菲利普·罗斯〈人性的污点〉中的欲望叙事》，《牡丹江大学学报》，2015 年，第 12 期，第 76-78 页。

乔传代、许娟：《菲利普·罗斯小说中人物沉溺欲海的深层动因》，《中国民航飞行学院学报》，2015 年，第 4 期，第 8-12 页。

乔传代：《生态伦理语境下〈复仇女神〉的悲剧与反思》，《西南科技大学学报：哲学社会科学版》，2016 年，第 3 期，第 38-41 页。

乔传代：《放纵、迷失与悲悯——文学伦理批评审视下的菲利普·罗斯〈垂死的肉身〉》，《河北联合大学学报：社会科学版》，2015 年，第 6 期，第 137-142 页。

曲佩慧：《寻找真我：菲利普·罗斯小说中的身份问题》，博士学位论文，吉林大学，2013 年。

萨拉·戴维森：《与菲利普·罗斯谈话》，《译文》，2008 年，第 6 期，第 48 页。

申劲松：《维系与反思——菲利普·罗斯“朱克曼系列小说”研究》，北京：科学出版社，2018 年。

宋江芩：《无法逃避的“战争”——析〈愤怒〉中的逃避主题》，《青年文学家》，2013 年，第 12 期，第 50 页。

宋鹭：《解读双重文化困境下〈反美阴谋〉中犹太裔的身份危机》，《安徽文学》，2016 年，第 9 期，第 47-48 页。

苏鑫、黄铁池：《“我作为男人的一生”——菲利普·罗斯小说中性爱书写的嬗变》,《外国文学研究》, 2011 年, 第 1 期, 第 48-53 页。

苏鑫:《当代美国犹太作家菲利普 · 罗斯创作流变研究》, 上海: 上海三联书店, 2015 年。

苏鑫:《菲利普 · 罗斯自传性书写的伦理困境》,《外国文学研究》, 2015 年, 第 6 期, 第 116-122 页。

苏鑫:《菲利普 · 罗斯大屠杀书写的语境与特征》,《中南大学学报》, 2014 年, 第 5 期, 第 199-203 页。

苏鑫:《美国犹太作家菲利普 · 罗斯的身份探寻与历史书写》, 北京: 中国社会科学出版社, 2019 年。

苏鑫:《死亡逼近下的性爱言说——解读菲利普 · 罗斯〈垂死的肉身〉》,《外国文学》, 2010 年, 第 6 期, 第 108 页。

唐敬伟:《命运所不能承受责任之重》,《作家杂志》, 2013 年, 第 9 期, 第 31 页。

田霞:《菲利普 · 罗斯"凯普什系列"小说中的欲望叙事》,《国外文学》, 2020 年, 第 4 期, 第 144-152 页。

田霞:《菲利普 · 罗斯小说的身体叙事研究》, 北京: 社会科学文献出版社, 2024 年。

王丽霞:《空间与种族——论〈反美阴谋〉中犹太人的生存空间》,《西南科技大学学报(哲学社会科学版)》, 2018 年, 第 5 期, 第 36-41 页。

王丽霞:《〈鬼作家〉——一位犹太青年艺术家的画像》,《江苏科技大学学报》, 2012 年, 第 6 期, 第 47 页。

王萍:《历史与个人命运——从〈美国牧歌〉看美国六十年代的反叛文化》,《时代文学》, 2010 年, 第 2 期, 第 85 页。

王守仁:《新编美国文学史(第四卷)》, 上海: 上海外语教育出版社, 2002 年。

王先霈、王又平:《文学批评术语词典》, 上海: 上海文艺出版社, 1999 年。

王欣:《美国南方创伤小说研究》, 成都: 四川大学出版社, 2013 年。

吴延梅:《菲利普 · 罗斯小说的欲望主题》, 硕士学位论文, 华东师范大学, 2009 年。

信慧敏：《〈罪有应得〉中忏悔与见证的伦理》，《国外文学》，2017 年，第 2 期，第 104 页。

徐世博：《菲利普·罗斯小说的伦理维度及其内涵研究》，博士学位论文，南京大学，2018 年。

徐新：《犹太文化史》，北京：北京大学出版社，2006 年。

许娟：《菲利普·罗斯“美国三部曲”中多元文化背景下的家庭伦理冲突》，《沈阳大学学报：社会科学版》，2015 年，第 6 期，第 825-829 页。

许娟：《道德质疑与语境反思——评菲利普·罗斯“美国三部曲”的文学伦理观》，《牡丹江大学学报》，2015 年，第 10 期，第 51-53 页。

许娟：《重现历史的彷徨与愤怒——菲利普·罗斯〈愤怒〉中主人公的心路历程》，《长江大学学报：社会科学版》，2015 年，第 7 期，第 36-38 页。

许娟：《〈遗产〉中“犹太文化”的回归与升华》，《河北联合大学学报(社会科学版)》，2015 年，第 6 期，第 133-136 页。

许娟：《从〈人性的污秽〉看菲利普·罗斯的家庭婚恋观》，《齐齐哈尔大学学报：哲学社会科学版》，2015 年，第 11 期，第 8-11 页。

薛春霞：《反叛背后的真实——从〈再见，哥伦布〉和〈波特诺伊的怨诉〉看罗斯的叛逆》，《当代外国文学》，2010 年，第 1 期，第 152-160 页。

严宁、姜珊：《政治语码系统的构建——〈我嫁给了共产党人〉的符号学阐释》，《合肥工业大学学报(社会科学版)》，2014 年，第 6 期，第 107-110 页。

杨博文：《〈再见，哥伦布〉中身份的困惑与探寻》，《辽宁教育行政学院学报》，2009 年，第 1 期，第 136 页。

杨巧珍：《论菲利普·罗斯“美国三部曲”的伦理思想》，硕士学位论文，暨南大学，2012 年。

杨曦：《对罗斯后期小说的伦理解读》，硕士学位论文，南昌大学，2009 年。

姚石：《菲利普·罗斯的“恋地情结”：〈再见，哥伦布〉的空间叙事》，《安徽师范大学学报(人文社会科学版)》，2020 年，第 6 期，第 143-148 页。

殷磊：《菲利普·罗斯“美国三部曲”的美国梦解读》，硕士学位论文，兰州大学，2009 年。

袁雪生：《论菲利普·罗斯小说的伦理道德指向》，《外国语文》，2009 年，第2期，第42-46页。

袁雪生：《身份隐喻背后的生存悖论——读菲利普·罗斯的权力与话语》，《外国文学研究》，2007年，第6期，第104-110页。

詹姆斯·穆斯蒂施：《〈愤怒〉：朝鲜战争时期美国校园的缩影——菲利普·罗斯访谈录》，孟宪华译，《译林》，2011年，第1期，第195-199页。

张连桥：《文学伦理学批评：脑文本的定义，形态与价值——聂珍钊访谈录》，《河南大学学报》(社会科学版)》年，2019年，第5期，第85-87页。

张龙海、赵洁：《迷惘与失落：〈人的污点〉的伦理学阐释》，《外国文学研究》，2017年，第2期，第38-45页。

张倩红：《纳粹屠杀后犹太人社会心理的变化》，郑州：大象出版社，2007年。

张生庭、张真：《书写的痛苦与“痛苦”的书写——解读〈解剖课〉》，《外语教学》，2015年，第4期，第81-85页。

赵雪梅：《后现代语境下文学创伤书写何以可能?》，《当代外国文学》，2022年，第1期，第143-150页。

郑斯扬：《女性自我与道德发展：女性主义视角下的影片〈幸福额度〉》，《沈阳大学学报(社会科学版)》，2012年，第2期，第111-113页。

周蕾：《黑白混血儿的越界悲剧——从身份认同的角度解读〈人性的污秽〉》，《湖南工程学院学报》，2013年，第12期，第58-60页。

朱娟辉：《论〈再见，哥伦布〉中犹裔文化身份之流变》，《长沙大学学报》，2015年，第4期，第14页。

朱振武等：《美国小说本土化的多元因素》，上海：上海外语教育出版社，2006年。

英文文献

Alexander, J.: *Trauma: A Social Theory*, Cambridge: Polity Press, 2012.

Alvarez, A. L.: “The Long Road Home (interview with Roth)”, *The Guardian* (“*Review*”), 2004, 11: 20-23.

Anderson, J. C. , Dean J. : "Moderate Autonomism", *The British Journal of Aesthetics*, 1998, 38(2): 152.

Aquinas, S. T. : *The Summa Theologica*, Toronto: Catholic Way Publishing, 2014.

Aristotle: *Poetics*. Translated by Ingram Bywater. *In the Complete Works of Aristotle* , edited by Jonathan Barne, Princeton: Princeton University Press, 1984.

Bailey, B. : *Philip Roth: The Biography*, New York: Simon and Schuster, 2021.

Barkan, E. R. , Vecoli, R. J. , Alba, R. D. , & Zunz, O. : "Race, Religion, and Nationality in American Society: A Model of Ethnicity: From Contact to Assimilation", *Journal of American Ethnic History* , 1995, 21(4): 39-42.

Bauman, Z. : *Liquid Modernity*, Cambridge: John Wiley & Sons, 2013.

Bauman, Z. : *Postmodern Ethics*, Oxford: Blackwell Publishers, 1993.

Baumgart, M. B. : *Understanding Philip Roth*, Columbia: University of South Carolina Press, 1990.

Baumgarten, M. : "Philip Roth and the Jewish Self", *Jewish Social Studies* , 2000, 44(1): 31-54.

Bending, L. : "Approximation, Suggestion, and Analogy: Translating Pain into Language", *The Yearbook of English Studies*, 2006 (1): 131-137.

Bernheimer, C. : "Huysmans: Writing Against (female) Nature", *Poetics Today*, 1985 (6): 311-324.

Bloom, H. : "Operation Roth: Rev. of Operation Shylock by Philip Roth", *New York Review of Books*, 1993: 45-48.

Bloom, H. *The Western Canon: The Books and School of the Ages*, Boston: Houghton Mifflin Harcourt, 2014.

Bloom, A. TheClosing of the American Mind, New York: Simon & Shuster, 1987.

Bodman-Hensler, V. , Sabine, N. L. H: *Thomas Mann's Illness Mythologies in the Work of Philip Roth*. Doctoral Dissertation, King's College London, 2014.

Bolaki, S. : *Illness as Many Narratives: Arts, Medicine and Culture* , Edinburgh:

Edinburgh University Press, 2016.

Bonezzi, C., et al. "Not All Pain is Created Equal: Basic Definitions and Diagnostic Work-up", *Pain and Therapy*, 2020(9): 1-15.

Booth, W. C: "Why Ethical Criticism Fell on Hard Times", *Ethics*, 1988, 98 (2): 286.

Brauner, D.: *Philip Roth*, Manchester: Manchester University Press, 2013.

Brauner, D.: *Philip Roth: Contemporary American and Canadian Writer*, Manchester: Manchester University Press, 2007.

Bresnan, M.: "America First: Reading The Plot Against America in the Age of Trump", *LA Review of Books*, 2016(1): 11.

Brühwiler, C. F., Trepanier, L. (Eds.): *A political companion to Philip Roth*, Lexington: University Press of Kentucky, 2017.

Cappell, E.: "Philip Roth: New Perspectives on an American Author", *Shofar: An Interdisciplinary Journal of Jewish Studies*, 2008, 26(2): 149-151.

Carroll, N.: "Moderate Moralism", *The British Journal of Aesthetics*, 1996, 36 (3): 236.

Caruth, Cathy: *Unclaimed Experience: Trauma, Narrative, and History*, Baltimore: The Johns Hopkins University Press, 1996.

Chao, M. M., Kung, F. Y. H.: "An Essentialism Perspective on Intercultural Processes", *Asian Journal of Social Psychology*, 2015, 18(2): 91-100.

Chen, F. J., & Yu, S. L.: "The Parallax Gap in Gish Jen's *The Love Wife*: The Imaginary Relationship Between First -World and Third-World Women", *Critique: Studies in Contemporary Fiction*, 2010, 51(4): 394-415.

Chung, L. S.: "No Place to Fix Identity: Philip Roth's American Pastoral", *The Explicator*, 2012, 70(3): 187-190.

Coetzee J. M.: "What Philip Knew (Review of *The Plot Against America*)", *The New York Review of Books*, 2004(1): 4–6.

Connolly, A: *Philip Roth and the American Liberal Tradition*, Pennsylvania: Lexington Books, 2017.

Cooper, A. : *Philip Roth and the Jews*, New York: State University of New York Press, 1996.

Dagmang, F. D. : "The Sociological Sciences and Sexual Ethics", *Asia-Pacific Social Science Review*, 2006, 6(1): 53-72.

Daudet, A. : *In the Land of Pain*. Julian Barnes, Ed. and Trans, New York: Borzoi/ Knopf, 2002.

David, G. : "Oh, Freud, Do I Know! Philip Roth, Freud, and Narrative Therapy ", *Philip Roth Studies*, 2005 (1): 67-81.

Deigh, J. : *An Introduction to Ethics*, Cambridge University Press, 2010.

Duban, J. : "From Negative Identity to Existential Nothingness: Philip Roth and the Younger Jewish Intellectuals", *Partial Answers: Journal of Literature and the History of Ideas*, 2015, 13(1): 43-55.

Duban, J. : "Heidegger, Sartre, and Irresolute Dasein in Philip Roth's *The Dying Animal*, Everyman, and Novotny's Pain", *Philosophy and Literature*, 2019 (43): 441-465.

Dunbar, A. : "From Ethnic to Mainstream Theater: Negotiating 'Asian American' in the Plays of Philip Kan Gotanda", *American Drama*, 2005, 14(1): 15-31.

Eaton, A. W. : "Robust Immoralism", *The Journal of Aesthetics and Art Criticism*, 2012, 70(3): 287.

Eaglestone, R. : *Ethical Criticism: Reading After Levinas*, Edinburgh: Edinburgh University Press, 2019.

Evans, D. : *An Introductory Dictionary of Lacanian Psychoanalysis*, London: Routledge, 2006.

Fishman, S. : "Success in Circuit Lies: Philip Roth's Recent Explorations of American Jewish Identity", *Jewish Social Studies*, 1997, 3(3): 132-155.

Foucault, M. : *The Order of Things: An Archaeology of The Human Sciences*, London: Palgrave, 2000.

Foucault, M. : *The Birth of the Clinic: An Archaeology of Medical Perception*, New York Vintage Books, 1973.

Frank, A. W.: *The Wounded Storyteller: Body, Illness & Ethics*, Chicago: University of Chicago Press, 2013.

Freud, S.: *Bruchstück Einer Hysterie-analyse*, Göttingen: V&R Unipress, 2020.

Friedman, M., Schultermandl, S. (Eds.): *Growing Up Transnational: Identity and Kinship in A Global Era*, Toronto: University of Toronto Press, 2011.

Furman, A. S.: *Israel through the Jewish American Imagination: A Survey of Jewish American Literature on Israel*, 1928-1993, Unpublished PhD Thesis, Pennsylvania State University, 1995.

Gaurav, D., Supriya, N.: *Postcolonialisms: An Anthology of Cultural Theory and Criticism*, Oxford: Berg, 2005.

Gaut, B.: *The Ethical Criticism of Art. In Aesthetics and Ethics at the Intersection,* Jerrold Levinson ed., London: Cambridge University Press, 1998.

Gavriel, D. R.: *The World Hitler Never Made: Alternate History and the Memory of Nazism*, Cambridge: Cambridge Univ. Press, 2005: 155-156.

Gessen, Keith: *His Jewish Problem*, New York Magazine, 2004.

Glăvan, G. "Illness and the Medicalization of the Body in Philip Roth's Novels", *British and American Studies*, 26(2020): 77-83.

Gooblar, D.: *The Major Phases of Philip Roth*, London: Continuum, 2011.

Han-Pile, B.: *Freedom and the "Choice to Choose Oneself" in Being and Time*, Wrathall, Mark A., ed, *The Cambridge Companion to Heidegger's Being and Time*, London: Cambridge University Press, 2013.

Harold, B.: *Philip Roth Bloom' s Modern Critical Views*, Philadelphia: Chelsea House Publishers, 2003.

Hayes, P.: *Philip Roth: Fiction and Power.*, London: Oxford UP, 2014.

Henning, H., Max, H.: "Reflections on the Nature of Spirituality: Evolutionary Context, Biological Mechanisms, and Future Directions", *Journal for the Study of Spirituality*, 2021 (11): 174-181.

Howe, I.: *Philip Roth Reconsidered*, in *Critical Essays on Philip Roth*, ed. by Sanford Pinsker, Boston: G. K. Hall & Co, 1982: 229-244.

Isaac, D.: "In Defense of Philip Roth", *Critical Essays on Philip Roth*, Sanford Pinsker Eds, Boston: G. K. Hall & Co., 1982: 182.

Jacobi, M. J.: "Rhetoric and Fascism in Jack London's the Iron Heel, Sinclair Lewis's It Can't Happen Here, and Philip Roth's *The Plot Against America*", *Philip Roth Studies*, 2010, 6(1): 85-102.

Jakobson, R.: "Linguistics and Poetics", In *Style in Language*, edited by Thomas A. Sebeok, MA: MIT Press, 1960, 350-377.

Jason, M.: *American Ethnic History: Themes and Perspectives*, Edinburgh: Edinburgh University Press, 2007.

Jay, L. H.: *Philip Roth Revisited*, New York: Maxwell Macmillan International Publishing Group, 1992.

Jones, J. P.: *Philip Roth*, New York: Fredrick Ungar Publishing Co. Inc, 1981.

Jung, C. G.: *The Psychogenesis of Mental Disease*, London: Routledge, 2014.

Junger, E.: *Der Kampf Als Inneres Erlebnis: Samtliche*, Werke. Stuttgart: Klett-Cotta, 1980.

Jurecic, A.: *Illness as Narrative*, Pittsburgh: University of Pittsburgh Press, 2012.

Kaplan, D. E.: *The Cambridge Companion to American Judaism*, New York: Cambridge University Press, 2005.

Kauvar, E. M., Roth, P.: "This Doubly Reflected Communication: Philip Roth's Autobiographies", *Contemporary Literature*, 1995, 36(3): 412-446.

Kellman, S. G. "It Is Happening Here: The Plot Against America and the Political Moment", *Philip Roth Studies*, 2008(1): 113-123.

Lacan, J.: *Autres écrits*, Paris: Seuil, 2001.

Lacan J., Sheridan, A., Bowie, M.: *The Agency of the Letter in the Unconscious or Reason since Freud*, Routledge, 2020.

Larrain, J.: *Theories of Development: Capitalism, Colonialism and Dependency*: Oxford: John Wiley & Sons, 2013.

Leland, D. L.: "How to read Philip Roth, or the Ethics of Fiction and the

Aesthetics of Fact", *The Cambridge Quarterly*, 2010, 39(4): 304.

Lewis, C.: "Real Planes and Imaginary Towers: Philip Roth's *The Plot Against America* as 9/11 Prosthetic Screen", Keniston, A., Quinn, J. F. Eds, New York: Routledge, 2013: 246-260.

Lewis, C S.: *The Allegory of Love: A Study in Medieval Tradition*, Oxford: Oxford University Press, 1936.

Lear, L.: *Rachel Carson: Witness for Nature*, New York: Henry Holt & Company, 1997.

Maggie, W.: "Predicting Trump and Presenting Canada in Philip Roth's *The Plot Against America*", *Canadian Review of American Studies*, 2018, 48 (S1): 18.

Marenbon, J.: *Medieval Philosophy: A Historical and Philosophical Introduction*, London: Routledge, 2006.

McDaniel, J. N.: "Distinctive Features of Roth's Artistic Vision", *Philip Roth Studies*, 2003(1): 41.

McDaniel, J. N.: *The Fiction of Philip Roth*, Haddonfield: Haddonfield House, 1974.

McKinley, M. (Ed.): *Philip Roth in Context*, London: Cambridge University Press, 2021.

Michael, W.: "Just Folks (Review of *The Plot Against America*)", *London Review of Books*, 2004(1): 3-6.

Morris, David B.: *The Culture of Pain*, Oakland: Univ of California Press, 1991.

Muresan, L.: "Writ(h)Ing Bodies: Literature and Illness in Philip Roth's Anatomy Lesson(s)", *Philip Roth Studies*, 2015 (11): 75-90.

Nagel, T.: *The View from Nowhere*. Oxford: Oxford University Press, 1989.

Nadel, I. B.: *Philip Roth: A Counterlife*, Oxford University Press, 2021.

Nadel, I. B.: *Critical Companion to Philip Roth: A Literary Reference to His Life and Work*, New York: Hermitage Publishing Services, 2011.

Nagel, T.: *The View from Nowhere*, Oxford: Oxford University Press, 1989.

Nie, Z. Z.: *Introduction to Ethical Literary Criticism*, Beijing: Peking

UP. , 2014.

Nussbaum, M. : *Love's Knowledge: Essays on Philosophy and Literature*, Oxford: Oxford University Press, 1990.

Okihiro, G. Y. : *Margins and Mainstreams: Asians in American History and Culture*, Seattle: University of Washington Press, 1994.

Parrish, T. L. : "The End of Identity: Philip Roth's American Pastoral", *Shofar: An Interdisciplinary Journal of Jewish Studies*, 2000, 19(1): 84-99.

Parrish, T. : *The Cambridge Companion to Philip Roth*, London: Cambridge University Press, 2007.

Pellegrino, E. D. : " To Look Feelingly— the Affinities of Medicine and Literature", *Literature and Medicine* , 1982 (1): 19-23.

Pinsker, S. : *Critical Essays on Philip Roth*, Boston: Mass G. K. Hall, 1982.

Posner, R. : "Against Ethical Criticism", *Philosophy and Literature* , 1997, 21 (1): 12.

Posnock, R. : *Philip Roth's Rude Truth: The Art of Immaturity*, Princeton: Princeton University Press, 2008.

Posnock, R. : "Purity and Danger: On Philip Roth", *Raritan*, 2001, 21(2): 85-86.

Powers, E. : "American Pastoral", *World Literature Today*, 1998, 72(1): 136.

Pozorski, A. , Maren, S. : *The Bloomsbury Handbook to Philip Roth*, New York: Bloomsbury Publishing USA, 2023.

Rogin, M. P. : *The Intellectuals and McCarthy: The Radical Spectre*, New York: The MIT Press, 1967.

Ronald, N. Z. : *A World Beyond Difference: Cultural Identity in the Age of Globalization*, New York: Blackwell Publishing, 2004.

Roth, P. : *Conversations with Philip Roth*, George J. Searles Eds, Mississippi: Univ. Press of Mississippi, 1992.

Roth, P. : *I Married a Communist*, New York: Houghton Mifflin Harcourt, 1998.

Roth, P.. : *Patrimony*, New York: Simon and Schuster, 1991.

Roth, P.: *The Facts: A Novelist's Autobiography*, New York: Random House, 2011.

Roth, P.: *Goodbye, Columbus and Other Stories*, Houghton Mifflin, 1959.

Roth, P.: *The Counterlife* , New York: Macmillan, 1986.

Roth, P.: *The Human Stain*, London: Jonathan Cape, 2000.

Roth, P.: *Operation Shylock: A Confession.* New York: Random House, 2010.

Roth, P.: *American pastoral*, New York: Random House, 2016.

Roth, P.: "Novotny's Pain", New Yorker, 1962(10): 46-52.

Roth, P.: *Reading Myself and Others* . London: Vintage, 2001.

Roth, P.: *The Anatomy Lesson*, Toronto: Collins Publisher, 1983.

Roth, P.: *Conversations with Philip Roth*, Univ. Jackson: Press of Mississippi, 1992.

Roth, P.: *Nemesis*, New York: Vintage International, 2010.

Roth, P.: *The Plot Against America*, Boston and New York: Houghton Mifflin, 2004.

Roth, P.: *Indignation*, New York: Houghton Mifflin Company, 2008.

Roth, J. K.: *Holocaust Culture*, Pasadena: Salem Press, Inc, 2008.

Royal, D. P.: *Philip Roth: New Perspectives on an American Author*, Westport: Conn Praeger Publishers, 2005.

Royal, D. P.: *More than Jewish Mischief: Postmodern Ethnicity in the Later Fiction of Philip Roth* , Unpublished PhD thesis, Purdue University, 2000.

Royal, D. P.: "Postmodern Jewish Identity in Philip Roth's *The Counterlife*", *MFS Modern Fiction Studies*, 2002, 48(2): 422-443.

Royal, D. P.: "Plotting the Frames of Subjectivity: Identity, Death, and Narrative in Philip Roth's *The Human Stain*", *Contemporary Literature*, 2006, 47(1): 114-140.

Ruth, B. Y.: *The Columbia Literary History of the United States*, Emory Elliot Ed, New York: Columbia University Press, 1988.

Safer, E.: *Mocking the Age: The Later Novels of Philip Roth*, Albany: State U of

New York P, 2006.

Samuels, R.: *Between Philosophy and Psychoanalysis: Lacan's Reconstruction of Freud*, Routledge, 2014.

Sanford, P.: *The Comedy That "Hoits": An Essay on the Fiction of Philip Roth*, Columbia: University of Missouri Press, 1975.

Scarry, E.: *The Body in Pain: The Making and Unmaking of the World*, New York: Oxford University Press, 1985.

Schneiderman: *Returning to Freud: Clinical Psychoanalysis in the School of Lacan*, New Haven: Yale University Press, 1980.

Shipe, M.: *Understanding Philip Roth*, Columbia: Univ of South Carolina Press, 2022.

Shipe, M.: "Dream a Little Dream: Music as Counternarrative in Philip Roth's Fiction", *The Bloomsbury Handbook to Philip Roth*, 2024(1): 81.

Shostak, D. B.: *Philip Roth: Countertexts, Counterlives*, Columbia: Univ. of South Carolina Press, 2004.

Shostak, D. B.: "This Obsessive Reinvention of the Real': Speculative Narrative in Philip Roth's *The Counterlife*", *Modern Fiction Studies*, 1991, 37(2): 197-215.

Shostak, D. B.: "The Diaspora Jew and the "Instinct of Impersonation: Philip Roth's Operation Shylock", *Contemporary Literature*, 1997, 38(4): 726-754.

Siegel, B.: "Introduction: Reading Philip Roth: Facts and Fancy, Fiction and Autobiography—A Brief Overview", Newark: University of Delaware Press, 2004: 17-29.

Slack, K.: Liberalism *Radicalised: The Sexual Revolution, Multiculturalism, and the Rise of Identity Politics*, Washington: Heritage Foundation, 2013.

Sohn, Y. M.: *Asian American Identity in Drama and Their Four Waves: Beyond Identity Crisis Toward Fluid Identity*, Unpublished PhD thesis, Southern Illinois University at Carbondale, 2023.

Sollors, W.: *Beyond Ethnicity: Consent and Descent in American Culture*, London: Oxford University Press, 1986.

Solotaroff, T.: "Philip Roth and the Jewish Moralists", *Chicago Review*, 1959, 13(4): 89.

Sontag, S.: *Illness as Metaphor*, New York: Farrar, Straus and Giroux, 1978.

Stefanie, B.: "Those Two Years: Alternate History and Autobiography in Philip Roth's The Plot Against America", *Studies in American Fiction*, 2014, 41(2): 271-292.

Theodore, S.: "Philip Roth and the Jewish Moralists", *Chicago Review*, 1959, 13(4): 87-99.

Tougaw, J. D.: *Strange Cases: Medical Case Histories and British Fiction*, New York: City University of New York, 2000.

Updike, J.: "Recruiting Raw Nerves", *New Yorker*, 1993(1): 109.

Van, D. K., Bessel, A., MeFarlane, A. C.: *The Black Hole of Trauma—The Effects of Overwhelming Experience on Mind, Body and Society*, New York: The Guilford Press, 1996.

Wilde, O.: *The Picture of Dorian Gray*, London: Penguin Classics, 2003.

Williams, D.: Fictography and Self-Invention in the Works of Philip Roth and Maxine Hong Kingston, Unpublished PhD thesis, University of Manchester, 1996.

Wirth-Nesher, H., Kramer, M. P. (Eds.): *The Cambridge Companion to Jewish American Literature*, London: Cambridge University Press, 2003.

Woods, A.: "The Limits of Narrative: Provocations for the Medical Humanities", *Medical Humanities*, 2011(37): 73-78.

Woolf, V.: *On Being Ill: With Notes from Sick Rooms by Julia Stephen*, Connecticut: Wesleyan University Press, 2012.

Zizek S. *Looking awry: An Introduction to Jacques Lacan Through Popular Culture*, Cambridge: MIT Press, 1992.

后　　记

我对罗斯作品的关注始于2009年，最快的时候半个月读完一本原著。从《再见，哥伦布》到《波特诺伊的怨诉》《反生活》《解剖课》《乳房》《欲望教授》等，阅读罗斯小说成为我授课之余最大的乐趣。我不仅被罗斯巧妙构思的故事情节深深吸引，也真切地感受到原著活泼幽默的语言魅力。罗斯笔下的人物在信仰、家庭期望和社会规范之间艰难的伦理选择过程，让我似乎也置身其中。在读到主人公的悲剧结局时，我也会有种莫名的伤感。罗斯游走在“自传”与“自撰”的边缘，让我时常分不清虚构与真实的边界，也许这正是我能够与之产生共鸣的原因，也是我开展罗斯研究的动力。2010年，也就是罗斯最后一部作品《复仇女神》出版那年，我申报了湖北省教育厅的科研项目“菲利普·罗斯小说中的欲望主题研究”，开始从一名罗斯的读者向罗斯的研究者转变。十多年后，回头再看那个时候的申报书，着实理解了什么叫不知者不畏。不是妄自菲薄，这个如此宏大的研究主题，对当时的研究小白而言，似乎是一项不可能完成的任务。尽管最终我只完成了预定研究计划的一部分，但也算是开启了对罗斯研究的序幕。在之后的几年，我先后发表了10余篇罗斯研究的论文，对罗斯不同时期的创作手法有了较为全面的认识。

2015年在一次文学伦理学批评学术会议上听了聂珍钊等人的讲座，茅塞顿开，在罗斯研究过程中令人苦恼的一些问题似乎可以在该理论体系中找到答案。我迫不及待地阅读了聂老师的几本著作，对该理论体系有了一个粗略的理解。2019年有幸在聂老师的鼓励和推荐下加入了国际文学伦理学批评研究会，此后几年我都参加了该研究会的年会。与会专家和学者的讲座总是会给我很多新的启发，这也坚定了我运用该理论体系研究罗斯的伦理思想的信心。2020 年在华中科技大学访学时有幸得到了彭仁忠教授和陈后亮教授的指导，他们的指导更加坚定了我之前的想法，也是在那个时候我开始了本书的撰写工作。

罗斯公开发表的作品有 30 多部，其中伦理问题他的大多数作品都有所涉及。在组织本书内容时，我试图将更多的内容涵盖其中，但总是感觉顾此失彼，似乎总有写不完的内容。罗斯和他的作品犹如一个拥有无穷宝藏的宝库，每次挖掘总有新的发现。2022 年我在英国攻读博士学位，确定论文选题时我毫不犹豫地选择了罗斯，不过这次我将更加聚焦于罗斯身份与伦理问题的研究，相信若干年后也许我会再写一本质量更好的书来弥补这本著作中的诸多遗憾。

本书的完成离不开我的妻子许娟女士的帮助，从大纲的起草到文本的修订完善，她都一直参与其中。本书的出版得到了湖北汽车工业学院出版基金的慷慨资助。此外，在本书的出版过程中，武汉大学出版社也给予了大力支持。感谢所有为本书出版无私奉献的亲朋好友，同时也感谢国内外罗斯研究领域的诸位前辈和同仁。

乔传代

2024 年 10 月于车城十堰